ダイダロス
塩崎ツトム
Daidalos
Shiozaki Tsutomu
早川書房

ダイダロス

一　章

一九七三年、ブラジル西部、マットグロッソ州。州都クイアバから南へ百キロの地点。

この密林において、犬の役割は三つ。一つは猟犬として。もう一つは文明社会と同じく愛玩として。それから最後はオンサ（ジャガー）除けとして。牙さえ抜けるほど老いたオンサは独特の悪臭を放つようになり、簡単に狩れるヒトの子供ばかり狙いだす。だからその臭気を、犬に予《あらかじ》め察知させる。

しかし、アラン・スナプスタインの足元でうたた寝をする犬はすっかり老いて、どの役割も果たせそうにない。椰子《やし》の葉をかぶせただけの粗末な東屋《あずまや》に、アランたちが腰を落ち着かせた時も、そいつは少し顔を持ち上げただけで、まったく吠えようとしなかった。赤土の大地と同じ毛色だ。乾季の終わりの逃げ場のない暑気の中で、こいつは舌をダランと垂らしているが、その舌の上にも蠅が止まった。

おれもこいつと同類だと、アランは思った。ささくれだったテーブルにそっと頬杖をつき、クイアバから持ってきた真水で淹《い》れたマテをすすった。彼は別に、このみすぼらしい老犬に自分の境遇を投影して、感傷に浸っていたわけではなかった。新しい祖国での教職追放や、離婚のゴタゴタ。そのストレスから悪化し、ひょっとしたら一生向き合っていかなければならない持病など、ここ最近のトラブルの連続には辟易《へきえき》するが、自分よりも悲惨な境遇に置かれた人間や、自分ほど長生きできなかった人々を大勢知っている。彼が犬と一緒だと思ったのは、ただこいつと同じく蝿や蚊の猛攻と戦っていたからだった。以前にこの集落を訪れたときには、ここまで蚊はいなかったはずだ。

彼の同行者は、自分にたかる小癪《こしやく》な虫たちを、上品な中折れ帽を振り回して追い払っていた。帽子が振られるたびに、紫煙がかき消される。

「なあ、ドクター」アランは太った虻《あぶ》が落ちたマテを捨て、コツコツと指で机を叩いた後、目を伏せながらスキットルの中身を一口飲んで言った。「虫が嫌なら、その葉巻の火を消してくれ。そうすればだいぶマシになる」

アランが葉巻を指さす間にも、二人の耳元では無数の羽音が響いていた。

同行者は、黄ばんだ髭をかき分けて鼻の中に入ろうとした蝿を摘み取った。

「……わたしのハバナがどうしたって？」

「だから、その葉巻の煙が虫を呼び寄せているんだ。匂いが蝿を酔わせるらしい。おれとあんた、一層ひどい目に遭っているのは、一体どっちだ？」

「葉巻の煙で？　それは初耳だ……」

ドクターと呼ばれた小男――ベン・バーネイズ医師は惜しそうに、残りの葉巻を遠くに投げ捨てた。

「この国に初めてきたときには、存外気候が向こうと似ていることを喜んだが、蟻だの蚊だのがいるのは堪《こた》える。いや、カメルーンでも虫には悩まされたが、そんなに長くはいなかった」

彼は先の大戦時は自由フランス軍の軍医で、ナチに占領された本国のレジスタンスを支援する任務で、アルジェやモロッコといったフランス植民地を転々としていたという。

「虫の代わりに北アフリカでわたしたちを悩ませたのは――ロンメル将軍を除けば、なんといっても砂塵だった。西アフリカに行けばハルマッタン（砂嵐を起こす西からの貿易風）があらゆる水分を奪い、喉と目を傷めつける。サハラならシロッコというすさまじい砂嵐で、野営地を一昼夜で砂に埋めるし、行軍もできない。そして砂漠でみる幻覚は、オアシスのものだけではないんだな。砂塵の中からロンメルの戦車隊やスツーカ（ドイツの急降下爆撃機）が飛び出してくる幻で、みな恐慌に陥ったものだ。……あの砂の海と、ここいらの樹海、五里霧中という点で瓜二つとは思わないか？」

「さーて、行ったことがないからわからんね」アランは頬杖をついて、捨てられた葉巻の煙を凝視する。

「想像はできるだろう？　サハラの暑気はテルアビブの十倍きつい。それに比べれば、ここの気温は、まだまだ天国だ。蚊は困るが、蝶は美しいな」

アランは雨季のアマゾンの蒸し暑さを知り尽くしているので、この医者の余裕ぶりに、内心ほくそ笑んでいた。

バーネイズはここまでの途上、大戦時の思い出話を延々と聞かせ、アランを辟易させていた。クイアバまでの飛行機内では、死ぬ直前のサン・テグジュペリを診察した話と、カイロで謹慎中のパットンに、一度だけアヘンチンキを処方したときの話だった。

戦時中のアランはただの学生で、欧州戦線や太平洋からも離れたニューヨークで、真珠湾やパリ解放、ドイツの降伏やヒロシマ・ナガサキのニュースを冷ややかに見ていた。戦勝パレードにも行っていない。彼の両親はわざわざ見物に行ったが。

一度だけ大きく咳き込むと、バーネイズはテーブルの上に広げられたマット・グロッソ州の地図に目を落とした。しかし地図をいくら眺めていても、自分たちの現在地がはっきりわかるわけではない。

かつてのバルガス政権が打ち出した西進政策や、戦時中に束の間訪れた第二次ゴム・ブーム。そして近年の「アマゾニア計画」の後でも、木々の葉脈より緻密なアマゾンの支流は、ほとんど測量されないままだった。なにしろ雨季のたびにその流れは変わってしまう。

そんなわけで地図の中のマット・グロッソ州は、広大な緑の大洋の真ん中に、できもののように州都クイアバが描かれ、そこから伸びる、わずかに踏破された、ボリビア国境の南部アマゾニア地方に流れる支流の曲線と、その自然堤防上の、わずかに文明化されたインディオの寒村の名前が少々書き込まれているだけだった。これまでの半世紀も、この密林は何の投資もされていないし、これからもされないだろう。

「ここの地図も、変わらんな」

「ん？」

アランが顔を上げたので、バーネイズは微笑んで地図を指さした。

「いやなに、ハスキー作戦（連合軍のシチリア島上陸作戦）の準備段階だったと思うが、とある将校の乗った飛行機が砂漠のど真ん中に不時着して、それを陸路で救出しに行くことになった。幸いにも不時着地点は判明しているから簡単な旅程だと思われたが、与えられた地図には、町の名前も、等高線も涸れ川の名前も書かれていない。ただ緯度経度だけで、そこに不時着地点を示す印が書き込まれているだけだった。そのときの地図にそっくりだ。テーブルクロスにしかならん」

「『黄金狂時代』だな。雪原しか書いてない真っ白い地図だ。子供のころ近所の映画館で再上映されたのを観た。『モダン・タイムス』の宣伝で、もちろんそっちも観た。子供にはちょっと長すぎたが」

「きみは作り物の思い出ばかりだな。……で、仕方ないからわたしたちはベルベル人に倣《なら》い、星を頼りに――つまり天測航法を用いて、その将校たちを迎えに行った。外洋の航海と同じだ。地図の役に立たない点がまるでそっくりだ。ここでも星を使って船旅をするのかね」

「これからの季節はずっと雨で星は頼りにならないし、川では迷いようがないぞ」

「それぐらい知っているとも。それともう一つ、そっくりなものがあった。……エルサレムの地図だ」

アランは舌打ちした。自分に対する当てつけかと思った。

「――といっても六世紀の、いわゆる中世暗黒時代の地図だ。博物館で見たが、真ん中に聖地エルサレムを示す点があって、西にはヨーロッパ、東にはアジアと書かれていて、ついでにこれらを分かつ地中海とナイル川が書かれている。それでおしまいだった。かつてのヨーロッパ人の世界観がその程度だったということだろう。今はまったく違う。かつての植民地支配のように、入植地を白紙のキャンバスとして扱うわけにはいかない。そういう驕《おご》りこそ、あの二つの世界大戦と、昨今の脱植民地化のうねりの原因だろう。このマット・グロッソだって、本当はこの地図のような単色ではなくて、もっと複雑で、繊細な世界のはずだ。きっとここに書かれていない無数のディティールが、発見されるのを待っている。中には危険な罠だってあるだろう。だからきみに同行してもらった。無暗《むやみ》に蝶や花を踏み潰して、いらぬ災禍を招きたくない」

「…………」

「きみの苛立ちの原因は理解できる。確かにあの土地では、不幸なボタンの掛け違いから、花畑を踏みつけるようなことがずっと続いている。それは認めよう。わたしは善人と思われたいわけではないが、偽善者とも思われたくない。あの若い国には、小さな偽善を受容するだけの大義がまだ足りない。アフリカ諸国も、遅かれ早かれ、同じように大義名分の枯渇に苦しめられるようになるだろう。……

さっきから何を言いたいと思ってるだろうが、ただ単に、きみを頼りにしていると言いたかったんだ、スナプスタイン博士。世代も信条も違うし、祖国のために戦った経験の有無が、我々を引き裂いている。しかし、相手に対する敬意こそ、深い谷に掛かる橋だ。きみのキャリアに敬意を示しているんだよ。わかってくれないかね」

「敬意か、敬意……」アランはそっとため息を吐く。「それならおれの話も、ちょっとは聞いてほしいな」

「もちろん、専門家の意見は傾聴するが。それとも今、個人的に言っておきたいことがあるのか？」

「いや、別にないな。これからもない」

アランはスキットルの中身をもうひと口飲んだ。

「そのボトルはもう、わたしが預かろう。これは医者としての意見だ」

「いや、これからの旅路で生水を飲むわけにはいかない。今のうちからアルコールに順応した方がいいというのがおれの意見だ。あんたもどうだ？」

「それも貴重な意見だが、遠慮しておこう」

「チーフ」背中から、二人に呼びかける声がした。従者のジョゼだ。「ジープの荷物は宿に運びました。まあ、あの掘っ立て小屋を宿って言っていいものかは、おれにはわかりませんがね」

彼は額の汗を手の甲で拭いながら、東屋の中に入ってきた。

「ごくろうさん、お前は一杯どうだ？」

「いや先生、酒は真っ昼間から飲むもんじゃねえです。長いはずの人生を酒で台無しにした若い奴を、おれは嫌っちゅうほど見てきました」

「ほら、やはりわたしが預かっておこう」医師は再度手を差し伸べたが、アランはそれを無視し、スキットルを胸ポケットにしまった。

ジョゼはサンパウロの港湾労働者のカボクロ（白人と先住民の混血者）だ。字は読めないが手先が器用で、自動車からタグボートの操縦まで見様見真似《みようみまね》で習得したという。その手腕からバーネイズに雇われている。

「とりあえずお前は先に休んでいなさい。わたしたちは人を待っているから」バーネイズに言われて、カボクロのジョゼは白髪交じりの縮れ髪をなでて小さく会釈すると、森の奥の集落へ戻っていった。

彼らが時間を潰すこの村は、二つの集落がひょうたんの形にくっついてできている。二人のいる東屋は舟を待つ人が雨宿りをするためのもので、川の岸辺に近い方の集落にあって、雨季の間は川を往来する舟で賑わっているが、村人の多くは水はけのよい、もう一方の集落で暮らしている。森との境界では年寄りや慢性の病気を患う者が、流木や倒木をかき集めてつくったあばら屋で細々と暮らしている。このアマゾニアにおいて、もはや集団になんの貢献もしない彼らは、そうやって自然が――洪水や獣が、自分の肉体を始末してくれるのを待っている。

バーネイズがひとつのあばら家を見つめていると、そこから半ばミイラになった全裸の老婆が這い出てきて、木桶に向けて股を開き、長々と小便をした。バーネイズは目をそらす。そして沈黙に耐えかねたように口を開いた。

「スナプスタイン博士、きみの言っていた案内人はどうなった？　いつ戻ってくるのか、目星はついているのか？」

「さあて、それは狩りの成果次第だろう」

「では、狩りの獲物というのは、どういう頻度で捕れるものなのかね」

「季節によるが、重要なのは狩人の腕前だ」

「その案内人の腕前は？」

「さて、なにせ彼に最後に会ったのは二十年以上前だからな。その時は何をするのもおぼつかない、未熟な若者だった。今は女房も子供もいるだろう」

「…………」

二人は再び黙りこくったが、沈黙は途中で断ち切られた。屋外が重々しい唸り声に満たされたからだ。飛行機のエンジンの音だと気付くのに、数秒要した。

エンジンの唸りに呼応するように、森じゅうでホエザルたちがゴウ、ゴウという警戒の叫びを上げ、四方八方の密林は、諸々の生き物の発する警告のサイレンで満たされた。

「近いな」アランはつぶやいた。

「ひょっとして、近くに降りるつもりかね」

「いや、それはわからないが……」アランはそう返事をしながら、小屋の外で機影を探した。両手で日差しを遮《さえぎ》ると、フロートのついた小型飛行機が、頭上をゆっくりと旋回しているのを見つけた。

「やはり着陸するつもりか？」

『着水』だな。川に降りるつもりだろう。……行ってみるか？　パンタナールから国境付近まで飛んできたのなら、あんたの知りたいことについて、なにか手がかりを持っているかもしれない」

『あんたの』ではなく、『我々の』と言わないとダメだ。スナプスタイン博士」

アランはバーネイズの注意を黙殺して歩き出した。バーネイズは地図を乱暴に畳んでポケットにねじ込み、帽子を被ってその後を追う。足元の老犬も目を覚まして束の間二人を追うような仕草を見せたが、二歩進んだところで暑気を嫌がり、それ以上ついて来なかった。水上機はどんどん高度を落とし、木々の影に消えた。

二人はこの集落と文明世界を結んでいる船着き場――腐りかけた丸太を縄でまとめただけの桟橋で、洪水の度に土台ごと流されてしまう――を目指し、ひび割れた緩い坂道を下っていった。彼らと入れ違いに坂を上ってくるのは魚の腐った臭いと、ガソリンの臭い、それから子供たちの歓声だった。飛行機の到来にも、この集落は沈黙を守っている。騒ぐのは体力の無駄なのだ。この時間に出歩いて、むき出しの太陽に体を曝《さら》すのは、毎日を愚直に遊び尽くす子供ぐらいだった。女たちはみな、高床式の家でハンモックに揺られつつ、日没と、夫たちの帰りを待つ。もしも空腹に襲われたら、畑の畝《うね》からユカ（キャッサバのこと）を一本だけ引き抜いてきて、それを軽く調理して食べる。

船着き場では、村人が使っている丸木舟が、尻もちをついたように、赤錆色の泥に船底を沈めていた。泥の臭いに混じって、油の臭いが上昇気流に乗って、雲一つない、固く締まった空に昇華していく。それでもパンタナールの大湿原を潤す、大アマゾニアの流れは偉大である。乾季の終盤でも、広い川の真ん中には、着水できる程度の水が、まだ残っていた。そこを狙って降り立った一機の水上機が、沼地に咲いた蓮の花のように停まっている。パイロットはアランたちの方のコクピット席の扉を開けて、自分の足元を見下ろしつつ、しきりに首を振っていた。彼の足元には、真っ白な中折れ帽をかぶった男が一人、膝の上まで泥に浸かりながら、丸めた地図を振り回して喚《わめ》いていた。

「ですから、あと一度きりのフライトでいいんですセニョール、この支流、見えますよね、それに沿ったルートを北から、こう、ぐるっと……」

遠巻きに、半裸の子供たちがその様子を見つめている。彼らはしばしば、サーカスの道化を見物するように、男を現地の言葉で囃《はや》し立てていた。

「ねえ、セニョール、あなただって『レステ・デ・ソル』の名前を知らなくとも、『オ・グローボ』くらい読んでいるでしょう？　空軍にだって納めていますから。ね、いいですか？　この取材は『オ・グローボ』のバルボーサ氏から――文化部のデスクですよ！　記事の転載について、もう確約をいただいているんです。つまりですね、今回のぼくの記事は全国で読まれるんです。サンパウロでも、リオでも、ブラジリアでも……聞こえてますか？　あなただってブラジル人ですし、ぼくだって、同じブラジル人ですよ。情を見せてもいいじゃないですか。あなたに日々の任務があるように、ぼくにだって、ジャーナリストとしての使命があるんです。なんだったらここから陸路で国境まで行く覚悟だってあります。だけど、考えてごらんなさい。昔から逃した魚は大きいって言うでしょう。ねえ、セニョール、お互いに大人になりましょう。燃料費も宿泊費も、こっち持ちですよ。そこに異論なんてないはずだ。小切手だって、切ろうと思えば、この場で切れますよ、ほら」

男は背負っていた深緑色のリュックをもたもたとまさぐって、紙の束を取り出した。

しかし水上機が百馬力のエンジンを再始動させ、プロペラからの風が白紙の小切手の束を青空の下で散り散りにした。男は一緒に飛んでいきそうになった帽子をなんとか押さえつけ、徐々に遠ざかっていく機体の垂直尾翼を茫然と見つめていた。飛行機はあっさり離水して、樹冠の彼方へ消えた。

やがてプロペラが風を切る轟音も絶えて、あとにはあの男だけが残された。シャツが地面に立てた白旗のようだった。子供たちは泥水に汚れた紙を拾い集めるが、彼らにしてみればただの紙にすぎない。すぐに投げ捨ててしまい、今度は男を取り囲んだ。

男はまとわりつく子供と、底なしの泥と格闘しつつ、たっぷり五分かけて、アランたちが見物している、朽ちた桟橋に辿り着いた。彼は東洋人だった。そのつかみどころのない苦笑にアランは見覚えがあった。彼はきっと日本人——日系移民に違いなかった。かなり若そうだったが、インディオも含め、モンゴロイドの年齢を特定するのは未だに難しい。

「なにがあったか知らないが、見事な交渉術だったな」アランは桟橋の先端にしゃがみこんで、この青年を見下ろした。これはもちろん皮肉だ。

「いや、お恥ずかしい」青年はアランが差し出した右手を掴んだ。「まったく、本当に置き去りにするなんて、ありえないですよ」

アランはややふらつきながら、青年を桟橋に引っ張り上げた。

「ありがとうございます、セニョーレス」

「礼には及ばない。それより訊くが、きみはどこから飛んで来た？」とバーネイズ。

「ぼくですか？　ぼくは空軍の水上機発着場から乗ってきました。ロンドノーポリスの郊外です」

「奥地から来たわけではないんだね？」

「ええ、本当はここからもっと西の、パンタナールの先の国境まで行くつもりだったんですが、まったく、聞いてくださいませんか、セニョーレス！　ぼくはここで飛行機の燃料を補給させるつもりだったんです。だけどあのパイロット、急に『上流では降りるところも少ないし、この辺のガソリンじゃ混ぜ物が心配だから』とかいって、ここで引き返すと言い出したんです」

「事前に説明しないのはともかく、まあ、賢明な判断だな」手を払いながらアランが言った。

「そうですか？　乾季の渇水だかなんだか知りませんけど、もう季節の変わり目でしょう？　雨季なら、ここで機を停めて待っていればいいだけじゃないかと抗議したら、『それならあんただけが待っていろ』……」

「それで助手席から放り出されたわけか」

「その通りです。まったく、クビチェック大統領が追放されてからこっち、軍人たちの増長ぶり、怠慢ぶりたるや、ですよ。ぼくはただの相乗りですけど、あのパイロットだって自分の任務があるわけでしょう。まったく、信じられません。……ああ、お二人は、外国の方ですよね？　あなたの祖国で、軍人が任務を途中ですっぽかすなんて、銃殺ものでしょう。そりゃあ、今は戦時中ではありませんが、それでも同乗者を置き去りにして帰ってしまうなんて、非常識にも程があります。サンパウロに戻り次第、このことを紙面で訴えるつもりです。ブランコ政権はまったくひどい。このままでは、それこそ共和国は永遠に『未来の超大国』のままですよ」

「若い記者さんよ。おれだって軍人は苦手だ。しかしきみを置き去りにしたパイロットは、怠慢できみを奥地にまで連れていかなかったのではないと思うよ」

「それはどういうことですか、セニョール？」

「つまり――ええと」とっさに相応《ふさわ》しいポルトガル語が出てこなかった。「まずはひとつ、きみは雨季のアマゾンをなめ切っている。雨季になって水量が増えたら、水上機のような軽い乗り物は、離着水はおろか、係留させておくことすら難しい。岸辺の風景なんて一晩で変わってしまって、ボラード（船をつなぎとめる杭）も、打ち込んでいる地面と一緒に流されてしまう。東海岸とは事情が違うんだ」

「だけどぼくには、奥地の航空写真が必要なんです。ついでに上流域にある集落の写真を撮って、めぼしい集落で降りて、取材を始める予定で……」

「ちょっと待て、きみは一人で来たんだろ？」アランは話を遮った。「現地の案内人とかは？　降りた先で交渉したり、話をつけられそうな連中はいるのか？」

「いえ、ぼくは別に、先住民の呪いの儀式をフィルムに収めたいわけじゃないんで、あいつらと話がつかなかったら退散すればいいだけです」

「しかし、取材先の事情を予め知っておくことは大切だろう。以前にアマゾニアへ来た経験は？……初めてなら、せめて先住民の言葉はわかるか？　この辺はパノ・タカナ語系を使うんだが、上流にいけばトゥピ語系になる。知ってるか？」

「はあ、ぼくは日本語とドイツ語ならわかります。それで充分でしょ？　ここは共和国なんですから」

「きみは馬鹿か。公用語のわからないインディオたちだって、共和国の同胞だ。きみは学生か？」

「院生です、セニョール。サンパウロ大学に通う傍ら、記者をしているんです」

「サンパウロ大？　奇遇だな」バーネイズがアランを指さした。「この男もサンパウロ大学の教授だ」

「本当ですか？　しかしぼくは、キャンパスであなたをお見掛けした記憶がありません」

「でかい大学だし、おれはもっぱら、フィールドワークに出ているからな……」

「フィールドワーク？　地理学的調査ですか？」

「まあ、人類学だがな」

「……あ！　ひょっとして、あなたは、スナプスタイン教授でしょう」青年は顔色をぱっと明るくして、握手を求めてきた。「やっぱり間違いない！　お噂はかねがね聞いています。あの、サルトルを論破した大学者、レヴィ＝ストロース博士の一番弟子！」

「教え子に一番も二番もないだろうが」

「やっぱりスナプスタイン教授でしたか！　今でも師の代わりにアマゾン奥地のインディオ文化の遷移を調査していると聞きました。今回も調査旅行ですか？」

「まあ、おれはそのつもりだ」

バーネイズが一瞬、横目でアランの顔を見た。

「いつもわずかな従者を連れての調査だそうですね。失礼ですが、こちらの『ムッシュ』は？」

「若い記者さん、わたしはバーネイズだ。医者をしている」彼は右手を差し出した。「さすがに発音でわかるかね」

「もちろんですとも。フランス本国から？　それともギアナからですか？」

「本国からだ。スナプスタイン教授の案内で、アマゾンの風土病の研究にな。新大陸の病気は、東南アジアやインドの熱帯病ほど研究が進んでいないからね。しかし教授の知り合いの案内人を待って、ずっとこの集落に足止めを食っている」

バーネイズはそんな風によどみなく、「表向き」の目的を説明した。同じ話を、この地のお偉いさんたちに対して、飽き飽きするほど繰り返してきたのだ。

「それは立派で、有益な調査なんでしょうね。さすが先進国の方だ」

「ありがとう。ところできみはそもそも、フィールドワークの心得が、まったくないようだね」

「法学部ですので、仕方ないでしょう？　それに現代で命がけの冒険があるのは、ヒマラヤか、あるいは宇宙ぐらいです。ベイツ（英国の生物学者。「ベイツ擬態」で有名）やウォレス（英国の生物学者。ダーウィンとは別に自然選択を発見した）、それにロンドン将軍（十九世紀の軍人。先住民保護のさきがけ）のアマゾン紀行なら何十回と読みましたが、あの程度の苦難なら平気です。

それに彼らの探検は百年前のものです。今では飛行機やハイウェイがあるんですから、なんの心配もないですよ、セニョール」

アランは開いた口が塞がらなかった。あんな穴だらけの砂利道が、ハイウェイなものか。

「つまり早い話、きみは――」アランに代わり、バーネイズが蠅を追い払うように手を振りながら言った。「軍の飛行機だけに頼って、取材先までひとっ飛びに移動して、そこで取材を済ませたら、乗ってきた飛行機か、高速道路でサンパウロへとんぼ返りするつもりなのか？　それで特ダネ記事を？」

「さすがにそこまで無計画ではないですよ、ムッシュ。とりあえず三日くらいは下見をして、五日はかけて取材するつもりです。まあ、弾丸旅行ではありますが」

「たったの一週間じゃないか！」

「しょうがないでしょう、時間だけでなく、予算まで限られているんですから。さっき見せた小切手だって、ハッタリです」青年はさすがに声のトーンを落とした。「あ、でも、ぼくの記事が『レステ・デ・ソル』に掲載される予定なのと、『オ・グローボ』のデスクとコネがあるのは本当ですよ」

「しかし、いくらなんでも杜撰《ずさん》すぎる。パイロットはきっと、きみにお灸をすえるためにここに置き去りにしたんだろう。ここからならクイアバに引き返すのも、まだ可能だからな。とにかく、きみはアマゾンを見くびりすぎている。気候やその広大さについてもわかってない」

「そもそもきみは、一体何を探しに来たんだね。インディオでないなら、野生動物でもなさそうだ」とバーネイズ。

「ぼくですか？　よくぞ聞いてくださいました」青年はやや機嫌を直して、胸を叩いた。「ぼくが探しているのは〈カチグミ〉……『シンドウ・レンメイ』の生き残りです。ご存じありませんか？」

先の大戦——第二次世界大戦の最中の一九四二年に、ブラジル連邦共和国はドイツに宣戦布告。それに伴い国内に暮らすドイツ系・イタリア系・日系移民は敵性外国人に指定された。彼らは大西洋沿岸部での居住を禁止され、移民コミュニティ向けの新聞——例えば日本語新聞などの発刊を禁止され、さらに屋外で三人以上集まれば、共謀の容疑で逮捕されるなど、さまざまな不利益を被《こうむ》ることになった。

「終戦の時、ぼくはまだ二歳でしたからよく覚えてはいませんが、両親からはよく、あの時の苦労を聞かされました。両親は四四年までは辛抱強くサンパウロで暮らし続けていましたが、近所の日本人がスパイ容疑で検挙されたのをきっかけに、営んでいた雑貨屋を畳んで内地の親戚の元に身を寄せました」

この日系人の青年（名刺にはヒデキ・ジョアン・タテイシと書かれていた）は例の東屋で濡れた靴を乾かしながら、そんな話を始めた。タテイシの足元では、あの老犬が尻尾を巻いて眠っている。こいつはタテイシの手の臭いを熱心に嗅ぐと、それっきり彼から離れなくなってしまった。蚤《のみ》でもうつすつもりだろう。

「で、翌年の八月には、日本は原爆を二発も落とされてようやく降伏しますけど、ぼくたち日系人にとっては、そこからが本当の戦争でした」

戦時下の日系移民は、ブラジル社会から完全に孤立し、戦局はおろか、ブラジル国内のニュースすら分からなくなっていた。さらに戦争末期には日系人同士の間ですら、回復困難な情報格差と断絶が生じていた。現地の新聞から時局を知ろうにも、彼らの大半はポルトガル語の読み書きどころか、会話すら満足にできず、ラジオも高価で、持っているのはほんの一握りだった。祖国の敗戦を伝える第一報も、中立国の大使館から紆余曲折を経て、日系人集落へ、何日もかかって小出しに伝えられたという。

「そんな細切れの情報しか得られなかったため、日本人は次第に〈カチグミ〉と〈マケグミ〉というグループに分かれて対立するようになりました。〈カチグミ〉は勝者、〈マケグミ〉は敗者という意味ですが、この場合は、そうですね、〈カチグミ〉は敗北の報せを連合国のデマゴーグだと決めつけて、一切信じないことにした奴ら。〈マケグミ〉は敗戦の事実を素直に認め、生活再建に力を注ごうと誓った人たちです。〈認識派〉とも言いますね。

ぼくの両親はもちろん〈マケグミ〉でした。敗戦の知らせを耳にしたのは九月も下旬でしたけど、次の日には荷物をまとめてサンパウロ行きの列車に乗りました。それまで身を寄せていた親戚はどちらかというと〈カチグミ〉で、一晩中喧嘩した末に追い出されたというのが本当のところらしいです。でも、サンパウロに残した雑貨屋に戻ってみると、正面は退去するときに板を打ち付けておいたままで、中も特に荒らされた様子はなかったそうです。父は、この時ほど胸をなでおろしたことはなかったと、今でも言います」

「しかし、ほとんどの日本人が、その後も敗戦の事実を認められないままだったというわけだな」

「ええ、むしろ、ぼくの両親の方が少数派で、日本人の多くはとんでもない石頭でした。ぼくの両親は貧しい開拓民から、資本をつくって都市生活者になった、正しい意味での〈カチグミ〉——勝者です。しかしほとんどの日本人は、内陸の開拓地にへばりつくように暮らしていて、貯蓄をするわけでもなく、その日暮らしの生活をずっと続けていたんです。自分たちは祖国から捨てられたという被害者意識ばかり募らせて、心がすっかりささくれ立っていたわけですね。

そのうち彼らの間で『日本大勝』というデマが発生して、世間知らずな奴らはみな、その噂に飛びつきました。ついにはわざわざ事実を教えに来てくれた善意の人間をリンチしたり、南洋の新植民地の土地の権利書というものまで出回りました。もちろん偽物です。やがて〈カチグミ〉では〈マケグミ〉に対して鉄拳制裁を加えるためのテロ組織が結成されました。そのうち最大のものが『シンドウ・レンメイ』なんです」

祖国の敗北を頑《かたく》なに認めない日系人によるテロ組織『臣道聯盟』は、最盛期には十二万人の会員を有し、活動の中心地であるサンパウロ州に無数の支部を築いたという。

「彼らのテロ行為のターゲットは、戦時中にも輸出用の農作物を生産・販売していた日系農家や商店でした。初めは脅迫状が送りつけられて、次には家の前に犬や猫の死骸が捨てられて、それでも屈しなければ私刑と放火、金品の強奪です。これは半分、自分たちを差し置いて、戦時中に比較的よい暮らしをしていたことに対する嫉妬みたいなところもありました。

次に奴らのターゲットになったのは、ぼくの実家のような、戦後からの〈マケグミ〉です。店のシャッターに『国賊』『天誅』といった落書きをされましたが、ぼくの実家が『シンドウ・レンメイ』から危害を加えられたのは、終戦から丸二年が経ってからなんです」

「なんということだ。日本人はそんなに長く、デマに惑わされていたのか」

「これは一種の狂信ですね。もちろん、本気でデマに固執していた者はほんのわずかです。警察のお縄にかかった『シンドウ・レンメイ』の構成員はみな、取り調べのときに『敗戦が事実であることは薄々わかっていたが、裏切り者扱いされるのが怖くて、迎合しているしかなかった』と証言したそうです。それでもこんなバカ騒ぎが完全に終息するのに、結局十年もかかりました」

「しかしタテイシ君。きみの話してくれた『シンドウ・レンメイ』事件は二十年以上も前のことだろう。それと今回の、きみの取材とどう関係がある?」

「そう思われるのも当然です、ムッシュ」そううなずくと、タテイシはアランの方を向いた。「教授、アマゾンにいる日本人盗賊の話を聞いたことはありませんか?」

「……ないこともないな。ブラジル政府の迫害を逃れた日本人が、ペルー国境あたりで盗賊団の棟梁《とうりょう》になったという話だ。もう十年以上前に、新聞で読んだきりだが」

「ぼくもよく知っています、教授。その話を知ったのがきっかけで、彼らに興味を持ちました」

「きみが狙っているのは、その日本人盗賊か?」

「別に、その盗賊一人だけじゃないですよ。それこそ麦わらの山から針を探すようなものです」タテイシは足を組んだ。椅子がギシギシと、心もとない音を立てた。「ここに来る前に、ぼくは警察に押収されていた『シンドウ・レンメイ』の内部資料を調べましたが、どうやらかなりの数の会員がサンパウロ州で内乱未遂を起こした後、例の日本人盗賊と同じく、内陸部へ逃亡したようなんです。アマゾンの熱帯雨林は未踏地だらけで隠れるには最適なうえ、インディオはアジア人とよく似た顔つきをしていますから、中に溶け込みやすいでしょう。それに、ちょっとでも太平洋に近づけば、いつか帝国海軍の船が迎えに来た時、一番乗りできる。『シンドウ・レンメイ』の内部文書には、そんな内容の与太話が本当に書かれていました。ボリビア経由のアンデス越えルートの計画図まで載っていたんです」

「『シンドウ・レンメイ』のメンバーは、その逃亡計画を実行したのかね？」

「傍証があるので、間違いないようです。この計画に乗った人数はよくわかりませんが、西に移動する逃亡者が行く先々の日本人コミュニティで寄付の名目で強盗をして、逃走資金を補っていました。彼らの足跡を追っていくと、最後はロンドノーポリス郊外の日本人入植地での事件に辿り着きます。サンパウロから線路沿いにやってきた『シンドウ・レンメイ』を名乗る連中が、入植地の人間をそそのかして集団離農を起こしました。それだけなら大したニュースではないんですが、離農に反対し、財産を差し出すことも拒んだ一世の移民が殺されています。彼らの足取りはそこでぷっつりと途絶えました。もちろん彼らがアンデス越えに成功したという話も、まったくありません」

「つまりきみの予想では、その『シンドウ・レンメイ』の逃亡者が、アンデス越えもできず、かといって街に戻ることもできず、かの日本人盗賊のように、ジャングルを彷徨《さまよ》っていると考えているわけだね」バーネイズが訊いた。

「で、彼らの隠れ里を、空の上から探そうというわけか。紛れ込んだ針が多少大きくなっただけだ」

とアラン。

「でも、現在でも東南アジアでは、日本の敗残兵が何人もジャングルを彷徨っているという噂が尽きません。相手が集団なら、焼畑や、炊事の火が確認できると思ったんですが……」

「インディオだって炊事や焼畑をするだろうが。見分けようがない」

「ええ、それはさっきのフライトでわかりました。なので今回は空路を諦め、自分の足をつかって〈カチグミ〉の隠れ家を探そうと思います。大学には休学届も出していますからね。今回は空振りでも、読者に興味を持たせる記事なんて、いくらでもつくれますから」

「…………」

タテイシは便所に行くといって、靴を履きなおして東屋から出ていった。どういうわけかあの老犬もついていく。

「どうも、あの若者と、わたしたちの行き先は、重なっていそうな気がする」青年の姿が見えなくなるのを待って、バーネイズがアランにささやいた。「きっとあの若者は、色々と理由をつけて、我々についてきてしまうに違いない。カムフラージュには役立つだろうが、マスコミだ。面倒だぞ」

「あきらめるしかないだろう。マット・グロッソは広大だが、ヒトが定住できる土地は限られる。旅程は事実上、川に沿ったひと筆書きだ。こっちが望むと望まないとにかかわらず、ずっと同じ顔と向き合う羽目になるのは当然だ。第一、電話も電信もないところで、いくら腹の内を探られたとしても、痛くも痒くもないだろう」

「それはそうだが……なんだか雲行きが怪しくなってきたな」

アランは東屋から顔だけを突き出した。

「確かに曇ってきた。乾季も終わりだな」

周囲がにわかに薄暗くなった。そのまま天蓋を突いたような土砂降りになる。太い縫い針のような雨粒が、固くなった大地に突き刺さって、猛烈な速度で赤土を浸食していく。森の外れにあったあばら屋は放棄されて、中で臥せっていた人間がわらわらと這い出てくる。まるで脚を数本失った蜘蛛が必死に逃げているようだ。こんなに大勢の人間が隠れていたのかと、アランでさえ驚いてしまう。

やがて、スコールでずぶぬれになったタテイシが、雨を破って東屋に戻ってきた。彼は肩で息をしていた。犬が身体を振るわせて雨水を跳ね飛ばす。

「どうだ、これが熱帯雨林の洗礼だ」アランは笑ったが、この東屋も、ずっと雨漏りを続けていて、足元がすでにドロドロだった。

「ええと、教授、これが雨季の始まりですか？」

「そうだ。これから一週間は、お天道様を拝めないだろう。そこから川が氾濫《はんらん》して、川幅が増した分、流れが落ち着くまでとなると、半月かな」

「半月――」青年はため息をついた。

「しかし雨が降らなかったら、そもそも船を使うこともできないんだぞ。今年の乾季は長すぎた。……さて、タテイシ君、きみはどうする？　ここで尻尾を巻いて帰るにも、先に進むにも、飛行機どころか、船もすぐに出ないぞ。陸路も厳しいな。長雨のあとは、道路が何本も寸断するんだ」

「ああ、もう……くそっ」タテイシは短く悪態をつくと、東屋を飛び出して、豪雨の中、桟橋に向かって駆けていった。

「おい――」アランはバーで騒ぐ若者を諭すような声を出したが、言いかけてやめた。

青年は立ち止まり、アランたちに背を向けたまま立ち尽くしていた。

「彼は一体なにをしているんだ？」バーネイズが訊く。

「さて、ただなんとなく、高ぶった気持ちを静めているだけじゃないか？　あんたも若いころ、どうしようもなくなって、そういうことをしたときがあるはずだろう」

「思い出したくなんてないな、若いときのことなんて」

「そうか、初めて意見が一致したような気がするな」

タテイシは天を仰ぐ。彼の顔を、スコールが叩いていく。それから数分後、ようやく気持ちの整理がついたのか、彼は肩を落として東屋に引き返してきた。

「わかりました。待ちますよ。待てばいいんでしょう。ぼくらジャポネーズはせっかちだ、待つことを知らないとよくささやかれますが、必要とあれば、きちんと待ってみせますよ」

そうつぶやいて、タテイシはどかりと、粗末な椅子に腰を降ろした。

雨はまだまだ止みそうになかった。

＊＊＊

わたしは飢えていたが、この腹をえぐるような感覚に、「空腹」という名前があることを知らなかった。「飢え」という言葉も、きっとどこかで聞いていたはずだが、それがおのれの肉体と関わる言葉だとは知らなかった。かつてのわたしは、飢えも満腹もない世界にいて、そこから落ちてきたらしい。

森をさまよっていたとき、わたしは恐れの感情だけを抱えていた。それは、わたしに初めてとりついた悪霊だった。わたしを人にしているのはその悪霊で、わたしの心臓が、人間と同じ形に太りきった頃を見計らって奪い取ろうと企んでいた。

次にわたしは、喉の渇きを悪霊から押し付けられた。わたしは地面から突き出た岩の窪みに水が溜まっているのを見つけて、それを飲んだ。のちにスキキライは、人間はただそのまま水を飲むわけではないことを教えてくれた。飲んでよい水とは焼いた水か、果物の汁か、汁からつくった酒のことなのだ。四つん這いになって川やくぼみの水を飲むことは獣のすることだ。

次に心臓の管を通って、わたしの全身に満ちたのは「痛み」だった。水を飲んでから歩き出すと、しばらくして、腹がすさまじく痛み出した。それは体の内側からの苦痛で、わたしは動けなくなってその場にしゃがみこむのと同時に、尻の穴から、溶けた糞を垂れ流した。水のような糞はただ臭いばかりで、地面にしみ込んでいく。飲んだ水の量より多かったはずだ。身体は腐った内側を吐き出そうとしていた。苦しんだわたしは、そのうち飢えも渇きもどこか遠くに行ったことを知った。疲労だけが残った。わたしの足はまだ芋虫のように柔らかくて、小石や草木の棘で切り裂かれて無数の切り傷が出来、泥と固まった血で黒く汚れていた。こんなに長く歩いたことはなかったはずだ。わたしの身体のあらゆる骨がぎしぎしと音を立てていた。もう一歩も動けない、眠りにつきたいと思った。

かつてのわたしには寝床が与えられていた。その寝床は雲のように白く、果汁のように清浄だった。そのことを思い出せば眠れると思った。しかしそれはおぼろげな過去だった。立ったまま眠る方法はないかと思案した。今のわたしなら、そんなばかばかしいこと、考えもしなかっただろう。試みる前に、わたしは自分の体臭より強い臭いが森の奥から流れてくるのに気付いた。それはワンガナ（ペッカリー）どもの体臭だった。その時のわたしはワンガナの実物を見たことがなかった。だからその臭いを、追いかけてきている悪霊のものだと思いこんだ。ワンガナの群れだって、十分に恐ろしい。しかし悪霊とは違う。わたしは慌てて逃げ出した。結果、さらに深い疲労につきまとわれることになった。その上、雨が降り出した。雨がこんなにも冷たいものだということも知らなかった。世界はこんなに暑いのに！　わたしは自分が生まれたままの裸だということにもようやく気付いた。

やがてわたしは、絞め殺しの木（イチジクの仲間のつる植物。からみついた木を最終的に枯らしてしまい、洞が残る）がつくる、籠の中のような洞《うろ》を見つけた。わたしはその中で雨が上がるのを待った。わたしは雨がすぐ止んでくれればよいと思った。しかし雨が止んで、雲の切れ間から太陽が覗いても、わたしに行く場所なんてないことに、ようやく気付いたのだった。

　わたしは木を伝う雨水で渇きを癒した。今度は苦しむことはなかった。わたしは絞め殺しの洞の周りで、なにかできることはないかと考えた。わたしはその木に戻って来られる範囲をぐるぐると歩いた。そしてたとえ木の姿が見えなくなっても戻って来られるという自信がついたら、足跡で描く円を大きくして、もっと遠くへ行こうとおもった。しかし円を大きくしていくうちに、また森の中を意味もなく歩いているのと変わらなくなった。そのことに気付かず、わたしはずっと、絞め殺しの木の周りを歩いていると思い込んでいた。またあの木に戻れば休めると思っていたから、疲れも気にならなかった。

　しかし陽が暮れて、夜が来た。この世での、わたしの一日目は終わった。いやひょっとしたら二日目だったのかもしれないが、もはや絞め殺しの木はどこにもなかった。虫と木々のざわめきだけが聞こえた。わたしのことなど気にせず鳴いている。わたしは喉の奥を締め付けられるような気分だった。この気分が、わたしを苦しめた、最後の感覚だった。悪霊ではなく、思い出せないままのわたしの思い出が、わたしを苦しめようとしていた。わたしにもかつて、家族がいたはずだ！　それはスキキライや、子供たちではない、また別の家族のことだ。その家族の匂い。触れた手。他愛のないおしゃべり。だけど彼らとなにを話し、何を分け合ったのか。それが思い出せなかった。

　わたしは、火の起こし方も知らず、魚を生で食べる獣だった。朝になって、わたしは干上がった川を見つけた。そこには魚がわずかな水を求めてもがいており、鳥たちが魚たちを自由に捕まえていた。わたしもその中に混じって魚をとり、飢えをしのいだ。水もそこで飲んだ。歯の鋭い魚に噛まれて、赤い血を流した。

二章

雨季が始まり、空が水分を大方吐き出し尽くし、川の流れも、平地の大半を飲みつくした。川幅が広がって、ヨット程度の船でも安全に航行ができるようになったが、そうなるまでにひと月を要した。もう年の瀬であり、アランたちは密林の中でクリスマスを過ごすことが確定している。かの日系人は結局、アランたちの旅程に同行することになった。

一行はこのあたりで入手できる最大サイズのモーターボートを調達した。上流と下流の小貿易で使われる、ジャンク船程度の木造船だが、アメリカ製の、十五馬力のエンジンが取り付けられている。

旅の案内人プレゴはかつて、アランのフィールドワークに同行してくれた友達だった。ポルトガル語も達者だ。雨季が始まって二日目、彼は狩りからようやく帰ってきて、アランたちを歓迎し、ピンガ（どぶろく）と、狩ってきた鹿の肉で再会を祝った。彼はどこにでもいる、普通の中年になっていた。

ボートの底には、プレゴの集落から自動車で半日はかかる小さな町まで何往復もして調達した、文明圏の物資――ユカの粉に干し豆、米、アンチョビとスパムの缶詰、ドライフルーツ少量、魚の干物、ラム酒、ウイスキー、先住民との交渉や物々交換に必要な氷砂糖と紙巻き煙草、石油缶、エンジンの修理キット一式を敷き詰めてある。荷物の中には、船着き場にいたあの老犬が紛れ込んでいる。プレゴがオンサ除けに載せたのだが、なぜかすっかりタテイシに懐いてしまっていた。

アランたちが遡上していく支流はリオ・サル――「塩の川」という名前がついていた。川沿いでたくさん見られる石英の堆積物を、かつての探検隊が「岩塩の層」と誤って記録したため、そんな名前になったそうだ。一説には石英とともに産出する自然金の存在を隠匿するため、わざと岩塩と報告したともいわれ、実際に十九世紀の初頭にはゴールドラッシュが起きて、プレゴの先祖が西洋文明と接触したのもその頃のことだ。アランたちはその「塩の川」をひたすら遡り、ボリビア＝パラグアイ国境近くを目指す予定だ。マット・グロッソには著名な大湿地帯パンタナールがある一方で、アマゾンの浸食から取り残された残丘が点在し、そこで標高もわずかに高くなる。「塩の川」の水源まで遡上して行けば、そこから南米のもう一つの大河、パラナ川の支流・パラグアイ川の水源も目前である。アランたちはそのサル川とパラグアイ川に挟まれた高原を中心に、バーネイズ医師の〈調査〉を行う計画だった。

日中、アランたち五人は、川を進む船の上で過ごし、日が傾けば、適当な岸に船を引き揚げ、そこで朝を待った。単純な旅路のようだがそうではない。昼間の移動も命がけだった。スコールの度に大地は濁流に削り取られ、水底の大岩は、人知れず位置を変えている。何度も川を往復しているプレゴでも、岩の行方はわからない。そのため彼は常に、船の舳先《へさき》で目の前の川の流れを見つめ、怪しい渦や流れの淀みを見つけ次第、後方で舵を担うジョゼに合図をする。それだけを頼りに、ジョゼは舵を切る。もしそれが間に合わない場合、長い棹《さお》で水中の岩を突いて、その反動で無理に船の進路をずらす。ひとたびタイミングが狂えば、船は岩に乗り上げて、転覆するか、竜骨を傷めて真っ二つに折れてしまう。

それでも一週間、ボートは無事に遡上を続け、その間に二度、雨季の間のみ出現する湖沼を横断した。乾季は赤土のつむじ風が吹く荒野にすぎなかった大地が、今では巨大な湿原になっていて、アランたちのボートが描く波の跡を、巨大な川魚の影が横切っていく。十分な水深があるため、岩の心配が不要になったプレゴが、銛《もり》で一匹仕留めてみないかと誘うが、「観光客じゃないんだ。それに仕留めたところで保存もできまい」とバーネイズが断った。「しかしすごい水の量だ。加えて、この魚の数だ。よくあの過酷な乾季を生き残ることができたな」

「これでも生き残ったのはほんのひと握りだ。これから卵を産みに上流に行くが、そのための英気を、この湖で養っているらしい。しかし、産卵場がどこにあるのか、知っているものはだれもいない」

プレゴは惜しそうに湖面を見つめながら、そう説明した。

さて、旅に急遽加わったタティシ青年は、軽はずみな言動こそ目立つが、日本人の前評判通りに、よく働いていた。なにしろ豪華客船のクルージングとはまるで違うのだ。従者はいるが、そのジョゼが操船から手を離せないのだから、船上での雑務は若いタティシがするしかなかった。夕刻や、天候が荒れて船を引き揚げた後はさらに大変だ。焚火をするには火の番が必要だ。猛獣が来ないように見張ることも欠かせない。蚊帳《かや》も吊るさなければいけないし、ハキリアリが紙やジュート（黄麻。繊維をロープにする）の袋を持ち去ろうとしたときには急いで荷物を避難させなければいけない。旅の途上で集落に着けば「ぼくのような顔をした余所者はいないか」と聞きこみをする。息をつく暇もなければ、青臭い物思いにふけることもできない。密林において死は身近な存在だが、生けるものは生きることに精いっぱいで、一寸先の死を意識することができない。都会育ちの青年には、そんな時間の使い方は初めてだろう。

活き活きするタティシとは対照的に、アランは、日に日に体調が悪くなっていった。出発から半日後にはもう、街で買い込んでポリタンクに移し替えた安いウイスキーに手を出していたのだが、次の日の朝食（ユカの生地に缶詰のアンチョビを挟んだものと、豆のスープ）を食べた後に飲んだら、今までに経験のないひどい悪酔いをしてしまった。頭痛に苦しみつつ（ウイスキーがまだ馴染んでいないせいだろう）と思って今度はピンガを飲んだが、アランはまた同じむかつきに襲われて、川に向かって胃の中のものを戻してしまった。タテイシやジョゼは彼の体調を案じるが、バーネイズだけは訳知り顔で、「不摂生を避けて安静にしていれば、勝手に具合も良くなるだろう」としか言わない。

（あの野郎、おれのメシにだけ断酒薬でも混ぜているな）

しかしタテイシの前でむやみに医師と口論すれば、余計なことまで口走ってしまいそうだったので、やむを得ず酒を断つことにした。そのせいで、常時いら立ちが抑えられない。訪れた村でバーネイズやタテイシのために通訳をしようにも、話が頭に入ってこない。自分自身の個人的なフィールドワークもついでに行うつもりだったのに、手が震えてメモが取れず、見かねたタテイシに代筆を頼む始末だった。

そんなアランの不調をよそに、ボートは一度エンジンが故障した以外にさしたるトラブルも起こさず、大湿原を通過し、サル川最上流、マット・グロッソ高原に到着した。ここから先は川幅が狭くなり、川の形も雨の度に激しく蛇行し、かつての流れの痕跡が三日月湖としてあちこちに点在している。川底に沈んだ岩の量も多く、さらに慎重な操舵が必要になるので、一日に進める距離は今までの半分ほどになった。ボリビア国境はまだ先だが、この地こそ西洋人のイメージ通りの密林の大魔境だった。

魔境に突入して五日目。ひょっとしたら六日目かもしれない。

アランたちは藪の中に船を隠し、小湿地の瓶首《へいしゅ》にあたる水はけのよい空き地で夜を過ごしていた。その空き地は恐らく、かつて移動性のインディオが仮住まいしていた場所で、植生の遷移から、半年ほど前に放棄されたのだろうと推測された。

「今日の調査も、こうして無事に終えた……」石油ランプの火を囲んだ夕食の席で、バーネイズは感慨深げに言った。その夜は雨が降らなかったので、寝ずに火を囲んでいる。木箱の上に置いたランプの下には、すでに虫の死骸の山ができていた。「存外、小舟の旅というのは快適ではある。陸路のあの荒れ様を考えると、実に平穏だ。これもプレゴとジョゼのおかげではあろうが、どうだろう、この調子なら予定通り、二週間でサル川の上流一帯を回り切れるだろうか」

「今のところ、川の精霊は我々を大目に見てくれているらしいが」プレゴは静かに答えた。「しかしここから上流には友達もいないし、おれたちの言葉がわかる連中も少ない。住んでいる精霊も違う。出会ったことのないマードレだって住んでいるかもしれない」

「マードレ？」

「森や川に住む妖怪の中で、とりわけタチの悪い連中のことさ」アランは気晴らしに、プレゴからもらった嚙み煙草をクチャクチャさせていた。

「それに、バーネイズ先生、ぼくの調査は今度も空振りでした。いや、わかっていたことではありましたけれど」タテイシはうなだれて言った。

「それはわたしたちの調査も同じようなものだ。なあ、スナプスタイン教授？」

「…………」

アランは背伸びをして天を仰ぐ。空は相変わらず曇り、厚い雲は今にも落ちてきそうだが、密生した木々の幹がそれを支えているようだった。食卓は焚火で火を通したプランテイン（加熱調理用バナナ）と、塩漬けされたカピバラの干し肉だけ。どちらも途中の集落で分けてもらったもので、ここ数日間、夕食のメニューはずっとこれだった。ジョゼはラムを一杯飲むと、座ったままで、もう舟を漕いでいた。プレゴはライフル銃を抱きしめて、耳を頼りに周囲を警戒している。

舟の往来のある流域を除けば、熱帯雨林は巨大な「点」の集合にすぎない。そしてそれぞれの点が線で結ばれず、お互いを意識することなく孤立している。おかげで多種多様な生物だけでなく、無数の少数民族と、独自の言語や文化が残存しているのだが、それが系統立った調査というものを難しくさせている。どの集落を回って話を聞いても、それらが一体どういう関連を持つのか、はたまた、なんの関連もないのか、推察することが困難なのだ。

例えばタテイシの調査では、ヒトや獣の身体に鋭利な切り口を残すマードレの話を聞いた。霧に覆われた森の中を歩く、鈍色《にびいろ》の巨人の話を聞いた。トカゲの精霊に魅入られて、かどわかされた娘の話を聞いた。医者と称して、戦《いくさ》で負傷したインディオたちを船に載せてどこかへさらっていく白人の話を聞いた。宣教師の従者が、あんた（タテイシ）と同じ顔をしていた。あるいは、していなかったという話を聞いた。ハポネスの亡霊が川の上を歩いているという話を聞いた。いやそれは大昔にコンキスタドールに殺されたインディオの霊だ。……どれも都会の路地裏に貼られたままのポスターのように、雑然としていた。タテイシの手帳は時間も空間も乱れ、土産用の煙草ばかりが減っていった。

バーネイズの調査も似たような状況だった。彼ら西洋人が聞き込みをすると、それが沿岸に様々な憶測を呼び、調査をさらに混乱させた。うろつく西洋人はこの地に新しい牧場や、鉱山の開発を目論《もくろ》む実業家に見えてしまう。共和国の経済成長に伴い、投機に浮かれた連中が、こんな内奥にまで出現するようになったのだろう。彼らを追い出そうとする者はデタラメな怪談を喋るし、反対に親切心から、金塊が出た、宝石が出たといった、彼が喜びそうなほら話をわざわざしてくれる者もいる始末だった。

「やはりパラグアイ川沿いで調査をしなければならないか……」

「本来はそちらで──ええと、〈調査〉をする予定だったんですね」と、タテイシ。

「パラグアイ政府の許可が得られなくてね。……教授、今から密林を西に突っ切って、パラグアイ川に行くことはできないだろうか」

「無茶を言うな。間に丘陵地帯があるから、パラグアイ川とアマゾンは決して交わらないんだ。陸路もないから、ジャングルを延々切り開いて進む羽目になるぞ。この説明、三度目だ」

「でもまだ一週間以上、調査の日程はあるのでしょう？　まだまだこれからですよ」

「まあ確かに、その通りではあるが……」バーネイズはため息をつき、白いもの交じりの顎髭をなでた。「やはり気持ちが焦ってしまう。これはよくない兆候だ」

「もし今回の調査が不発でも、次の機会を待つことはできませんか？」

「わたしはこの調査に人生を懸けているんだ。もう歳を取りすぎているし、この国の情勢も不透明だ。今回の調査がうまくいかなければ、わたしは二度と、この国の土を踏めないかもしれない」

「おれとしては、持ち帰ってデータを精査することをお薦めするね」

「スナプスタイン教授、きみまでそんなことを言ってどうする？」いつになく、バーネイズは語気を強めた。ジョゼも驚いて目を覚ます。犬は蒸し暑さに舌をだらりと出しつつも、ずっと眠っている。

「……すまない。しかしな教授、データを精査している間に、今度は何人、人が死ぬかね？」

「えっ？　人の生死の関わる問題なんですか？」

バーネイズは青年の方を一瞬だけ見るが、すぐさまアランに視線を戻した。

「これはわたしや、きみだけの問題じゃないんだ。世界が西と東、資本主義と共産主義に二分される中、全人類共通の大義が、世界にまだ存在していることを証明する最後のチャンスなんだぞ」

「その口説き文句も、十回以上は聞いたぞ」

「それじゃあついでに、この話ももう一回してやろう。きみに愛国心は期待しないが、家族愛はあるだろう。お嬢さんに会いたいって気持ちはまだ残っているはずだ」

「ちょっと待て」今度はアランが声を荒らげる番だった。「成否にかかわらず、帰国の許可が降りるよう、便宜をはかってくれる約束だぞ」

「その約束はもちろん有効だ。しかしなんの成果も得られず、むざむざと帰ってきた父親を、お嬢さんは認めてくれるかね？」

「…………」

「アラン、お前も、子供がいたのか」プレゴがぼそっとつぶやいた。

ジョゼがそっと、焚火に薪を追加した。火勢が一時、大きく膨れ上がる。

アランが不貞腐《ふてくさ》れてしまったので、気まずい沈黙が下りる。こうなるとタテイシとジョゼも、それ以上この場をフォローできない。虫の音や遠雷さえも、雰囲気を察して黙りこくったようだった。

しばらくして、ようやくタテイシが口を開いた。

「ねえ、バーネイズ先生、そろそろぼくにも教えていただけませんか？　お二人の旅の、本当の目的を」

バーネイズは錫《すず》のコップの縁をなでながら、無言で青年を見つめた。アランもそうした。二人の表情に気圧《けお》されながらも（一体おれはどんな顔だったんだろう？）、タテイシはしゃべるのをやめない。

「お二人の調査には、不審な点がいくつもあります。バーネイズ先生はインディオたちから話を聞きだすときは、わざわざフランス語をお使いになります。ぼくの耳に入るのを防いでいるのではないでしょうか。それに、あなたのお持ちになる資料を何度か盗み見する機会がありましたが、どれも暗号のような言語で書かれていますし――」

「それはきっと、現代ヘブライ語だよ」

「そうなんですか。しかし学術調査ならマイナーな言語で書く必要はないでしょう。きっと人に読まれて困ることが書いてあるからです。それと、先生はもうひとつ、肌身離さず持っているものがありますね。胸ポケットの手帳に挟んであるはずです。写真でしょう。聞き取りのときに、しばしばそれを見せていますね。一体誰を探して、こんな秘境まで？」

「ある程度は、薄々察してくれているかと思っていたが――」バーネイズはそう言いかけてこちらを一瞥するが、アランは知らん振りを決め込むことにした。彼はバーネイズの、真の同志にはなれない。

「本当に申し訳ないがタテイシくん。今のところ、きみに話せることはないんだ。本当に、今はね」

「それはぼくがマスコミの人間だからですか？　あるいは、ぼくが日本人で――」

「きみの所属に関係なく、今はまだ、話ができる段階ではないんだよ。これはきみの〈カチグミ〉探しと同じく、勝機が定かではないんだ。もし目的を達成できれば、きみには是非とも顛末の証人になってほしいが、なにも成果が得られなければ、この旅の秘密を、わたしは自分の墓にまで持っていくつもりだよ」

「……わかりました。誰かの生死に関わると聞きましたので、お力になれればと思ったんですが、これ以上の詮索はやめておきます。こんな僻地《へきち》で、お医者様の機嫌を損ねたくはありませんしね」

「きみは元気が有り余っている。わたしの出る幕は当分こないだろう」

そう笑った後、バーネイズはアランの方を向いて、厳しい口調でこう言った。

「心配なのはきみのほうだ、スナプスタイン教授。きみも立派な大人なんだから、くれぐれもわたしの手を煩《わずら》わせないでくれ」

それには答えず、アランは、「……もう寝る」とだけ告げて緩慢に立ち上がり、天幕の下に張ったハンモックに上がって、毛布を頭からかぶった。

「まだ聞いているだろう、スナプスタイン教授！」バーネイズは重ねて念を押した。「きみはこの場所を地獄だと言ったね？　確かにそうかもしれん。しかし今、われわれは己の生死の手綱を、自分でしっかり握っている。ひょっとしたらここは、地獄どころか天国に近いかもしれんよ。きみも一度は放してしまった手綱を、今度こそしっかり握っていたまえ！」

アランは毛布の裏に顔を隠して舌打ちした。


その晩は雨季には珍しく、雲が切れ、月が黄土色の川の流れを青く光らせていた。風もない。水面を、生まれたばかりのカゲロウたちが、薄い羽根をキラキラ輝かせながら飛んでいる。

アランは月明かりを頼りに、ハンモックからこっそり降り、ひとりボートへ向かった。明るい夜とはいえ、倒木の陰にどんな蛇や毒虫が潜んでいるかわからないので、懐中電灯で油断なく足元を照らす。彼も多少は焦っていた。船に着くと、緑色の覆いを外して中に転がり込み、口に懐中電灯を咥《くわ》えながら、船底の蓋を開けて、お目当てのものを探し始めた。

「教授、お探しものですか？」

どれほどの時間、探しものをしていただろうか。アランは投げかけられた声に、自分でも呆れるほどに驚いてしまった。

「多分、バーネイズ先生は、そんな安直なところに物を隠したりはしないと思いますよ」

タテイシの口調には皮肉が混じるが、それ以上の悪意はない。彼も右手に懐中電灯を持ち、左手には棒切れを握っていた。傍らの犬はあくびをした。

「ブラジルに来る前に飲んでいたことがあるから、すぐに見分けがつくと思ったんだが」

「断酒薬でしょう？　先生の鞄はもう確かめられましたか？」

「ああ。あの藪医者め、他の薬の中にこっそり混ぜ込んでいるに違いない。だから薬箱一式の中に、きっとあるはずなんだが」

そう言いながら、アランはキニーネの隣の、茶色い瓶を月光に透かした。

「先生、それ、『下剤』って書いてありますが」

「もう試してないのはこれくらいなんだ。熱帯で下痢は致命的だが、一か八かだ」

それで駄目なら、アランは薬箱ごと川に捨てるつもりだった。

「勘弁してください。先生、お酒ごときに自分を見失わないでくださいよ」

「そんなことを忠告するために、わざわざつけてきたのか？　大方、お医者先生への点数稼ぎのつもりだろう」アランは下剤を元に戻して立ち上がった。「それなら、どうだ？　おれのことを内緒にしたら、ちょっとしたヒントくらいくれてやれるんだが」

「ぼくを見くびりすぎです、教授。それにあなたの後をつけてきたわけじゃありません。こいつに連れてこられたんです」タテイシは靴に顔をこすりつける、よぼよぼの犬を見下ろした。「顔を散々なめられて、靴紐を引っ張られてここに来たんです。あなたが寝床にいないことに気が付かなかったら、蹴っ飛ばして寝なおしていたところですよ」

「そんなお節介を、こいつが今までにしたか？」

「これが初めてですよ」

タテイシはしゃがんで、犬の顎をなでた。犬の方は喜ぶわけでもなく、光る目でしっかり青年の顔を見つめながら、盛んに鼻を鳴らして臭いを嗅いでいる。

「ひょっとしたら近くにジャガーが潜んでいるのかな。だとしても、なんで起こしたのがぼく一人なんでしょう。それならまず飼い主を――プレゴを起こせばいいのに」

「そもそもそいつはなんでお前にばっかり懐くんだ。ジャーキーでも分けてやったか？」

アランは断酒薬をあきらめて、もう一つの探し物を船底から引っ張り出した。愛用のスキットルだった。バーネイズに薬を混ぜられてから放置していたのだが、また手元に置いておきたくなったのだ。

「あ、やっぱりお飲みになるんですね」

「さすがに薬も切れていると思うんだが」蓋を取って匂いを嗅ぐ。「うん、まだ酢にはなってないな」

「教授、ぼくにもひと口ください。シャツ一枚じゃさすがに寒くって。もしいただけたのなら、今夜のことは内緒にしてあげますよ」

顔をしかめつつも、アランはタテイシにスキットルを差し出した。彼は一口二口と中身を飲んだ後、指先で、表面の刻印をなぞり、月明かりに照らす。

「これって大事なものなんですか？」

「返してくれよ。別れた女房からもらったんだ」

「奥様からのプレゼント？　ということは、中毒になる前にいただいたんでしょうね。別れた原因は、酒のせいですか？」

「アル中と離婚、どちらも結果だ。もういいだろう。あまりからかうなよ」

「それでも、いまでも奥様に未練がおありなんですね。だからこれを大事にされている――」

「もうちょっと断酒を続けているべきだったな」アランは舌打ちした。「……カミさんよりも、娘に会えないことの方がこたえるさ」

「お嬢さんはいま、おいくつですか？」

「今年で十八……だったはずだ。女房とその再婚相手と、テルアビブで暮らしているよ。……そろそろ川に突き落としていいか？」

「それじゃあ最後にこれだけ教えて――」タティシがそこまで言いかけたところでアランはスキットルを奪い返し、中身を全部飲み干した。

「で、最後に聞きたいことはなんだ？」

「あ、答えてくださるんですか？」

「それが最後の質問か？」

「まさか！」

「じゃあなんだ？」アランは座り込んで煙草をくわえた。

「なんでテルアビブ大学を追放されるようなことを？」

「………」アランはマッチに火を点けるが、煙草にはつけず、その小さな炎が軸木をなめてゆくのを見つめていた。「中東の太陽が性《しょう》に合わなかったじゃ、納得しないか？」

「それがあなたの哲学なんですね？　今も変わりなく」

「………」指先の近くにまで迫った炎を、足元に落として踏み消す。

「あなたが五年前の講義で何を喋ったのかは、サンパウロでも活字になっています。ぼくは直接読んだわけではなくて、又聞きですが」

今から五年前、アランはテルアビブ大学国際学院の、担当する教養課程の授業の初回、酩酊した状態で現れた。留学生向けのユダヤ民族史の総論で、受講生の大半はユダヤ系アメリカ人だった。

アランは講壇に立つなり——というよりしがみ付くなり、困惑している留学生一人一人を指さしてこう言った。

「貴様らの中に、真のユダヤ人はいない。お前も、お前も、お前も、お前も……みんな偽ユダヤ民族だ。少なくともお前らの身体の血は、十二支族のものより、チンギス・ハーンやアッティラの方が多く流れている。貴様らはタタール人の末裔だ。そのことを脳みそにしっかり刻み付けておけ」

それから彼は十分間、うめくように何かを演説していたが、騒然とした教室で、内容を聞き取れたものはいない。途中で駆け付けた警備員に両腕を抱えられ、彼は医務室に連れていかれた。

酔いが醒めた後も、彼は自分の「失言」を撤回せず、チンギス・ハーンとアッティラは冗談だが、東欧のユダヤ教徒の多くが、かつてカスピ海のほとりに栄えたテュルク系国家ハザールの末裔だという自説を曲げなかった。かの国はユダヤ人を保護し、支配者層はじめユダヤ教に改宗する住民も多かったことが知られているが、アランはパレスチナに移り住んでから、十世紀のハザール滅亡時の離散者こそが東欧ユダヤ人の直接のルーツであり、本当のディアスポラがその時代の出来事だと考えるようになっていた。

彼が、かの大学者レヴィ＝ストロースの弟子ということもあり、その奇行はスキャンダルとして世界中を駆け巡り、とくに反ユダヤ感情が高止まりしているアラブ諸国では大々的に報道された。こうしてアランは、職を失ったばかりか、右翼に命を狙われた挙句、イスラエルから事実上追放された。

「おれはべつに、シオニズムやイスラエル国家、それにユダヤ民族という個人の信仰やアイデンティティを冷笑したかったわけじゃない。ただ、今は二十世紀だぞ。今時の国家というのは土地と国民だけじゃなくて、周辺国との相互理解と承認が必要だ。それを無視して何千年前の神話にすがっているようじゃ、そのうち相手からも、別の神話で殴り返されかねない。あのときはそんなことを言いたかったが、素面《しらふ》では言えそうになかった」

「しかし、もっと穏やかに説得する方法があったのではないでしょうか？」

「ユダヤ人が『穏やか』だったら、そもそもイスラエルを建国していない。おれの考えが国家とぶつかるのは、時間の問題だった」

「それでもやはり、未練があるんですね？　だからバーネイズ医師に協力を？」

「………」

夜霧が川下からうっすらと上がってくる。明日の朝は夜露でぐっしょり濡れていることだろう。樹上性の蛙があちこちで鳴いているのが聞こえた。

「教授、雨合羽《あまがっぱ》か、せめて毛布でもかぶりましょう。風邪ひいちゃいますよ。……あ、こいつを抱っこしますか？　臭《くさ》いですが、少なくともあったかいですよ」タテイシは老犬を抱き上げた。

アランが突き返す前に、その老犬が、ワフッと、咳き込むように吠えた。

とても頼りない声だが、確かに吠えた。初めて聞く鳴き声だった。

アランは慌てて立ち上がり、犬の視線の先を懐中電灯で照らした。

そこにあるのは、タールのように平たい、静かな川面だけだった。ジャガーが潜む気配などまるでない。それでも犬はその方向を、耳をそばだて、しっかりと見つめているようだった。

「……教授、あそこです！」

タテイシがアランより早く、犬の視線の先にあるものを発見した。

アランたちの船よりもずっと小さいボートが、霧の中を進んでいく。こちらまで百メートルもないだろうが、水面にできる曳き波を見つけないと、ボート本体に気付くのは難しい。向こうも二人のことはまるで感知していないようだ。

「先住民の丸木舟でしょうか」

「ここからじゃまるでわからんが……」

月が船上から伸びる、二本の人影を生み出している。一人は座りながら棹か櫂《かい》を漕ぎ、もう一つの影は立ち上がって、空を見つめていた。小舟は川の流れに逆らっているので、先ほどから一向に進まない。曳き波の波紋だけが、アランたちのいる岸に届いている。

アランはタテイシに屈むように促しながら、船の双眼鏡を探した。ジョゼはたいてい、船に置きっぱなしにしているはずだった。アランが舳先の近くを手で探ると、首にかける紐に触れた。

レンズを覗いて舟を見る。

「……二人とも髪が長いようだ」

「女でしょうか」

「声がでかい。だが、そのようだ。……舟を漕いでいるのは年寄りかな。あと、ちゃんと服を着ている」

「文明化しているインディオ、ということですか？」

「まあな。宣教師が安物をばら撒いているから、教化されて、見様見真似で着ているだけかもしれん。もう一人は娘っ子だな。胸の膨らみがあるから、少なくとも若い女だ。見ているのは月か？　どこの部族なのかは、やっぱりわからん。……なあ、いつまでおれに解説させるつもりだ？」

その娘は脛《すね》まで隠れる、しっかりと縫われたワンピースを着ていた。衣服にほつれや汚れはなく、朧月《おぼろづき》の中、水仙の花のように光っている。彼女は相変わらず熱心に夜空を眺めているが、一度だけバランスを崩して、小舟を大きく揺らした。櫂を漕ぐ老婆が、とっさに娘の腕を摑んで身体を支える。か細い悲鳴がアランたちの元にも届いた。

「ぼくにも双眼鏡を覗かせてください。もたもたしていると下流に行っちゃいますよ」

「レンズに月光を反射させるなよ」

「なんだか悪いことしている気分ですね、へへ」

軽口を叩きつつ、タテイシは渡された双眼鏡で、小舟を見た。

もしも何事も起きなければ、冗談抜きに、タテイシは永遠にそれを見続けていただろうとアランはのちに思った。

風向きが変わると、またしても老犬がワンワンと吠えだしたのだった。

「おい、どうしたんだ、お前」慌ててアランがひっぱたこうとするが、犬はさらに興奮して、今まで聞いたこともないような鮮明な鳴き声で吠えるばかりか、船の上で飛び跳ねて、アランの腕をすり抜けていく。この老いた体のどこにこんな力が残っていたのか？

アランは川面に浮かぶボートを見た。あの少女たちは、こちらを見ているのだろうか。――と、対岸の森の中で、一筋の人工的な白い光が、太い木々の幹の間から射しこんだ。懐中電灯だ。光は川をまたぎ、アランたちのいる此岸を探る。その光を追って、光源からは、蛙やホエザルの鳴き声とは違うざわめきが、混ざり合いながら響いてくる。間違いなく人間の声だ。

（おれたちを探しているのかな。それとも……）

老婆は二本の櫂で、ボートの方向転換をしていた。もう間違いなく、向こうはこちらに気付いている。

「おい、お前はキャンプに戻れ、ジョゼやプレゴに知らせろ」

しかしタテイシは、双眼鏡を覗いたまま、それこそ馬鹿のような口元をして、ボートを見続けている。娘の方も、アランたちを凝視している。娘とタテイシは見つめ合っていた。アランもタテイシから双眼鏡を奪い返して、娘の顔をはっきり視認した。少女の全身を、対岸の明かりが照らす。娘はときたま、緩やかなカーブを描く眉を動かすが、それ以外は人形のように硬直している。ホフマンの「砂男」の少女のようだ。顔の輪郭は紛れもなく、インディオと同じモンゴロイドだった。喉から首にかけては亀甲のような影が浮かんでいるが（入れ墨だろうか）、インディオ女のような逞しさがみられない。そして額から鼻筋はむしろコーカソイド的だ。アランはこの出会いの重大さを、上手く言葉にできないながら、ますます確信していた。

少女はこちらを指さした。アランは娘の眼差しから逃げるべく、目から双眼鏡を離した。そこにあるのはむき出しのリアルだった。対岸にはすでに無数の人影が浮かんでいる。彼らは口々に叫びながら、身振り手振りで少女のいるボートに何かを伝えている。彼らもアランたちをはっきりと認識しているようだ。もはやじっくり観察している余裕もなさそうだ。重ねて悪いことにタテイシは、アラン・スナプスタインとは別の衝撃に囚われて、未だに硬直が解けていない。

アランはおもむろに、タテイシの両肩を力任せに叩いた。バアンという痛々しい音がした。青年はうめき声も上げず、呆けた表情のまま、唇を震わせアランの顔を見た。

もう一度、バアンという音が、樹海にけたたましく響く。二人のそばの水面に、鋭い水柱が立ち上がった。あいつら鉛弾を撃ち込んできやがった。次は船の中に飛んでくるだろう。今の銃撃の意味が「動くな」なのか「立ち去れ」なのかはわからないが、アランはそのどちらにも従うつもりはなかった。タテイシの頬をぶん殴ると、彼のシャツを引っ張り、強引に船の外に突き落とした。

それからこの若者を半ばひきずりながら、アランは密林の中に逃げ込んだ。自分の懐中電灯を船に置きっぱなしにしてしまったので、タテイシのが頼りだった。しかし無暗に歩き回ったせいで、昼間につくった道しるべを見失ってしまった。そうと気付いたときには手遅れだった。アランは肩で息をしながら、ようやくこの状況を認識した。もはやどれほどの距離を逃げたのか、まったく覚えていない。地獄の袋小路に、自分がまさにはまりこんでいた。犬なら臭いをたどることができそうだが、この肝心なときに、あいつはついて来ていないようだった。

アランはなんとか落ち着こうとした。しかしあのスキットルも船に置き去りにしていた。一瞬、取りに戻ろうという考えが脳裏によぎった。頭を振ってその考えを追い出すと、胸ポケットにマッチ箱と煙草があったことを思い出す。震えをこらえつつ、煙草を口に咥え、タテイシに火をつけさせた。

「あちちち……」青年はマッチの火でアランの顎髭をこがした。毛の焼ける嫌なにおいがした。

どうにか一服して、自分の吸いかけの煙草をタテイシに渡す。

「……ひどい顔だな、お前」アランは懐中電灯の光に浮かんだ青年の顔を笑った。タテイシの顔は、アランが殴った跡とは別に、逃げる途中で木の枝の棘や毛虫に刺されてできた、腫れ物や切り傷だらけだった。普段なら用心深く避けるものだったが、今回は気にしていられなかった。

「それは多分、お互い様だと思いますよ、教授」タテイシはかぶれた頬を気にしながら、ちびちびと煙草を吸った。「ぼくたち、これからどうしましょう」

「どうしましょう――って、だれでもいいからおれたちを見つけてくれるのを待つしかない。今夜はもうここから一歩も動かないぞ」

「朝になっても動かない方がいいですよね？」

「まあな、たとえ五メートル先に獣道があったとしても、だ」

「焚火もできませんね」

「それもしょうがない。懐中電灯の電池だって、節約しなきゃいかんしな」

土地勘のない人間にとって、密林というのは常に、ホワイトアウトの最中の雪原と同じだった。

それに、懐中電灯の豆電球ぐらいでは、猛獣除けにもならない。

「せめて犬がついて来てくれればなあ。ぼくを連れ出しておいて、ピンチにはついてこないなんて」

「別にお前の犬じゃないだろう。年寄りすぎて、おれたちについてこれなかっただけじゃないか？」

「…………」

「第一、あいつがいても、ジャガーにとっては蟷螂《とうろう》の斧だ。というより、犬を避けて、まずは鈍くさい人間を狩ろうとするだろう。ヒトを襲うジャガーは老獪《ろうかい》だ」

タテイシがぶるっと身震いした。

「……教授、なにか変な鳴き声しませんか?」

「夜鷹だ。何度も聞いたことがあるだろ」

「あんな鳴き声でしたかね?」

密林は昼夜問わず、音に満ちている。こんな状況に陥ると、聞こえるものは全て、自分たちへの脅威──オンサやマードレのものに思えてしまう。

「教授、まだ煙草ありますか?」

アランはケースごとタテイシに渡す。節約と言ったのに、彼は懐中電灯を消そうとしない。紫煙が電球の光の道筋を、束の間浮かび上がらせる。霧が湧いていることにも気付く。きっと翌朝は濃霧だろう。そうなるといよいよ絶体絶命だが、アランはニコチンに頼りつつ、平静を装った。

「まあ、なんとかなるだろう。ジョゼやプレゴだって銃声を聞きつけているはずだ」

「もう、三人とも殺されているかも……」そこまで言って、青年は泣き出してしまった。

「おいおい、いい加減に腹をくくってくれよ。アマゾンに来て、もう何日だ?」アランはしゃがみこみながら笑った。「それに生きて捕まれば、またあのポカホンタスに会えるかもしれないんだぞ?」

タテイシは思い出したように顔を上げた。その顔は暗闇の中でも、紅潮しているのがわかった。

「教授、決してぼくは、一目惚れをしたわけでは……」

「惚れたなんてひと言も言ってないぞ」

「いえ、教授、ぼくが、あの時興奮していたのは確かです。しかし、それはただ単に、あの少女の顔が、どう見ても……」

「東洋人……日本人だったからか？」

「その通りです！　あの娘はインディオではありません。顔の造りが洗練されすぎています」

「東洋人の顔のよしあしは知らんが、身なりは整っていたな」

「それに、対岸から現れた奴ら、日本語を話していたような気もします」

「おれにはスペイン語に聞こえたがね」

「まあ、それについては保留しましょう。しかし、余所者に対して、あんなに簡単に銃口を向けて、さらには発砲できてしまう排他性、〈カチグミ〉の精神性と瓜二つです」

「おれはニューヨーカーの排他性と同質のものを感じたね。地下鉄で不意に話しかけたら、あんな風に懐からピストルを取り出してくる」

「教授、さっきからからかってばかりじゃないですか」

「お前こそ、もう少し判断を保留したらどうだ。いくらなんでも希望的観測に突っ走りすぎだ。時間なら多分、たっぷりある。いくらでも仮説を立てては崩していけば……」

そう言ったところで、アランは唐突に、猛烈なめまいに襲われた。視界がひっくり返り、七色の閃光が光る。

「教授？」タテイシの声が何重にも聞こえたときには、もう仰向けになって倒れていた。心臓の激しい拍動が、全身のあらゆる骨に響くようだった。畜生、断酒薬がまだ切れていなかったか？　しかしこれは薬の作用とは違う――。

そこまで考えたところで、アランはもうなにも思い描くことができなくなった。周囲の音が散り散りになり、まるで羽虫の大群になったように、ひとつひとつの境界がとぎすまされ、なおかつ失われていった。木の葉のすれる音、カタツムリの鼓動、ヤスデの足音。すべてが土くれとなり、その中に自分の身体がゆっくりと埋まっていく。マードレの影が、螺旋を描いて、自分を取り囲んでいく気配だけがある。鼻の穴を、熱い何かが通過していった。

＊＊＊

スキキライはよく「人間は、ユカの生地を焼き、すべてのものに火を通して食べる動物だ」と子供たちに語った。だからお前たちの父も人間になったのだ。しかし、わたしの懐疑は消えなかった。仮に、わたしが間違いなく人間で、他の動物と同じように心臓がひとつだけあるとしよう。心臓はたくさんの管がぶら下がった袋の形をしている。死骸から取り出したときには中に血だけが詰まっているが、生きているうちは、精霊とか、そういうものをしまっているのだと思う。

わたしは体にたまった夜露をなめて、渇きを癒していた。そして、まだ涼しいうちに、また森を歩いた。落ちていた腐りかけの果実を拾って食べた。それで腹が満たされないなら虫もかじった。身体を虫が這ってもなんとも思わなくなったし、我慢できなくなったときは、自分のやり方でなんとかした。身体に泥を塗るのが一番簡単だった。そんな風に、わたしは言葉で学んでないことを、自分の四肢と、胃袋、それから両目で学んでいった。

しばしば腹が満ちて、まどろむことができるようになったときに、わたしは自分を追いかけてきた悪霊を拒めなくなっていた。わたしは奴にそそのかされて、というより、奴と一体になって、次第に腐肉を食い、口の周りを泥と血で汚すことにも無頓着になり、言葉を失い、悪霊と混ざり合ってしまった。悪霊に名前をつけていたドン・ケンドーは、まだ賢くて、幸福だったのかもしれない。悪霊に名を与えなかったわたしは、悪霊にどんどんと魂を削られた。わたしの肌に鱗が生え、牙が伸びたのは、きっとこのときだろう。わたしは頭を叩きつぶして殺した大蛇を首にぶら下げて、蠅のたかるその肉を吸うように食べ、森を歩いていた。もうさまよってはいなかった。わたしは森の悪霊そのものだからだ。

そのうち、わたしは鳥や猿とは違う鳴き声を聞いた。鳴き声は頭上ではなく、その先の、森の途切れるところから聞こえてくる。そこは明るく開けているが、川ではなかった。竜巻が木々を根元からまとめてなぎ倒していったところだった。その広野で、わたしのように二足歩行する生き物が、倒れた巨木の幹の合間を歩き回っているのを見つけた。そいつらは赤い肌をして、木の皮の籠を腰にぶら下げ、茶色い髪を背中で束ねていた。そいつらは倒れた木から、枝や果物、それから朽木の中の芋虫を集めていた。あいつらには毛も鱗もないから、肉を削ぐのは造作もないことだと、わたしは言葉なしに考えていた。

生き物のうちの一匹が足元の何かを見つけて、大声で仲間を呼んだ。集まってきた仲間たちは、その一匹を囲んで、なにかを叫んでいた。どれもわたしより二回りも身体が小さい。わたしは、その輪に加わらない一匹がいるのを見つけた。その生き物はせっせと小枝を拾っていたが、そのうち飽きたのか地面をほじくったり、枝を空の鳥にぶつけようと投げたりした。

そいつは鳥を追って、どんどんわたしの方に近づいてくる。襲うのなら絶好の機会だった。やがて枝の一本が、わたしの目の前の、落ち葉の多い柔らかい土の上に落ちた。そいつは突然、わたしを見た。わたしは間違いなく見つかった。わたしは声を発していないし、腕を振り回していたわけでもなかった。ただ機会を狙って、地面に腹ばいになっていただけだ。臭いで悟られないように、蛇も土に埋めて隠し、自分の身体にも赤土を塗っていた。それでも見られた。

そいつは――スキキライは、わたしが広野に出くわして、立ち尽くしているときにはもう、ひとりだけわたしを見つけていたという。わたしがスキキライたちを人間だと思わなかったように、スキキライも突っ立っているわたしを、森の精霊だと思っていた。その後わたしが隠れたので、気付かないふりをしながら、少しずつ近づいてみたのだという。

わたしは逃げ出した。

わたしはスキキライの眼差しに、言葉を吹き込まれてしまった。わたしはなにを食べてきたのか。わたしはだれに追われているのか。自分に対する問いが、火の粉のように、わたしを襲った。そして、かつてわたしを愛してくれた人たちのところに戻りたくなって、またすっかり弱ってしまった。

わたしは腐った倒木に腰かけ、魂の火の粉が、身体から消え去るのを待った。しかしわたしの魂は赤く熱を発し続けていた。やむを得ず、たまたま足元にいた背中の硬い虫を頭からばりばり食べたが、腹が満ちるどころか、胴体を残して、わたしの口は、それきり動かなくなってしまった。虫の汁は酸っぱかった。うなだれているところに、足音がした。スキキライが、わたしについて来ていた。座っているわたしと、視線が同じ高さだった。

スキキライの手が、わたしの口元に伸びる。その手は食いかけの虫を摑み、わたしの口から取り出してしまった。スキキライはそれを投げ捨てる。そしてわたしに対してくどくどと何かを語る。何を言っているのかはさっぱりわからないが、今ならわかる。あいつは人間になってみないかと訊いていた。わたしはこの問いに返事をしたつもりはなかったが、それでもスキキライはここにいるようにとわたしの両肩に手を置いて示した。汗の臭いがした。その後スキキライは、椰子の葉に包んだユカの団子を二つ持って戻ってきた。あいつはそれをわたしの目の前で少しかじって見せて、それから歯形のついたそれを、わたしの口に押し付けた。その団子は肉のゆで汁を混ぜてこねてつくったもので、その得体の知れない臭いと、唇に触れる団子の弾力に吹き出しそうになったが、それでもわたしは拒むことができず、少しかじって飲み込んだ。そしてそれがまさしく食べ物だと理解すると、わたしは団子をふたつとも平らげた。

こうしてわたしは人間になった。

三章

なにか恐ろしい夢を見ていたような気がしたが、もう思い出すことはできなかった。

（とんでもない気分だ）

吐き気もあるが、倦怠感《けんたいかん》もすさまじい。目を開けることすら億劫《おっくう》で、アランは寝床で、鳥たちのさえずりに耳を傾けていた。

しばらくしてようやく、自分が屋根付きの建物の中にいることに気付く。まともな寝床の上にいることもわかった。それ以上は考えがまとまらないので、彼はおそるおそる、もう一度瞼《まぶた》を開いた。

独房にしては小奇麗な部屋だった。寝かせられているのは、コンクリートの壁と一体化した、スプリングのないベッド。一応はマットレスと、毛布が敷かれている。床もコンクリート張りで、ひび割れたところから、湿気がにじんできている。壁には白いペンキが塗られているが、あちこちが剝げていて、黒い染みが貼り付いていた。開けっぱなしのドアには蚊帳が打ち付けられていて、その影が床に模様を造っていた。外の世界は眩しすぎて、何もわからない。

アランの左腕には太い針が刺さっていた。針から伸びるゴムのチューブをたどると、頭上にビニール製の点滴バッグがあった。中身はほとんど空っぽだった。そばにある椅子の上に着替えが置かれ、木製の机にはコップと水差し、それから尿瓶が置かれていた。

彼は仰向けになったままコップを取ろうとしたが、中指が縁にふれ、コップはそのまま倒れて固い床に落ち、高い音を立てて割れた。その音を聞きつけて、誰かが部屋にやってきた。

「先生！」

「ああ、ジョゼ、いきなりこのザマだ」

「呼んでくれればよかったんですよ。ずうっと隣にいたんですから」

ジョゼは割れたコップの破片を片付けると、食料を持ってきてくれた。バナナにマンゴー、ビスケット、それからサラミ。これに加えて赤ワインもあれば言うことなかったが、アランは果物と水だけを摂取した。

「……おれは結局、何日寝ていた？」

「はあ、今日で三日目になりますかね」

「三日？　たったの三日か？」彼はまた寝転んで、天井を見つめながら言った。「おれはもう、何十年も眠っていたような気分だ」

ジョゼは冗談だと思ったようだが、アランは本気で、自分の衰弱ぶりを呪っていた。老いてしまったから、回復が遅いのだ。あきらめてまた目を閉じる。——目を覚ますと、太陽は西の空に移動していた。

もう一度ジョゼを呼び、旅の同行者がどこにいるのかを訊ねたが、彼もよく知らないという。

「ところで先生、そろそろシャワーなんてどうですかね？　冷たい水をかぶれば、多少は気分がマシになります」

「肩を貸してくれないか？　立ち眩みがするんだ。ついでにクソもしたい」

アランは点滴針を自分で引っこ抜いた。

「髭はおれが剃ってあげます。まずは身だしなみをどうにかしなきゃ」

「それじゃあ、さっそく歩行訓練だ。頼んだぞ」

部屋を出て、ジョゼに支えられながら、おっかなびっくり外階段を降りた。部屋の外は間違いなくアマゾニアだった。病み上がりには耐えがたい暑気だ。地上まで降りて、アランは自分がいたアパルトマンの外観をしげしげと観察した。三階建てで、一階部分は壁のないピロティになっていた。その空間には鉄くずや農機具が雑多に積まれている。自動車は一台もないが、そこからタイヤ痕が伸びているので、出払っているだけらしい。

シャワーはタンクの据え付けられた七メートルほどある給水塔のそばにあった。井戸水か雨水を少しずつ貯めているらしい。塔の根元では、水をくみ上げるポンプのエンジンがガタガタと音を立てていた。シャワーのそばには炊事場と思われるスペースもあり、流しと蛇口がついている。

アランはジョゼに服を脱がせてもらって素っ裸になった。ありがたいことに、シャワーヘッドからは透明な水がでてきた。全身の汗と皮脂をこすり落とす。石鹸はないが、密林の旅では慣れている。脚を洗おうとしたとき、足首に赤い斑点があるのを見つけた。治りかけているようだったが、なんだか不気味だった。それを撫でてみようとしたとき、不意に背後から、車のクラクションが鳴らされた。

「よう、ドクター・スナプスタインだろ?」

そう言いながら、左ハンドルの、幌屋根つきのジープの運転席から男が降りてきた。

「多分な。あんたはだれだ?」アランはちらと振り向いて答えた。

「フレミングというものだ。あんたの世話係ということになっている」

「シャワー中ぐらい、待てないのか?」

水を止めて、男の容姿を確かめる。赤毛で中肉中背。髭をたっぷりと蓄えて、ウェールズ訛《なま》り。密猟者や山師のようにも、報道写真家のようにもみえる、素性のわからない人物だった。真っ白な靴下。腰のホルスターにはピストルが入っている。ジープは泥だらけだったが、男に汚れはまったくない。

彼はアランに、衣服の隣に置いてあったタオルを差し出した。

「お目覚めだと伝えたら、〈女王〉は早速、あんたとのお話をお望みでね」

「女王? 女王ってだれのことだ?」

「エリザベス女王じゃないのはわかるだろ? おれが案内する。身支度が終わったら乗ってくれ」

そう言ってフレミングはジープに戻った。アランは着替えを手伝ってもらいながら、ジョゼに訊ねた。

「何者だ、あいつ」

「わかりません。あんな連中が、ここには大勢います。多分ガリンペイロ崩れですよ」

「ウェールズ訛りのガリンペイロか……」

〈カチグミ〉やガリンペイロ(砂金盗掘者)に限らず、この西の果ての密林には、文明社会において寄る辺《よべ》を失った人間が大勢流れ着いている。そういう人間は、どんなに饒舌になろうが、己の過去を語ったりしないものだった。

アパルトマンの周囲は畑になっていて、アランとジョゼを乗せたジープは農道のような道を走っていく。スプリングがいかれているのか、大した速度を出しているわけでもないのに、路面の状態以上に、車体はガタガタと揺れた。その揺れに耐えつつ、アランは口火を切った。

「フレミングさん、おれたちをどこに連れていくつもりだ？」

バックミラー越しにフレミングと目が合う。

「だから、〈女王〉のところさ。ひょっとしてあんた、覚えていないのか？　死にかけのあんたを治療したのは、われらが女王陛下なんだぜ？」

「本当に？　おれはてっきりバーネイズが治療したものかと……」

アランはジョゼの顔を見た。

「おれも見ましたよ。白衣を着た、背の低い東洋人の女でした」

「日本人か？」

「いや、そこまではわかりません」

「そうか……で、ジョゼ以外のおれの連れはどこなんだ？」

「日本人と、フランス人、それからお連れのインディオは、それぞれ別々のところにいるよ。あんたが寝かされていたのは短期滞在者——工事業者用の宿舎だ」

「かなり広いようだが、一体ここはなんなんだ？」

フレミングはそれ以上答えず、またもバックミラー越しに、にやりと笑うだけだった。仕方なしに、アランは車窓の風景を眺めた。外の畑では麦や米、それからキャッサバが植えられているらしい。ヨーロッパの畑のように、畝がしっかり整えられている。豚も飼われていた。しかし道の左手には鉄条網付きの、高さ四メートルはある金網のフェンスがどこまでもそびえていて、そこから先は霧に包まれた、太古のままの熱帯雨林なのだった。

のろのろと五分ほど走ると、関所みたいなゲートに突き当たった。見張り台が傍らに備えつけられていて、ライフルを構えた、フレミングと似たような恰好の男が、ガムを噛みながら、アランたちのジープを見下ろしていた。見張り台の真横には、それよりさらに高い、避雷針付きのポールが二本立てられていて、スコールに濡れた旗が垂れ下がっていた。

見張りの男は特にジープを検《あらた》めるわけでもなく、無言でゲートを開けた。

「なあ、さっきの旗はなんだ？」見張りの目が遠のくと、アランはすかさず訊いた。

「見たことあるだろう？　ブラジル国旗と、ロイヤル・ダッチ・シェルさ」

「本物か？　とっくの昔に撤退したはずだろ」

「ああいう旗を出していた方がいいのさ。陸軍の哨戒機も、あれを目にしたらとんぼ返りする」フレミングは相変わらず不敵な笑みを浮かべながら説明した。「それに、あながち嘘をついているわけじゃない。ここの電力はかつてシェルが掘削したガス田で賄《まかな》っている。輸出には適さないが、ここら一帯に電気を供給するには十分なんだ。それより周りを見てみろよ！」

ジープは巨大な丘陵の中腹にある、等高線に沿った道路を東に進んでいた。右手に山頂があり、反対側に谷底があるようだが、鬱蒼とした木々のせいで、景色がわからない。

「ここは全部人工林でな。植えてあるのは食料や薬になるやつだけだ」

一キロほど走ったところで、左側の視界が開けた。丘の麓は木々が完全に伐採されていて、むき出しの赤土の上に集落が造られていた。どれも、灌木の間に固まって建てられた掘っ立て小屋で、パンの表面に湧いたカビのようだった。ここで生業を営む人々の棲み処というより、難民の仮設テントとよく似ていた。住人もおそらくインディオなのだろうが、ビニールや穀物の袋を身体にまとって、なんとか身体の前を隠している。全身も汚れきっていて、肌の色すら判別できそうにない。環境はファベーラ（リオデジャネイロのスラムの総称）よりひどい。裸で遊ぶ子供だけが綺麗だったが、彼らが遊んでいるのは無造作に並べられた、錆びだらけの〈チェコのハリネズミ〉（三本の鉄骨でつくる障害物）だった。

「ここは先住民の保護施設の一部だ。棲み処を追われた彼らを受け入れて、安全を保障するかわり、彼らを研究しているんだ。あんたの仕事と同じさ。ここに見える範囲だけじゃなく、もっとたくさんのインディオが集められている。今は南米の少数民族だけだが、ゆくゆくはアフリカやアジアの孤立部族も保護するそうだ」

「………」フレミングの機嫌を損ねたくなかったので押し黙っていたが、アランはインディアン居留地や人間動物園と同じ臭いを嗅ぎつけていた。いや、おそらくもっとおぞましいものじゃないだろうか。

集落は細かく区画割りをされているらしく、「ハリネズミ」以外にも、空堀《からぼり》沿いに有刺鉄線が張り巡らされていて、堀の外側には監獄のような監視塔、さらには隠す気のないコンクリート製のトーチカまで設置されている。それと、あの監視塔とはべつの、鉄骨でできた無人の展望台はなんだろうか？　三本の柱に守られるように備え付けられた、棺桶サイズの箱は、ペンキで黄色と黒の縞模様に塗られていた。

ジープは途中の分岐で右折し、またゲートを通過した。そこから先はまた農場と人工林である。ジープは三度トラクターとすれ違い、フレミングはその度に、窓から手を振って挨拶をした。

「次のゲートをくぐればバッキンガムだぞ」

もう一度右折した先の、最後のゲートだけは警備が特に厳重で、ヘルメットとナイロン製の防弾着を装着した門番が二人一組で警備している。フレミングは胸ポケットから取り出した写真付きのカードを見せるが、アランとジョゼはわざわざジープから引きずり出されて、手を頭の上に置いた状態で身体検査をされた。いちいち警棒であちこちを突くから、まるで罪人だ。

「すまんね、この宮殿に出入りする人間は、必ずこうする規定なんだ。だから長期滞在者は大体、手狭でも中の宿泊施設を使うんだ」

チェックに要した時間は三分くらいだったが、それでもアランは大量の冷や汗をかいた。

「……おっと、もうひとつ、注意することがある。この門も、周囲の塀も、日没と同時に電気を流す。明け方に見回ると、しょっちゅうコウモリの死骸がぶら下がっているのを見つける。人間でも、痛いだけじゃあ済まされないぞ」

「陽が沈むまでは平気なんだな？」

「節電のためだ。昼間に貯めた電気を流すんだな。あと二時間くらいか？　だけど、熱帯の日没はあっという間だぜ」

アランは固い座席に体重を預けた。やれやれ、招待というより、監禁先が変わるだけじゃないか。

ゲートはまた閉じられた。その先はまた別世界だった。駐車場の裏には白亜の、五階建ての巨大なモダニズム様式のビルがあった。道路を挟んだ左側には二回りほど小さい、配管がむき出しの建造物があり、その背景には並木道があり、その先に南側がガラス張りの建物が見えた。そのビルの陰になっているが、奥にはもっとたくさんの施設があるようだ。

フレミングはジープを切り返し、駐車場に停めた。アランは最奥の、別荘のような家屋に案内された。東南アジアの租界にありそうな平屋だ。木の皮を何枚も重ねた屋根があり、ひとつの広い庭に面しているが、屋敷の主《あるじ》の生活空間は決して見えないように、生垣の向こうに隠されている。全体がどれほどの広さなのか、外からでは決してわからない。

「教授！　ご無事だったんですね！」

応接室に入ると先客がいた。タテイシ青年と、バーネイズの二人。プレゴはいない。ジョゼと同じく、単なる従者と思われたか。

「体力が落ちて、立っているのもしんどい。座っていいか？」

アランは蔓《つる》で編んだ安楽椅子に腰を降ろした。部屋の中の家具は、その椅子と暗い色調のテーブルしかない。テーブルには灰皿にマッチ箱、飲みかけのコーラの瓶が並んでいる。熱帯において、茶ではなくコーラを出すのはひとつの親切だ。内装も質素で、天井はなく、むき出しになった屋根の裏側では、パタパタという雨音がする。アランが部屋に入ったとたん、また通り雨が降り出したせいだ。梁《はり》からはシーリングファンつきの裸電球が下がっている。光量は乏しく、消してくれていた方がマシだった。奥の土壁には、藍色の幾何学模様が描かれた、暗い雰囲気のタペストリーが一枚かかっているだけだ。ひと通り部屋を見渡した後、アランは旅の仲間の顔色を確かめた。バーネイズだけが憔悴《しょうすい》しているようだった。

「あんたもおかしな病気になったのか？」

「いや、身体はいたって健康だ。ただ、手帳と資料一式を取られてしまった。保管しているのか、焼き捨てたかすらも教えてくれない」

「まあ、そろそろ向こうも自分たちの手の内を明かすだろう。そうじゃないか？」

バーネイズは無言でかぶりを振った。

「なあ、ジョアン、ここには〈女王〉なんて呼ばれている人物がいるようだが」

「日本人でしたよ」タテイシはすかさず答える。

「会ったのか？」

「はい。その方が先生の治療をしたんです。そのときに容態の説明を聞きました」

「で、おれが患った病気はなんだった？　マラリアか？」

「いいえ、森に棲む毒蟻にやられたんです。体長は二ミリあるかどうかという小さい奴ですけど、お尻の毒針に刺されるとショック状態に陥ったあとに、コレラみたいに全身から水分が抜けていって、血清を打つのが遅れるとそのまま干からびて死ぬそうです。走って逃げているときに、先生は移動中の群れの列を踏んづけたみたいです」

足の赤いブツブツは、蟻の刺した痕だったのか。アランは納得した。

「なるほどな。しかし――」アランは腕組みをしながら、背もたれに体重を預けた。「その日本人は、結局何者なんだ？〈カチグミ〉の生き残りか？　それとも本物の医者か？」

「まだわかりません。これから教えてくれればいいんですが」

「どんな身なりだった？」

「そうですね……ぼくの母より若いと思いますが、実際はいくつなのか全く見当がつきません。東洋人はよく、若く見られますが、ぼくの目からみても、よくわからないんです」

「…………」

「……ただ、あの夜に見た女の子と、顔がそっくりなんです。違いは入れ墨みたいな模様がないことぐらいでしょうか。そのことは断言できます。だからあの娘も、ここのどこかにいると思うんですが」

「で、ここは結局なんなんだ。宮殿というよりはドクター・ノオの秘密基地だぞ」

「それもまだ、教えてくれません」

「ひょっとしたら、教えてもらったときは死ぬときだってこともあるな」

「脅かさないでくださいよ……」タテイシは眉をひそめた。

「いや、冗談抜きに言動には気を付けろ。とくにデリケートな話題は避けるんだ。例えば先の大戦の話題とかはな」

タテイシは口を真一文字に結んでうなずいた。外は途切れることなく、シトシトという雨音だけが聞こえていたが、やがて強く屋根を叩き始め、それきりあらゆる音がかき消された。雷鳴も聞こえる。アランたちは外の雨脚に気を取られていたので、その人物が部屋に入ってきたことに全く気付かなかった。

「お待たせしました」日本語訛りのドイツ語だった。足音ひとつ立てない。

三人は、まるで初めて手品を見せられた子供のように呆けた。少なくともアランは（何を見せられたんだ？）と思った。突如現れたその女性は、仏像のように、すらりと直立していた。

その女性はもうひとり、腰の曲がったインディオの老婆を連れていた。その老婆の持つ石油ランプが、〈女王〉の全身を映し出した。

女は腰まで届きそうな、やや乱れた長い髪をし、この密林では珍しい、レンズの厚い眼鏡をかけていた。背の高さは一五〇センチに届かないくらいで、成長期に満足な栄養を取れなかったことを物語る。黄色いランプの光に照らされているが、その表情は白いというより、ひどく青ざめている。本当に彼女が、自分を治療した女なのか？　むしろ彼女の方が病人のように見えてしまう。目は細く、唇も薄い。顔はしっかりと年月を重ねているらしいが、その肌はインディオのように、熱帯の日差しに痛めつけられていない。そういう点では、彼女は文明の女に見えた。まるで西洋人相手に春を売る、子供の娼婦のような——。

そんな風に彼女を観察していると、アランは不意に、歪んだレンズの奥の、彼女からもしっかり観察されていることを察した。一度そのことに気付くと、床に伸びる彼女の影が、まるでメデューサのように思えてくる。そういう視覚効果を得るために、天井の電球とは別に、ランプを用意したのだろう。

タテイシも慌てて居住まいを正した。もはや客と主人の関係ではなく、主従だった。女はたっぷりと自分の権威を演出したあと、ようやっと厳《おごそ》かに自己紹介した。

「ようこそ、アラン・スナプスタイン教授、ベン・バーネイズ博士。わたしはタエと申します。タエ・キリノ。わたしが一体何者で、ここで何をしているかについては順を追ってお話ししたいので、今のところは、この程度の紹介でご容赦ください。

遅くなりましたが、ただいま夕餉《ゆうげ》の支度をしております。準備が整うまでには今しばらく時間がかかりますので、それまでに予め、皆さまの口から直接伺いたいことがございます」

老婆がランプを持ったままタエの背後をゆっくりと歩いていき、逆光で、アランたちに〈女王〉の影が順番に落ちていく。これも演出か？　いつのまにか、電球は消されていた。

「まずは、スナプスタイン教授」

「なんでしょうか、ええと、キリノ女史」

「なんとお呼びになっても構わないつもりでしたが、〈女史〉はおやめになってくださらない？　わたしは正規の医療の教育を受けたわけではありません。この辺境で辛うじて生きている、ただの女です」

「わかりました。しかしタエさん、わたしに治療を施したのは、あなただと聞きました」

「わたしはあなたに血清を打って、そこから標準的な手当てをしただけです。血清はひと通り備蓄しています。わたしが唯一わかるのは、この森に暮らす、生きとし生けるもののことだけですよ」

「ということは、薬学を学ばれてらっしゃった？」

「教授はまだなにか勘違いされていますね。医療だけでなく、わたしは都会の高等教育というものを受けておりません。単に、学を授けてくれる方々に恵まれただけのことです」

「重ねて失礼を。すっかり話の腰を折ってしまいましたが、あなたがわたしに訊きたいこととは？」

「まず伺いたいのは、あなたの健康状態のことです」

「やはりお医者さんですか」

タエはアランのささやかな抵抗を黙殺した。

「あなたにはすっかり慢性のものになったアルコール中毒がありますね。どれくらい患っていますか？」

アランは腕を組みながら答えた。

「……こいつとはもう、十年以上の付き合いかな。ひどくなったのはここ数年だが、袂《たもと》を分かつつもりはありません」

「それは、なぜ？」

「なぜって、そもそも治る病気でもないでしょう。それに世界は素面では乗り越えられない問題ばかりで、これは減ることはなくとも、増える一方です」

「そうですね、たしかにその通り。ですが、あなたは内心、アルコール中毒の問題も含めて、自分の背負っているものを清算して、人生をやり直したいとも思っている。その葛藤こそ、あなたにとって、最大の問題……」

「なにをおっしゃりたいんですか？」

「やり直したいという気持ちがあるからこそ、バーネイズ氏の旅に同行したのでしょう。しかしここにたどり着いたことは、あなたの苦悩をさらに深めるだけかもしれませんよ？」

「ならどうしろと？　ここから立ち去って、都会でおとなしく自助グループに参加しろとおっしゃる？」

「ふふ、もう一つ、あなたの葛藤を増やしてしまいましたようですね」

啞然とするアランをよそに、タエの視線はバーネイズの方に移動する。医師は一瞬たじろいだが、彼女の視線はさらに、タテイシのところまで進んで止まった。

「あなたが、ヒデキさん。……立石秀樹さん。あなたのご両親はご健勝？」

「え、はい、それはまあ」両親のことを尋ねられて、彼は面食らっていた。

「世情のせいで、あなたを育てられるのに、かなり苦労なさったのでしょうね」

「ええ、きっとそうでしょう」青年は慎重に言葉を選びながら語った。「だけどぼくも兄ももう独立したので、半分隠居しているようなものです。二人とも、あまり昔話をしたがりませんが、小さいころ、ぼくたち兄弟が悪さをしたり、わがままを言ったときには仕方なく昔の苦労話をして、自分たちがどれほど恵まれているか、こんこんと訴えたものです。コーヒー農場での過酷な労働とか、そこを出た後の開拓地での苦労とか、さらにそこを売って都会に出たあとで、また別の苦労があったらしいです」

「わたしの両親も、あなたのお父様やお母様と一緒でした。途中までは……」タエは庭先を見つめていた。しかし外は、厚いスコールで、もう何も見えない。「ぼんやりした記憶ですが、わたしは覚えています。大海原を進む移民船。たぶん笠戸丸でしょう。幼いわたしは、母におんぶされながら、離れていく陸地と、街に向かって手を振っていました。その港町は日本ではなくて、途中で帰港した、アフリカの街だったかもしれません。その名前のわからない街は、わたしの脳裏に、絵画のようにずっと映写され続けています。太陽も潮風も、そのときにはもう、うだるように暑かった。赤道直下だったのね。

そこから先は、いつもお腹をすかせていたことと、熱帯の花の美しいことしか、わたしの記憶にはありません。わたしたち一家が移住したのはサンパウロ州の北の方でしたが、両親は毎日疲れていて、妹の一人も、すぐに赤痢で死にました。そうして食い扶持《ぶち》が減っても一向に生活は豊かにならず、そこにあの戦争です。そのときにはもうお嫁にいくことを考える年齢でしたが、時代のせいで、まったくそれどころではありませんでした。明日に食べるものすら事欠き、祖国にはどうにかしてアメリカに勝っていただいて、この労苦から解放してもらわないと、死んでも死にきれない。食べ物は不足しているのに、父はどこから持ってきたのか、それとも自分でつくったのかもわからない、粗悪な酒を飲み、毎晩わたしたち家族を相手に愚痴を吐き続けました。

やがて、父とその友人たちは警察の監視の目を盗んで、わたしの家で、日の丸を壁に掲げながら、密会をするようになりました。そこでは最初、今考えれば荒唐無稽な希望ばかりが語られていましたが、そういう希望の話は次第に下火になり、代わりに『誰それは、日本は敗けたと吹聴する売国奴だから、天誅を加えよう』とか、『警察署を襲い、捕まった同志を救出しよう』というような、恐ろしい計画の話題ばかりになっていました。女が口を挟むのもはばかられるので、母もわたしも、ただ『このままなにも起こらなければいいのだけれど』と祈ることしかできませんでした。

それから突然、わたしたち一家は、父やその同志たちと一緒に、西へ西へと逃避行することになりました。父たちがとある小さな街で反乱を起こし、大勢の人を傷つけようとしたせいだと聞きました。わたしたちは州の各地に孤島のように存在する、日本人の入植地を頼りに逃げ続けました。あるときは同志が合流し、あるときには意見が合わずに喧嘩別れもして――いいえ、一般常識に照らし合わせれば、あれは一方的な襲撃でしたね。そのとき路銀として強盗もしたそうです。そうやって流れ着いたのがこの、アマゾンの奥地です。

最初、わたしたちはあまり大きくないインディオの集落を襲い、土地を奪いました。元々人が住んでいるところなら、洪水に遭う危険は小さいはずだし、残された食料や畑の作物で食いつなぐことができると考えたからです。しかしその集落を奪って三日後、遁走《とんそう》したはずのインディオたちが反撃してきたのです。きっと血縁の深い別の集落の者を集めたのでしょう。わたしたちは抵抗しましたが、多勢に無勢です。やむなく逃げましたが、みな、バラバラに逃げてしまったので、いつのまにかわたしたちの集団は、半分になっていました。

残されたわたしたちは密林をさまよって、さらに放棄されたインディオの集落を見つけ、そこを仮の拠点にしました。しかしそこに食糧は全くありませんでした。畑があったはずの場所もすっかり荒れ果てていて、芋のひとつも見つけられません。わたしたちはまた、飢えに苦しめられることになりました。ある人はなにか魚や動物を狩ってくるといって森に入ったきり戻ってこず、またある人は太い木の枝に縄を吊るして、首を括って死にました。わたしの母も、そんな風に死にました。わたしは父に従い、ひたすら耐えるだけです。ほかにも何人かご婦人がいましたが、その人たちも次第に、暑気や湿気、熱帯病のせいで、次々と力尽きていきました。ある親しいご婦人が最後につぶやいた『せめて真っ白いマンマを見て死にたい』という言葉が、今でもわたしの耳から離れません。

生きている人間も、正確には『まだ死んでいない』というだけの存在でした。それはわたしも含めてです。わたしは子供で、まだ将来があるからと、よく年上の人から、ほんの少しだけ多く食料を分けてもらいましたが、それでも始まったばかりの生理が止まってしまいました。わたしは他人より余りの命が長いだけで、それでも、近々死ぬ運命は揺るがないはずでした。しかし、あの人たちが焚火の煙を目印に、やってきてくれたのです。銀色の翼に乗って……」

タエ・キリノは真正面から、まじまじとバーネイズの目を見た。

「バーネイズさん、わたしはあなたがお持ちになっていた写真の人物を、よく知っています」

「やはり、そうでしたか」バーネイズの声にはあきらめが滲んでいた。「しかし奴は――奴らはもはやここにはいない。そういうことですね。そうならわたしたちは、とっくに殺されていた」

「はい、わたしの言葉を信じてくださるのなら」

「それなら、わたしもこれ以上、隠し立てをする必要もないわけですな」

医師はゆっくり、椅子から立ち上がった。

「キリノさん、わたしはいわゆる『ナチ・ハンター』です。未だに司法の裁きから逃げているナチスの戦争犯罪人を生け捕りにするために、ここまでやってきたのです……」

これから〈女王〉の晩餐だというのに、アランの食欲はわいてこない。病み上がりのせいで、食前酒でもあれば、多少は胃腸が動くかもしれないが、さきほど自身のアルコール依存症を看破されたばかりだった。振る舞われた飲み物は、渋みの強い硬水だった。彼は真っ白い清潔なクロスの敷かれた円卓で、カボチャの肉詰めを食べながら、並んで話すタテイシとバーネイズを見つめていた。

「いまだに法の裁きを受けていないナチの大物といえば、ヒットラーの秘書のマルティン・ボルマン、絶滅収容所の死の天使ヨーゼフ・メンゲレ、この二人が特に有名だ。しかし、わたしの獲物はそいつらではない」

バーネイズはタテイシだけでなく、ホストの席に座っているタエにも聞かせるように語った。彼は、タエから返されたばかりの手帳を開き、タテイシにはずっと見せないでいた写真を、そっとテーブルに置いた。

その写真には、壮年の男が写っていた。黒々とした髪を七三に分け、子犬のように丸くて小さな両目に、ゆで卵を縦に輪切りにしたような形の輪郭。そして余所から移植したような、道化の仮面のような高い鼻からは、二本のほうれい線が、ほとんどカーブを描かずに、ストンと顎に向かって伸びている。

「この写真は欧州大戦の少し前、三〇年代のものだ。現在知られている中で、最近に撮影されたと考えられているのは、こっちだ」

バーネイズはもう一枚、白黒写真を取り出した。何かのパーティーで撮影されたのだろう、四人の男がシャンパングラスを片手に、レンズに向けて微笑んでいる。左側には軍服を着た男が二人いて、一番左端にいる方は右手に握る杖に体重を預けていた。

「これは一九五二年のブエノスアイレスで開かれた、ドイツ系実業家の懇親会のときの写真だ。軍服の男たちはハンス・ウルリッヒ・ルーデルと、アドルフ・ガーランド。二人とも先の大戦のドイツ空軍のエースパイロットだ。真ん中にいるのが当時のアルゼンチン副大統領補佐官。のちのクーデターで捕らえられ、もう獄死している。……さあ、右端の男の顔をよく見なさい」

バーネイズは写真を指さした。

「ああ、年相応に老け込んでいますが、そちらの写真と同一人物のようですね」タテイシはうなずきながら言った。

その男はカメラを避けるように、わざとらしく横を向いているが、そのせいで特徴的な鼻の形の印象が鮮明になっていた。

「この男は生物学者のヨシアス・マウラーだ。畜産の専門家として戦後、ペロン政権下のアルゼンチンに招聘《しょうへい》された。この男の罪についてはおいおい話すが、こいつはごく最近までCIAはおろか、モサドすらまったく注目していなかった。しかしこいつこそ、ひょっとしたら最もナチ的な人間といっていいかもしれない。……つまり、こいつはヒムラーのような夢想家であり、アイヒマンのように官僚主義で、ゲーリングのように権威主義的で、ヘスのようなオカルティストで、ハウスホーファーのように、自分の頭脳と見識について信仰にも似た、絶対的な自信を持っていた。まあ、ゲッペルスほど饒舌に演説をすることはできなかったらしいが、それはともかく、ひょっとしたら、こいつはメンゲレよりも残忍な男かもしれない。その証左も、この場所に残されているはずだ」

米ソ二大国の冷戦構造は、ベルリンが陥落し、双方がナチス・ドイツの遺産を奪い合った時から始まった。両国はまず、弾道ミサイル〈V2〉の開発に携《たずさ》わった技術者たちを、工場での強制労働を不問にした上で、陰に陽に、それぞれの陣営に引き込んでいった。続いてノーベル賞級の頭脳をもった物理学者を囲い込んでいき、彼らは両国でそれぞれ、核兵器の開発に携わった。

そんな風に二つの超大国が将来に備えて、お互いの陣形を着々と整えていく影で、第三国アルゼンチンがこのパワーゲームにひっそりと加わった。かつては南米唯一の経済大国だったかの国も、二つの世界大戦の狭間で、農業依存のモノカルチャー経済が疲弊し、底なしの政治腐敗と、繰り返される軍事クーデターによって内政が行き詰まり、閉塞感に包まれていた。

そんな中、一九四三年のクーデターで颯爽《さつそう》と政界に進出したファン・ドミンゴ・ペロンは、政党〈正義党〉を率い、元女優の妻エビータの人気も合わさった圧倒的支持率を武器に、大統領の座に就いた。彼は在任中、銀行や産業を次々と国営化し、「左翼的ファシスト」として強権を振るった。ペロンは政界に進出した当初から、同じくファシスト国家であり、十九世紀より移民の供給元であったドイツとイタリアの二か国に秋波を送り、両国の優秀な人材と最先端の科学技術を獲得し、自国の産業を近代化させることを目論んでいた。

戦後ペロンの要望に応えたのが、イタリアの極右政党やカトリック教会、それと連合国の監視をくぐり抜けたナチ残党の地下組織だった。スターリンには名指しで「祖国の敵」とされたドイツ空軍のエースパイロットたちがブエノスアイレスの土を踏んだ。彼らは、南米で経済的成功を収めた暁には、西ドイツにてファシスト政党を再興するという野望を抱いていた。その次は農業技術者や工業エンジニア、大企業の元管理職などが移住した。彼らが大戦中の欧州で、一体何をして、誰に、何を造らせていたのかなどは一切不問とされた。以降、門戸は際限なく緩んでいき、ついには元ナチ党員でさえ、容易《たやす》く偽造パスポートを手に入れ、移住先にあるドイツ移民のコミュニティに溶け込んでいった。

しかし一九五五年にペロンは失脚し、スペインへ追放された。クーデター当事者のロナルディ将軍も失脚し、アランブルが大統領になると、彼はペロン時代の復讐とばかりに、国内のペロニスタ（ペロンの側近や、熱心な正義党員）に苛烈な弾圧を加えた。後ろ盾を失ったドイツ人のうち、政治的野望も潰《つい》えた元エースパイロットたちはさっさと欧州に帰っていったが、その他の移住者たちは、自分の過去を伏せたまま、新天地で暮らし続けることを選んだ。

前菜として出された白身魚（おそらくナマズ）のソテーには、付け合わせでレタスがついていた。野菜を口に入れることも何週間ぶりだが、なんとこれには火が通されていなかった。どうやらこの密林の奥で、化学肥料で育てられた清浄野菜がつくられているらしい。バーネイズは切り身の繊維に沿って細かく肉を分解していくが、頭の中は話すことでいっぱいなのだろう、容易に口に運ぼうとしなかった。

「――ペロンの追放後も、元ナチ党員たちの生活が、いきなり変わることはなかった。それどころか、アルゼンチンはナチ戦犯たちの拠《よ》り所《どころ》であり続けた。ドイツ系移民たちは裕福で、なにより愛国的性格が強くて結束が固かったからな。しかし、彼らの存在が、いよいよ白日の下にさらされることになったのが、一九六〇年だ」

「あ、それは知っています。アイヒマンが逮捕された年ですね」

〈ユダヤ問題の最終的解決〉の責任者のひとりアドルフ・アイヒマンが、アルゼンチンに潜伏しているとの情報がモサドにもたらされたのは一九五七年。彼は先に移住していた実の妻子と堂々と同居していたのである。三年後、アルゼンチンに潜入したモサドのスパイたちは、この「リカルド・クレメント」の偽名を使う男がアイヒマンだという確証を得るや、勤務先から帰宅する途中の彼を逮捕し、エルサレムまで拉致することに成功した。

「この大事件によって、当時の軍事政権の面目は丸つぶれになった。相変わらず不景気が続き、国内の政権批判者に対してはペロン時代以上の苛烈な弾圧を加える一方で、史上稀に見る残忍な大虐殺の立役者には一切の監視もつけず、挙句には他国の諜報員に堂々と侵入されて、人間一人を連れ去られたんだからな。そんなわけで軍事政権はイスラエルに対しては厳重に抗議をすると同時に、秘密警察を動員して、ドイツ系移民の中から、元ナチ党員やその協力者とおぼしき人物を秘密裏に監視下に置いていった。人道に対する罪で弾劾するときに備えてじゃない。モサドやナチ・ハンターに、二度とメンツを潰されないよう保護するためだ。

しかし、リストの行が増えていくにつれ、かの国の秘密警察は、監視対象のうちの数パーセントが、すでに消息不明になっているという事実に直面した。移民が消息を絶つことは別に珍しくないが、中には蒸発を見過ごすわけにいかない連中もいた。その一人がマウラーだ。奴はペロン政権崩壊の二年前、パラグアイ国境付近へ、遺伝資源の調査に出発したきり行方不明だった。欧州から連れてきた助手や、アルゼンチン国内で募集した生化学者たちやその家族も一緒だったがそいつらも戻らず、警察には所属する研究機関からの捜索願が山ほど出ていたが、まともに調査されることは一度もなかったそうだ」

「政変のせいで戻ってこられなくなったわけではなさそうですね」

「その通り。ペロン政権が存続していようがいまいが、マウラーは政府や実業界からの援助を目いっぱい引き出した後、さっさと逐電《ちくでん》する算段だったんだ。奴の研究室は、奴が持ち込んだ研究資料はおろか、アルゼンチンが提供した研究機器、標本、薬品も、ひとつ残らず持ち去られていた。アルゼンチン政府はマウラーをそれ以上追跡できなかった。しかし、かつてアイヒマンの存在に気付いたユダヤ人コミュニティはこの〈畜産の専門家〉を見逃さず、わたしのようなナチ・ハンターに情報を伝達した。彼が秘密警察の監視から漏れているなら、むしろ好都合だ。我々は彼がヨーロッパにいたころの経歴を、改めて、洗い始めた……」

晩餐のメインディッシュが運ばれてきた。亀の肉がぶつ切りにされ、さまざまな野菜と香辛料とともに煮込まれている。スープの色は赤みがかった黒色であり、湯気の臭いもすさまじい。鍋を持ってきた老婆は巨大なナイフとトングで、亀肉を黙々と取り分けていく。

ヨシアス・マウラーは一九〇五年、ハンブルクの郊外で町医者の息子として生まれた。青年期に第一次世界大戦を経験した後に医師の資格を取得したが、父のようにはならず、研究者の道に進んだ。三十歳目前になった折、彼は研究員としてモスクワ大学に留学した。当時のモスクワは、生命科学のメッカだった。国内では「コアセルベート説」のオパーリン、農学者ヴァヴィロフ、タバコモザイクウイルスのイワノフスキーがおり、さらには社会主義思想に共鳴した若い秀才たちも、焦土と化した欧州から集結していた。大物では、X線による突然変異の誘発を発見したアメリカのマラーがヴァヴィロフに招かれて、ソビエト遺伝学研究所に籍を置いた。その遺伝学研究所で、マウラーは一時期、マラーの助手をしていたらしい。集団遺伝学の開祖ホールデンも、ロシアの土こそ踏まなかったものの、イギリス共産党員として、ソビエト科学界と密接に関わった。マウラーがモスクワを留学先に選んだ理由については諸説あるが、おそらく「偉い人はみな行っているから」だと推測されている。

しかし生命科学者の楽園は簡単に崩壊した。コムギの春化処理技術を発明した農学者ルイセンコが、スターリンの寵愛を武器に楽園を牛耳り、自分に異を唱えたライバルたちを文字通り次々と抹殺していった。ヴァヴィロフとその弟子はみな獄死した。マラーは幻滅してイギリスに去り、ホールデンも共産党との関係を絶った。しかしマウラーはロシアに残った。彼にはなんの政治的思想もなかったからだ。

四一年、ドイツがソ連領内に侵攻する直前に、マウラーは間一髪帰国し、おそらくソビエトの科学技術に関する諸々のデータを山ほど盗み出し、それを手土産にして、すぐさまナチスと接触した。

「マウラーはソビエト・ロシアでなんの研究を？」

「これというものはないが、奴の名前はかの地で発表された、あらゆる生命科学系の論文に列記された著者名義の、だいたい三番目か四番目に載っていた。彼は便利屋として、様々な研究室を出入りしていたらしい。なかでもパーニンという哺乳類の遺伝学者の下にいた期間が長かったようだが、実のところ、奴は科学者としては三流さ。単独で発表した論文の内容なんて、陳腐どころかオカルトだ。例えばロシアへ渡航する直前に書いた論文のタイトルは『幼少期の頭骨矯正による、骨相学的人種改良の可能性』というものだった」

そんな男にも取り柄《とりえ》が二つあった。ソビエトに『トルカチ』という仕事があるのを知っているかね。これは製造業の資材調達係なんだが、かの国は社会主義の計画経済だ。ネジ一本、歯車ひとつにいたるまで製造ノルマが定められていて、そのノルマさえ達成できていれば、たとえそれを使う下流の工場が部品不足に陥って操業が停止しても、増産する義務なんてないわけだ。しかしそれでは、メーカー側がノルマを達成できないから、ノルマ以上の増産を懇願しに行く仕事が必要になる。それが『トルカチ』だ。マウラーがやっていたのは、科学版の『トルカチ』だ。

スターリンとルイセンコの時代、科学者はお互いの密告や、収容所への道連れを恐れてまともな研究協力ができなかった。しかしマウラーはさまざまな大学や研究機関を渡り歩いて、バラバラになった科学界を辛うじて結び付けていた。二つの研究室があれば、もう片方のデータと引き換えに、もう一方には海外の学術書を提供させるという具合に。奴は外国人だから、いざとなったら因縁をつけて国外追放すれば簡単に関係を切れるという気安さがあったようだが、しだいに様々な研究室の二重スパイになり、自分の存在を大きくさせていったらしい。やっていたことは二重、三重どころではなかったようだが、さまざまな学者が奴なしでは研究を進めることができなくなり、さんざん弱みも握られているため関係を断つこともできなくなっていった。

その間、マウラーは将来持ち逃げする資料をひそかに収集する一方で、歪んだ倫理感と自己愛を培養させていった。奴はアルゼンチン時代、『かの国の社会主義に幻滅して』ロシアを去ったと語っていたが、実際のところ、奴はルイセンコのように、権威に心酔するタイプの人間だ。奴は帰国後、ヒトラーやヒムラーに認められるべく様々な工作を行ったが、もしソビエトに残っていれば、今頃はブレジネフの靴を舐めて、よろしくやっていたことだろう。

——失礼、少しこの場に相応しくない言い回しだった。とにかく、マウラーが祖国に帰ったとき、彼の頭の中は、自分より偉い教授たちの知識と理想を、上辺だけ模倣したナルシシズムと、新たな権威であるヒトラーとその取り巻きたちに従属したいという卑屈な欲求でいっぱいだった。そしてマウラーはその欲求を簡単に成就させた。奴は新たな神であるヒットラーの狂気にあっけなく取り込まれ、自身もヒトラーの狂気をさらに増幅させるために暗躍した。

「ここから先の話はもっと不快だ。だから先に、このご馳走をいただいておこう」

バーネイズはようやく、ばらばらになった料理の破片を飲み込んだ。

ドイツ帰国後、マウラーは生理学的なスラヴ民族の専門家として、ドイツ軍の占領した地域から強制連行されたポーランド人やウクライナ人の労働者たちの〈健康増進〉を担当した。この場合の〈健康〉とは、優生学的・畜産学的な意味での〈健康〉である。つまり、健康な乳牛はたくさんの乳を産出するし、病気のない健康なジャガイモの苗なら無数の子イモを実らせる、というのと同じように、スラヴ系民族を二本足の使役動物として、もっとも生産性の高い状態が維持されているという意味だ。実態は、スラヴ系民族を奴隷人種として改良するための研究だった。特にマウラーは、ロシアより持ち帰った、ルイセンコ主義に汚染された膨大な医学と生化学の知識を本物の人間を使って試したいと欲しており、ナチスも祖国に対する忠誠の証として、彼に残忍さを求めた。

彼はルイセンコと同じ「生命は外的刺激を受けて自発的に己の形質を変えうる」という誤った考えに固執していたので、一代での改良人種の製造を目指し、被験者に苛烈な人体実験を施した。牛の第一胃を未消化の内容物ごとすりつぶしたものを、フォアグラのアヒルのように、束縛された被験者の口に延々と流し込み、嘔吐したらそれを「反芻《はんすう》行為の前段階」と解釈して、今度は嘔吐物も集めて、再度胃に流し込む。反芻動物のように、食物繊維もすべて消化吸収して、無駄なくエネルギーを取り出せるようにするためだ。窒息死する被験者が続出したので、今度は抽出物をオートクレーブ（高温高圧で試料を滅菌消毒すること）すらせずに生理用食塩水に混ぜて点滴した。投与された人間は敗血症で死んだ。
マウラーは牛の形質を獲得できなかった原因を、被験者の免疫機能のせいと考え、それを破壊するために予め様々な病原体に曝し、半死半生になったところでまた『牛の胃袋のシチュー』を点滴した。天然痘・発疹チフス・住血吸虫、とにかく既知の病原体を、被験者に次々と接種していったが、死体の数を徒《いたずら》に増やしただけだった。それでもマウラーは、実験結果よりもスラヴ人に対するその無慈悲さが評価され、栄転した。

彼は表向き、親衛隊の機関「生命の泉協会（レーベンスボルン）」の科学顧問を務める傍ら、刻々と増えるロシア人捕虜を材料に新しい実験を始めた。戦争末期の研究テーマは、放射線を利用したロボトミー（葉切除）技術の開発だった。反抗的な捕虜の額に小さなラジウム鉱石の欠片を埋め込み、そこから放射されるベータ線で前頭葉を焼いて、従順な労働者に改造する計画だった。彼は他にも放射線を利用した人体改造の構想を練っており、骨相学に基づいた精神外科手術を行うだけでなく、東洋の鍼灸理論を参考に、放射線を照射する部位を選定していたという。

「奴の、放射能を玩具にした研究ごっこは中途半端に終わった。戦争末期の物不足で、放射性物質が物理学者たちと取り合いになったからだ。結局、彼の母国ドイツは戦争に負け、ナチスは瓦解した。ナチの関係者は捕らえられ、国際軍事裁判にかけられていったが、マウラーはソ連のときのように追跡をすり抜けていった。その後のホロコーストの実態解明の動きも、もっぱら、ナチ最大の標的であったユダヤ人に対するものが優先され、マウラーがスラヴ人に向けた暴力については、長らく光が当たらなかった。

それから時代は変わった。……これは良い方向で、というわけじゃないぞ」

インディオの老婆が、亀肉のあった皿を下げ、フルーツの盛られた皿と、銀のカップに注がれた、やたらと濃いコーヒーを持ってきた。

「十九世紀まで、科学を進歩させる原動力は一個人の情熱と発想だった。ダーウィンやケルヴィン卿、ライト兄弟がその時代の代表的人物と言える。むろん、昔の科学研究は今よりさらに小規模で、彼らの多くは人生の大半を研究に費やせるだけの富を持つ特権階級だったが、彼らは自分の研究に対して全責任を負う、倫理的にも優れた人たちだった。仮に世間が彼らに猜疑《さいぎ》の眼差しを向けたとしても、危惧する点は、彼らの情熱が暴走して責任や道徳を上回ってしまうことだった。例えば人造人間を創り出してしまった、フランケンシュタイン博士のような。

現代はどうか？　科学はもはや一個人の道徳感情で制御できないし、後援する国家や企業もそれを求めない。科学者は少ない投資で、より大きい成果を上げればよくて、責任の手綱は企業の経営者や、政治家が握っているという建前だ。そんな時代の科学者の代表が、ヨシアス・マウラーに他ならない。彼はまさに『凡庸な悪』を具現した人間だ。彼は典型的な、流されやすく、思慮の浅い、権威を愛する奴隷にすぎない。だからこそ奴は危険なのだ」

「だけど、マウラーは三流の人間がたまたま時流に乗って、本人の器以上の地位についてしまったというケースでしょう？　現代でも凡庸な悪がはびこる危険性は大いにあるとは思います。しかし凡庸な科学者が大成する可能性は、ほとんどないのでは？」

「タテイシくんはそう思うのかね？」

「はい、英雄的な情熱とか、天性の直感とか、そういう——なんというか、野性的な感性がない限り、偉大な発見や、冒険も達成できないと思います。アメリカやソビエトが月を目指す競争をしていた理由にも、幾分かは、そういう血の通った情熱や、衝動があったのではないでしょうか？」
「きみは楽天的な若者だな。……別に悪いとは言っていない。わたしは戦前生まれで、ずっとアイヒマンやメンゲレのような人間を追っているから、そういう風にしか物事を考えられないのだよ。

こんな話を聞いたことはないかね？　科学にはもう、相対性理論を超えるような偉大な発見は存在せず、あとはひたすら、小さな技術革新を繰り返すだけではないかと、少なくない科学者たちがまことしやかに語っている。これからの科学は、国家と企業の政治的駆け引きの駒として消費されるが、マウラーの嗅覚は、そんな未来を嗅ぎ当てたんだろう。そこで彼が築いたのが、この施設だ。そうでしょう、タエさん？」

タエは否定も肯定も含まれない微笑を浮かべている。バーネイズはため息をついて、天井を見上げた。

「マウラーを追跡しているのは、わたしのようなナチ・ハンターだけではない。モサド、MI6、CIA、それとおそらくKGBもだ。わたしの手元には、モサドを介した、西側の諜報機関のデータがある」

「そんなにたくさん？　古巣のソ連はともかく、なぜアメリカやイギリスまでマウラーを追っているんですか？　メンゲレだって、そんなに執拗に捜索していないはずです」

「順番に話そう。まずMI6だが、こちらは製薬業界――特に、西ドイツやスイスに本拠地を置く製薬会社間での不当なカルテルの調査というのが、情報提供の際の政治的方便だった。企業名は出せないが、これらの製薬会社には三つの共通点があった。どの会社もここ十年、ブラジル政財界に派手に金をばら撒いている。商品名だけ違う、アマゾン原産の薬草から発見された高血圧の治療薬をほぼ同時に売り始めている。それから経営顧問やロビイストとして、ナチの生き残り——なによりマウラーに近しかった連中をたくさん迎え入れているということだ。マウラー追跡の建前はこのカルテルを駆逐するためだが、大英帝国の本音は、キニーネやゴムノキのように、ブラジルの密林が隠す富の原石を、今一度、横取りしたいだけだろう。

アメリカの事情はもっと複雑だ。もちろんユダヤ系ロビー団体がアイヒマンに続けとワシントンで鼻息荒くしているというのもあるが、ユダヤ系投資家の中には、さきほど言った製薬会社に投資している連中も大勢いる。ナチの残党を厚遇しているというのには目をつぶってな」

「ワシントンやイスラエルは把握しているんですか？」

「もちろん知っているさ。合衆国がわたしに情報を提供した理由は、もう一つある。それは威嚇——というより警告のためだ。ナチの残党ではなく、南米諸国の政府に対してね。マウラーのような人道上の罪を犯したナチ残党を逮捕してその罪を償わせ、現在の国際秩序を守るのは合衆国であると示し、ドミニカやベトナムなど、アメリカが介入した戦争の正当性も合わせて訴える。さらにはこのアマゾンの奥地、駆逐艦や爆撃機すらもたどり着けない魔境にも、プロビデンスの目（神の全能の目。三位一体を意味する三角とともに、一ドル紙幣に示されている）がしっかり届いていることを示す。……ここは国境線なんてないも同然だ。無人地帯のように見えて、過去や国籍を消した男どもが、思想や利権を振りかざして入り乱れている。そんな緑の暗黒街を隠れ蓑に、日ごろアメリカやソ連の顔色を窺ってばかりいる中南米諸国がいつ〈第三帝国〉として牙を剝くかわからない。かつてのペロンが目指したのは、まさにそういうことだったからだ。

わかったかね？　生死がわからなくても、マウラーは国際政治のハリケーンの目なんだ。マウラー当人に価値があるんじゃない。彼の頭に詰まっていたもの、それが写された文章、創造されたもの。すべてが現在の世界に影響を与えている。奴は過去の人間ではないのだよ。そして、現代の人間ですらない。

……わたしだってふと、むなしく思うことがある。かつて人類の良心に対して最悪の形で挑戦した奴らに、正当な裁きを受けさせる。この絶対的正義にすら、無数の組織が、それぞれの思惑で介入してくる。それこそマウラーに利することだというのに、わたしはその政治力に頼らざるを得ない。わたし自身も、様々な組織の歯車として生きてきたし、自分の属する組織が非道に走ることを見て見ぬふりしたことだって、一度や二度ではない。そのたびにわたしは、マウラーやアイヒマンが、カメラのレンズに向かってほくそ笑む写真が脳裏をよぎったものだった」

「バーネイズ先生、あなたはどうして、そこまでして、マウラーを追おうとしているんですか？　いえ、マウラーの犯したことを世間に訴える必要性についてはよくわかりましたが、この地は危険なところです。猛獣や病気、排他的な先住民やゴロツキ、左翼ゲリラ、なによりマウラーの息のかかった連中に殺されるかもしれなかったんですよ？」

「わたし個人の理由かね？　強いて言えば愛国心と、個人的復讐だろうか」

「…………」タテイシはいぶかしげな表情をしていた。

「タテイシくん、わたしはあの戦争とホロコーストで、両親や親戚、それから将来を誓った女性まで失った。……いや、わたしは戦時中ずっと北アフリカにいたので、彼らが殺されたところを直接見てはいない。しかしわたしの愛する人たちはみなドイツの占領軍によって連行されて、それきり帰って来なかったと人づてに聞いているから、そういうことなんだろう。

同じ喪失を味わったユダヤ人は他にも大勢いるから、わたしの悲劇も、大海に注がれた一粒の涙にすぎないが、とにかく、今のわたしは孤独だ。だからわたしには、民族の未来に、希望と命を託すことしかできない。そんなわたしにとって、カナンの地に造られ、アイヒマンに命をもって罪を償わせた新国家こそが唯一の、魂の拠り所だ。そうやって、わたしはなんとか生きているんだよ」

「…………」タティシは相変わらず考え込んでしまい、黒いコーヒーのカップを、じっと見つめている。

テーブルの上のロウソクから、ポッと真っ黒い煙が噴き出し、炎が瞬いた。一匹の羽虫が火に飛び込んで、そのまま燃え尽きたせいだった。

晩餐が終わり、アランは新たな宿舎に泊まることになった。晩餐が行われた屋敷の、垣根を挟んだ隣だった。建物は二階までしかない。そこは〈宮殿〉の研究員の宿舎であり、今の季節は都会に帰る研究員が多く、空室があるのだという。

「なあ、プレゴやジョゼは？」と、アランは部屋まで案内した老婆に質問したが、回答が拙《つたな》いポルトガル語だったため、よくわからなかった。とにかくあの二人がいないと何かと不安だった。

室内はむき出しのコンクリートではなく、クリーム色の漆喰《しっくい》が塗られ、床の板張りも欠けたところがなかった。清潔なシーツの張られた、スプリングの効いたベッド、マホガニーの机、その上にあるメモ帳に、万年筆とインク壺、ステンレスの椅子が一通りそろっている。水回りはないようだが、電気も通っていて、卓上には電気スタンドが置いてある。煙草にマッチ箱、ガラスの灰皿もあった。この〈宮殿〉に投資した連中は、よほどここに期待をかけたのだろう。

ドアを閉め、椅子に腰かける。ベッドの下に荷物がまとめて押し込められているのに気付く。念のため中身を確認する。——ない。スキットルがない。もう一度確かめる。やはりない。落としたのは間違いなく舟の上だから、奴らが見落とすはずがない。

ふと、机の引き出しが目に留まった。（まさかな）と思いつつ開けてみると、都会のホテルみたく、新約聖書が入っていた。加えてもう一冊、半年前のサイエンティフィック・アメリカンが入っている。もう一つの引き出しを開けると、カランと、何かが転がる音がした。歯ブラシか安全カミソリだろうかと思ったが、素焼きの土器の欠片だった。アランには一目でわかった。かすかに黒い幾何学模様が入っている。アランはもう一度椅子に腰を降ろし、それをスタンドの明かりに照らした。模様とは別に、おそらく中に保存されていた食物だったのだろう、炭化物の粉がこびりついている。これだけでは断定はできないが、先コロンブス時代末期のものではないかと推測した。現代の先住民の土器は、文化の継承がしばしば途絶えたせいでこれよりずっと厚ぼったく、それでいて脆《もろ》い。だからもっと細かい破片でしか残らない。

他にもっとないかと同じ引き出しに手を突っ込む。代わりに二つ折りにされた手紙が入っていた。これを入れた人間は、アランが部屋の中のものを色々とひっくり返すだろうと予想していたらしい。それが好奇心か、それとも警戒心からなのかまでは考えていただろうか？

手紙は筆記体のドイツ語で書かれていた。

〈アラン・スナプスタイン教授

専門家の貴方なら、すぐにこの土器に注目なさると思います。こちらはこの場所が今の姿に整備されたときに出土したものです。基礎の工事中に、同じような土器や石器、さらには埋葬されたと思われる人骨が多数発見されています。それらには海外に持ち出されたものも多いですが、人骨は研究材料として用いられ、土器や石器は、ここの資料棟に保管されています。

この丘陵は南米のトロイア遺跡ともいうべき場所であり、西洋人がやってくる以前の先住民の暮らしの跡が、断片となって、幾重にも堆積しているのです。このほかにも、古代人の遺構が無数にあります。あいにく今は季節柄、水底に沈んでいるものも多いですが、ここの北側にある貯水池も、もとは先住民の掘ったものです。この遺構こそ、かの英国人フォーセットが探していた古代都市Zだとおっしゃる方もいましたが、是非とも専門家であられるスナプスタイン教授のご意見を伺えれば幸いです。

お邪魔でなければ、この土器の欠片は差し上げます。教授の学問の一助になればよいのですけれど。

タエ・キリノ

追伸　この手紙をお読みになったということは、スキットルをお探しでしょう。ご滞在中は禁酒に挑戦なさいますよう、わたしが責任をもってお預かり致します〉
読み終えて、アランは頭をかいた。スキットルが無事だとわかったし、古代都市Zの話は確かに胸が躍るが、この土器の欠片は、なんということもない、アランにこの研究所の面白くない内情について詮索させないための飴玉というわけだ。きっとバーネイズやタテイシもそれぞれ、同じく無害な飴玉が配られているだろうし、これからもこの手の接待が続くだろう。

アランはため息をつき、その破片をまた引き出しにしまった。

＊＊＊

月の胴体は今、どこにあるのか？　未だに土の中に埋まっていて、どこかを掘れば骨が出てくるのか。スキキライにそう訊ねたが、あいつは詳しいことを知らなかった。だってわたしがそれを、直接見たわけではないもの。だけどそれはだれでも知っていること。多分、わたしのおじいさんの、おじいさんが見たんじゃないかな。だとしたら、そのおじいさんのおじいさんは精霊なのではないだろうかと重ねて訊くと、スキキライは、わからない、会ったことがないからというのだった。

スキキライのお祖父さんのお祖父さんの時代に、月は首を狩られて、空に投げ捨てられた。以来ずっと、月は天にあり続けているが、ずっと飛び続けているわけではなく、だんだんと力を失い、満月が欠けていく。やがて力尽きると新月になるが、今でも月の妻である夜鷹はその死を嘆いて供物をささげているので、やがて力が与えられ、月は満ちていく。もし夜鷹が毎夜、力を与えることができるのなら、月はずっと満月のままだろう。しかし力を持ちすぎた月は重くなり、やがて地上に落ちてくる。それを待っているのが昼間の金剛インコだ。金剛インコは月の恋敵《こいがたき》で、夜鷹の愛を月に奪われたことを今でも恨んでいるという。だから、奴らは夜な夜な「お前の身体はオンサが食べてしまったぞ。お前はもう精霊なんだぞ」と言っている。それを聞くと月は気力が萎《な》え、精霊の世界に吸い寄せられてやせ細っていく。そして夜鷹はまた月を蘇らせる。金剛インコは夜鷹を今でも愛しているから、その呪術を邪魔しない。

女の道は夜にだけ現れる。昼にそれを探そうとしても、男には獣道と区別することはできない。女は男に所有されているが、その男に苦しめられて忍耐が尽きると、集落のそばにある女の道を探して、ある日、蟻の巣に運び込まれたかのように姿を消す。女たちが男のだらしないのをなじるとき「嫁入りのとき、わたしは女の道を、里のすぐそばまで引っ張ってきたんだよ」と言う。男がもっとも恐れるべきなのは、女がそう言って、自分をなじらなくなったときだ。すべての男が女の道を信じていて、しばしばそれを探し出そうとして、なにも得られずに帰ってくる。

しかしすべての人間が、初めは女の道を遡って生まれてくる。女の道の先で、生まれたばかりの赤子は精霊になるか、それとも人間になるかを選ばされる。人間を選べば、乳と肉が与えられて、女の道を通ってくる。もし精霊になることを選べば、乳は与えられない。土を食って虫になるか、虫を食べて魚やワニになるか。人間は猿やオンサやサチャバカ（バク）にはなれない。奴らも精霊に自分の乳と肉を与えて子孫を増やす。人間も、せっかく降りてきた精霊を、彼らに横取りされてはいけないから、女は腹の奥に精霊を隠して守るのだ。

スキキライに精霊が降りてきたとき、わたしは怖かった。わたしはスキキライや、その家族と暮らす中で、世界がはっきりわかるようになり、自分はきっと人間なんだろうと思うようになった。それとは裏腹に、わたしは世界の意味の中で、一体どこに立っているのか、深く考えられないようになっていた。昼間の森の中で、木も土も全てがはっきりと見えているはずなのに、迷っているようなものだ。その悩み自体は、わたしが飯を食い、スキキライと戯れ、お互いの股をなであい、擦り合うことを妨げはしなかった。自分の居場所がわからなくても、その場にあるものを工夫して、家を建て、雨水を貯め、傍らに畝を築けば、きっとそのまま生きていけるだろう。

しかしスキキライが孕《はら》むと、そんな風に生きるわけにはいかなくなった。わたしは仲間とはなんの血縁もないし、そもそも人なのか精霊なのか曖昧なまま、彼らの傍らにいたのだ。スキキライの腹が目立ってくるにつれ、わたしの不安も膨らんだ。スキキライにわたしが好きかと訊くと、あいつは好きだと応えた。しかし、わたしはお前の夫だろうかと訊いたとき、あいつはそばでユカの粉を練っている自分の母親の顔色をうかがい、それから真面目な顔でわたしを見つめて、それっきりだった。

わたしが女の道を見つけたのは、弓のような月が、太陽を追ってゆく夜のことで、男は火を囲み、オンサや、老いた木々に取りつく悪霊たちが去っていくのを、ひっそりと待っていた。わたしも火にあたっていたが、女たちがいないことに気付いた。訝《いぶか》しんだわたしは、用を足すと偽り、家族の小屋に行った。ハンモックで寝ているのはスキキライの弟たちだけだった。いつも、うたたねをしつつ夜通し話し続けている老婆もいない。嫁入り前の生娘《きむすめ》たちが寝泊まりしている屋敷にも忍びこんだ。そこにはスキキライの友達がいるからだ。しかしそこにもスキキライはおろか、女たちの姿もなかった。地面に座っていた、わずかな温もりが残っているだけだった。

スキキライの腹はもう熟れ切っていた。あんな身体で遠くに行けるはずはない。わたしは心配のあまり、己の気配を消したり、背中に注意を向けることも忘れていた。弓が引き絞られる音を聞いて、わたしは振り返った。闇の中でも、矢をかまえる男の筋肉が、やけぼっくいのように光っていた。その男はわたしの挙動を咎《とが》めた。男が勝手に、女の小屋を覗くとは何事だ。他の女を手籠《てご》めにするつもりか、と。

わたしはその言葉にたじろぐとともに、小さな怒りを覚えた。わたしはスキキライを本心から大事に思っていて、あいつを孕ませたのも、悪意からではなかった。しかし、わたしはこの村の中では、子猿やオウムのような立場だったと悟った。狩りの手伝いができるし、スキキライがやたらとわたしをかばう。それになにより精霊の機嫌を損ねて悪霊に化ければ、どんな災いを起こすかわからないので、とりあえずわたしの扱いは棚上げされていただけだった。

わたしは動揺しつつも、スキキライと女たちがどこに行ったのかを男に訊ねた。男はわたしの無知を笑った。スキキライは産気づいたのだ。だから女はみなあいつを連れて、女の道に行った。おれたちは寝ずの番をしているのだ。産まれた子供が女の道を遡り、こちら側に来られるかどうかは、女たちが決めることだ。だからわれら男は、待つだけだ。もし人間にするべきではないと女たちが決めたのなら、子供は精霊の世に戻される。男が女の道を見つけることはできん。

わたしは忠告を無視し、男が弓を降ろした隙に逃げ出した。このときの男が、一体誰だったのか、今ではもうわからない。わたしは森の中に飛び込んだ。森は精霊の気配に満ちていた。雨が近づいてくるから、森もそれを用心しているのだ。わたしはスキキライが、雨に濡れて凍えることを恐れた。わたしはあいつの臭いが漂うのを探す。血の臭い、汗の臭い、それから股の裂け目の臭い。雨が降っては、もうそれを追えなくなってしまう。しかも、わたしの身体のまわりに、スキキライとは違う血の臭いが立ち込めた。どうしたんだと思うと、わたしはようやく、右肩の痛みをおぼえた。矢が刺さっていた。男は逃げるわたしを、わずかな気配で射抜いた。もう少し狙いがずれていたら、わたしは死んでいた。わたしは抜いた矢を口に咥え、腰巻きをほどいて、手探りで傷口を縛った。

痛みをこらえながら、わたしは森を歩いた。やはり雨が降ってきた。木々の葉っぱを叩き、土を湿らせてゆくことで、わたしから音も奪っていった。

さらに悪いことに、わたしは途中で、ずぶぬれになったオンサと鉢合わせしてしまった。向こうも驚いていたのか、それともわたしの血の臭いをたどってきたのかはわからない。奴は身を縮め、唸り声を上げながら光る目でわたしをにらんだ。真っ黒いオンサだった。わたしは自分を傷つけた矢を、短刀のように構えた。もしも奴がおそいかかってきたら、脳天に突き刺し、そのまま顎を縫い付けてやろうと思った。オンサが牙を剝く。矢を突き立てることが惜しくなるくらいに、美しい毛並みだった。

オンサがわずかに目をそらした。わたしの血の出所に狙いを付けたのだ。だけども隙は隙だ。わたしは飛びかかってきたオンサを避けて、そのわき腹に矢を打ち込んだ。オンサはオウと唸ると、地面にごろごろと転がって、すかさず体勢を立て直した。わたしの武器はもうない。もう一度飛びかかってきたら、矢を引き抜いて、それをまた武器にするしかなかった。お互いに手負いだが、わたしに勝ち目はなかった。

だが先にオンサが折れた。奴は矢をわき腹にさしたまま茂みの中にとびこんだ。わたしも奴を追った。どちらかが死ぬまで、戦いをやめるわけにはいかなかった。オンサはなぎ倒された木を飛び越えて、それから坂道をゆるゆると這い上がって沼地を進んでいく。沼底のあちこちから清水が湧いていた。オンサとわたしに驚いて、夜鷹がギャーと叫んで飛び立っていった。木の上で休んでいた無数の鳥が、わたしたちの頭に、枝や固い果実を落としていった。驚いたわたしが立ち尽くしていると、前を行くオンサが、崖の上からわたしを見下ろしている。ごろりと横たわると、わたしが付けた傷口から垂れる温かい血を、大きな舌で舐め取っていた。

わたしが蔓をつかんでよじ登ると、オンサも先を行く。倒木や落ち葉の隙間から、茸《きのこ》が鬼火のように光っている。頭の上からは、粘り気のある雫《しずく》がしたたり落ちてくる。

わたしはこの獣道を、オンサだけでなく、もっとたくさんの動物が、つい先ほどまで、たくさん歩んでいたのだとわかった。丘や谷をいくつも越えているが、手負いのわたしも、オンサも容易にその道をたどることができていた。

雨が上がり、霧が湧く。白い霧に紛れて、かすかに焚火の煙が、目と傷口に沁《し》みた。火の手はすぐに見つかった。バナナの葉をかぶせただけの簡単な小屋の下で、女たちが火をおこしていた。雨のせいで、炎はひと蹴りで消えそうだった。彼女たちは寒さから火と自分たちを守るため小さく固まっている。わたしは木陰から女たちを観察した。あいつのおばや友達は見つけられたが、肝心のスキキライがいない。それにスキキライが赤ん坊を産んだなら、その泣き声がするはずだった。あんなにおしゃべり好きな女たちが、不気味に静かだった。わたしはあの男の言った言葉の意味を噛みしめて、勝手に膝が震え出した。わたしの子供はもう、精霊の世界に送り返されてしまったのだろうか？

わたしの恐れを破ったのも、あのオンサだった。奴を見つけ、女の誰かが悲鳴を上げる。それと入れ替わりに、頭上の太い木の枝からオンサが飛び降りてきて、女の一人の首に噛みついた。彼女たちは火を蹴飛ばし、転がり、慌てて武器を取ろうとしている。わたしはその混乱のどさくさに紛れて、スキキライの友達の元に行き、そいつの髪を引っ張ってさらった。茂みの陰でスキキライはどこだと問い詰めると、川へ行ったという。近いのか？　近い。月が沈んでいく方角だと言った。わたしは案内させようとしたが、女たちは小屋を崩してオンサを下敷きにして、上から槍や短剣でメッタ刺しにしていた。美しい毛皮がずたずたにされるのを見なくて済んだが、遅かれ早かれわたしに注意が向く。わたしは女が嘘をついていないことに賭けて、西の藪の中に飛び込んだ。

そこから先は緩やかな斜面になっていて、わたしはほとんど四つ足で駆け降りていく。霧が深くなり、わたしの身体を隠していく。水の匂いも濃くなっていく。

川のほとりには影が二つある。ひとつは族長の妻だった。もう一人は、下半身を水に沈めていた。わたしは族長の妻を無視し、一直線に水中の影を目指して川に飛び込んだ。深さはわたしの太ももまでしかなかった。水しぶきの音に驚いて、女が振り向く。もはやスキキライだと見間違いようがなかった。顔が月明かりで浮かび上がる。その表情は、わたしになにかを訴えているようだったが、わたしはそのときのあいつに、もう名前も思い出せない遠い昔の誰かの姿を見出していた。

スキキライは、両手を水の中に浸していた。わたしはその両手をつかんで、高く引き上げた。彼女は赤ん坊を沈めていた。わたしたちの子供は、危うく精霊に戻されようとしていた。族長の妻が命令したのだ。わたしのような鱗が、背骨に沿って生えている。間違いなくわたしの子供だ。

わたしは子供を生き返らせようとした。間抜けなことに、スキキライにどうすればいいんだと訊いてしまった。スキキライも動転して、逆さにして飲んだ水を吐かせればいいと答えた。わたしは言われた通りにした。背中を叩いてみたらどうだとも言うので、さらにそうした。赤ん坊はようやく泣きだした。

わたしたちがもたついているうちに、岸に女たちが集まってきた。わたしたちを狙って石を投げている。わたしは片手に赤ん坊を抱き、スキキライを背中に負って、向こう岸を目指して泳いでいった。

四　章

ようこそ、アマゾン熱帯圏研究所へ！

この展示棟は、これから本施設にて研究を始めるドクターのみなさんが、研究をより一層意義あるものにするべく、本研究所の華々しい歴史と未来をご理解いただくことを目的としています。

展示棟は合わせて四つのフロアで構成されており、それぞれの階では異なるテーマに沿って、本研究所資料棟の収蔵品から、選《え》りすぐりの貴重な資料を展示しています。一階は本研究所の歩みと、その前史というべき、欧州で喪失の危機に直面しつつも、それを乗り越え、本研究所にて保存された、様々な研究資料を陳列しています。二階は人類学フロア、三階は植物学および薬学フロア、四階は遺伝学・分子生物学・優生学フロアとなっています。

本研究所の設立者であり初代所長、ジョサイア・カーペンター博士は、ロシアやドイツでの研究で、南米大陸こそ人類の起源であるという説に到達し、文明を寄せ付けない南米の熱帯雨林の最奥地にこそ恒久的な研究拠点を設けるべきだと考えました。そして一九五四年、研究所建設の最適地を求めアスンシオンからパラグアイ川を北上し、このマット・グロッソ高原に理想的な土地を発見、先に入植していた日本人とともに研究所の建設に着手しました。なお、設計にはブラジリア建設にも参加した建築士が参画、資金はインディオ保護事業——現在のFUNAIをはじめとする公的機関だけでなく、ドイツ系実業家や、欧米の公的機関や大企業が出資しています。

カーペンター博士はなぜ、定説に反する「人類南アメリカ起源説」を唱えるに至ったのでしょうか？　その説は、どれほど妥当なものなのでしょうか？

カーペンター博士はロシア滞在時、ニコライ・ヴァヴィロフの「遺伝子中心説」に触れ、これを栽培植物だけでなく人種にもあてはめることができると確信しました。「遺伝子中心説」とは遺伝的多様性のもっとも高い地域こそ特定の栽培植物の起源地であるとする説のことで、例えばイネは中国・長江流域において最も多く亜種を見出すことができるため、その地を起源地と見なせるのです。

それでは、この南米大陸が、アフリカと比較して、どれほど人類発祥の地に相応しいのかご説明しましょう。まずは地理的・気候的要因があります。南米の、とくにアマゾン川・パラグアイ川流域は鬱蒼とした熱帯雨林に覆われ、人間の移動範囲を甚だしく制限します。また雨季によって各部族の生存圏は頻繁に分断・攪乱《かくらん》され、それが繰り返されることで、人類の遺伝的多様性は増していくのです。また、南アメリカは南北に細長く、なおかつアンデス山脈が存在することで同緯度帯の移動が制限され、南は巨人パタゴン族、北は黄金郷のチブチャ族といった、多様なインディオたちが自然発生したのです。

一方でアフリカ大陸はどうでしょうか。人々の移動を妨げる密林は赤道付近にしか存在せず、それ以外の地は平坦な砂漠、もしくはサバナです。そこに障壁は存在せず、かつてのユダヤ人奴隷から現代のベルベル人まで、多くの集団が国境などお構いなしに移動し、逃亡を繰り返しています。このような土地では多様性は生じず、人種は均質化し、劣化していく一方なのです。

それならば、なぜ、旧来の人類学ではアフリカが人類発祥の地とされているのでしょうか？　大きな理由は類人猿の存在です。アフリカには人類に近い種とされるゴリラやチンパンジーが棲息していますが、南アメリカには新世界サルしかいません。またアフリカ大陸ではケニアやタンガニーカなどで現代人類の始祖とされる原人の化石が発見されていますが、南アメリカでは未だに発見されていません。このふたつの理由から、アフリカにこそ聖書に記されたエデンの園があったはずだと考えられたのです。

しかし、これらの証拠は、現在では反証が揃っているのです。一九二〇年にベネズエラでロワ猿人（「モノス」として知られる、スイス人ロワが遭遇した類人猿とされる動物。今日ではただのクモザルだったとされる）が発見されたことで「南米大陸に類人猿はいない」という定説は覆《くつがえ》されましたが、そもそも、人類と類人猿との類縁関係は、考慮に値しません。カーペンター博士は「先駆者種族」と「寄生虫種族」という概念を提唱し、人類を分類しましたが、この概念は元々、オーストリアの謙虚な修道士、アドルフ・ヨーゼフ・ランツにより「神人」という名で提唱され、人類学者ハンス・ギュンターや思想家ブラヴァツキーらによって「アーリア人種理論」として体系化されました。この理論に基づき、カーペンター博士は人類の起源は、かつて大西洋に存在したアトランティス大陸であると確信したのです。

第三帝国時代のドイツはアトランティス大陸の痕跡を発見するために莫大な労力を投じましたが、目的を達成することはできませんでした。しかし近年地球科学において、巨大な大陸の移動・合体・分裂を説明する新理論「プレート・テクトニクス」が発展し、アトランティスは沈んだのではなく二つに分裂し、その上部に棲んでいた「先駆者種族」の祖先を載せたまま東西に移動、片方はユーラシアに激突してアルプス・ピレネーを隆起させ、西に行ったもう片方は南米大陸と衝突し、アンデス山脈を隆起させたことが判明したのです。

「先駆者種族」は新旧両大陸にてそれぞれアーリア人種の祖先であるクロマニヨン人と、インディオの先祖となりました。カーペンター博士はこのインディオの祖先を、「アルカディア人」と名付けました。残念ながら今日《こんにち》にいたるまで、この「アルカディア人」の存在を実証する直接的証拠はありません。アマゾン低地の土壌は強い酸性の赤土なので、川に流されなかった埋蔵物でも、数千年で完全に分解してしまうからです。

しかし最近では先コロンブス期にあたる十世紀ごろの遺構が次々と発見されており、出土品の洗練さから、さらに一万年前には、クロマニヨン人と同等、もしくはそれ以上の高度な石器文明があったことは、疑いようがないのです。クロマニヨン人は地中海地域に定住し、沿岸に偉大な文明を打ち立てる一方、アルカディア人はパナマ地峡を越えて北米へ進出し、さらにアリューシャンを渡りユーラシア、そしてオセアニア、オーストラリア、インド亜大陸、ついにアフリカ大陸に進出したのです。彼らの新天地に対する欲求こそ、のちのフン人やモンゴル人、ティムール人といった騎馬民族の持つ勇猛果敢さの起源であることは疑いありません。

しかし現在、アトランティスの「先駆者種族」の気質をそのまま受け継いでいる人種はアーリア人以外に存在しません。それ以外は一部ないし全部が、もう一つの系統「寄生虫種族」に堕落してしまっています。「寄生虫種族」とは先駆者種族の進歩的業績にタダ乗りし、人類史における全ての災厄の原因になっている、劣等で邪悪な人類種の一系統のことですが、それは一体なぜでしょう?

原因は類人猿との交雑です。先述したアドルフ・ランツは、「神人」すなわち「先駆者種族」がなぜアーリア人を除いてことごとく絶滅してしまったのかについては、それを獣人、つまり類人猿との交雑のせいだと唱えました。彼は、旧約聖書の楽園追放はそのことを比喩的に描いたものであると主張しました。ロワ猿人の発見は、この仮説を強力に支持するものです。つまりアダムとイヴが追放された楽園とはここアマゾンの熱帯雨林であり、イヴはロワ猿人との姦淫を犯し、最初の「寄生虫種族」を産んでしまった。そのため罪を犯すことを見逃した夫のアダムもろとも、部族から追放されてしまったという歴史的事実を元に、「楽園追放」の物語は記録されたのです。

罪を犯したイヴの子ら原初の「寄生虫種族」は大移動を開始しましたが、その後も行く先々にいる類人猿と姦淫を繰り返し、堕落してゆきました。かつて類人猿が棲息する地域はアフリカ大陸およびオセアニアのみとされてきましたが、現在ではロワ猿人に限らず、北米大陸の西海岸やヒマラヤ山中で、かつて堕落したアルカディア人と交雑した類人猿の末裔と思《おぼ》しき大型霊長類が多数目撃されており、それらが捕獲され、図鑑に名前を記すのは時間の問題です。そして現生の類人猿であるオランウータン、ゴリラ、チンパンジーと今日にいたるまで姦淫を続けたため、もっとも「寄生虫種族」になってしまった人種とは何か、賢明な皆様ならもうお分かりになっていることでしょう。

残念なことに、もっともアルカディア人の血を濃く継いでいたと推定されるインディオの部族は、旧大陸の寄生虫種族が持ち込んだ疾病《しっぺい》で絶滅するか、その後の植民地支配で奴隷としてやってきた寄生虫種族と交雑してしまったと考えられています。それでもなお、ここ南米大陸はもう一つのアーリア人の血脈が色濃く残されている大地であることには違いありません。カーペンター博士はこの地に研究拠点を構えることによって「アルカディア人」の実態を研究するとともに、現存するインディオを元に、かつて楽園に暮らした人々を現代に蘇らせることを計画していました。また、純系のアルカディア人が二度と類人猿や寄生虫種族と交雑しないよう、優生学的技術を用いた人種隔離を行う必要性にも気付いておりました。

　そしてこの研究所ではまさに今、カーペンター博士の夢を実現するべく、アルカディア人の気質をとりわけ強く受け継ぐと推測されるインディオの部族を収集して、その高貴な血筋を保護し、最先端のバイオテクノロジーを利用して、「古《いにしえ》の純粋な先駆者種族の復活」、「先駆者種族と寄生虫種族の完全な生殖的隔離」、「寄生虫種族の有用的種族への加速度的育種」の三つの目標を実現するべく、日夜努力を重ねています。現在この説明をお聴きくださっているドクターの皆様の研究も、分野は違えども、多かれ少なかれ、この大きな目標のマイルストーンになることは間違いなく、カーペンター博士やわたしたちも、そうなることを強く願っています。


「このふざけた音声を止めてくれ！」テープがもう一周、さきほどの説明を流し始めるや、バーネイズはフレミングに叫んだ。

　フレミングが小走りで立ち去ると、数分後、展示棟内は静かになった。アランとタテイシは若干遠巻きに、怒れるバーネイズを見つめていた。彼の憤懣《ふんまん》はもっともだった。さっきまで天井から流れていた音声解説は、ヨシアス・マウラーの反ユダヤ的・優生学的妄想が、無脚色のまま垂れ流されていたからだ。その主張は、人類学者のアランにとっては噴飯ものだが、きっと隣のタテイシでも、その主張の数々の誤りを指摘できるに違いない。そうであってくれないと困る。

　タエの晩餐の翌日。

スクランブルエッグとパンとベーコンという場違いなイギリス式朝食のあと、三人が連れてこられたのが、研究所の北側の〈展示棟〉という施設だった。入館前、ここは研究所併設の博物館だとフレミングは説明していたが、入るなり、天井のスピーカーから、先ほどのナチ的オカルティズムを大音量で聞かされたのである。ハーケンクロイツこそないが、ここが思想的には、ナチズムの下流であるという証左だ。

「なあ、解説で言っていたカーペンター博士って、マウラーのことか？」アランは傍らのフレミングに訊いた。

「その通りだ。今の時代、英語風の名前の方が受けがいいからな」

一階は「賢者たちの間」と名付けられた展示室で、そこでは肖像画や着色された写真を嵌《は》めたパネルが、円形の壁に掲示されていた。どれも人物の半身像で、右手には、ダーウィン、その従兄エマニエル・ゴルドン、ハクスリー、フェアシューアー、ルイセンコ、イワノビッチ・イワノフ、ホールデン、マラーといった近代の生物学者が並び、左手にはデカルト、カント、ルターら思想家、アドルフ・ヨーゼフ・ランツやブラヴァツキーといったオカルティスト、ニーチェとその妹エリーザベト、その夫フェルスターといった反ユダヤ主義者のものもある。

その肖像画の人物たちの視線は、中央の巨大な台座の上に建つ、小さな大理石の像を見つめていた。翼を生やした壮年の男が、今にもその台座から飛び出そうとしている様子だ。アランは（天使か？）と思うが、台座の銘板を読んで納得する。ギリシャ神話のダイダロスだ。

「……ダイダロスが蠟細工の翼で、塔から脱出するところか」

「さすがに知ってるか。ダイダロスこそ、人類史上、最初の科学者だ。この男はラビリントスの迷宮を造り、初めて有人飛行に成功し、ヒトと牛の雑種を生み出してみせた、万能の天才だ。カーペンター博士は、この男こそ、もっとも手本にすべき偉人だと考えていた。元は、ええと――」フレミングは生物学者の肖像画の一枚を指さした。「あそこのホールデンという学者の本のタイトルらしいが、それがカーペンター博士のバイブルだった。タブーを恐れず、生物学の力で、人体を改良することを主張する本だそうだよ。おれは読んだことないがね」

「…………」アランは像を見つめて、背筋が寒くなるのを感じた。空調が効きすぎている。

奥にある、「アトランティス＝現代の南米大陸説」を説明している部屋では、アトランティスの暮らしとして、ギリシャ風建築の中、人類と恐竜が共存する世界のミニチュアが置かれている。キリスト教根本主義者の私設博物館そっくりだ！　マウラーは収集したジグソーパズルの欠片から、アトランティス人と、アルカディア人の精神を蘇らせようとしたようだ。その空想上の古代文明人の実在を奴は確信していたし、彼の空想の、『先駆者種族』と『寄生虫種族』との対立の歴史を裏付ける証拠もあるはずだった。その後も劣勢人種の骨格標本だとか、エリーザベト・ニーチェやその夫ベルンハルト・フェルスターの反ユダヤ主義活動といった展示が続く。いよいよ付き合いきれなくなったタイミングで、ようやく、見るに値する一室に辿り着いた。

そこでは建設途中の研究所の白黒写真が展示されている。写真はそれぞれ拡大され、一枚ずつ額に収められていた。パラグアイ川を遡る外輪船に積まれたトラクターとショベルカー。人工湖に停泊する双発の水上機。密林の悪路を進んでいくジープの群れ。鉄骨を吊り下げながら飛行する、パイアセッキ社の輸送ヘリ・ワークホース。どの写真もベトナムで撮影されたのかと見間違うようなものだが、重機には、どこかに必ずロイヤル・ダッチ・シェルの派手なロゴが描かれていた。ガス田の採掘を行う作業員たち。サイズの合わないヘルメットに、泥にまみれたぶかぶかのツナギと長靴。まるで中国人苦力《クーリー》のようだが、添えられた説明文には「建設作業に協力する日本人たち」とある。

他はパラグアイでかき集められたムラートの肉体労働者が多いようだが、その中で日本人は何らかの特権的役割が与えられていたらしい。一般の労働者が簡単な日除けの下で食事を取っているのに対し、彼らはしっかりとした屋根つきの小屋で、長いテーブルを囲んで食事をしていた。みな痩せてみすぼらしいが、カメラに向かって笑みを浮かべる程度の余裕はあるようだ。他の写真でも、ムラートたちが俯いて仕事を続ける中、日本人たちは必ず、レンズに顔を向けていた。半分しかない歯を見せて笑い、何かしらポーズを取っている。

部屋の奥には、二枚の巨大な集合写真があった。右にあるのはボーリングのシリンダーを背景に、西洋人と日本人が一緒に並ぶ写真。日本人は前列の長椅子に座って、若干緊張した面持ちでカメラを見つめている。日本人は作業の合間に並んだのか、上半身は下着一枚だけだった。

「あ、タエさんでしょう、この人」

タテイシが指さした先は写真の一番左端だった。ワンピース姿のタエは父親と思われる男に隠れるようにして座っている。歳は十四歳くらいに見えるが、発育が遅れているだけで、本当は十八くらいなのかもしれなかった。後列には髭をたくわえた、金持ちそうな白人たちが並んでいる。土木工事を監督する技師たちだろう。おそらくドイツ系だ。

もう一方の、左側にある写真の前に移動する。この研究所の中庭で撮られたものだ。白衣やワイシャツを着た白人の男たちばかりが写っている。この研究所の完成直後に撮られたものらしい。

「どちらの写真にも、マウラーがいる」一緒に写真を見つめていたバーネイズがつぶやいた。

「そうだったか？　本当に？」アランはまったく気付かなかった。すぐにもう一度、あの工事現場の写真を見る。マウラーはタエの背後に、まるで顔を隠すように、帽子を深く被って立っていた。

中庭の写真に戻る。こちらの写真にもマウラーはいたが、やはり左端に立っている。帽子こそ取っているが、こちらは瓶底のようなレンズの入った、時代遅れのロイド眼鏡をかけて、どうにかして人相を変えようとしているようだった。

「初代所長のくせに、なんで堂々と真ん中にいない？　いや、それはともかく、なぜずっと、キリノ女史と密着しているんだ？　単純に気味が悪いな」

研究所職員の集合写真にも、なぜかタエが混ざっていた。この写真でも、マウラーが彼女に密着している。膝を揃えて椅子に座る彼女の両肩に手を置いていて、まるで彼女に関する何らかの権利を主張しているようだった。

「ここに写っている連中で、名前のわかるものは？」とバーネイズ。

「名前なら下の説明を読めば一発だろう。日本人の名前はないけどな」

バーネイズは屈んで、説明文に記された名前を読んだ。タテイシも、並ぶパネルに向けてシャッターを切る。アランは二人とは離れて写真を眺めていく。しかし彼の立場で、見るべきものはそれ以上なさそうだ。

「あんたが興味を持ちそうなものなら、上の階だ。そこが人類学の展示だ。さっきの案内で聞いただろ？　正直、人類学の展示そのものは金にならないが、ＦＵＮＡＩの援助を受けている手前、設けなきゃいかん。専門家のあんたの目でチェックしてくれたらありがたい」

「ＦＵＮＡＩ？　ああ、そんなことも言っていたな」ＦＵＮＡＩ（国立先住民保護財団。ブラジル先住民の利益と文化を保護するための機関、国立インディオ基金とも）はインディオたちの文化と利益を守る共和国の行政機関である。アランもボランティアで会議のオーガナイザーをしていた。「本当にあそこの支援が？　おれも含めて、みんな手弁当でやっているところだぞ」

「金はまだもらってないし、こんな僻地にまで来る物好きな役人もいない。だけど女王陛下が人類学にご執心でな」フレミングは肩をすくめた。

　二人は〈進路〉と書かれた階段を昇った。

「女王――タエさんにはなにか権限があるのか？」

「実権はまったくない。初代所長のお気に入りで、彼の実験に協力していただけだ。カーペンター時代は本当に〈女王〉といえるほどの権勢があったらしいが、今じゃ人畜無害な学問にばかり関心を持ってくれて、おれたちとしては気楽なもんだ」

「無害な学問というのは……」

「少なくともこの研究所の中で大人しくしてくれてるって話だよ」

　しかし「研究」という営みに、「無害」というのはありえない。たとえ人類学でも。

　ここでは、建前で先住民の保護や研究も行っていると言っていた。しかし人類学の賢知を軽んじて、一体何ができるのか。

「これは……」アランは一フロアにところせましと並べられた陳列品で、窒息するような圧迫感に包まれた。陳列されているのは、アランもよく知る、トゥピ族系一族が使う、頭の飾り羽や弓矢、麻の腰巻きなどの装飾品だった。

「どうだね、こっちの陳列品は。こっちはそんなに、悪趣味じゃないだろう？」

「収蔵量はともかく、いくらなんでも、むやみやたらとショーケースに押し込みすぎだ」

量こそ豊富だが、言ってしまえばそこは、ロンドンやワシントンにあるような、ありきたりな民族博物館の縮小版にすぎなかった。腰の高さくらいのガラスケース内に、みっちりと収蔵品が並べられ、下の敷物や名札が隠れてしまうほどだ。まるで乾季の最後、小さな水たまりに沢山の熱帯魚が押し込められているかのようでもある。壁には現物を保管できない、先住民の身体や顔に描かれた文様や、彼らが織った布の幾何学模様の写しが、びっしりと貼られている。どれも彼らの生活の息吹を感じ取るには程遠い。あくまでも昆虫採集の標本と同じ、時代錯誤な博物学の展示方法だ。せっかく目と鼻の先に、彼らインディオの生の生活拠点があるのだから、もっと他に見せ方があったはずだ。

……いや、他者の生活を研究し、分類し、言語化する以上、どこかで必ず、そこにあった人々の息吹は、渇いて命のない標本になってしまう。それについてはアランも一人の学者として、ある程度割り切っていたが、魂を抜き取るのは、なにも現地でなくていいはずだ。この地に本来建てるべきなのは、彼らに医療を提供する病院か、あるいは図書館のような、先住民たちがいざ、すさまじい文明の猛威に曝されたときに備えた防潮堤のような、そういう文化施設ではないか。

「この収蔵品は、ヨシアス・マウラーが収集したのか？」アランは訝しんだ。奴は根っからの還元主義者で権威主義的なレイシストだったはずで、こういったものに対する、欠片の興味もなかったはずだ。

「言わなかったか？　これはキリノ女王のコレクションだ。展示方法を決めたのも彼女。ここは女王の宝物庫なわけだ」

「…………」

アランはその病質的な展示品を前に押し黙るしかなかったが、そんな彼の気持ちを知ってか知らずか、フレミングはそれからも、収蔵物についてべらべらと解説を続けた。

「それで、わたしは資料棟に入れるのか？　入れないのか？」

昼の軽食を摂《と》りながら、バーネイズがフレミングに訊く。

「ああ、三日後にスタッフの補充がある。そうしたらあんたらがこの研究所をバラバラに動いても行動を追えるからな。おれも溜まっている、本来の仕事に戻れる」

「そもそもこの研究所の、今の所長はだれだ？　直談判とまではいかないが、挨拶ぐらいさせてくれてもいいだろう」

「所長は雨季を利用して休暇中だ。それに、どこのだれなのかはここの性質上、簡単には明かせない」

「ジョゼやプレゴの二人についても、どうにかしてくれ。二人の要望によっては、先に帰らせてやってくれないか？」

「それもノー・プロブレムだ。ノー・プロブレム」

アランたちは、渋面のまま、お互いの顔を見つめ合った。

その時、空にブーンという音が響く。

「飛行機か？」

「ああ、ここの貯水湖が、滑走路代わりだ。乾季の間はヘリコプターも使っている。……ちょっと失礼」

フレミングは、腰にぶら下げていたトランシーバーを耳に当て、何かを聞いていた。ノイズがあって向こうの声は聞き取れない。彼は「ああ、わかった。すぐ行く」と返事をした。

「ちょっと急用ができた。あんたたちはここでおとなしく待っていろ。宿舎内だけなら構わんが、他の建物は勘弁してくれ」

そう言い残して去っていってしまった。

「……どうする?」襟元を少しくつろがせながら、バーネイズが言った。

「今は心証を悪くするつもりはない。それに敷地内で迷ってしまうのがオチだ」アランは煙草に火を点ける。

「ぼくだけでもこっそり所内を見て回りましょうか?」と、タテイシ。

「やめとけ。フィルムをごっそり没収されるぞ」

そのうち話題は、あの〈展示棟〉に移った。

「あそこに飾られているのは、ナチの内面にある、他人種に対する憎悪や、ナルシシズムに沿った空想の国の寄せ集めさ。あそこにはマウラーの見たかったものしかない」

「同意だ。それにマウラーはいつも、己の誇大妄想を仮託する相手を探し回っていた。それは人種差別的思想家か、優生学的科学者か、はたまた狂気の独裁者で、奴もその狂気に合わせて、思想をカメレオンのように、自在に塗り替えていた」と、バーネイズ。

「そしてこの密林では、空想の『アルカディア人』に権威を仮託しようとしたのか。それは科学者というより、シャーマンの仕事だ。マウラー本人は、自分が呪術者だという自覚はまったくなかっただろうけどな」アランは煙草の煙を吐き出した。「……ひょっとしたら、この研究所内のどこかで、マウラーはひとりの狂人として、今もなお幽閉されているのかもしれない」

「奴の命にそんな価値はない」バーネイズは断言したが、すぐに訂正した。「……いや、奴が文明の威光から逃れて来た理由は、他者の命を好き勝手に浪費したいからだ。ナチの連中は自分たちを狼や狐のような、野生の狩人になぞらえるのを好んだ。それらは羊の群れの弱ったものに狙いを定めてその命を刈り取るが、ならば自分たちが『生きるに値しない』状態になれば？　ここを取り囲む本物の野生が、狩人気取りの奴らに牙を剝くだろう」

三十分後、フレミングはようやく戻ってきた。

「いや、待たせてしまったな」彼は変わった臭いの煙草をふかしながら言った。

「あまり詮索はしないが、一応聞いておこう。なんだったんだ？」

アランの問いに、フレミングは不敵に笑った。

「それについてだが、あんたたちにも面白いものを見せられるかもしれないぞ。……ええと、先生方、インディアン狩りなんて、映画でしか見たことないんじゃないかね？」

アランたちは半ば強引に「先住民狩り」に連れて行かれることになった。フレミングは、〈狩り〉と言ったのは言葉の綾で、実際は単なる先住民の保護活動だという。なんでもこの研究所の近くで、排他的なインディオたちが移住してきたのが、上空から発見された。あるいは、そんな排他的な連中に追い出された奴らが、乾いた土地を求めて流浪してきたのかもしれないが、とにかく彼らを安全な研究所のシェルターに収容するのだという。

「逃げてきた住民は大体武装している。装備はチャチだが、毒矢だのなんだの、厄介な武器も多い。

だからこっちも、奴《やっこ》さんたちと対等に話すために、やむを得ず最小限の武器を携行する。接触は、すでに保護しているインディオに任せる。おれたちは言葉がわからないから、当然の対応だ。で、なんやかんやあって、残念ながら交渉事は大体決裂する。やむを得ずこっちも応戦する。死者が出る。怪我人も出るが、何人かの保護は成功して、ここに収容する。はい、おしまい。ただそれだけのことだ」

虫唾《むしず》が走るが、アランは何とか訊いた。

「……その〈なんやかんや〉でごまかしたものは、なんだ？」

「くどいようだが、あんたたちはお客だ。今から目にしたものについてどんな感情を抱こうが勝手だが、おれたちには関係ないことだ。いいな？ あんたたちは部外者で、ここは我々が秩序を維持している。そして秩序には、ある程度のパワーが不可欠だ……。感想だったら、夕餉の席で、聞きたそうなお方にお聞かせしてやってくれ」

そうやって念押しするくらいなら、そもそも連れ出してくれなくて結構――その言葉を、アランは呑み込んだ。今は客として、奴らの接待に甘んじているしかない。

アランたちを再び乗せたジープは、研究所の外に出て道路を右折し、北に向かった。途中で検問のゲートが一か所あり、そこを通過すると、道の両側に畑が広がり、さらにその向こうには場違いなほど巨大な湖があった。その先の霞《かすみ》の中で、ガスの採取プラントがそびえている。写真の中で、日本人たちが作業していたのもあそこに違いない。

道は湖のほとりまで達していた。すでにジープが三台停車しており、フレミングはその横に並べて停めた。湖は細長い長方形をした人工湖で、水面にはホテイアオイや蓮の葉が茂っている。ほとりには飛行機の格納庫と、漁具をしまう物置小屋、それから陸揚げされたボートが置かれている。

「この湖は元々、ここに住んでいた先住民が掘ったものらしい。魚も採れるし、水草は肥料になる」

物置小屋で物音がした。誰かいるようだ。フレミングが中を確認しにいく。

「ああ、なんだ。アマノのパパさんじゃねえか」

そういうと中から、白髪まじりの男が、のっそりと出てきた。鼻の低い東洋人で、畑仕事でできたのだろう、日焼けして顔中に染みが沈着していて、深いしわが刻まれている。脚が悪いのか、角材を削って作った、不細工な杖をついていた。

「に、日本人……！」

アランは叫びそうになるタテイシを制した。

「せっかく晴れなのに、網を干してない。これはダメだよ」老人は拙い英語を使う。その背後からもう一つ、人影が現れた。

「プレゴ！」今度はアランが叫んだ。

「おお、先生たち」彼は大股で、アランに歩み寄る。「あんたたちも元気そうだな。よかった、本当に」

「そっちだって、悪い扱いはされてないみたいだ。でも、ここでなにを？」

「あんたたちの従者は、このパパさんたちが預かっている」フレミングが言った。「おっとパパさん、この人たちがこのブッシュマンたちの雇い主だよ」

アランとバーネイズは会釈だけをしたが、タテイシはもう一歩踏みだして、自己紹介した。

「初めまして。ぼく、タテイシ・ヒデキって言います。サンパウロから来ました。両親がともに日本人でして……」

　話しかけられた老人は困ったように眉をひそめた。

「あー、そんな早口じゃあ、さっぱりだよ。ポルトガル語はいくつになっても身につかん。日本語はできんのかね、若い人」

「あーすいません、えっと……」今度はタテイシが泣きそうな顔をした。「とっさに出てきません。ごめんなさい」

　アマノ老人は何も返さず、苦笑を浮かべて小さくかぶりを振った。

「で、なんでプレゴをこの――ええと、アマノさんに預けた？」アランがフレミングに訊くと、奴は、

「二人が暇そうだったのと、従者にまであてがえる部屋がなかったから」

「ああ、そうかい。で、ジョゼは？」

「彼は野良仕事をしている」そう答えたのはプレゴだった。「メシに文句はないが、一緒に酒ばかり飲んでいるのも退屈だしな」

「ぼくがそっちに泊まればよかったのになあ」タテイシがぼやいた。

　フレミングはアマノと、内輪だけの話を始めた。アマノは尻のポケットから煙草を取り出して、ライターで火を点けて吸い始めた。

「で、今日のは、またアマノのパパさんか」

「ああ――客の世話をまかせっきりだし、おかしらは、ちょっと、発作がひどくなるばかりだからな」

「なんの話だ？」アランが口を挟む。

「こっちの話だ。で、先住民狩りだが、森の中にはこのアマノのパパさんたちが仕掛けた罠があって、今はそこに、インディオたちが追い込まれている最中だ。遅かれ早かれ、猟の成果がわかるだろう。ハイキングのウサギ狩りと一緒さ」

「………」

「おいおい、にらむなよ。罠といっても、元はパパさんたちが畑を獣から守るためのものを転用したんだ。昨日、おれもあんたのやってる文化人類学をちょっとは勉強したから知ってるぞ。ブリコラージュ（器用仕事。既存の物を寄せ集めて新しい物をつくること。レヴィ＝ストロースが『野生の思考』内で用いた）ってやつだ」

アランは抗議しようとするが、アマノが会話に割り込む。

「去年まで焼畑だったところなんだよ。地味《ちみ》が落ちたから放置したら、すぐに森に戻るんだ。すごいね」

森の奥から「アーオ！」だの「ワーオ！」だの、意味のない叫びが聞こえる。ヒトの声だ。それからパパパパパという炸裂音。

「安心しろ。ただの爆竹だ。都会の人間にはわからないだろうが、未開のインディオは、ここでは貴重な資源なんだ。〈アルカディア人〉再生のためのな」説明しながら、フレミングはトランシーバーに耳を当てた。「……ほら、片付いたってよ」

十分後、小屋の脇にある、二次遷移林へと延びる獣道から、浅黒い肌の、テンガロンハットをかぶって銃剣を抱えたガウチョみたいな男たちが出てきた。それに続いて、ほとんど全裸の女子供たちが連れられてくる。みな騒がないように、荒縄で猿ぐつわをされていた。木炭を擦り込んで描いた肌の黒い文様から、ボロロ族系の人々だと推測できた。続いて男も連れられてくるが、盛んに抵抗をしたのか、ありあわせの荒縄で手足を縛られ、丸太のように引きずられている。

「ほい、今日の獲物は、まずこれで全部かい？」アマノは飄々《ひょうひょう》とした口調でガウチョに訊ねる。その語気に悪意はないが、善意もなかった。

「ついでにヌマジカが引っかかっていたよ、パパさん」ガウチョの一人がガムを吐き出してから、そう言った。「最後の獲物がそれだ」

それらの〈獲物〉はみな、ガウチョが従えるインディオの労働者たちが運んでいた。日本人もガウチョも、そしてフレミングも彼らの存在を無視しているようだが、アランはその従僕にされているインディオたちの、異様な身なりから、目を離せなかった。彼らはみな首輪をはめられて、腰巻きだけの裸体だが、皮膚は疥癬《かいせん》のせいなのかボロボロと剝がれ、ところどころにジュクジュクと膿んだ、イチゴ色の腫瘍ができている。中にはその腫瘍の皮が破けて体液が流れだし、乾いた跡が背中や腹に無数の筋をつくっていた。

「う……」インディオたちを見つめていたタテイシが、口を押さえて目を背けた。アランとバーネイズは、なんとか彼らの、崩れつつある身体を直視した。

「これは……風土病か？」とバーネイズ。

「わからん。この辺でこんな病気は見たことがない」アランはかぶりを振った。「医者のあんたがわからないのなら、おれだってお手上げだ」

インディオたちは常時、体中の痛みに苛《さいな》まれているのか、立っているときにも小刻みに体をくねらせていた。彼らはのろのろとした手つきで、〈保護〉されたインディオの人々を拘束しなおし、一切の自由を奪った上で、ジープの荷台に仰向けにして載せていく。しかし三台のジープには載せきれないから、あぶれた者は簀巻《すま》きにされたまま地面に放置されていた。

「もちろんおれだってなにも聞いてないよ。知っているのは、我らが女王陛下でも治せないってことぐらいだ」とフレミングは、悪びれる様子もない。

獣道から、こん棒やナイフ、刃のついた槍、マチェーテを担いだ男たちがふらふらと歩いてくる。彼らは四肢を木の棒にしばりつけた鹿も運んでいた。鹿はすでに何度も殴打されたらしく、血を流して死んでいた。彼らの肌も、瘤《こぶ》でボロボロだ。その武装した男たちは、〈保護〉したボロ族を積み終えた方のグループと合流し、アマノの前に並んだ。そして足元に武器を次々と捨てていく。鹿の死体も地面に放り出された。アマノは返却された武器を数えて紙に記録しているが、彼自身は丸腰だ。

「おい、あんな不用心に、むき出しの武器を渡していたのか？」

「平気だ。よからぬことを企てても、パパさんたちにはカラテがあるからな。……あー」アランたちの視線を受けて、フレミングは小声で付け足した。「あいつらはおれたちより日本人に親近感を持っているし、この仕事に志願すれば、鎮痛剤が貰えるからな。あいつらの家族分も含めて。あの身体に治療法はないが、痛みを和《やわ》らげることならできる」

「つまり女子供もあんな身体なのか？」

「最初はきれいな身体だが、遅かれ早かれ、ああなる」

アマノは武器が正しく返却されたのを確かめると、背嚢《はいのう》から小さいピルケースをいくつも取り出し、インディオたちに配っていた。彼らはもらったそばから中身を空けて、白い錠剤を口に流し込んでいた。ガウチョたちは一足先にジープに乗り込み、去っていく。

「今日は人数が多いから、ピストン輸送さ。〈保護〉した奴らの拘束を解くのは、ゲートを二度越えた、キャンプに到着してからだ」訊かれてもいないのに、フレミングはべらべらと説明した。「ゲートの前で、性病とかを持ってないかしっかりと調べる。その前に逃げられて、研究所内におかしな病気をばら撒かれちゃ困るからな」

「本当に検査をしているのか？　そうなら、あんな奇病が流行《はや》るはずがない」とバーネイズ。「それに、あんな運び方があるか？」

「ここはアマゾンだ。人道的な扱いってやつも、地域によって変わる。バーネイズの先生、あんたの同胞はみんな都会の文明人だから、『シャワー室』のアナウンスだって信じたんだろう。だが奴らは違う。だからああやって強引にでも運ばないといけないんだ。わかるだろ？」

「もう一度同じことを言ってみろ――」バーネイズはフレミングに詰め寄るが、それをアランとタテイシで引き留めた。

インディオたちは残りのピルケースを胸元に抱えたまま、戻ってきたジープに載せられて帰っていった。鹿も、そして残りの捕らわれた人々も運ばれていく。

アランはジープが見えなくなるのを見計らい、アマノに近づいた。

「ご老人、配っていたあの薬は？」

「ただのアスピリンだよ。普段もちょっとだけ飲ませているが、あまりたくさんあげて苦痛が少なくなると、頭がはっきりして扱いづらくなる。だからご褒美のときにだけ、たくさんあげるんだ」

「………」アランは口ごもった。やむを得ず話題を変えた。「アマノさん、でしたか。わたしの友達が世話になっているらしいが、その礼をしていない」

「ああ、気にしないで。客人をもてなすのが、わたしたち日本人の、ここでの数少ない仕事だから。

もてなしのために、苦労して言葉を勉強しているんだ。発音はどうしようもないが……」

アランも笑みを返した。目の前のこの小さな老人は、インディオ以上に、得体の知れない存在だった。アランは彼に煙草を薦め、タテイシを手招きしつつ言った。

「アマノさん、彼はわたしの大学での教え子で、生まれはブラジルだが、見ての通り日本人だ。あんたたちがアマゾンの奥地で生活しているかどうかを確かめるためにわたしの旅に同行したんだ」

「そうなんだ。あんた、お医者さんかね」

「いや、大学の教授だよ。先住民の文化の研究をしているんだ」

「あんまり儲かりそうじゃないねえ」アマノはそう言いながら、もらったばかりの煙草をプカプカとふかす。

「……ああ、別れた女房にもよく言われたよ。いや、おれのことはいいんだ」

肘でタテイシの肩を突いた。

「あんたも確か、展示室の写真に写っていたね？　その時の思い出話でも、このジョアンに——ええと」アランは彼に耳打ちした。「お前のジョアンじゃない方の、日本の名前は、なんだっけか」

「秀樹です、ヒデキ」タテイシは胸に手を当てて名乗った。

「……ヒデキくんに、聞かせてあげることはできませんかね？」

アマノは少し困ったように目を細めた。

「あまり余所から来た人と話をするなって言われているんだ」そう言ってフレミングの方を見る。彼は無線で話し込みながら、アランたちの方をしっかり監視していた。「……特に、タエちゃんからもね。時間ならいくらでもあるが、あの子がいいと言ってくれないとねえ」

アマノは吸殻を足元に落として踏み消した。

「……ま、煙草を恵んでくれたから、おれからもタエちゃんにはお願いしてみよう。こういうのを日本語で〈オタガイサマ〉って言うんだよ」

「お互い様、ですね。母から言われたことがあります」タテイシも笑った。

最初のゲートを通過する際に、フレミングは門番から何か耳打ちをされた。

「ちょっと待っていてくれ」と言って運転席から降り、アランたちに背を向け、無線機に話し込む。最初は落ち着いていたが、次第に語気が荒くなった。

「フランスに進軍してきたイギリス兵が、あんな口調だったよ」とバーネイズが言った。「ヴィシー政府の役人の取り調べを通訳していたとき、耳にタコができるくらい聞いたものだ」

かぶりを振って、フレミングが戻ってきた。

「なあ先生、あんたは鹵獲《ろかく》したインディオたちが、ボロロだと言ってたな？」

「〈保護〉じゃないのかい？」

「揚げ足を取らないでくれ。おれが聞きたいのは、あいつらの言葉がわかるかどうかってことなんだ」

「なんであんたらに、言葉のわかる人間がいないんだよ。保護施設だろ？」

「いちいち混ぜ返さないでくれ。昔は奴隷商人から買っていたそうだが、そのときに比べれば多少はマシに……わかった、ちゃんと事情を話すよ」

どうやら先ほど〈保護〉されたボロロ族たちが、保護キャンプに入るのを拒み、暴れているらしい。

「殺したり、傷つけたりはしてないよな？」

「そうしなくて済むように、仲介をお願いしたいんだ。頼む。大声で騒ぐから、キャンプにいる他のインディオも感化されて騒ぎ出している」

アランはここで、フレミングに恩を売ることにした。ついでに〈保護〉の実態も、この眼でつぶさに見ておこう。研究所のゲートの前を通過すると、保護キャンプが見下ろせる。フレミングの言った通り、中に収容されているインディオたちが、あちらこちらで有刺鉄線を揺すったり、見張り台に登ろうとして、上にいる男に棒で打たれたりしていた。

「ボロロ族だけじゃないな、多分」

「ナンビクワラもちょっとはいるが、こんな騒ぎ、おれの知る限り初めてだ」とフレミング。「ここに連れて来られた奴は大抵、おれたちに怯えて、数日間はテントでひと塊になっているもんだ。借りてきた猫みたいにな」

坂を下り、〈キャンプ〉の入り口のゲートに到着する。アランたちの側のゲートには、この研究所の職員が固まって、顔を突き合わせて話しこんでいた。〈キャンプ〉に接するゲートからは三十メートルほどの距離があるが、ここからでも無数の怒号が聞こえた。

「よう、首尾はどうだい」フレミングが運転席から身を乗り出して部下に話しかける。

「あまりよくありません、チーフ。大男が暴れて、医者が鼻っ柱を折られました」色の黒い、メキシコ人牧童みたいな若者が首を横に振る。

「下に落ちてるのは、その鼻血か？」

「いや、そいつを引き離して袋叩きにしたもんで……それでもそいつは黙らなくて、次々にあいつらが感化されていったんです」

「おれが来るまで手荒なことはするなって言ったろ!」フレミングは舌打ちをした。「で、その大男は? もう中か?」

若者はうなずいて、こう付け足した。「発砲許可を、重ねてお願いします」

「だからな、まだサンプルを採り切ってないからだめだ。傷つけるのは仕方ないが、殺してムダにしちゃだめだ。減給どころじゃ済まないぞ。ここはお客に任せて、使うのはガスまでだ」

「ガス?」アランとバーネイズは、同時に聞き返した。

「催涙ガスだよ……。いや、おれだって手荒なことはしたくないって言ってるだろ」

アランは大袈裟《おおげさ》にため息をついて、後部座席から降りた。それから少しでも舐められないように——インディオたちではなく、目の前にいる、職員とは名ばかりのゴロツキどもに——一旦立ち止まって、わざわざ煙草を吸ってみせながら、反対に奴らを一人ずつ観察する。目は合わせない。どいつもこいつも、主人のいない間に、好き放題をする召し使いか、猛獣使いといった様子だ。二の腕やへそのところに愛人《イロ》の名前や髑髏やサンタマリアを彫っている奴らばかり。足元も、つま先が泥と血で汚れている。

「とりあえず、こいつらを、視界に入らないところまで下がらせてくれ」

「それじゃあ、なにかあったとき、あんたを守れない」

「柵の向こうに行くつもりはないし、あんたらの仲間だと思われたら、まとまる話もまとまらない」

そう言いながらアランはゲートをくぐった。彼の姿を見て、インディオたちはまた騒ぎ出した。

「話を聞いてくれ。この中の首長はだれだ?」旅でトゥピ語系を使う機会はなかったが、なんとか言葉を絞り出すことができた。

騒いでいた男たちは一瞬顔を見合わせて言った。彼らの言葉も方言がきつかったが、根気強く話すことで、なんとかこちらの言葉が伝わった。

「首長は決まってない。ここに連れて来られるずっと前に死んだ」痩せてはいるが、肌のきれいな、壮年の男が明瞭に答えた。リンチされた男ではなさそうだ。「だからおれたちは西へ西へ旅してきた。そしたら【聞取不能】に連れて来られてしまった！　ここは悪霊の巣なんだ」

「悪霊とはおれたちのことか？」アランは自分の胸に手を当てた。「つまり、肌が黄色かったり、赤かったりするのか？」

「いや、ここは悪霊の巣だが、あんたは悪霊じゃない。ここには悪霊の道具がいっぱいだし、あんたも【聞取不能】を持っている。その、腕の飾りとか――」男は左手の腕時計のことを指し示した。

「でも、おれの会った悪霊はトカゲみたいな頭をしていた」

「あんたたちの首長は、その悪霊に襲われて死んだのか？」

「少し違うが、少し正しい。おれたちの家族は（共同体の一単位のことだろう）、雨のない季節には芋を育て、雨の季節には魚や果物を採って、他の家族と会えば、【聞取不能】するが、たまに血を流す争いをした。そのときはおれたちも、血の気の多い連中に狙われて逃げていて、ひもじい思いをしていた。わかるか？　それで、大きな家族に出くわした。おれたちの家族よりもずっと大きかった。夜に様子を探りに行ったが、【聞取不能】の道具も、たくさん持っていた。火を噴く筒とか。でも言葉は何を言っているのかわからなかった。だから夜中に欲しいものをこっそり奪って、さっさと逃げた方がいいと思った。

だがその夜は満月で、見張りもいた。腹ペコだったから、芋をひとつでも奪えればいいと思った。それに奴らは女や子供ばかりで、男はいないようだった。うまく行きそうだった」

「でも、その家族には悪霊がいたんだな」

「そうだ。それで初めて、おれたちは罠にはめられたのだと気付いた。女が使った、火を噴く筒の音を聞いて、男たちは帰ってきた。男たちはみんな悪霊だった。なかでもトカゲ頭が、悪霊の棟梁だった。

　おれたちはがむしゃらに戦って、首長が奴らの棟梁と戦ったが、顔じゅう刃物で切られて死んだ。おれたちは逃げようとしたが、網をかけられて、集められてしまった。

　悪霊の棟梁はおれたちの言葉を知っていた。わかる奴が向こうの家族にいたんだ。棟梁はおれたちに粥を恵んでから、こう言った。『あんたの仲間を傷つけてしまった以上、お前たちの命は生かしておかなければならない。だが先に襲ってきたのはそっちだから、お前たちはわたしたちの望みを叶えなければいけない』と言った。その悪霊どもは帰るところを探していた……」

「悪霊に帰るところなんてあるのか？」

「知るものか。その悪霊どもは、雲のように白い【聞取不能】の向こうの、そこから先の、広い湖に、自分の家族の、本当に帰るところがあると言っていた。おれはそんなところ知らない。山とはなんだと聞いた。悪霊も知らなくて、われらの棟梁から聞いただけだと言った。われらの棟梁も、さらに昔の棟梁から伝え聞いただろう。だがそれは白い壁があって、白や赤の肌の男たちが守る、大きな岩場から行くことができるはずだと言っていた。

　そこが悪霊の、帰る巣への入り口なんだ。そこにいれば、いつか迎えの船がやってくるそうだ。しかしそこは悪霊が、おれたち人間を集めて、身体に呪いをかけるところだ。たくさん血が流れて、苦しんで死んで、魂を、悪霊に喰われるんだ……」

男はそこから嗚咽《おえつ》を上げ、腰砕けになってしまった。

「悪霊はその場所を見つけたら、場所を覚えて、我々に伝えるがいい、と言った。もしその場所を探す手伝いをすれば、お前たちにも、悪霊の力を貸してやると約束した。しかし、決して、そこで捕まってはならないとも言っていた。でも、おれたちは捕まった。まだだれにも、この場所のことを伝えられていない。おれたちは悪霊の約束を果たせず、魔法で殺されるんだ」

「悪霊はなぜ、巣を探しているんだ？　人間に生まれ変わるためか？」

「おれたちも、同じことを聞いた。そうしたら、そうではないと言った。その悪霊の棟梁も、詳しいことを知らなかった。だけど、大きな精霊を満足させて、白い山を越えるだけの強い力をもらえれば、おれたちはもう、飢えや病に苦しむことはないんだ。白んぼたちに殺されたり、つまらないことでかっとなって、女子供を殴ったりしないようになるんだ……」

アランはさらに、別の男からも声を掛けられた。

「ここは悪霊の巣だった！　おれはそれを、初めて聞いた！」全身に腫瘍をつくる男が叫んでいた。ボロロ族の系統らしかった。「ここにつれて来られてから、口や目から血が止まらない。体中にコブが出来て、横になって眠れない。いつも座りながら寝ている。尻から血が止まらないし、女は股からの血が、どんな月夜でも止まらねえ。産まれた子供はすぐに死んで、白い【聞取不能】に取り上げられた。おれは知っているぞ。子供はみんな手足が多くて生まれるんだ。おれの仲間はみんな、先に死んでしまった。だけど、そのことを後から来た奴らに教えることができなかった。……言葉が違う。

食い物も取り合う。だから言いたくても言えなかった。でもこいつらが来た。だからもうわかった！　あんたはどうだ？　おれの話を聞いた。この新入りの話も聞いた。おれたちの言葉がわかるなら、どう思った？　あんたはおれに、精霊の力を与えてくれるのか？　どうなんだ？」

「おい！　いつまで話してるんだ！」最初のゲート越しに、フレミングが叫んだ。警棒で柵を叩く。

「ああ、話がまとまりそうだ」と適当に返事をし、ボロロ族との会話を続ける。「……おれは他の白いやつらとは違う。だけど、精霊に会ったことはないから、病気を打ち負かすような力はない」

「…………」病んだ男は不服そうに、充血した両目でアランを見つめている。

「それでも他の白いのは、あんたたちの話がわからないから、今は馬鹿の振りをして、おとなしくしていてくれ。そうしてくれたら、あんたたちをこの悪霊の巣から引っ張り出すための手伝いができるかもしれない。おれも他の白人から一目置かれて、色々と勝手ができるはずだ」

文明社会の微妙な駆け引きについては理解してくれたかどうかは怪しいが、人々は、とりあえずゆっくりと、金網から離れていく。

「最後にひとつ、おれの名前を憶えて、みんなに伝えてくれ。おれはユダヤ族のアランと呼ばれている」

男はうなずいて、一緒に捕まった仲間の元へ去っていった。アランはその背中を見送りながら、〈キャンプ〉の様子を観察していた。

どれも森に暮らしていた人間を収容するような配慮はない。赤土には降雨のせいで無数の溝が生まれていて、収容者は水浸しにならない場所を求めて、粗末なテントをこまめに移動させているようだ。用を足すのは、水の流れる末端のところだろう。トイレとして配慮されているところはない。金網沿いにはいくつも見張りのための塔が建っていて、敷地内にも、錆びた鉄条網で守られた見張り台がある。ただ、頂上部に窓もなにもない、ケーブルだけが伸びている塔もある。最初に見た怪しい鉄塔だ。そこはいっそう警護が厳重で、その周囲だけ、スパイクが埋め込まれた盛り土が施されていた。

「おい、どうだ？　話はまとまったのか。あいつらになんて言ったんだ？」

「別に――」アランは振り向きつつ言った。「これ以上騒ぎを起こすなら、ユダヤ族数千年の呪術をかけて殺してやるって言っただけさ」

＊＊＊

息を吹き返した息子とスキキライを連れて、森を進んでいった。スキキライはわたしが背負った。息子はスキキライがバナナの葉に包んで抱きしめた。遠目には、わたしとスキキライが、森を歩くアリクイの親子に見えたかもしれない。行き先はスキキライの母の産まれた里だった。

三日歩き続けて、息子はゆっくりと弱っていった。スキキライの乳の出が悪いのと、火で身体を温めることができないせいだ。四日目にようやく、集落についた。わたしが現れたら騒ぎになるだろうから、スキキライが息子だけを連れて、入っていった。村は静かだった。

しばらくして、スキキライの悲鳴を聞いた。わたしは茂みから飛び出して、声の方へ急いだ。スキキライは男に髪を摑まれていた。わたしは思慮もなくその男にとびかかり、蹴り飛ばした。

男の背後には、スキキライとよく似た肌の人間たちが大勢横たわっていた。血を流している者もいる。わたしはスキキライを抱きしめた。男たちも集まってきたが、突然現れたわたしの存在に驚き、一体どうするべきなのか、わからないようだった。わたしは耳元で、何があったとスキキライに訊いた。わからない、こいつらがみんなを襲っていた。よその村の人間でもない。言葉がわからないから。とにかく逃げようと耳元でささやくが、それじゃあこの子は？　どこで育てるの？　と言われた。これ以上、スキキライと息子を連れて、歩けそうになかった。

見たことのない肌の色の男が、人だかりをかき分けて、長いナイフを肩に担ぎながらやってきた。この男が族長らしかったが、カエルと猿を足したような顔だった。頭が割れそうに痛かった。悪霊が骨の隙間に入り込んできた。男は長いナイフで、わたしの鼻先を突いた。血がすぐに流れ出した。

「こいつは、鬼か？　酒呑童子《しゅてんどうじ》か？」男はそう言った。

家来らしい奴が首を振る中、わたしの悪霊が、言葉を思い出させた。これはわたしの妻と子供だ。助けてくれ。ずっと何日も歩いていた。食べ物が欲しいだけなんだ。

言葉は通じた。驚くドン・ケンドー。それから、わたしはドン・ケンドーのものになった。スキキライは自分のおばたちと再会した。わたしたちは温かい肉の汁にありついた。

暗闇と、夜露で濡れた木々の葉。霧のかかる夜。こんな夜は月が恋しい。茂みの中でほのかに光るドン・ケンドーは、獲物を狙うやせ細った蛇に似ていた。ともに、土の中に臥《ふ》せっているわたしの視線に気付き、ドンは小指の欠けた左手を伸ばし、わたしの首を摑んで、地面に押し付けた。

わたしとドンが前線でもぞもぞ動いているから、後方の男たちも、にわかにざわめきだした。彼らは銃を一丁ずつ持っていたが、それを使うのは相手も銃を持っているときだけだった。ドンは犬歯を吸って、か細い音を出した。散った一味に、まだじっとしていろと伝える合図だ。気配はしぼんでいき、また、いつもの森の夜のようになる。ツパイの鳴き声を真似た音で、しっかり聞いていないと気付きにくい。ツパイは嫌いだ。腹の膨れるような食べ物ではない。骨も多いし、捌《さば》くのも面倒だ。

いいか、よくみろと、ドン・ケンドーは、わたしの頭を押さえつけている腕を、そのまま首に巻き付けた。ドンはわたしにしかわからない言葉で命令する。目の前では、焚火を囲んで、男たちが歌いながら朝が来るのを待っている。煙が濃くて、鼻がよく利かない。まず、焚火をどうにかしなければ、と思う。ドンの声は唸り声だった。いいか、焚火のこちら側に二人いる。あいつらは真っ先に始末する。それからこっちを向いているのが二人。横を向いているのが一人。飛び道具は弓矢だけ。おそらく、もっと奥地の連中だろう。矢羽根がこの辺りのものじゃない。猿の群れを追っているうちに土地勘のないところまで来てしまったので、夜明けを待って帰るつもりだ。目ぼしいものなど持ってないだろうが、お前の力を示すにはちょうどいい。子供は生け捕りにする。そして逃げて生き残った奴がお前とおれのことを、故郷の女子供に伝えるだろう。

狙われているとも知らず、彼らは楽しそうだ。肉が火の上でうまそうに焼けていく。思わぬ狩場に辿り着いたことと、満足のゆく収獲があったことを喜んでいるのだろう。余所者がいなければ、自分たちの狩場にしてしまおうと話していることだろう。火の向こう側にいるのが間違いなく棟梁で、その隣にいるのが、棟梁の子供。まだ下の毛も生えていないような小僧だ。ドン・ケンドーはますますわたしの首を強く抱き、こう訊いた。お前、仕留めたいのはどっちだ。強い棟梁か、弱い子供か。わたしは強い方だと答えた。ドンは満足し、ようやく腕の力を緩めた。

ドン・ケンドーが身体の位置をずらすたび、黄麻の縄で腰に括りつけた細いサーベルの鞘が引きずられて、先っぽで地面に絵を描いた。ドンはそのサーベルを、朝昼晩、肌身離さずに持っていた。朝には浮いた錆を落とし、切れ味を確かめる。ドンは、これこそ棟梁の証《あかし》なのだと、いつもわたしに聞かれるまでもなく語っていたものだ。
ドン・ケンドーがわたしの尻を叩く。始めろの合図だ。わたしは四つ足で駆け出し、背を向ける男を踏み台にし、焚火を飛び越え、一直線に棟梁に飛び掛かり、四肢で羽交い絞めにした。焼きかけの肉が火の中に落ちる。抵抗される前に、素早く首に嚙みつく。口の中に、汗と血の味が広がった。男は手足を激しくばたつかせ、わたしの硬い背中を掻きむしるが、わたしの毒がまわり、動きが緩慢になる。もはや抵抗できないのを感じると、わたしは男の首を折った。自分の身体に、砕ける音が響いた。

わたしは視線が刺さるのを感じていた。尻もちをついて、静かになった父親を凝視する、あの少年。わたしは激しく後悔した。わたしは少年を威嚇する唸り声を出した。自分の声だと思えなかった。父親の死体を投げ捨てる。口から果汁のような血が溢れた。少年は小便を漏らしながら、どうにか立ち上がる。だが彼をいたぶるように、ドン・ケンドーが背後から殴りつける。少年は猿のような悲鳴を上げて倒れた。

わたしは薪の木の棒を拾って、残る男どもを殴りつけていく。手練《てだ》れの者がいたので腕に嚙みついて、再び毒で殺した。また口の中が生き血で満たされる。もはや味はわからない。ここから先はよく覚えていない。語りたくないだけかもしれない。言葉を失い、森を彷徨い、意味もなく喰らって、意味もなく死にかけていたときと同じだ。わたしは悪霊に動かされていた。

戦いは一方的で、ドン・ケンドーが言う通り、これはただの狩りだった。なにが狩るものと狩られるものを分けたのかは知らない。焚火は消えかかっていた。わたしは肩で息をしていた。全身が、火傷のような痛みに包まれていた。うめき声が聞こえたが、それは傷を負ったドン・ケンドーの子分の声だった。それまでわたしは、ドンの子分と直《じか》に話したことがなかった。当時はドンがそれを禁じていたし、奴らもわたしが、話の分かる存在だとは思いもしなかったからだ。きっとドンだけが、わたしを手懐ける呪文を知っていると思っていたのだろう。ドンもそう思わせることを狙っていた。

これがわたしの、最初の人間狩りの話だ。少年は後ろ手に縛られ、身体を小便で、顔を涙で濡らしていた。この少年は人買いに売られていく。わたしはドン・ケンドーに、バナナの葉でツト（わらなどで生物を包んだもの）にしたイノシシの肉の塊を渡した。これがわたしの取り分だったが、元はあの狩人たちの獲物だった。持ち帰って、女子供に食べさせるつもりだったろう。そのへんの椰子の葉っぱと蔓で包む。懐かしい重みだった。他の連中は煙草やアメ玉を分配されていた。わたしの悪霊は、ひとまず去っていた。

わたしは少なくとも二人は殺した。思い出すと身震いした。ドン・ケンドーはわたしの肩を叩いて、よくやったと言った。なにも言い返せなかった。ドンはさらにしゃべり続けた。お前の取り分は、一番多くした。女房に喰わせてやれ、最近乳の出が悪いんだろう――。

わたしは言葉もなく、肉の包みを見下ろしていた。そこでようやく、わたしは女房を――スキキライのことを思い出した。

あのときのわたしは、つまらないことで悩んでいたのだろうか。

ドン・ケンドーからの土産を持って、スキキライの元に帰ったとき、あいつは粥をすすりながら、空いている腕に子供を抱いて、乳を含ませていた。息子にもわたしと同じ、獣の血が流れている。肌に、髪に、その痕がしっかりと刻まれている。それを見るのは、水に映った自分の顔を見るより辛いことだ。それに、わたしは息子を生かすために、スキキライを独りぼっちにさせてしまった。だから、わたしが獣に戻ったことは、スキキライと息子、二人に対する裏切りだった。わたしはうなだれながら、まるで死人に手向ける供物みたいに、土産をスキキライに差し出した。あいつは何も言わない。

　わたしはとうとう人間を殺した。わたしは獣になってしまったと告白した。

　あいつは粥の入った器から口を離して、「ここは友達がいないのが寂しい」とだけ言った。友達。それだけがあいつの不満なのか？　そんなはずはない。それでも、こいつを――せがれを殺そうとしたのも、そのお前の友達なんだぞと言いかけた。しかしそれを言って何になるのか。目の前に、間違いなく、わたしの本当の家族がいるのに、わたしは胸の奥が焦げそうなほど苦しかった。ドン・ケンドーに従い続けているだけではだめなんじゃないかと考えた。だけど今度は、一体どこに行けばいいのか。わたしにはなんの知恵も浮かんでこなかった。

五　章

雨に磨かれた森は美しく輝いている。しかしすでに蒸し暑く、アランとタティシは、森林の深呼吸に対して、ほとんど感慨を抱くことができなかった。道は泥や濡れた落ち葉でドロドロにぬかるみ、緩やかな高低差のせいで、アランの足は何度も滑った。その都度、案内をするプレゴが、彼の腕を支えた。

研究所から貯水湖に向かう道の、ゲートを通過してすぐに見つかる脇道に入った先に、アマノたち〈カチグミ〉の生き残りの居住区があるという。ジョゼとプレゴも、普段はそこに身を寄せているらしいが、アランやタティシもようやく、日本人たちとの接触が許された。

あの〈先住民狩り〉が、三日前のことだが、その晩も、アランたちは〈女王〉タエと夕食を共にした。夕食の料理は前夜と比べると質素なものだった。前菜のトマトスープ、主食はナマズのホイル焼きで、付け合わせは玉ねぎの酢漬けに、なんとザワークラウトまである。発酵具合は申し分なかったが、一緒に出されたパンは、暑気のせいか焼く前の発酵が進みすぎていたようだった。

「食事は毎回、わたしたちのような客人となさっている？」バーネイズが訊いた。

「いいえ、そもそも余所からお客様がいらっしゃるなんて、年に数度のことですし、わたしのような田舎者が、都会からいらっしゃった方に食事作法を見られていると思うと、どうしても恥ずかしくて、気が進みませんの。研究所の、気の置けない方とご一緒することもありますけれど、わたしは聞き役に徹します。そうすることで研究の課題や方針が整理されていくらしいの。多分都会にいるときには奥様をお相手にそうなさっているのね。わたしは決して奥様方の代わりにはなれませんが、壁に向かって話しているよりはいいのでしょう」

「それでは……他の日はご家族と？」

タテイシが、すかさず訊ねた。

タエはガラスのゴブレットに口を当て、ゆっくりと言葉を選んでいた。

「……家族というのは、そんな風に飲食を共にするものですからね。ヒデキさん、あなたもそこに異存はありませんでしょう？」

「たしかに、それが理想ですが」アランが口を挟んだ。「ここには、そうしたくてもできない男が二人もいます。わたしは家族との関係が冷え込んでますし……」

「わたしは、灰になって川に捨てられたようです。今ではたまに夢枕に立ってくれるだけです」バーネイズが言葉を継いだ。

「わたしはもう少し恵まれていますね。娘は、そろそろ難しい年ごろになりましたけれども」

「やはりあなたにはお嬢さんが——イテッ」タエの口にした「娘」に反応し、タテイシがそう言いかけたところで、アランは彼の足を踏んで黙らせた。

「やはり、わたしの娘が気になりますか？」

「ええ、まあ……」

「こいつはあなたの娘さんに一目惚れしているらしいんです」アランが代弁する。

「みなさんが連れて来られたあの夜ですね？　あの子は最近、ちょくちょく、研究所の外に行きたがるのです。元々、父がよく狩りや散歩に連れて行っていたのですが。とくにあの子は夜に取りつかれていて、こっそり出ていく度に人をやって、連れ戻します。森は生娘が気軽に出歩くようなところではないことぐらいよく知っているはずなのに。……精霊に憑かれているのでしょうか？」

「お嬢さんは生まれも育ちもこの研究所ですか？　それならおそらく、わたしより、森の精霊については詳しいでしょう。わたしからは、それ以上はなんとも」とアラン。「世の中には言語や書物からは零れ落ちる知識があるんです。わたしたち人類学者が記録できているのは、それのほんの数パーセントにすぎないんじゃないでしょうか」

「それはご謙遜ですか？」

「いえ、わたしの中の、言語化できない勘がそう言っているんです。しかし、今のお話を伺って、わたしもほんの少し、あなたの娘さんに興味が出てきました。……いえ、教育者としての興味です。タエさん、あなたは先住民の民芸品の熱心な研究者だそうですね。お嬢さんはどうです？」

「娘への教育についておっしゃっているなら、この研究所こそ最上だと思っています。それに娘は身体が弱く、大都会の先進的医療でも、治療ができるのかどうか、不安です」

「しかしあなたのお子さんなら、きっと賢いんでしょう」

「ええ、わたしに似たわけではないのでしょうが、確かに賢い娘です」

「お歳は？　……十四ですか。精霊に関係なく、その歳の子供を親に従わせるのは無理です」

「そんなものでしょうか。ここには他に子供がいませんので――もちろん、インディオを除けば、ですけど――比較できなくて。それにわたしの子供の頃は、教育なんていう贅沢はできませんでした」

「ええと、とにかくですね。はっきり申し上げて、あなたのお嬢さんは美しかったのです。できればもう一度、お目にかかる機会を頂ければと思うのですが……」と、タティシ。

「日本では『夜目遠目笠のうち』と言って、夜に見かける女性はみな美人に見えると戒《いまし》めているのですよ？」

「しかし多分、陽の下でも美しいはずです」

「『惚れた目にはあばたも笑窪《えくぼ》』ともいうと父から聞きましたが、恋とはかくも殿方を聞き分けなくさせるのですね。これに男女の違いはないかもしれませんが」

なおもタティシは食い下がる。

「せめてお名前だけでも教えてくださいませんか？　いま会えなくても、名前を知っていれば、いつかは探し出せるはずです」

「失礼ですが、ヒデキさんはなんのためにここにいらっしゃったの？」

タエの微笑は、ホストらしく一切崩れない。タティシはようやく口をつぐんだ。

アランはまた助け舟を出す。

「これは手厳しいが、確かに、わたしも彼も、まずはきちんと自分の職務を果たす必要があります。おっしゃることは、もっともです。それでも――」

今度はタエが話の腰を折る。

「そういえば、スナプスタイン教授は本日、さっそく人類学者としての本分を発揮されたそうですわね」

「〈保護〉された――と言っていいのかどうかはわかりませんが、ボロロ族たちと話をしただけです」

「彼らは一体なにを訴えていたんですか？」

「それは彼らとの約束があるので、お答えできません」アランははっきりと断った。「タエさん、あなたは先住民たちのことを、どう思っていますか？」

「急に聞かれましても、どうってことは――」

「難しいですか？」

「彼らの民芸品や、その背後にある、あの人たちの考える迷信の世界は、面白いと思います。ここの娯楽は少ないですから、彼らの研究が、わたしの数少ない生き甲斐です」

「しかしあそこでやっているのは、真の保護とはいえない。医者でもわからない奇病まで流行っている。どうか彼らを自由にすることはできませんか？」

「自由――人間にそんなもの、必要かしら？　そもそも人間が自由だったときの方が、少ないんじゃないかしら……」

「そうかもしれません」

「否定しないんですか？」タテイシは憤《いきどお》りをにじませた。

「そもそも人間が自由になれたときなんて、ないのかもしれない」バーネイズは肩をすくめる。「いや、わたし個人は、絶滅収容所に入れられていたわけでもないし、ガス室に送られたわけじゃない。しかし、人生の背後に、無数の死者が取りついて、わたしのこれからの歩みを、すでに決めているような気がする。タテイシ君、きみもいつの日か、自分が背負っている死者について、自覚するときが来るのではないかな？」

「そうでしょうか？」

「その死者は別に、非業の死を遂げた者ばかりというわけではないと思うが、これはインディオたちが恐れる、先祖の霊や精霊と、同質のものなのではないかね？」バーネイズはアランに水を向けた。

「そうかもな。彼らにとって先祖の霊は、生死を左右する、もっと運命的なものだ。もし先祖の霊や精霊の怒りを買えば、人は簡単に死ぬ」

「………」

「まあ、死者を意識しないということは、お前は多分、まだ子供なんだ。子供は半分精霊で、半分現世の存在だから、死者の呪縛を振り切って、まだ自由でいられる——」

「ぼくはもう大人です！」

「なら、この旅で本物の大人になってみろ。そこから先の人生は、ひたすら長い川下りだけどな」

アランの話に、バーネイズが微笑した。また二人の意志が一致したようだ。

「それでは、ヒデキさんには、ひとまず大人になる一歩のために、ほんの少しだけ、棹を差してあげましょう。その分だけ道は狭まり、一本道になりますが、スナプスタイン教授には騒動を鎮めていただいたお礼をしなければいけませんからね」

タエは微笑んだ——ように見えた。彼女の表情はまるで変わっていないようにも見えたし、話題に応じて、少しだけ気色《けしき》を変えているようにも見えた。こういう王族のような政治的表情を、どうして彼女は身に着ける必要があったのか。それはアランの想像の埒外《らちがい》だった。

タエは、研究所の古い記録を閲覧する許可をバーネイズに与え、さらにアマノら日本人の生き残りへの取材をタテイシが行えるように働きかけると約束してくれた。手持無沙汰のアランはタテイシの取材に付き合ってやることにした。質問するべきこと、しないほうがいいこと、訊くにしても慎重になるべき話題は二人で話し合って事前に選んでおく。もちろん先の大戦のことや、タテイシ一家の戦時中のこと、そしてアランがユダヤ人だということも秘密のままにしておく。

時間をまた進めれば、アランとタテイシとプレゴの三人はやがて、緩やかな下り坂を降り始めた。歩きやすいように石が乱雑な階段状に敷き詰められている。石は真新しい花崗岩で、この辺で採れるものではない。表面は赤い泥で汚れて、人が踏まないところは苔と地衣類に覆われていた。苔の湿り気を求め、ところどころ、季節外れの蝶が舞っている。

「この坂の底のところに、清水が湧いている。それが見えれば、もうすぐだ」とプレゴは言った。

タテイシはそれを聞くと、アランたちを追い越し、いきなり先頭を歩きだす。その後を、赤い老犬がついていく。犬はアランの目の前で振り向くと、彼の左足の靴に顔を擦り付け、さらには靴紐を口で咥えて引っ張り、ほどいてしまった。アランはひざまずいて結びなおそうとするが、指先が震えて、なかなか結べない。断酒のせいか？

「おれが結んでやろうか？」とプレゴが訊ねる。

「お前、もやい結びしかできないだろう。だから結構だ」

「……こいつにはな、オンサの精霊が宿っているんだ」

「なんの話だ」靴紐に悪戦苦闘しながら返事する。

「何年か前から、上流の部落で、こんな毛色の犬がたくさん産まれて、猟犬として出回るようになった。なんでも大勢の犬を飼っていた盗賊の棟梁が死んで、その犬が家来に配られて、どこもかしこもオンサ除けとして、飼うようになった。行商人は必ず『この犬の血筋はオンサの精霊の加護がある』って言ったもんだ。おれの村でもこいつを買ったら、確かにオンサ除けとしても、猟犬としても、よく働いてくれたよ。今じゃこんなだが」

「ふーん……」アランはかがんだまま、犬の頭をなでてやった。ひょっとしたら、こいつには本当にすごい精霊が宿っているのかもしれない。

「教授、着いたようです。あそこでしょう」タテイシが、二人のはるか先で手を振っている。

おそらく、研究所の建設工事で生じた残土を積み上げて造成した土地なのだろう。地面が腰の高さまで盛られている。砦のようにも見えるが、全容は植わっている樹木が覆い尽くしていた。境界を示すように、人の背丈くらいの柵が設けられているが、研究所を囲うものほど物々しくはなく、せいぜい害獣除け程度の用だろう。巻き付けられている有刺鉄線も錆びついて、赤土に還り始めていた。柵は一か所、人一人分の隙間があって、そこにはモルタルのスロープがこしらえてある。

出入口そばの畑では、モロヘイヤが栽培されている。道は砂利が敷き詰められ、土地の奥へと、緩やかなカーブを描きながら続いている。傍らにはパパイヤやグアバの木が茂り、短い影を落としている。

相変わらず先頭は、勇み足のタテイシだ。一本道だが狭く、曲がりくねっている。日陰を好む着生蘭の花があちこちに咲いていて、虻やハチドリが蜜を吸っている。これは勝手に生えたものなのだろうか。そんなことを考えながら、アランがタテイシの後ろをゆるゆると歩いていると、

「あ」プレゴがふいにつぶやき、立ち止まった。犬も立ち止まる。

「なんだ?」

「小石をかき混ぜるような音がしないか？　砂金採りみたいな……」

アランも耳を澄ますが、夜ほどでないにしても、森は音を出すもので溢れかえっている。

「教授。小屋があります」

タテイシの視線の先には、高床式の木造のコテージが三棟並んで建っていた。壁は白く塗られ、黒い海に氷山が浮いているようだ。窓にガラスははめ込まれていない。日当たりのよい北向きの壁は蔦《つた》で覆われ、森に飲み込まれつつあるのを辛うじて食い止めている、いかにも熱帯らしい光景だった。

小石をかき混ぜるような音の出どころは、そのコテージに囲まれた中庭にしつらえられた、日除けのテントの下だった。そこにはテーブルを囲む、小さな人影が四つあった。

「なんだ。音は旦那たちだったのか。なにしている？」プレゴが帽子を取りながら言った。「それと、おれの友達を連れてきたよ」

「あ、もうそんな時間だったかあ」

「ごめんください。お邪魔します」タテイシも脱帽してお辞儀をする。人影は立ち上がり、テントの外に出てきた。三人は前に会っていたアマノを含めた日本人たちだ。そしてもう一人はジョゼである。

「ジョゼ、日本人のパパさんたちとなにしてたんだ？」

「いやあ、へへへ」

アランに問われ、彼は顔をなでながら笑った。四人は麻雀で遊んでいた。アメリカ人やイギリス人が好む、ポーカーみたいな中国のテーブルゲームだ。じゃらじゃら鳴っていたのは麻雀牌だった。

「港で働いていたときには、よく中国人船乗りとやったもんです」

「この人、なかなか強いよ。これから四回戦だけど、さっき一位だったの、彼だもん」名前の知らない日本人が説明した。

「勝てばその晩は女を抱けましたけど、ここじゃあ女はおろか、賭ける銭もありませんや。まあ、サンパウロに美人はそうそういませんがね」美女といえば、何よりもリオというのが、ブラジル人の常識だ。

「戦果よりも、日本人のみなさんを紹介してくれないか？」

「あー自分で名乗るよ」とアマノがまず手を挙げた。そしてアランの手を握り、それからタテイシの手を取った。

アマノの次に握手してきた男は、たどたどしく「ナカヤマ、ナカヤマ」と名乗った。歯がほとんど抜けていて、口の中は空洞だった。もう一人の男は、きつい日差しに焼かれて腫れぼったくなったまぶたを持つ、眼の細い男だ。ひどい猫背でいかり肩だったが、彼はぽつりと「カネシロ……」と蚊の鳴くような声で名乗った。

……と思いきや、突然、長い背をしゃんと伸ばすと、彼は右手を高く挙げてはっきりとこう叫んだ。

「ハイル・ヒットラー」

タテイシの表情が凍り付いたが、アランは苦笑し、小さく右手を挙げてみせた。

アマノとナカヤマは彼の行為を、苦虫をかみ潰したような顔で見ていた。

「ま、わざわざ遠くドイツから来てくれた。ようこそ、ようこそ」

アマノたちは麻雀牌を片付け、麻雀卓の板をひっくり返して普通のテーブルに替えたのち、増えた三人分の椅子を準備して並べた。そしてアランたちを座らせると、ガラスのコップに赤黒い液体を注いでふるまった。煮詰めすぎた紅茶だった。ひどい味だが、中身を全部喉に流し込むと、まずタテイシがもう一度日本語で挨拶した。

「教授、今ぼくは『本日はお話しを伺う機会をくださってありがとうございます』って言ったんです」

「おれの通訳はいいから、まずはお前が訊きたいことを訊けばいいだろう？」

そう言われるとタテイシはわざとらしく咳払いをして、湿気でくしゃくしゃになった手帳の、白紙のページを苦労して開いた。

それからしばらく、彼は代わる代わる話をする〈カチグミ〉の生き残りたちに対して、笑顔で相槌を打っていたが、その表情はやがて引きつったものに変わっていった。彼の足元で、犬が腹ばいになる。日陰の土が湿っていて、冷たくて気持ちいいのだ。ジョゼは麻雀道具一式を抱えて、コテージのひとつに入っていく。

遠くでインコの群れが大声で鳴いていた。プレゴは鳴き声の方を、じっと見つめていた。

「ちょっといいですか？」アランは腰を浮かせて、ドイツ語でアマノに話しかけた。「おれの言葉、みんなどこまでわかります？」

「ドイツ語は、聞くだけなら大丈夫。話すのだと、みんなダメ。どうしたの」

「プレゴに、狩りか釣りの道具でも貸してやってください。蚊帳の外で退屈なようですから」

「プレゴどんは狩りがしたいの？」ナカヤマが返事をした。「銃は貸せないけど、弓矢ならあるよ」

ナカヤマはコテージのひとつに入っていき、すぐに戻ってきた。

「これでいいよね？　インディアンがつくっているのを見様見真似でつくったんだ」

プレゴはしばらく、やじりの先端をそっと触り、それから弓をしならせてみて、「十分だ。ありがとう」と言った。

「鳥もいいけど、湖の近くなら動物がたくさんいるよ。場所はわかるよね。おれは猿よりも、カピバラを狙う方が好きだね。最近はあまり見かけなくなったけどね」

「狩りがお好きなんですか？」

「弓や槍を手にしたのは、ここに来てからだよ。インディアンたちが遺したもので、なんとか獣や、ナマズを捕まえた。いまじゃあ、仕事の合間に狩りをしたがる学者さんたちのために、ガイドもするし、蝶だって採るよ。おれたちがどうしてこんなところに居ついたのかはタエちゃんから聞いているかね」

「ええ、大体は」

「あの子はおれたちの光だ。あの子が身体を張ってくれているおかげで、ここが極楽も同然になった。多少、最初に思っていた所とは違うけどね」

「ここに海はないから、南洋の島々のようにはいかない。海にいるような魚なら網にかかるけど」

日本人たちの話を、タテイシが補足する。戦前・戦中の日本人社会では、ブラジル国内に排斥ムードが漂うにつれ、新しく南太平洋の島々への再入植を希望するようになっていったそうだ。

プレゴは日本人たちに小さく会釈だけして、コテージ裏の茂みへと去っていった。

アランはナカヤマたちの言葉を反芻した。

「仏教的な天国ではなく、それこそパラダイスですね」

「そう、パラダイス！」アマノは椅子の背もたれに体重を預けた。「そこなら飢えや瘴気《しょうき》に苦しめられずに済む。野良仕事だけど、ほどほどに仕事があって、休暇もあって、生活にも張り合いがある。本物の極楽浄土よりもいいかもしれない。……ねえ、ドイツさん」

「アランで結構です」

「アランさん、あんたがここで食べた野菜は全部、おれたちがつくったんだよ」

「ええ、それもタエさんに聞きました」

「ほら、あの子はそういう気遣いもちゃんとできるんだ。偉いよ」とアマノ。

それから三人の日本人はお互い競い合うようにしゃべりまくるが、タテイシのペンは、ほとんど動いていない。

「教授、すみません」日本人たちのおしゃべりが途切れたのを見計らって、タテイシがアランの耳元でこっそりささやいた。「みなさんの日本語、方言がきつすぎるし、ポルトガル語やドイツ語が混ざるんです」

「ちょっとしたクレオール語だな。半世紀後には起源不明の孤立言語になっているかもしれない」アランは煙草を取り出した。「お前の日本語だって、東京仕込みのマンダリンじゃないんだろ？　それで、話は聞き出せたのか？」

「いや、まだ序の口なんです。みなさんがそれぞれ、船から降りて、共和国の土を踏んだところだと思うんですが……」

「みんな思い出したことをそのまま口に出しているんだろう。時系列で話をするっていうのは、相応の訓練が必要なんだ」

アランはタテイシの手帳を奪うと、パラパラとめくって、日本人の経歴をざっと把握した。アマノ、ナカヤマ、カネシロの三人はそれぞれナガノ、アキタ、それからオキナワという三つの地方からやってきた。これらはどこも、典型的な貧しい農村だったらしい。無駄に子沢山で、つまらない病気で産まれた数と同じくらいの子供が死に、それでもなぜか人口は増えていく。まともな産業も、娯楽もない。食糧も慢性的に不足している。それが彼らの祖国の、身もふたもない本当の姿であり、飢えと渇きだけが、三人の幼少期の思い出だった。

「みなさん、とりあえず一服したらどうです?」アランは三人の日本人、それからジョゼに煙草を配った。そうして注目を自分に集めると、改めて三人の、ブラジルに来てからの来歴を聞きだした。外国人相手の方が、言葉を選ぶために間が生じるので、彼らはゆっくりと語ってくれた。

三人が家族ぐるみでブラジルに移住してきたのは一九二二年。乗ってきた移民船も、サントス港から連れて行かれた農場も全員異なり、お互いに面識を得るのはあの大戦が終わって、日本人の移動や集会が自由になり、かの「シンドウ・レンメイ」が活動し始めた後のことだった。

アランの煙草を吸い切ったので、アマノは自分のポケットから煙草を取り出した。

「健康に悪いっていうんでね、ドイツさんは——ここのボスを、ひっくるめてそう呼んでいるんだよ——三日にひと箱しかくれなくて、すぐに吸い切っちゃう」

「だから畑の傍らに、野生の煙草の苗をこっそり育てているんだ。今はひどい味だけど、苗を選別していけば、いつかはうまい葉っぱになるはずだよ」

カネシロは短くなった自分の吸いさしの煙を、名残惜しそうに見つめていた。

アマノ一家はサンパウロ郊外のコーヒー農園に住み込みで働き始めたが、就労条件や衛生状態ともに劣悪な環境で、まずアマノの祖父母が病でこの世を去った。さらに大黒柱だった彼の父までチフスで死に、一家は夜逃げも同然の体《てい》で、その農園を去った。

他の農園も待遇は似たり寄ったりで、やがてアマノは家族を捨て、一人、リオへ上京し、洗濯屋を開いた。そこで彼は地元の女と結婚し、子供もできたが、その男の子が猩紅熱《しょうこうねつ》で死んだ直後に先の大戦が始まった。異邦人の流転に付き合わせるのは忍びなかったため、やむなく妻と別れ、わずかな全財産を手切れに渡したので、アマノはまた無一文に戻ってしまった。

その後、リオの日本人コミュニティの伝手《つて》を頼りにセラード（南米大陸のサバンナ）のど真ん中の開拓地に流れ着いた。そこは地元の住民にすら見捨てられた土地で、蟻塚のシロアリたちだけが、なんとか暮らしているような場所だった。食糧にも事欠くが、毎夜、同じ日本人同士の語らいを心の支えにした。日常にはなんの潤いもないが、そのぶん噂話は彩り豊かになっていく。

それから一九四六年、仲間の一人が、日本語で『アメリカ降伏。日本艦隊サンフランシスコに派遣』『機動部隊、東南アジア・中南米にも派遣へ』と書いてある切り抜きを持ってきた。一枚だけだが、彼らはそれを信じ、その日は祝杯を挙げた。翌日、アマノたちは街に出て、天誅と称してそこに暮らす〈マケグミ〉――生糸の生産で儲けた日系人から金品を奪うことを思いつく。奪った金で、日本の勝利を祝うパレードを催すつもりだったが、いざその〈マケグミ〉の屋敷に押し入ると、金などないと言い張った上に、お前ら日本がアメリカに負けたことを知らんのか、なんて言う。そこまで喋ってアマノは話を打ち切ってしまい、他の日本人二人の方をちらちらと見た。

カネシロの方は臣道聯盟に入団したが、オキナワ出身だからと冷遇され、鉄砲玉として汚い仕事をしては高跳びする、を繰り返した挙句、ついにこんなところまで流れ着いてしまった。

ナカヤマは、次期ブラジル総督を騙《かた》る偽皇族に騙されて借金まみれになり、仕方なく〈カチグミ〉系日本人の入植地に身を隠し、臣道聯盟傘下の暴力組織の構成員として、町から町を渡り歩き、行く先々で〈マケグミ〉相手の強盗や恐喝を繰り返した。その時のナカヤマは、罪を重ねる恐怖よりも、いつ借金取りに追いつかれるかということばかり恐れていたという。

アランは、この日本人たちは〈カチグミ〉の中核となったような、狂信者とは程遠いタイプの人間だという確信が得られた。時代が平穏なら良き市民、良き父、良き隣人だった人々。ファシズムを熱烈に支持したのもこういう人々ではあるが、ムッソリーニを吊るしたのも彼らだ。目と口が塞がれたのも同然の状態で、何とか手探りで活路を見出そうとして、偽物の頂《いただき》に登ってしまった。三十年前は、世界中のどこでも、そんな人ばかりだった。

アマノたちの日焼けした顔、そして目尻にできたカラスの足跡は、この赤道直下の大地に来てからの長い年月を物語る。その望郷の眼差しには一種の諦念すら隠されていることも理解している。

プレゴが猟から帰ってきた。その手には中くらいのトゥカーノ（オオハシ。巨大なくちばしを持つ南国の鳥）と、壊れた弓が握られていた。

「成果は一羽きりか」アランが声を掛ける。

「何度か強く引き絞ったら、この有様だ。ありあわせで修理をしたんだが、そもそも鳥はこの辺の土地を気味悪がっているらしい。ウルブーならたくさんいた」

ウルブーとは田舎町で残飯漁りをしている、汚いクロコンドルのことだ。

その後、ポットの紅茶も尽きたので、アランたちは帰ることにした。ジョゼとプレゴの肩を抱き、この人たちの役に立ってあげてくれと言い残しておく。

「アマノさんたち、また明日も来なさいって言ってくれました。教授もご一緒しますよね？」

「まあ、暇で退屈だからな」

「別にそういうことを言いたいわけではなかったんですが、とにかくこれでぼくの仕事も、はかどりそうです。インタビューをまとめれば、新聞連載どころか、本にもできるかもしれません。いやそれよりも、博士論文の方を気にしたほうがいいですかね？」

「…………」

「教授、さっきから上の空ですね。どうかしました？」

「いや、雨が降りそうだと思っただけさ」

「冗談でしょう？」雨季のアマゾンで、天気をいちいち気にする人間などいない。

「そんなことより、犬がいないぞ？」

「きっとプレゴのところに残ったんでしょう。本当は何を考えていたんですか？」

「自分でもよくわからないから、黙っているんだ。……なあジョアン、麻雀って普通、四人でやるものだよな？」

タテイシは一瞬、キョトンとするが、

「まあ、そうですね。というか、四人で遊んでいたのを、教授も実際に見たでしょう？」

やはり間違いない。

〈カチグミ〉の生き残りは、あともう一人いる。アマノら三人が日本の勝敗について明言を避けていたのは、儚《はかな》い幻影の中に生きている、最後の一人に配慮してのことだろう。その〈最後のカチグミ〉と話をしないかぎり、残る〈転向者〉たちも、その本音を打ち明けたりはしないだろう、きっと。

アマノたちにその〈四人目〉を指摘できるようになるまで、それから丸々三日を要した。その間、アランとタテイシの二人は、〈カチグミ〉の居住地に通い詰め、老人たちの釣りや世間話（こんなに俗世から遠く離れた土地でも、話すことがあるのだ！）に付き合ったり、畑の草刈りや家の修繕を手伝ったりした。二人はその際、居住区内に立ち入り禁止の敷地があり、そこには蔦で欺瞞《ぎまん》された櫓《やぐら》のような建造物があるということを知った。

あれ以後、彼に窮状を訴えたボロロ族とは再接触できずにいる。あの〈保護区〉の正体も未だ摑めない。タエともそれきり、夕餉をともにしていない。バーネイズの調査に口を挟もうにも、資料棟に入るのを許されたのは、医師ただ一人だった。

アランは暇だった。暇になるか行き詰まると、アルコール中毒者は酒を飲んで時間を潰そうとする。そうしていると時間があっという間に進み、苦痛を伴うあらゆる思考から遠ざかることができる。この欲求は直接的な痛みを引き起こすことはないが、性根を腐らせるので、患者はいつも、「自分はもう完治したんだから、飲んでしまってもいいのでは？」という都合のいい願望を、頭のどこかに忍ばせている。これが一生続く。彼らはいつも、飲みたいという願望が谷底で口を開ける、決死の綱渡りをしている。彼らを突き落とそうとする風は、ずっと吹いている。アランも、バーネイズの監視が緩んだことで油断しきっている。もちろん、自分が油断しているということすら、彼は気付いていない。スキットルを取り上げたのは〈女王〉なりのお節介なのかもしれないが、バーネイズを除けばあのスキットルこそ、アランに中毒を自覚させていた唯一のものだった。

四人目の日本人に肉薄するきっかけは、アマノらと昼食を共にする途中、タテイシが、道中で聞いたアマゾンの血なまぐさいゴシップを話題に挙げたことだった。

「はて、日本人盗賊……？」ナカヤマが眉をひそめた。

「ええ、パリに住んでいるペルー人の作家が書いた小説に、インディオの頭目になった日本人盗賊が出てくるんですが、そいつにはモデルがいるそうなんです。そいつはみなさんと違って、どうやら刑務所を脱獄した、根っからの悪人みたいですが、このモデルの人物みたいに、盗賊になった日本人が、ブラジル南部にもいるらしいんです。このマット・グロッソには、そういう噂話がたくさんあるんですよ」

「確かに、おれたちがここに来た時には、そんなことをしたさ。そうしないと、逆におれたちが土人に殺されていたからね……」

アマノはまたもそう言い淀んで、それきりだった。雨が止む気配がないので、彼の自宅での食事だ。部屋の中は卓上のロウソク一本しかない。出された料理は、コブ牛のシチューと、牛の脂肪分と共に粉を練った、ユカのパンだった。牛はここからさほど離れていない牧場から、いかだに載せて連れて来るのだという。

次に口を開いたのはナカヤマだった。

「そりゃ、武器を持ち出して、それっきり戻ってこなかった奴はいるよ。ヒョードーも、タケイも、みんなそうだ。でもそれは、あんたの言う通り、二十年も昔のことさ。こんな辺鄙《へんぴ》なところで、人間は呆気なく死ぬ。根無し草の暮らしが無理だって、おれたちも勉強した。だから、その連中を、おれたちは死んだことにしているよ。墓も造ってやったさ。ずっと前に、洪水でなくなったけど」

「そもそも、このご時世になって、今でもそういう乱暴な真似をしている奴がいるなんて、あんまり信じたくないんだよ」とアマノ。

老人たちから向けられた眼差しに、タテイシはついたじろぐが、自説を引っ込めたくはないようだ。

避けがたい、嫌な沈黙。雨音は強くなる。やがて沈黙に耐えかねたのか、カネシロが言った。

「まあ、そういう武器を、すっかり手放したわけじゃないよ。戦う練習だって、まだしている。キリノの旦那が、しつこいからね」

「おい！」ナカヤマが制するが、カネシロはかぶりを振った。

「いいじゃないか。いつまでもキリノさんを隠すわけにはいかないし、キリノさんから、この人たちを隠すのももう無理だよ。昨日だってまた、スパイに監視されてるって騒いだだろう」

「そりゃあ、年がら年中のことじゃないか」ナカヤマは顔をしかめた。

「キリノさんというのは、ひょっとして……？」タテイシは恐る恐る身を乗り出して訊ねる。

「タエちゃんの父親だよ。あの子から聞いてないかな？」

「存命だというのは、初めて聞きました」

「生きているんだよ。ただ、ちょっと――」アマノは、トントンと人差し指で自分の頭を叩いた。

「色々あってね。わかるかな？」

「まあ、大体想像はつきます。身の回りのお世話は、みなさんが？」とアラン。

「そうなんだけど、あの人は今でもあの戦争の時代に生きているんだ。本当の戦場になんか、行ったことすらないのに。本当はそっとしておいてあげたいんだが、彼の方から勝手に詮索を始めるし、閉じ込めておくわけにもいかない。タエちゃんへの義理もあるし、あんな風になるまで、キリノの旦那には世話になりっぱなしだったから。……ねえ、アランさん」

「なんでしょう？」

「おれたちから根掘り葉掘り聞くのはいいが、キリノの旦那を起こさないでやってくれないか。タエちゃんからも、そう釘を刺されてるんだ」

その時にはアランたちも引き下がったが、三人がこういう話題を出してきたということは、言葉にならない予感があったのだろうと、のちにアランは思った。

夕方になって帰ろうとしたとき、外から、かすれた犬の鳴き声が聞こえた。

ドアを開けると、いたのはやはりあの犬だ。雨は上がり、夕日がつくる虹が、木立の隙間からも見えた。犬の首輪には、紙が括りつけられていた。タテイシがそれを見つけて取ってみると、犬は彼の足元をくるくる回った。青年に褒めてもらえるのを期待しているのだろう。アランが代わりになでてやった。

「これ、ドイツ語です。かなりの達筆ですね」

「〈女王〉か？」

「確かに〈キリノ〉と書いてありますが……」タテイシは紙片を手渡した。「女の字ではなさそうです」


犬が持ってきた手紙には、タテイシ青年のことを名指しで召喚する文章と、逃げるなら彼の従者の命を保証できないという脅迫が書いてあった。それを読んで、日本人たちもようやく、朝からずっと、ジョゼとプレゴの姿が見えないことに気付いた。二人が人質になっているのは間違いないらしい。

アマノたちは、行こうとする二人を引き留めた。カネシロは「おれが仲裁をしてやる」と言って、勝手に〈四人目〉のところへ走って行ってしまう。

カネシロが戻ってくるのを待たず、アランたちはあの櫓のある屋敷に向かうことにした。熱帯の日の入りは早い。藍色の空を辛うじてコウモリや夜鷹のシルエットが、時たま通り過ぎるだけだ。いつになく肌寒く、それでいて湿気がすさまじい。アマノが懐中電灯をアランに貸してくれた。

「どうしても行くというなら、もう止めようがない。キリノさんに見つかった以上、おれたちができることはほとんどないから。あんたらの従者はおろか、あんたら二人すらも、ちょっと守れない。カネシロも頭より口と手足が動くやつだ。本当はタエちゃんに出てきてほしいんだけど……」

アマノはそう言ってうなだれてしまった。

案内は、手紙を持ち帰った犬がしてくれそうだ。だれがこいつに、そんな芸を仕込んだんだろう。犬が歩いていくのは、泥と落ち葉に覆われた、ほとんど獣道と変わらない道だ。地面を照らす明かりには、しばしば道を横切る虫たちの影が紛れ込み、手のひら大のヤスデが行進しているのに出くわした時は、タテイシはおろか、アランも慌てて飛び退いた。アマゾンのほかの地域よりも土壌が肥沃なので、虫たちもたくさん湧く。

「一体ぼくはどんな目に遭うんでしょうか？」

「わからないが、世間知らずの若造の振りをしているのが一番だ。そうすれば年寄りは、大体一方的にしゃべった挙句、勝手に満足する。なにか面白い話だけを聞かされて、はい、お終《しま》い、かもしれない」

しかしアランは、タテイシ以上に、その〈四人目〉から根掘り葉掘り、詰問される危険があった。相手が狂人だからといって、楽々御せるわけでは、全然ない。

「ジョゼやプレゴは無事でしょうか？」

「そんなこと、今聞いてどうする」

「言葉にしないと、なんだか、色々とだめになりそうなんですよ」

「あの夜と同じだな」

懐中電灯の光輪が、淡々と、地面のものを照らしていく。落ち葉、小枝、小枝、蜘蛛、なんだかよくわからない獣の死骸。

屋敷まで目と鼻の先のところで突然、鳴子《なるこ》らしきコロンコロンという音がした。タテイシが、足元を照らしていたにもかかわらず引っかかった。二人はその場で硬直するが、それきりなにも起こらない。タテイシはおそるおそる、周囲を照らす。ブリキの缶詰で出来ていた鳴子の先には、家主の趣味とは思えない、明るい赤や黄色の南国の花々が植えられている。花の多くは、夜になってしぼんでいるが、白い花だけが咲いて虫を誘っていた。その中に、巨大なドクロのマークがついた警告用の看板が立っている。アランは信じる気にならなかったが、英語とドイツ語、ポルトガル語と日本語で、〈地雷原〉と書かれている。

こけおどしだと思ったが、念のため慎重に敷石の上だけを歩き、やっと正面玄関についた。外灯もなく、中の様子はまったくわからない。先に来ているはずのカネシロは見当たらない。辛うじて、ドアに向かう足跡が残っているが、戻りの方の足跡はない。玄関ドアの窓は、カーテンが閉められている。

「留守……なわけないですよね」

タテイシを無視して、アランは戸を叩いた。返事はない。しかし、ヒトの気配だけはした。

「お前、日本語で呼びかけてみろ」

「えっ」

「できれば慇懃《いんぎん》な言葉がいいな。タイクーン相手に使うような」

そんな無茶な、とつぶやきつつ、タテイシも戸をノックして、深呼吸をした。

「キリノさん、わたし、タテイシ・ヒデキともうします。おはなしをしたくて、まいりました。いらっしゃいますか？」

中から微かに、椅子の脚が床を擦ったような音がした。

「キリノさん？　いぬがもってきたおてがみをよみました。わたしのともだちはぶじですか？　そこにいますか？」

そこまで言って、ドアは小さく開かれた。養老院みたいな空気がムッと漏れる。

ドアの隙間の奥には、わずかに腰の曲がった、枯れ木のような老人がいた。アランたちの人相と、手足の先をすばやく観察していたが、彼は唐突に、

「いちにの、さんで入れ」とささやいた。

「えっ？」

訊き返す間もなく、老人はタテイシの腕をつかみ、ものすごい力で家の中に引きずり込んだ。慌ててアランも入ると、今度はドイツ語で、

「さっさと戸を閉めろ！」

と命令した。その戸板はとてつもなく重く、閉めるとドンという重い音がした。置いてけぼりにされた犬が、前足でドアをひっかいているようだ。表から見ると木戸だが、裏側は鉄板打ちだった。ピストルの弾くらいならはじき返しそうだ。

老人は閂《かんぬき》を掛けると、どこかの痛みを耐えるように長く絞るようなため息をつき、それからドア

の脇にあるスイッチを押した。廊下の天井の電球が点いた。

「やはりカネシロ一人ではなかったか」老人はつぶやいた。

「あの人だけ先に行ってしまったんです。ここにいるんでしょう?」

タテイシの問いを無視して、キリノ老人は廊下の奥へと歩いていく。一歩ごとに、老人の背中は、左右に大きく揺れた。膝をしっかり曲げられないようだ。

「土足のままでよろしいんですか?」

「襲われた時、外履きをしないでどうやって逃げる?」老人は振り返って睨んだ。

案内された客間でまず目につくのは、上座《かみざ》の背後の壁に掲げられている、巨大な旭日旗だった。どういう遍歴を辿ってここに飾られるに至ったのか、細かいしわで埋め尽くされ、ところどころ茶色や赤黒い染みがついていた。ほかにも日本の天皇や、皇族か軍人と思しき人物の白黒写真が、黒い光沢を放つ木製の額に収められて掲示されている。立派なものだが、どれも熱帯の湿気を吸って波打っている。

キリノ老人は顎でソファを示した。おとなしく腰を降ろすと、旭日旗と写真の中の貴人たちから見下ろされる。壁の一面には陳列用の棚が並んでいて、一つの棚はブランデーの瓶とコップが並べられているが、ほかの棚は、劣化してほとんど崩れた古い紙が雑然と積み上げられていた。そんな中、ぽっかりと空いた空間に、日本刀がものものしく飾られている。アランはその刀に釘付けになる。柄の飾りはもう虫に食われて見る影もないが、部屋の空気も相まって、禍々《まがまが》しい殺気を放っている。そんな中、ソファの前の木製のテーブルには瓶詰のポプリが置かれて、さわやかな香りを発していた。どう見てもキリノ老人の趣味ではない。

タテイシはそわそわと天井を見上げて言った。

「あの、この家は電気が引いてあるんですね」

「そんなことを訊いて、どうするつもりだ」

「あ、いえ、アマノさんたちのお宅は、ロウソクしかないようでしたので」

「お若いの、あまり詮索すると、スパイだぞ」

キリノはそれだけ言うと、客間からさらに奥にある部屋に引っ込んでしまった。この家が一体どれだけの広さがあるのかわからないが、何しろ〈女王〉の父親だ。それなりに広いのだろう。

アランにはいろいろと観察できたが、隣のタテイシはすっかり萎縮してしまっていた。小刻みに震えて、尻がソファに収まっていない。

「陽が沈んだのに、ひどく暑いなあ」アランは余裕を醸し出そうと独り言をつぶやき、首の周りの汗を、袖口で適当にぬぐった。実のところ、アランだってひどく緊張し、胃のところが押しつぶされそうだった。客間にただ一つある窓は半開きになっているが、風は凪《な》いでいて、部屋には吹き込んでこない。ポプリの芳香も、他の悪臭とも混ざり合って気分が悪くなる。

「教授、あれ、なんでしょう」

タテイシも耐えかねて、首をキョロキョロ振って、部屋をこっそり見回していた。

「お前、なんのことを言ってるんだ?」

「ほら、あっちですよ。あの機械……」

青年の指差す先には、木製の台に置かれた、手廻し式の蓄音機があった。真鍮製のハンドルが、手垢で鈍く光っている。あれも骨董品だが、タテイシが言っているのは、その隣の箱のことらしかった。

アランは大きく身体を捻って、その物体を眺めた。ドアと比較して、立ったアランの首くらいの高さはありそうだ。躯体《くたい》は木製で、頂部には電球とニキシー管（複数の文字や数字を発光させ表示する放電管の一種）が、それぞれ四つずつ並んでいる。それに対応するように、躯体の中くらいのところにはスイッチとダイヤルがたくさんついていて、こちらはランプのような規則性があるわけではなく、数も並んでいる位置もバラバラだ。ただ、内部の回路を表わしているらしき、白い線が胴体に刻まれている。それからオシロスコープのような、手のひら大のガラス盤が中央についていて、マイク付きのヘッドフォンが躯体脇のフックに掛けられていた。壁との隙間からは尻尾のように、真っ黒いケーブルが飛び出て、天井の隅に空けられた穴に吸い込まれていた。

「モーグ・シンセサイザーかな？」アランはつまらないことを言った。

「いや電探か、ソナーでしょう」

「ソナーが陸の上にあってたまるか」

「……電探だよ。正式名称、〈決戦時全地球誘導破壊電探・仙花〉だ」

ふと投げかけられた言葉に驚き、二人は姿勢を正した。

老人は、ロックアイスの詰まった、アルミのバケツをテーブルの上に置いた。表面はすでに結露でびしょびしょだった。老人はウイスキーの瓶の棚に手をかけた。

「センカって、つまりなんでしょうか？」

「知らんのか。もしお前がスパイだったら、アレを目当てにやってきたはずだがな」

老人はウイスキーの瓶を抱えたまま、じっとタテイシを見下ろした。細めた目は、顔に刻まれた皺の谷の中に埋没してしまっていた。

「〈仙花〉という名は、おれが考えたものだ。水仙にちなんだつもりだが」

老人は胸元に瓶を抱えたまま、本棚にあった、古い冊子の束を取り出し、青年に差し出した。

その本は、カチグミ・マケグミ抗争のときに、〈カチグミ〉側がばら撒いていたプロパガンダ雑誌だった。粗悪な紙なので、表紙はとっくの昔にはがれていた。青年の手に嫌な臭いがついた。

老人は勝手にしゃべり始める。

「〈仙花〉こそ、いまだにレジスタンス活動を続ける米英連合と、奴らを裏で牛耳るユダヤ・フリーメーソンどもに止《とど》めをさす、最終決戦兵器だ。世界中に撒く、善のホウ酸団子みたいなものだな」

「はあ……」

老人はトングでコップに氷を入れて、酒を注ぐ。三人分ある。

「中身は通常の無線機のように、複数の〈仙花〉の間で相互に音声のやり取りをすることができるが、あの機械そのものにはなんの殺傷能力もない。しかし、その肝心かなめの機能は電源をつけている限り、こちらの位置情報を、正確に、一定の間隔で送り続けるということだ。

ロケットというのを知っているか？　海を越えて飛んでいき、ロンドンもニューヨークも火の海にした超兵器のことだ。詳しいことはその本に書いてある。大日本帝国は、ドイツから供与された技術を元に、さらに独自の決戦兵器を作りあげた。それを本土決戦に向けて秘密裏に大量生産し、敵国の艦隊が、わが国の近海にまで押し寄せて本土ががら空きになったのを見計らい、一斉に北米西海岸に向けて打ち込んだ。誘導弾の先端には超電磁兵器が積まれていて、着弾とともに炸裂すると、放射された電磁波の作用で、周囲の金属がまとめて発火して、周辺を見境なく焼き尽くす。火薬庫や戦車、石油の貯蔵タンクも、ドン！　というわけだ。わかるだろう？　おかげで艦隊が留守にしていたハワイヤサンフランシスコはみんな火の海だ。アメリカの主力艦隊はみな帰る港を失い根無し草。それに対し我が国は投降の余地を一切与えず、ドイツから提供された潜水艦から雨あられと誘導弾をぶつけ、主な戦艦をことごとく撃沈することに成功した。こうして帝国は勝利し、アメリカは唯一残った軍艦ミズーリ号の上で、降伏文書に調印することになった……」

「そのお話とセンカに、なんの関係が？」

「おれはただ歴史的事実を説明しただけだ。これくらいの話、学校の授業で習っているはずだ」

「いえ、大丈夫です。すみません」

タテイシが口をつぐむと、老人は話を続けた。

「こうして新時代が来た。ドイツと日本、騎士道精神と武士道精神の国が、徳をもって世界を支配する時代になった。それにロケットと超電磁兵器の発明で、軍艦や戦車は不要になった。その代わり、世界のパワーバランスを維持するのに必要なのが、おれのような人間と、〈仙花〉だ」

「つまり？」

「超電磁兵器によって、巨大な鉄の塊を用いた兵器が使えなくなった以上、戦争の勝敗を決めるのは、敵の中に、どうやって裏切り者をつくるか、そしてその反対に、敵が仕掛ける分断工作を、いかにして素早く察知するかということだ。将棋をやったことはあるか？　将棋では、獲った駒は、自分の味方として、盤上の好きなところに打つことができる。現代の戦は、そうやって敵の中に裏切り者を作っていき、次々と、敵の急所に投入していく。この戦術は、相手が物量的に有利なほど効果的になる。都会ほど、流行り病や、流行歌がものすごい速さで広まっていくようなものだ。……さ、飲みたまえ」

キリノはアランとタテイシの分のウイスキーのグラスを、顎で示した。

「あの、お水はありませんか?」

「おれの酒だぞ! ここはおれの家で、お前たちは客だ。飲まないというなら、やっぱり、敵のスパイか?」

タテイシはアランの顔色を盗み見て、仕方なくグラスを取った。

アランは老人もタテイシも、眼中になかった。あるのは目の前のグラスだけ。自分はアルコール依存症で、禁酒を続けなければいけないという建前が、目の前にある酒の存在で、波に洗われる砂の城のように崩れていく。今、この酒を飲まないと、この老人はなにをするかわからない。飲まなかったら殺されるかもしれない。それに、少し飲んだくらいでは、ピンガを飲んだのと大して変わらない。酔えば状況を打開する、とっておきの妙案が浮かぶかもしれない。それにこんな狂った老人を前に、こっちも頭の中を溶かさないと、狂気を伝染されてしまう。そもそも、おれがアル中なんて、だれが決めたんだ? そんなふうにして、アランはとうとう飲んだ。

「で、続きだが、おれは祖国の大勝利を知ってからしばらくして、今までの戦争が終わり、それで平和になったどころか、新しい戦いが始まったことを知った。かつてのおれは、女房と子供を抱え、ウサギ小屋よりもひどいねずみ小屋で、それこそねずみの糞まみれになって暮らしていた。しかし、おれは男だ。一家の大黒柱としての根性で、なんとか逆境に耐えていた。

おれが皇軍大勝の報せを知ったのは、昭和二十年八月二十日だった。同じ移民船に乗ってきた男が、米英の無条件降伏を伝える、ガリ版刷りの号外を持っていた。一枚だけで、大勢の手に触れて、もうぐちゃぐちゃだ。それでもなんとか文を読んで、意味を悟ったおれたちは、肩を叩いて喜んだ。女子供が寝入っているのも忘れて、夜の街へ繰り出していった。街に行けば、今まで息を潜めていた日本人やドイツ人が、広場で輪になって踊っているはずだと思った。

しかし、実際はだれも踊っていないし、酒場に行っても、いつものように、おれたち日本人は体よく追っ払われるだけだった。わけもわからずに、道のど真ん中で右往左往していると、背後からお巡りが、おれの肩をトントンと叩いた。物入りで仕方なく街にやってきたおれたちを警棒で殴るような野郎だったが、奴はこう言ったんだ。『ラジオで聞いたよ。ドイツに続いて、あんたらの祖国もついにアメリカに降伏したんだとよ。負けとはいえ、もうおれの方も、あんたらの尻を殴る仕事から解放されたってわけだ。おめでとさん』。つぎの瞬間、ぶん殴られて地面に伸びることになったのは、奴のほうだった。おれたちは唾を吐きつけたあと、逃げ出した。

日が昇って、おれは真実を知ろうとしたが、雲や霧をつかむような作業だった。日本人でさえ、どいつもこいつも言っていることがバラバラで、心が折れそうだった。それでもおれは、『勝った』と言う連中と、『負けた』と言う連中の特徴をしっかりと吟味し、頭の中で整理していった。その甲斐もあり、九月の一日、おれは天啓を得た。〈勝った〉派と〈負けた〉派には、一度気付いてしまえばもう間違えようのない、明らかな特徴があった。〈負けた〉派は、ほかの同胞が砂を噛むような、塗《と》炭《たん》の苦しみを味わっている最中でも、抜け駆けをして、敵国に尻尾を振り、汚い金を稼いでいる連中だった。奴らはこの新大陸で財産をつくった暁には故郷に錦を飾るという目的も忘れて、日銭を稼ぎ、蓄えることばかりに躍起になる、ユダヤ人のような連中だ」

〈ユダヤ人〉という言葉に動揺したのはタテイシの方だったが、老人はグラスが空になった合図と受け取ったようだった。

老人はまた、アランたちに相槌を打つ暇を与えず、滔々《とうとう》と話し出した。

「おれは、裏切り者の外見が、精神の堕落に伴って、実際にユダヤ人やこの辺の土着の人間のように退化していったと断言できる。マラを垂らしたようなだらしない鼻。鬼のような剛毛。身体はぶよぶよの、水死体みたいなのに、手足は蓮《はす》っ葉《ぱ》のようにひょろ長い。こんな風に人間の身体というのは、その魂に合わせて、病み崩れていく。じゃあ、〈勝った〉派はどうかというとな、ひどい食事に息のつまるような暮らしの中でも、皇国に生まれたことに対して、朝日のように光り輝く誇りをいだいているから、その魂の輝きが皮膚や目を通り抜けて、外に発散していく。手を太陽にかざすんだ。そうすれば魂のぬくもりがわかり、じっと手のひらが熱くなって、汗をかいていく。そして痩せ衰え、薄くて硬くなった皮膚の内側に、虎が獲物にとびかかる前のような、はちきれるような筋肉を保って、魂がしっかり守られている。そしてその魂に相応しいように身体も作り替えられていくから、全身から、素晴らしい芳香を放つ。もちろんだ！　五感を使うんだ。それで、一度この分別法を体得すれば、そこから真実に気付くのに、時間はかからない。どうして祖国の勝利を認めない奴らが、腑《ふ》抜《ぬ》けのブラジル人だけでなく日本人にも大勢いるのかといえば、要するにもう次の戦争が始まっているからだ。将棋の話を思い出せ。あいつらはどうやって形勢逆転を狙うか。真珠湾のような奇襲はもう通用しないから、搦《から》め手の戦いだ。日本人の魂を腐らせて、自分たちの方に引きずり込む。奴らの新しい武器は、アメリカ人ならジョン・ウェイン。ユダヤ人なら、たっぷり金のつまった銭袋をそっと握らせればいい。幸いにもここに金を使うような商店は一切ないから、ユダヤはこの必勝法を使うことができないわけだが。

さあ、ドイツ人。酒ならまだあるぞ。で、ブラジルという国はてっぺんから底辺まで、ユダヤ資本によって骨抜きにされているし、日本人にも魂が腐って、取り込まれた奴らがいた。この赤い大地は、元から人間の脳味噌の、美徳を司《つかさど》る部分をドロドロに発酵させてしまうようだ。あんたらも、土人の堕落ぶりをさんざん見たはずだ。魂の免疫力を保つには、太陽と暑気だけじゃ駄目だ。心を鋭利にする、冬の寒さがいるんだ。カネシロのやつは特に駄目だな。南国生まれはみんな駄目だ。

それから、おれは新しい戦争に反撃するべく、行動をおこした。まずは逆賊に天誅を下し、奴らの薄汚い金を、新しい戦争のために有効活用しなければいけなかった。その金を元に、この戦いの本質を理解できる同志を募り、まずはこの新大陸に暮らす奴らの目を覚ます必要があった。目覚めるのは何も日本人だけじゃなくてもよかった。まずは白マンマを食べている連中の家に押し入り、己の罪深さを、鉄拳制裁で思い知らせた。矯正と言った方が正しいな。ええと、お若いの……ヒデキくんというのか。きみだって、お父上に殴られたことがあるだろう?

それから奴らに金を出させたが、自分の懐にしまったりはしなかった。次に、流言飛語を流した新聞社の輪転機をぶっ壊した。モーターの回っているところに鉄の棒を押し込んで、それから紙の束に火を点けて、工場ごと灰にするつもりだった。火種は畑に埋まっていた、汚い札束だ。油は撒かなかったから、火はあっさり消し止められたが、輪転機はクズ鉄だろう。

おれたちは逮捕されたが、堂々と自分の潔白と、大戦の真実を告げたら、奴らもおれたちを持て余して、すぐに釈放された。あいつらはおれのことを、頭が狂ったかと言っていたが、狂っているのは、真実を見ようとしない奴らの方だ。自分の頭で考えられないんだ! 警察署から出ると、女房が迎えに来ていた。靴がないから、裸足で歩いてきたんだ。タエもおんぶされていた。久しぶりに家族の顔をみて、おれはあらためて誓った。こいつらを苦しめるありとあらゆる悪と、これからも戦い続ける。

おれはあの寂れた農村を後にして、新しく募った同志たちと、未来のために懸命に働いた。ドイツ人に自分の口で真実を教えてやるべく、寝る時間を削って、ドイツ語を学んだ。危険を冒して、人通りの多い街路や、大きな駅でチラシをばら撒いたり、一張羅《いっちょうら》を着てデモ行進もした。祖国のために、同志のだれかが一の奉公をすれば、わたしは二のご奉公を、三の奉公をすれば、おれは六のご奉公をした。しかし、おれ一人が頑張っても、これは総力戦だ。組織力のある方が勝つのであって、その点では敵が一枚上手だった。一枚どころではなくて、圧倒的だった。奴らは、我々が一の努力をするうちに、百とも、二百ともつかない量のプロパガンダを世界中にばらまく。だからおれが、奴らにテロリストの親玉として仕立て上げられるのは、時間の問題だった。最初に逮捕されたときの写真が、新聞に載った。

おれたちは怒り、徹底抗戦することにした。自分たちより強い奴らでも正面から戦い、自分たちの正しさを天下に知らせなければならなかった。おれたちは武装して、街を火の海にすることにした。一つの町が炎に包まれれば、その大火は飛行機からでも見える。もはやこの『影の戦争』は、『光の戦争』に化ける。むろんおれは死ぬが、それは新しい時代の始まりだ。おれたちは当時二百人くらいだったが、それだけでもできる作戦を練った。おれは駅を襲うことを提案したが、意見が割れて、兵力を駅と警察署、市役所の三つに分けることになってしまった。それでも勝機はあったはずだが、警察署を襲撃するはずの班が、偵察と称して署の前をずっとうろついていたせいで怪しまれ捕まった。そして拷問でもされたのだろう。計画を洗いざらい喋ってしまった。おれは警察を出し抜いて、家族や、ナカヤマらとともに、街を脱出した。再起を懸けての戦略的撤退だ。

逃避行は続いた。州をまたげば、警察も軍も、おれたちの存在など忘れたように静かになるから、行き先で新たに拠点を作るのは容易だったし、同志を見つけるのも容易かった。しかし派手な活動はどんどんやりづらくなっていった。おれたちはさらに西を目指した。同志の顔ぶれはどんどん変わっていったが、人数は確実に減っていった。内地に行くほど同志どころか、日本人と接触することすら難しくなった。完全に袋の鼠だった。おれはもう、人里でこれ以上、この思想戦を完遂することは叶わないと悟り、気の置けない同胞とその家族とともに、このマット・グロッソに入植した。この地の土人たちならまだ、奴らの俗悪な文化に侵蝕されていないから、彼らを啓蒙すれば、まだまだ勝機はあった」

アランはこの老人の思想が、それこそアルコールのように、半ば強引に、自分の脳味噌に浸潤していくのを感じていた。もはや何杯、酒を飲んだのかもわからなかった。ただただ、老人の口ぶりと、それによって励起される情景だけが、彼を溶かしていった。

「おれは入植の最初の日――その日は美しい満月が、雲の隙間から覗いていた――天に向かって、この戦いの勝利のためには、あらゆる艱難辛苦《かんなんしんく》を耐えてみせると誓った。それからは本当に艱難辛苦の連続だった。この地に骸をさらす同志は大勢いたし、女房も死んでしまった。日々襲撃してくる土人どもにも頭を悩ませた。奴らは、決しておれたちに歩み寄ろうとはしなかった。一度だけ、西洋人が、焚火を飛行機から見つけて、やってきた。そいつはプロテスタントの宣教師を名乗ったが、ヤギのような髭をたくわえていたから、おれは一発でユダヤの手先と見抜いた。もちろん殺して、死体は川に流した。そしてついに、本物のドイツさんがここを見つけてくれて、おれたちはついに、彼らとの同盟を、再度結ぶことができた。……ところで青年」

「は、はい」タテイシは半ば居眠りしていたようだが、老人は話に夢中になるあまり、それに気付かなかったらしい。

「ここからは大事な話だ。きみの下僕の命がかかっているのは、もちろんわかっているだろう。きみはきっとユダヤの手先ではないだろうが、まだ確信できない。だからきみは、わたしの質問には、嘘偽りなく、正直に答えなければいけない。もしきみがユダヤに誤った歴史を教えられても、まだ若いから、これから新しく真実を学ぶ余地がある。しかし隠蔽をするようになってはもうだめだ」

「…………」タテイシは汗をぬぐいながら、無言でうなずいた。

「じゃあ聞こう。おれたちは、御国の艦隊が日章旗を掲げて、おれたち在葡《ざいぶ》同胞の万歳三唱で出迎えられる中、サントス港に入るのをこの眼で見たいと思っていた。きみは見たかね？」

「ええと、十年前に来たのを、家族で観に行きました。来ていたのは、たしか『あきづき』と『むらさめ』と——あとの名前は覚えていません。駆逐艦が四隻だったと思います」

「やはり、超兵器のおかげで、空母や戦艦の時代は終わったのだな。おれの知っている事実と、まったく矛盾しないではないか」老人は膝を叩いて喜んだ。彼は自分のグラスの残りを飲み干すと、氷も足さずに、酒を新たに注いだ。タテイシと、アランのグラスにも、またなみなみと注がれた。

「しかし皇国より先に、ドイツの方々が、この地に進駐してきたのは、流石《さすが》に驚いた。なにしろ、この地のドイツ人たちと来たら、おれたちの啓蒙運動に対してひどく冷淡だった。実際は、おれたちよりも強固な意志の力で反転攻勢して、日ノ本に先んじて、新大陸を占領したのだから、素晴らしい手際だ。それに、あんたたち、ドイツさんたちが来たばかりの話は、知っているか？　来る日も来る日も、船に飛行艇、それからヘリコプターがひっきりなしにやって来て、基礎に打ち込む杭を、セメントを、ブルドーザーに肌の黒い労働者を、遠くから運んできた。ヘリコプターなんて乗り物、おれは初めて見た。とにかく山のような物資だ。こんなたくさんの物資を生産できる土地から、こんな緑しかない土地に、何を作る必要があるのかといえば、天然ガスはまあわかる。しかしそれ以外にも、この地には手つかずの資源が眠っているという。それを手中に収めて、ドイツ人の頭脳と、日本人の勤勉さがあれば、今度の戦争でも、また我々が勝つのは必定《ひつじょう》だとおっしゃった。まったくもって、ドイツさんは偉い。最近ではブラウンというかの国の科学者が、ロケットをさらに改良して、月まで人間を飛ばしているそうじゃないか。きっと月面では、すでにたくさんの鉤十字がはためいているんだろう。日章旗も近いうちに立てられる。ドイツさんの頭脳があれば、どんな荒唐無稽なことも、やがて真実にできる。そうじゃないかね？　思えばここも、月より遠い、この世の果てのような土地だ。しかしそんなところにまで、人と金を投資して、文明の光を当てようとしている。この二国が堅牢な同盟関係を築いている限り、次の戦争も、永遠に勝ち続ける」

「キリノさんは――ええと、これからも戦い続けるつもりですか、この新しい戦争で」

「もちろんだ。おれは大和男児だからな。反対に訊くが、ヒデキくん、きみのような若者からは、この世はどう見える？」

「ぼくには、よくわかりません。ブラジル育ちなので……」

「そうだ。そこなのだよ。きみは若いし、ブラジルの暑気の中で育ったから、感性が未発達なのだ。だから、おれたち日本人が、真に己の精神を研ぎ澄まし、敵と味方を嗅ぎ分けられるようになるには、祖国の土を踏む必要がある。ドイツさんもそれがわかっていたから、『血と土』を重んじていた。だから、おれは帰る機会を待っている」

「日本に、ですか？」

「そうだ、すべての戦いが終われば、おれはようやく、故郷に錦を飾ることができるが、おれたち日本人は、所詮は二等人種だ。ドイツさんとは違う。体格も、頭脳も劣っている。取り柄といえば勤勉さぐらいだ。ドイツさんから優れた技術を借りて先の大戦に勝っても、それは民族の勝利とはいえん。仮初《かりそ》めの勝利だ。むしろ敵に……ユダヤ人どもに、猿真似だとなめられ、付け入る隙を与えてしまった。きみは雪なんて見たことがないだろう」

「活動写真でしか見たことがありませんが、美しいものと聞いています」

「美しい？　そうかもしれないが、おれの故郷はみちのくの、雪深い寒村だった。雪は恐ろしい。道を閉ざし、おれたちを山に閉じ込める。重さで家屋を押し潰し、冬の間は、医者も来てくれん。子供が産まれそうになっても、自分たちでお産の面倒を見た。そうして産まれた赤子も、寒さで死んでいく。男の大人たちは農閑期で、都会に働きに出ている。女子供だけで幽閉されているようなものだった。まあ、それでも確かに、美しくもあったな。あの雪の中で、おれの心は鍛えられた。

きみも故郷――両親の故郷だが――に行けばきっと、血が目覚める。最近はタエとも溝ができてしまったが、無理もない。あの子が生まれてすぐに移住してきたから、冬の寒さで、心を鍛える暇なんてなかった。だからもしきみが、祖国の敗北を信じ込まされていたのなら、それ自体は罪じゃない。故郷の空気が、日本人を賢くする。土人たちが持っている、野生の勘も、土から与えられた能力に違いない。

きみのことはよくわかったから本題なんだが、いいかね。おれはきみを若き同志として遇することを決めた。これは、とても名誉なことなんだぞ。わかるかね」

「え、ええ。しかし、お話が見えません」

「これから話す！　おれがきみに伝えたいのは、〈仙花〉のことだ。ともに闇の勢力と戦ってもらう以上、アレについて、知っておいてもらわねばならん。わかるか？」

老人は酒で焼けた喉をいたわるように、そっと咳払いをし、両唇をじっくりねぶった。

「おれが次の戦争の確固たる勝利について、ここまで心血を注いでいるのは、子供たちのためだ。タエのことじゃない。もちろんタエも大事だが、おれが考えているのは、ヒデキくんや、さらにその次の世代の子供たちのことだ。おれたちにとっての本当の財産は、この地で産まれた、あんたら若人《わこうど》だけなのだよ。この地では金も土地も、綺麗なオベベすらも、なにも増えなかったからな。だから若人の両目を曇らせて、おれたちの最後の財産までかすめ取ろうとする連中には、もはや容赦をしない。奴らは上手く隠れているつもりらしいが、我々は奴らの企みに気付いている。仮におれが道半ばで斃《たお》れることがあっても、同志たちが貴様らを根絶やしにする。そして、貴様らが死に絶えた清浄な世界で、ドイツさんが人類の健全な肉体と頭脳の、そして我が皇国が健全な魂の手本として、地球の隅々まで、公明正大な光で照らすだろう。太陽はひとつしかないから、世界には闇ができるんだ。そうだ、〈仙花〉こそ、そのための兵器であり、世界を照らす無数の太陽だ。〈仙花〉は一から十まで、おれが手作りした。電子機械の工作なんて、努力すればなんとかなる。幸いこの研究所では、設備も、教えを乞う人も揃っていたしな。この〈仙花〉こそ、ブラウン博士の月ロケットをしのぐ、天下の大発明だ」

老人は、グラスの中身を一気にあおって、やおら立ち上がった。足取りは正確だ。そして〈仙花〉の傍らに立って、その表面を愛おしそうになでた。

「この機械は外の櫓に設置された八本のヤギアンテナと繋がっている。わたしの予想では、およそ半径五十キロ内に存在する、すべての無線機の声を傍受できるはずだ。アンテナの指向性は強いから、宇宙にあるエコー衛星を追尾して電波を照射すれば、送受信範囲は、さらに拡がるだろう」

「あー、つまり〈仙花〉とは、超高性能の盗聴器ということですか?」タテイシはこれ以上酒を注がれないように、グラスを両手でぎゅっと握っていた。

「盗聴器として使えなくもないが、無線に割り込んで、一緒に話をすることもできる」

老人はつまみをいくつかねじる。スピーカーからは厚紙を引きちぎるようなノイズが漏れ出てきた。老人はしばらくその音に耳を立てていたが、やがてかぶりを振って、電源を切った。

「今日はちょっと、月と太陽の位置が悪いな。ただ、こいつが単なる無線機じゃないのは、何度でもいう。こいつには優れた演算能力がある。奴らがどんな暗号を仕掛けようとも、それを突破できるし、同じ〈仙花〉同士で協調して、無敵の暗号を構築することができる」

「〈仙花〉はこれ一台だけではないんですか?」

「まあな。そして、〈仙花〉の数が増えるほど、相互の通信によって、暗号はますます複雑になり、もはやだれにも解読できなくなる。この一台がオリジンだが、わたしの予想では、ブラジル国内だけで、もう数百台は製造されているとみて間違いないだろう。これでも少なく見積もった数だ。以前、月と太陽の位置が決まった関係になり、電離層の状態が良好な風のない時間を見計らい、暗号化した〈仙花〉の図面をラジオ短波で送った。たとえブラウン博士のエコー衛星が頭上を通過しなくても、ブラジル全土に電波を飛ばすことができるはずだ。そこで活動する同胞がラジオで受信してくれれば、〈仙花〉をすぐに組み立てることができる。もちろん、材料まで電波で送ることはできんがね」

「しかし、設計図をばら撒いては、敵の手にも図面が渡ってしまいます。それに、偽の暗号をばら撒かれて本物を受信できなくなることだってあるでしょう」

「その点はちゃんと考慮してある。暗号は、大和魂のない人間には、決してわからないからな。その暗号を聞かせてやろう」

老人がボタンを操作する。すると、またスピーカーから音がする。

その音の中で、キリノ老人はモンゴルの騎馬民族の歌のような声で、なにかを読み上げていた。

「ええと、浪曲、ですか?」

「そうだ、きみも好きだろう。何せ日本の心だから」

「はあ、ぼくよりも父の方が好きですね」

「そうかね。おれは自分がそらんじることのできる浪曲と、日本の歌謡曲をもとに、最初の暗号を作った。仕掛けは、各節の冒頭にある単語を適切に連想していけば、あぶりだしのように、発信者が相手に伝えたい内容を正確に伝えられる、というわけだ。

かつておれは、この辺の土人どもの言葉を学ぶことを試み、ある事実に気がついた。言葉には一音ごとに固有の意味を持ち、それが人の魂を動かして、相手に意味を伝達させる性質があるんだ。特に日本人はその感性が発達していたから、和歌や俳句ができた。それにこの能力のお陰で知能が向上して科学技術が発達し、皇国は黄色人種最強の大帝国になった。例えばイロハの〈イ〉について考えてみればいい。この言葉には秩序の維持と回復という意味が強い。〈ロ〉という言葉には、堅牢さと、なめらかさ、柔軟さが込められている。〈ハ〉はもちろん爆発を示している。だから真心を込め、注意深く『イ・ロ・ハ』という言葉を奏でれば、それだけで『故国の誇りを回復するために、我々は確たる意志をもって、爆発的前進に乗り出す』という意味になる。もしもきみが、その意味を摑めなかったのなら、不明瞭で舌を噛みそうな西洋の言語に毒されすぎているからだが、今からでもこの〈言霊暗号法〉を習得するべく励めば、〈仙花〉の組み立てに必要な資材からその寸法、さらに今後、おれたちが進むべき大局的な方向まで、なにもかもをそれこそ天啓のように知ることができ、考えることができる。日本人は単一民族であり、頭に刻まれた思想信条は全て同質だ。だから暗号を構築し、伝達する過程で、暗号が変質して破壊されることはない。もし途中で暗号になんらかの歪みがあれば、それは奴らの盗聴の痕跡で、その経路を逆探知することで、奴らの居場所すら、立ちどころに明るみになるというわけだ」

「あの、ひとつだけ、質問よろしいですか?」タテイシは制止するように口を挟んだ。「〈仙花〉の中になんらかの演算機械があるわけではないんですね? あくまでも送受信だけを行う無線機で、暗号……の作成は人力なんですね?」

「その通り、〈仙花〉は大和民族だけが使いこなせる、人機一体の、万能ソロバンだ。ソロバンってわかるかね? あれだって世界最高峰の計算機だが、実際に計算をしているのは人間の頭脳で、ソロバンそのものはそれを助けているにすぎない。機械に頼らず、皇国は、大和民族は、今度こそドイツさんに頼らず、その精神性だけに頼り、この終末戦争に勝つのだ! ……にわかには信じられないだろう? 信じられない奴ほど〈仙花〉を見くびるわけだが、とにかく、こいつを発明して六年が経っているが、その間に、南米大陸の日本人同胞の大部分に、この〈仙花〉が普及しているのは間違いない。〈仙花〉の所有者は、自分の住んでいる場所の緯度経度を、図書館や本屋で地図を見て、正確に把握する必要がある。そして、自分の周囲にいるヤンキーや、その背後にいるユダ公の動きを、最寄りの所有者に逐次伝えるのだ。フリーメーソンのロッジの位置も大切な情報だ。〈仙花〉とは単体の兵器ではなく、奴らのスパイ網をしのぐ、正義の監視者たちによる防衛網だ。おれはこのジャングルの奥地で、たった一人で、八紘一宇《はっこういちう》の、正義の共栄圏を作りあげたのだ。たった一台の機械でだ！　かつての日本人はシナ人やイタリア人の代用品としてこの暗黒大陸に来た。しかし、おれでも皮肉だと思うが、今ではこの大陸の和平を、その代用品の黄色人種どもの絆が担っている。こんな偉業は、ヤンキー、そしてユダヤ人にも決してできなかった。お若いの、自分の身体に流れている血筋への畏敬の念と責任感が湧いてくるのを感じるだろう？」

　老人はまた杯を重ねる。アランも重ねる。タテイシはもう、なにも喉を通らない。

「……じゃあ、キリノさんは、〈仙花〉で、ずっと世界を、あいつら——ええと、ユダ公どもを、ずっと監視し続けていくのですか？」

「おれだって血を流したいわけではないから、監視で済むなら御の字だ。しかし、おれは後進のために故郷に帰らなければならないし、そのためには目が黒いうちに奴らの心を挫かなければいけない。それに、あいつらは狡猾《こうかつ》とはいえ、忍耐では日本人にはるかに劣る。そのうちしびれを切らして、向こうから包囲網を破ろうする。その時が奴らの、本当の最期だ。……さて」

　老人はソファの背中に手をつきながら、立ち上がった。さすがに酔いが回って、ものに摑まらないと歩くことも危ういらしい。慌ててタテイシも立ち上がり、彼に手を貸す。青年の方も足取りがあやしい。

「おお、ちょうどいい。きみにはそばに来て欲しかった。きみもこの旅から帰った暁には、家に〈仙花〉を置くだろう。そうすればきみは正真正銘、わたしの秘密結社の一員だ」

「結社、ですか？」

「もっとも、この結社にはかつての『臣道聯盟』のような名はついていない。強いて言えば、〈大和民族〉がその名前だ。未来の――いや、生まれた時からの同志であるきみに、最終兵器を起動させる、究極の暗号を教えよう。わたしの情報網はあまりに複雑だから、これを発信した暁には、一体どれほどの破局が起こるかもわからん。細胞一つ一つで把握できることは限られる。しかし少なくとも、かつてアメリカの太平洋艦隊と、北米西海岸を焦土にしたとき以上のことが起こるだろう」

「そんな、まさか」

「そのまさかが、今までも起こったし、これからも起こるんだよ。ヒデキくん！　信じることこそ、愛国心だ。そうだとも」老人はタテイシの背中をなでる。

「では、その暗号とは……？」タテイシは固唾《かたず》を呑んだ。

「深い意味までは今、ここで教えられないが、きみが真の大和男児になったときに、必ずわかる。一度しか言わないし、一度だけで忘れられなくなるぞ。いいか？」

そう念を押してから、老人はタテイシの腕に摑まったまま、しっかりとしたアクセントで、続けてこう発声した。

「う」「そ」「り」「と」

その四文字は、世界を破滅に導く言葉にしてはひどく胡乱《うろん》だった。

「……どうだね？　丹田《たんでん》から、熱い大和魂が湧きたち、この指令を聞いた時の光景が、ありありと思い浮かぶだろう」

「それは、ええと」

「見えなかったわけないだろう。きみは若いから、イメージが茫漠《ぼうばく》としているだけだ。泥のようなイメージでも、しっかり魂を磨けば、磁器のように、確固たるものになるんだ、さあ！」

老人はタテイシの肩をしっかりと摑んで、その目をのぞき込んだ。

「見えるはずだ。きみの脳裏には、おれが思い浮かべる、業火に焼き尽くされ、のたうちまわりながら浄化されていく、ユダ公どもの姿が……」

「あっはははははははは……！」

ソファに半ば横たわりながら、アランは驚愕した。藪から棒に、この馬鹿笑いをおっぱじめたのは、一体どこの、だれなんだ？　と、そこまで考えてようやく、この騒音の出所が、自分の喉の奥からだと気付いた。酒が呼び水になった。散々我慢したが、もう決壊だ。

「ドイツさん、一体何がおかしいんだ？」老人は呆気に取られていた。

「いやあ、その、縮みあがったキンタマみたいな惰弱《だじゃく》な音節の羅列に、世界を亡ぼすような力なんてあるのかと考えようとしたら、どうしても馬鹿々々しくってね」

「なんだと？」

「教授！」

タテイシの声も、アランの口を塞ぐには適《かな》わなかった。舌がもう止まりそうにない。

「いや、まじめな話、サピア博士（エドワード・サピア。アメリカの言語学者。「サピア＝ウォーフの仮説」で有名）があんたの話を聞いたら、おれみたいに大笑いしていただろうよ。あの先生が死んじまったのは三十年前だが、ともかく、一応おれにも、あんたの祝詞《のりと》のおかげで、神託みたいなものが降りてきたんだぞ。

ご老人、あんたがささやいたさっきの四つの音節だがね。おれにはどんなメッセージを与えてくれたか、教えてやろうか」アランはのっそりと起き上がると、今度はソファにふんぞり返った。「まずは〈ウ〉の音節だが、そうだな、おれが連想したのは、一人の浮浪者が、泥の中に仰向けで倒れて、ぽっかり口を開けて、降ってくる雨水を辛うじて飲んでいるところ。次の〈ソ〉だが、これは暗くてジメジメした地下室で、金貨を延々と数える男の姿だ。銀行の頭取か、あるいは金庫破りかもしれないが、金貨の数は、何度やっても、同じ数にならないんだ」

「そいつはユダヤ人だ！」

「これはおれの神託だ！　こいつが何者なのかはおれが決める……。で、お次の〈リ〉だが、これは子供の死体だ。それももう、だいぶ腐敗が進んで、アリやハエが、その柔らかい腐肉のほとんどを喰らい尽くしているが、なぜか目玉は一切食べていない。本来なら真っ先に腐り落ちるのに、なぜか綺麗に残っているんだ。義眼かな？　子供がなぜ義眼なのかまでは知らんが、まあ、なんにせよ嫌な光景だ。輪廻転生と見るか、黙示録的光景と解釈するかはお任せするが、あんたの言う、子供を守るパワーはなさそうだな。

それじゃあ、最後の〈ト〉は……」

「待て、さてはあんた——」

「だまって最後まで聞くんだ、爺さん！　〈ト〉の音は、砂漠の真ん中で、突然のスコール！　さっきまで快活に動いていたパットン戦車が、それを受けて一気に錆びてゆき、停止する。あとはその場で、ゆっくり砂に埋もれていくだけの光景だ。砂も雪と似ているな。神託の中で唯一、抒情的なのが救いだ。どこかで聞いたような気がするが、人間、まったく想像できないことは、そもそも思いつけない。

……すまんね。典型的なビート・ジェネレーションなもので、悪趣味なことばかり思いつくいちまう。

おれが言いたいのは、音節一つ一つに、意味をたっぷり込めるなんて無理だってことだ。漢字じゃあるまいし、あんたがひねり出してくれた日本人の魂なんて、所詮はファンタジーだ。あんたの同胞の三人も、あんたの顔を立ててしぶしぶ追従してくれているだけで、あんたの狂った志なんか、だれも共有してないよ」

「やはり貴様、ドイツ人じゃないな！」

「気付くのが遅いぜ。あんたの脳裏に浮かぶ、業火に焼かれるユダ公ってのは、こういう顔をしてなかったのかい？」アランはふんぞり返ったまま、自分の顔を指さした。「ひょっとして、本物のユダヤ人を見るのも初めてだったか、爺さん？　それと、これは酒のお代の忠告なんだが、あんたはもっと、自分の足元について気を配るべきだったな。アマチュア無線に凝るのも結構だが、あんたがマウラーのために建てたあの研究所だって、多分ユダヤ系アメリカ人がそれなりにいて、好待遇で働いているはずだ。それなのに、日本人は奴らの下働きばかりで、ドイツの同盟者として扱われていない。今まであんたが、連中から何を吹き込まれたのか嫌と言うほど聞かせてもらったが、いい加減に目を覚ませ。こんな調子だから、娘さんにも距離を取られているんだ。タエさんの気持ちぐらい、察してやれよ」

「先生、先生！」タテイシの声は、半ば悲鳴だった。

老人もタテイシの存在など眼中にないようだ。アランとキリノはにらみ合った。

……いきなり、キリノ老人は、タテイシを突き飛ばして、飾ってある刀に向かった。

「〈仙花〉の発動は、アマノたちともよく相談してからにしようと決めていた。しかし、貴様らユダ公の手がここまで伸びていたなら、一刻の猶予もないいな」

「起動するのか？」アランはアルコールで震える手でトングを掴み、氷をグラスに足していく。氷のひとかけらが滑り落ちて、テーブルの下に転がった。

「その前に貴様を血祭りにあげて、その首を、貴様らが陰で牛耳る世の中への最後通牒にしてやる！」老人はひどく手こずりつつ、何とか鞘の口をくつろがせて刀を引き出した。

刀身は錆びてぼろぼろだった。古代のミイラが息を吹き返したようだった。

アランはそれを無視して、勝手にウイスキーをグラスに注いだ。

「確か、日本人は戦争中、捕虜の首を落としまくっていたそうだな」

「ガス室で殺されるより名誉なことだと思え」

「そんなナマクラで殺されることに、名誉もへったくれもあるもんか」

「まだ言うか……」

老人は錆びた日本刀を握ったまま、踵《きびす》を返してまた奥の間に引っ込んで行ってしまった。

「教授、とんでもないことをしでかしましたね……！」タテイシはアランに迫った。

「正論を言っただけだがなあ」

「それが通じる相手なら、そもそも〈カチグミ〉になっていませんよ」

アランはまたウイスキーを口に流し込むが、すぐさまタテイシに奪われた。

「今は逃げましょう。お互い頭を冷やすべきです」

「ジョゼとプレゴはどうするつもりだ？」

「わかりませんが、あなたまで一緒に殺されるわけにはいきません」

青年は無理やりアランを立ち上がらせようとするが、アランはよろめいて、彼に倒れかかり、二人して床に転がってしまった。

二人がうめいていると、人影が戻ってきた。

「お兄さん、落ち着いてくれ！」

「おじいちゃん、ダメ！」

一人は間違いなく、カネシロの声だった。もう一人は少女の声。

キリノは追いすがる二人の人間を振り払い、再びアランたちの前に来た。

その手には錆びた刀の代わりに、狩猟用のライフルが握られていた。二つの銃口と、つけっぱなしの照準器が、二人を見下ろしていた。

「離れろ、カネシロ、ユキ。ユダヤ人は、こうするしかないんだ」

「やめてください。いくら法も何もないところとはいえ、殺しはだめです」タテイシは仰向けに寝転ぶアランをかばった。「スナプスタイン教授を殺すなら、ぼくだって覚悟がありますよ？」

強がってはいるが、震えている。アランにもその恐怖が直に伝わってくる。

「そうだ、坊ちゃんは日本人だよ？　巻き添えにするのかい？」カネシロはこびるような声で訊いた。

「こいつはユダ公の眷属《けんぞく》だ。敵に寝返った以上、致し方ない」

「おじいちゃん！」

娘が老人の背後から回り込み、今度は彼女が、二人の楯になった。

「それじゃあ、ユダヤ人の家来じゃない、わたしまで巻き添えにする？」

長い栗色のくせ毛と、あさぎ色の木綿のワンピースの裾が揺れる。

「ユキ、お前まで――」

動揺した隙にカネシロが組みかかり、暴れる老人からライフルを奪い取った。

「カネシロ!」老人はなおも暴れるが、カネシロは老人の自由を奪うだけでなく、彼を肩に担ぎ、勢い余って投げ飛ばしてしまった。老人が床に叩きつけられた衝撃で、木製の住居全体が波打つように揺れ、天井から木屑が落ちてきた。そのままカネシロは、取り上げた銃を担ぎながら、タテイシに手を差し伸べた。

「大丈夫か、坊ちゃん、それと、ドイツさん」

「今のは琉球空手ですか?」

「いや、自己流だよ。昔、沖縄生まれなのに空手もできないのかって馬鹿にされたことがあってね」

キリノは膝をついたまま喘いでいた。その老人の背中を、さっきの少女が撫でている。強い酒で朦朧とするが、アランは彼女が、小舟に乗って月を眺めていた少女だと確信した。彼女は老人をいたわりながら、うるんだ瞳でアランを見た。

彼女と視線が合うと、アランは動揺した。老人に銃口を向けられても、なんとも思えなかったのに。

——少女は肌の露わになった部分、すらりとした手足や顔、首筋にも、びっしりと、亀甲のような文様が彫りこまれていた。肌の色も緑がかった鈍色をしていて、頬の柔らかいところだけ文様が薄れ、健康的な血色が見られた。彼女の文様は、先住民がするような原始的な幾何学模様でもなければ、ヒッピーが遊び半分で施すものとも違っている。まるで爬虫類の鱗のようだ。しかも、ダイヤのブリリアントカットのように、角度によって見え隠れする。一体どんな顔料を使えば——。

「あ、あのう……」ずっと見つめられていた少女が、おそるおそる話しかけてきた。小さい瞳は琥珀《こはく》色をしていた。「おじいちゃんを——祖父を、寝室に連れて行っていいでしょうか?」

老人は、冷や汗どころか脂汗をかいている。投げ飛ばされたときの打ちどころが悪かったのだろうか。それを見て、カネシロもうろたえだした。アランの代わりにタテイシが「どうぞ」と答えると、少女は小さく会釈して老人を背負おうとした。カネシロが反対側の肩を支えて、ようやく老人の身体は持ち上がった。

タテイシと二人だけになって、アランはつぶやいた。

「……あの娘、おかしな彫り物をしていたな」

「あれ、彫り物じゃなさそうです。……教授、テルアビブでも、あんなことを?」

「ああ、その通りだ。本当にすまん」

「もう酒は厳禁です。水をもらってきましょうか?」

そう言って、タテイシはウイスキーの瓶を棚に戻した。

「ところでな、あのお嬢さんだがな」

「ぼくには彫り物じゃなくて、なにか、皮膚の疾患のようにみえましたけど」

「あんな皮膚病、おれだって知らないぞ」

「あの入れ墨だって見たことないんでしょう? とにかく、今度こそおとなしくしていてください」

そう言い残して、タテイシもキリノ老人の容態を見に行った。

アランは聞こえない程度に小さく舌打ちをして、煙草を探した。火を点けるものがなかったのでテーブルの下の棚で、マッチと灰皿を見つけた。しかしマッチを擦る手が狂って、三本も無駄に折ってしまった。ようやく煙草に火を点けた矢先、タテイシが小走りで戻ってきた。

「先生、お爺さんの具合が……」

「やっぱり死にそうなのか？」

「いえ、ベッドに載せた途端暴れ出して……バーネイズ先生を」

呼んでください——と言いかけたところで銃声がした。あのライフルではない。外では犬がわんわんと吠えている。

アランの頭では、あらゆる騒音が教会の鐘の音のように響いていたが、もう気を失うわけにはいかないと思った。

＊＊＊

わたしは、死者の魂に安息を与え、生きる者に力を与えるために、死体を焼いて食べる連中のことを知っている。わたしは、奴らの習わしは獣のすることだと思うが、奴らは、死ぬべくして死んだ人間をそう扱っている。それに、わたしの好悪と、奴らの好悪、その差がわたしたちを男と女のように分かつからこそ、わたしがわたしであるのだと思う。かつてのわたしは、そういう、分けられないでいるもののところにいたのだろう。そこは雨の雫が空に吸い込まれ、月がまだ首をはねられずに地上で生きていて、女は股から飯を食べるような世界だったろう。すべてのものが健康で、なおかつそれと等しく病み崩れ、いつまでも死ねずに、腐る身体に苦しみ続けるような世界だったのだろう。

夢というのは、なにもかもが混ざり合ったところから、腐った果実の汁がしたたり落ちるように、空と土との間に現れるものだろう。樹々の隙間からちらりと見える、あの羽ばたきを忘れた機械の鳥たちも、悪霊のいたずらで、分けられていない世界から、わたしたちの世界に引っ張り出されたものだと言われている。その証拠に、奴らは決して、木の枝に止まって休もうとしないし、弓と槍の届くところには、決して降りてこようとはしない。そして飛んでいるときに奴らがあんなに猛々しく鳴くのも、悪霊のいたずらに驚き、すべてが二つに分けられたこの世界を恐れ、元の世界を恋しがっているからだと、スキキライから教わった。可哀そうな、きらめく翼の鳥たち。わたしは彼らを見上げると、とても懐かしい気持ちになる。彼らはわたしの故郷につながる鳥なのではないか。しかしドン・ケンドーは違うようだ。あいつはきらめく翼の鳥たちを「ルズベルトの使い」と言って恐れていた。その羽音を聞くと、かまどの火を消せと命じるし、あの不吉な屋敷を築いてからは、それがひどくなる一方で、しまいには弓矢や鉄砲で見つけ次第殺せと言うようになった。かつてのドン・ケンドーはそうではなかった。おれたちには森がある。森の中に隠れてしまえばおれたちは見えないと言っていた。しかし屋敷を建てて、近くの木を切り倒してしまえば、隠れる場所もない。なぜあんな目立つ屋敷がほしかったのか。

なおかつ、ドン・ケンドーはその鳥たちが奏でるさえずりを聞こうとした。それはヒトの耳では聞こえない。わたしにも聞こえない。ドンはその鳴き声を聞くために、天を衝く鉄の槍や、鳥を引き付ける太鼓を買い集めた。鳥の声が怖いのに、なぜ呼び寄せようとするのか。ドンはわたしにも鳥の声を聞かせようとしたが、あの声はヒトを死に近づける。わたしは死にたくなかったから、その声を絶対聞かないようにした。迷信深い男だと、ドンはわたしを笑った。しかしわたしには、スキキライや子供たちがいる。彼のように、死に近づくわけにはいかなかった。ドンはもっと、生きている存在の声を聞くべきだった。話を聞いてよい精霊もいるが、越えてはいけない境目がある。

ドン・ケンドーの持っていたもので、今でもわたしが身に着けているのは、このキセルだけだ。あいつからは多くのものをもらったが、ほとんどが子供や孫たちの手に渡り、今ではさらに、別の人間の手に渡っているのだろう。かつてわたしの話を聞きに来た学者が教えてくれた。そういう贈り物は、鉄のナイフでもきれいなビーズでも、与えたりもらったりを繰り返して、人々の手に渡っていきながら、この森の中をいつまでも旅し続けるのだそうだ。

ドンは悪霊から身を守るため、いつもタバコを吸い、次にコカを嚙み、ピストルと、金細工の飾りを決して身体から離さなかった。彼の肩は、首飾りの重みのせいでますます低くなった。ドンはわたしを話し相手に酒をあおりながら、悪霊なんて怖くないんだ、お前ももしあいつらに襲われたら、おれに言え、眉間をこいつでズドンと撃って、追い払ってやると、震える手でピストルを弄《もてあそ》んでいたものだった。そうかと思えばドン・ケンドーは、突然、床に額をこすりつけて、おんおんと泣き始めるのだった。彼は恐れていた。ドンは自分の悪霊に「ルズベルト」という名前をつけていた。

彼は悪霊を打ち負かすため、よく女に頼った。わたしは時々、女たちの方が精霊に見えることがあった。彼女たちは肌の色や使う言葉もまちまちで、ドンと会話できている様子はなかった。ある女は、彼に乱暴な扱いをされて泣いていたが、翌朝には顔を腫らしながらも、首から宝石をぶら下げて、ニコニコ笑っていた。またある女は、甘い声でドン・ケンドーの腕に絡みながら彼とともに寝床に入っていったが、真夜中にショットガンで撃たれ、乳房を吹き飛ばされて死んだ。ドンがスキキライに興味を持たなかったのは幸いだった。スキキライは泣きもしないし、笑わない女だったが、ドン・ケンドーはそういう女を好まなかった。

代わりにわたしがよく辱《はずかし》めを受けた。女たちとの褥《しとね》のそばにわたしを連れてきて、腰巻きをはぎとり、わたしの肌と、牙と、尻と、おちんちんを見せて、こんな人と獣の合いの子を調伏《ちょうぶく》させた自分の強さを誇示して、わたしのような怪物が女を孕ませられたことを、夜伽（よとぎ）の戯言にしていた。ある女は、わたしを蛇かイルカの精霊なのかと訊いた。またある女は、そのおちんちんを大きくしてみろと言った。わたしは自分が愚弄され、それでも部屋の中でじっとしていることで、まるでスキキライを裏切っているような気分になった。

ドン・ケンドーはそんな風に女を替えていったが、妻といえる女はいなかったし、そのうち女たちはドンを恐れて、彼の元に来なくなった。女を失い、老いが急激に近づくとドンはまた「ルズベルト」に怯えだした。わたしが「ルズベルト」を見ることができない以上、その魔力を打ち破ることができるのは、ドン・ケンドー自身だけだ。

ドンはまた森の奥に逃げると言い出した。今までは移動に楽な川沿いの集落にわたしたちは住まいを設けていたが、そんな便利な暮らしから逃げるのだと言う。かつてのドンの森歩きは軍隊蟻の行列のようだった。通り道にある集落は、いるのが現地人だろうが、砂金を掘りに来た余所者の仮住まいだろうが、容赦なくなぎ倒された。そうすることでドンは己の強さを見せつけ、相手から復讐する気力さえ削いでいくのだ。かつてはみな、わたしのような、どこの馬の骨ともわからない連中ばかりだったから、それでよかった。今は違う。

わたしたちは「ドン・ケンドーの一味」として知られていたし、顔を見せないドンよりもわたしに付き従う者もいて、そいつらにも女子供がいる。それにドンも足腰が衰えているから、以前のような森歩きは無理だった。しかし彼は聞き入れようとせず、むしろ、今まで女の血と脂を吸って光るナイフをわたしに向けて、ならばお前の女房もここに置いていけ。できないなら、子供もろとも殺してしまうのが人情だと言うのだった。わたしとドン・ケンドーはにらみ合った。しばらくすると、あいつは一転、赤子のように泣きだして、おれの友達はお前だけだ。お前しかおれのふるさとの言葉をわかってくれない。お前だけが頼りなんだ。そんなおれを見捨てる気かと、わたしに縋《すが》り付くのだった。わたしはなんとかドン・ケンドーをなだめ、ベッドに引きずっていき、寝かしつけ、逃げるように屋敷から帰った。

自分の家に帰って、スキキライに相談した。スキキライが女たちとつながり、その女たちが男たちとつながっていたおかげで、わたしはドン・ケンドー一人の飼い犬ではなく、子供の父であり、男たちの棟梁でいられた。スキキライは娘に——二人目の子供だ——乳を飲ませながら、他の女たちとともに、鍋で豆を煮ていた。スキキライの一族では、スキキライは、わたしと子供たちだけなら、どこへでもついていっていいと言った。スキキライの一族では、大きくなった腹が邪魔になって屈めなくなるまで、女は畑に出ていたし、子供が生まれれば、背負いながら森の果物を集めていた。じっとしている方が、女としておかしいのだった。

わたしに生き方を教えてくれたのはスキキライだ。だから難しい問題は、なるべく、どうすればいいかスキキライに訊ねていた。しかし、わたしと夫婦の約束をしてしまったせいで、どこに行きたいかということや、それどころか、これから生きるのか死ぬのかということすらも、スキキライ自身で決めることができなくなっていた。わたしがスキキライから、元の家族と精霊を奪ってしまったせいだ。

新しい家族にはなれたが、わたしはあいつの精霊の代わりになれたのだろうか？

六章

アランは酔いに任せて、狂人に対して真正面から正論をぶつという過ちを犯した。

のちに駆けつけたバーネイズの診察によると、キリノ老人はカネシロに投げとばされて後頭部を強打したときの衝撃で、日頃の深酒で脆《もろ》くなっていた脳の血管が破けたらしい。この脳出血は外傷性で、漏れた血液が自然と身体に吸収されるのを待つしかないそうで、それまで老人は絶対安静だった。しかし老人はベッドに寝かされるやいなや、枕の下に隠していたリボルバーで自分の命にケリをつけようとした。慌ててカネシロが取り上げようとするも、銃口を手で塞いでしまったので、右手に大穴を空けてしまった。キリノよりカネシロの方が、はるかに重傷だった。

一方、ジョゼとプレゴは監禁こそされていたものの、老人の孫娘の世話を受けていたため、命の危険はまったくなかった。そしてバーネイズは、二人の急患と、この騒動の原因をつくり、すっかり酔いつぶれてソファに横たわるアランと、キリノ老人の孫、ユキコを発見したわけである。その後バーネイズは、都会の精神病院のように、禁酒を破った患者アランを、研究所で一番大きい建物である中央研究棟の地下に（なぜか）ある監獄に放り込んだのだった。「保護」された先住民たちの待遇から、きっとどこかにこんな監獄があることは推測していたが、アランもそこに自分が収容されるとは思わなかった。このような経験は、アランにとって三度目だった。つまり今回と、テルアビブ、サンパウロで一度ずつ。

独房とはいえ、電気スタンドに、魔法瓶に入ったコーヒー、それから扇風機も取り付けてあり、二日酔いの苦痛も、処方されたアスピリンでだいぶ紛らわすことができた。そこでアランは久しぶりに独学に励んでいた。ただし、彼が読んでいるのはレポートや小論文ではない。

ガンガンと、正面の鉄格子が叩かれる音で思わず飛び上がった。そこにいたのは、お目付け役のフレミングではなく、バーネイズだった。彼は鍵を握り、それで鉄格子を叩いている。

「なんだ？　出所か？」

「きみは囚人じゃない。患者だ」

「そうだったらいいんだが、で？　何の用だ？」

「昼食の時間だ。机に置時計があるだろう」

そう言われてアランは机の上の置時計を初めて見た。十二時少し前だった。

「そうか、そういえば腹が減っていたところだ」

「食欲の湧くような内容だったか？」

「……そこまではまだ読んでない、多分」

「ならきみはまだ幸福だ。書類は一旦返したまえ」

そう言ってバーネイズは鍵を開けた。アランは背伸びをして、書類をまとめると、通路に出て、バーネイズに手渡した。受け取りつつバーネイズは、

「……あのお嬢さんも、一緒だぞ」

と耳打ちした。危うく食欲が失せるところだった。

地上にある建物の狭い中庭に行くと、先にジョアン・タテイシが、あの娘——ユキコと名乗ったはずだ——と食事をしていた。中庭は普段、研究者が休憩を取ったり、軽い雑談をするところらしいが、研究棟に、人はほとんどいない。少女はサンドイッチの欠片を、尻尾を振るあの老犬に与えている。ユキコは老犬の悪臭を嫌がるわけでもないし、犬も少女の容姿をまったく気にしていないようだった。少女は立ち上がって、服についたパンくずを両手で叩いて落とした。キリノ老人の家で会ったときとそっくりなワンピースを着ている。

「そういえば、素敵なワンピースですね」とタテイシが褒める。

「アッパッパって言いますの」

「それはどこの国の言葉ですか？」

タテイシが訊くと、娘は口をおさえながら笑った。

「あら、日本語ですよ、お兄さん」

「日本語？　本当に？」

娘はテーブルの上の赤い果物を手に取り、細い指先で一つずつもぎ、口に運んだ。無邪気だが教育の行き届いた所作を見る限り、〈女王〉——タエの娘と考えて間違いないようだった。

犬は地面に落ちたパンくずを嗅いでいたが、大きなあくびをして、ごろんとあお向けになった。少女はその腹を優しくなでてやる。

アランはあらためて、少女の入れ墨——否、彼女の皮膚を観察する。端正なその顔までは、完全に鱗に覆われていないおかげで、彼女は辛うじて日本人らしく、というより人間らしく見えていた。しかし、そのワンピースの下は、果たしてヒトの形をしているのか？

そう考えると、アランはこの研究所をつくった、ヨシアス・マウラーという男を改めて呪いたくなるのだった。仮に生きていたとして、奴は今頃、一体どこで、誰の命と尊厳を傷つけているのだろうか？

「食事はあの若者たちと同じもので構わないな？」

「ん？　ああ」

バーネイズに問われて、アランは我に返った。給仕の男が、飲み物は何になさいますかと訊ねた。

「と言いましても、コーラと紅茶とコーヒーくらいしかありませんが」

「コーラでいい」

「わたしは紅茶――と、ちょっとお願いなんだが」とバーネイズが言った。「運んできてくれて悪いが、あの二人の若者がいないところで食事できないかね？」

「やっぱりあんたも食欲が失せてるのか？　軍医だろ？」

「違う、きみと少し話がしたいんだ。お嬢さんと、タテイシくんにはあまり聞かせたくない類の、な」

バーネイズが一瞬視線を投げたことに気付き、ユキコがこっちを見つめていた。遅れてタテイシも、アランたち二人を見つめている。

アランは小さく手を振って「おれたちは気にするな」と伝えた。それから二人は中庭のテラスから一階のロビーにある、小さな休憩スペースに移動した。ル・コルビュジエを真似した、鉄パイプと合成皮革のソファとテーブルがあるだけだ。窓からあの若者たちの姿が見えるが、会話までは聞こえないだろう。少女はともかく、タテイシは彼女に夢中だ。

「ここ最近、フレミングには会ったか？　教授」バーネイズは小声で話し始めた。

「いや、昼間はずっと〈カチグミ〉たちのところにいたからな」

「今朝、彼から、明後日の早朝に飛行機が来るから、それに乗ってここから立ち去れと言われたよ」

「やっぱり、おれのせいか？」

「それもある。しかし一番の理由は――」バーネイズは中庭を一瞥した。「あの娘だ。わたしたちは紙の記録と、それから実物を、ほぼ同時に発見してしまった。わたしが書いた要約ぐらいは読んだな？」

「ああ、一番読みやすそうだったからな」

アランは薄く切ったベーコンと玉ねぎの挟んであるパンを口に押し込み、コーラで流し込んだ。安っぽいパーティー料理みたいだった。

「専門外だからわからないんだが、あんなフランケンシュタインの花嫁みたいな話があるのか？」

「わたしだって、あまり信じたくはないさ」

バーネイズも、まるで自分の口を塞ぐように、料理を口に押し込んでいく。


この密林の研究所は、津々浦々の科学者が、文明社会の制約のない土地でしか行えないであろう研究課題を携えて一定期間滞在し、ラボでの研究や情報交換を行い、期間を終えれば帰国していくという、南極の観測基地や、サリュートのような宇宙ステーションと同じ性格の施設である。そのため資料棟に残された資料の多くはそれぞれで自己完結していて、「群盲象を評す」といった有様だった。

そこでバーネイズは発想を変えて、この資料棟の中で一番閲覧され、整理され、増強されたジャンルの資料は何か、特にこの研究所でしか読めないであろう文献は何かと考え、資料を吟味した。彼が注目したのは、ウイルス学と畜産学に関する資料だ。どちらもルイセンコ闘争以前のソビエト・ロシアで盛んに研究されていて、なによりマウラーが精通していた分野だった。

そして、資料棟において最も古く、最も手垢と行間の書き込みが多かった書物には、必ずある生物学者の名前が大きく載っていた。

イリヤ・イワノビッチ・イワノフ。

資料棟ではこの科学者本人の手書き原稿すらも大量に保管され、さらに大量のリソースを割いて詳細に研究・分類され、「イワノフ・ノート」の題名で、活字製本されていた。マウラーがソビエトから持ち出した資料の中で、彼にもっとも多くのインスピレーションを与えたのは、この男の遺したものと見て間違いなかった。ただしそれを科学的成果の集積と呼んでよいのかは、バーネイズにもはなはだ疑問だった。

かつて馬の人工授精法を確立させた業績を持つ畜産学者イワノフは、一九二六年、ある野心的すぎる計画を立て、息子とともにアフリカ西海岸の仏領ギニア（当時）に渡航した。彼がかの地で生み出そうとしたのは、人間よりも頑健な身体を持ち、粗食に耐え、従順でそれなりの知能も有した新時代の兵士であり、労働力だった。彼は誕生前からその存在に「ヒューマンジー」という名を与えた。つまり、ヒトとチンパンジーを掛け合わせた合成獣（キメラ）だ。

彼の研究所には、ザイール産のチンパンジーに、スマトラ産のオランウータン、それに、アフリカ中の黒人たちが集められ、屈んでいるしかできない檻の中に閉じ込められていた。そのほかにも研究環境は劣悪で、実験台に与える日々の食糧すら満足に調達できていなかったせいで、実験材料たちは伝染病やストレス、それから飢餓によりバタバタと死んでいった。それでもなおイワノフは、妊娠適齢期になるまで生き残った大型霊長類のメスの子宮に、黒人男性の精子を注入する実験を行った。しかし、霊長類の雑種形成は、ラバをつくるのとはわけが違った。妊娠の兆候を示した個体は一頭もいなかった。

ヒト以外の霊長類には季節性の発情期があるので、イワノフは一年を棒に振った。翌年、彼は実験対象をチンパンジーに絞ったが、またも妊娠した個体は作り出せず、研究はエスカレートする。次はヒトの子宮をチンパンジーに移植させる実験だ。ヒト子宮から分泌される性ホルモンの影響で、チンパンジーでも通年で発情することを期待したらしいが、移植された個体は拒絶反応でみな死亡した。以後、彼はヒトの女性の子宮にチンパンジーの精子を注入する研究に切り替えた。実験材料にされたアフリカ人女性は、みな「新薬の実験」や「健康診断のひとつ」と偽られて、彼のもとに集められた。

イワノフにとっては不幸だが、女性たちには幸いなことに、誰一人チンパンジーの子供を妊娠することはなかった。ついに研究資金が底を尽き、彼はロシアに帰還したが、一緒にオスのチンパンジーを何頭も連れ帰り、母国でも交配実験を続けた。しかも彼は、嘘偽りなく己の研究目的を明らかにした上で、実験台を志願する女性を集めた。当時のロシアには、政情不安と経済の失敗によって生活基盤や尊厳を失い、破れかぶれになっていた女性が大勢いたのだ。しかしかの女性たちの尊厳がそれ以上傷つけられる前に、研究は頓挫する。連れてきたチンパンジーたちは北国の気候に耐えられず、すべて死に絶えたからだ。アフリカ渡航以来、イワノフは四年を空費した。

マウスと違って霊長類の生活環は長く、彼の研究は頻繁に、長期の停滞を強いられた。イワノフはその時間を無駄にしないよう、生物学のこれからを予言するような、様々な思考実験をノートに書き留めていた。それこそがホールデンの「ダイダロス」と肩を並べる、マウラーのインスピレーションの源泉「イワノフ・ノート」だった。

もしも時代と場所が適切ならば、イワノフは「生物学界のツィオルコフスキー」と呼ばれていただろうが、その代わりに彼は一九三〇年に逮捕され、カザフスタンに追放されて同地で亡くなっている。彼は死の直前まで、このような思考実験を繰り返していたらしく、ノートの最後には、マウラーの考えることとほとんど鏡写しのような論考が途中まで記されていた。つまるところ、マウラーはイリヤ・イワノビッチ・イワノフの没後弟子にあたる。しかしソビエト政府はイワノフの研究を、誇大妄想狂の戯言として切り捨て、残された論文や草稿は申し訳程度に収集されただけで、畜産学研究所の書庫の奥へ無造作に突っ込まれた。それをヨシアス・マウラーは手に入れたのだ。確証はないが、ひょっとしたらイワノフの息子がこっそりマウラーに譲ったのではないかと、バーネイズは推測している。

「イワノフ・ノート」は、多くのページを、二種の生物種の雑種を生み出し、継代的に繁殖させる方法の考察に割かれていた。まず、ホモ・サピエンス＋Xを実現するのに最適な生命Xは何か？　イワノフは、霊長類はおろか、哺乳類であることにも固執する必要などないではないかと考えていたようだった。原始的な動物ほど、性転換や単為生殖など、制約のない繁殖をするからだ。しかしすべての動物を対象にしていては、研究にはそれこそ天文学的時間が必要になる。これを解決するには、ヒトの計算能力を超越する、高性能な演算機械が発明されるのを待つしかないと、イワノフは結論していた。

さらに、彼は二つの生殖細胞を融合させる段階についても考察している。単純に成熟した精細胞と卵細胞を交雑させるのではなく、もっと早い段階、未熟な卵子に、そもそも生殖細胞に分化していない始原細胞を融合させてはどうだろうか。または、ある程度卵割が進んだ胚に、余所で培養した他の生物の細胞を植え付けてみたら？　イワノフは後者の、ある程度発生と分化の進行した胚同士を接着させる方法なら、既存のバイオテクノロジーでも実現可能であると考えていた。

以後の思考実験は、合成した二種類の細胞を、どうやって拒絶反応を起こさずに一個体にまで培養することができるのかということに関心が移行している。化学反応における触媒のような、細胞同士の混合を促進させるような刺激を与えればいいのではないか。例えば、化学物質、放射線、あるいは、細胞の免疫反応を抑制、あるいは破壊する病原体。彼はアフリカ時代、偶然にも、深刻な免疫不全を起こす未知の人獣共通感染症を発見していたらしい。彼はその発見にかなり勇気づけられていたらしく、この免疫不全症候群の性質に関しても、多くのページを割いて説明している。しかしながらこの感染症もウイルス性のものだったらしく、光学顕微鏡しかない当時の研究環境では、病原体の同定に至らなかったようだった。

マウラーは、イワノフが実際に行った実験と、頭の中の空想を融合させ、この南米で具現化させた。奴はこの地に眠る、未発見の病原体や毒性のある植物と菌類、ヒトの組織との親和性がある動物、そして先住民たちをどんどん収集していった。奴は南米のインディオを「アトランティスの末裔」と神聖視する一方、その印象はただ「総じて均質で、知能が低い」だった。奴は自分の中に矛盾する考えがあっても、整合性に頓着することはなく、その場の都合で、簡単に切り替えていた。

バーネイズのまとめた資料の後半には、マウラーによって背中の皮膚をはがされ、得体の知れない細胞塊を植え付けられてベッドに縛り付けられる男。がりがりにやせ、黴《か》びたパンのような皮膚病に全身を侵された人間が今まさに生きたまま解剖されようとするところ。かつては人間だったであろう、解剖台の上で丹念に解体され、整列させられた肉塊といった、邪悪な写真が載っていた。バーネイズが言った通り、食欲を失くす光景だ。資料には、並んだインディオたちになんらかの注射を施すタエの写真があった。シリンダーの中身がなんなのかは触れられていない。

そんなおぞましい、無数の犠牲の果てに生まれたのが、窓越しに見える、犬に投げた木の枝を持ってこさせ、褒美《ほうび》にハムの一切れを与えている少女なのだった。

「あの娘は、一体なんのキメラなんだ？」

「バジリスク」

「からかっているのか？」

バーネイズはかぶりを振った。

「中米地域にたくさん棲息しているトカゲのことだよ。トサカがついていて、捕食者に追いかけられると、猛スピードで水面を走って逃げる性質がある。マウラーの記録によると、そのトカゲの生殖細胞とホモ・サピエンスは、染色体の本数が同じらしい。そこから先の技術は、専門家でも難解だが」

「おれはそもそも、キメラなんて技術があるなんて信じたくない。論より証拠、百聞は一見に如《し》かずではあるが」アランはパラパラともう一度、資料のページをめくった。「マウラーは所詮、メンゲレの同類だ。確かメンゲレには、まともな研究実績なんてなかっただろう？」

「メンゲレが科学的成果を得られなかったのは、彼の研究が、強制収容所という異常な環境で閉じていたからだ。現代でも、そういう閉じた研究環境は山ほどあるだろう。企業秘密に守られた製薬会社のラボ、ロスアラモス、ソビエトの閉鎖都市……。しかしこの研究所は、タンジェ（ジブラルタルに面したモロッコの都市）やスイスのような、中立地帯だ。ここではかつてイワノフが直面した、国家の壁、人倫の壁を越えた実験ができる。ここにはそんな、社会の光の部分に出されなかった科学の汚泥のような部分が、何度も注ぎ足されて、地層のようになっているんだろう……」

「ということは、あの娘を生み出したような科学技術が、もう世界には存在するのか？」

「言った通り、断片的なものがすでに存在している」バーネイズは指を折り数えた。「ウイルスを使って、二つの異なる生物の細胞を融合させる方法は、二十年前に日本で発見された。人工授精の際に、精子が卵に侵入する瞬間に、任意の核酸断片を抱き合わせで挿入し、ゲノムを改変する技術もあるらしい。ほかにも他の染色体の間を自由に移動するトランスポゾンという染色体片も利用できる。ヒトの体外受精技術はまだ聞いたことがないが、マウラーは先住民を使った人体実験で、この技術を確立していても、おかしくはない」

「この研究所は、パンドラの箱か？」

「災厄ばかり入っているとは限らんぞ」

「インディオにとっては、災厄そのものだ」

語気を強めるアランを、バーネイズは制した。

「今のは言葉の綾だ。それにこれは鶏が先か、卵が先かの話になるだろう。……マウラーの手記に、こんな一節があった。『どこかの誰かがそのうちやるなら、わたしが最初にやってあげよう』。これは現代科学の本質を突いていると思わないか？」

アランは気が遠くなりそうだった。

「そんな文明の歩みの速さに、先住民たちは、まったく無力だ」

「先住民の専門家のきみでも、そう思うか？　しかし、この地の本質は、そういうものじゃないだろう」

「なんの話だ？　……マウラーの行方の手がかりが見つかったのか？」

「まあ、そう考えてくれて構わない」

「そうか……」アランは天井を仰いで、煙草の煙を吐いた。「じゃあ、この旅は終わりか？　少なくとも、最初の目的を果たしたのか？　あんたもジョアンも」

「きみはどうかね。アラン・スナプスタイン教授」

「おれか？」自分のことを訊ねられ、アランはドキッとした。「そりゃ、旅が終わった後、あんたがイスラエル政府に、おれの名誉回復のために一筆書いてくれる。それでおれは、テルアビブに行く。カミさんが会ってくれるかはわからないが、娘には会いたい。そこからブラジルに戻って仕事を続けるか、それともアメリカで職を探してもいい……」

バーネイズはアランの言葉に対して、静かに相槌を打つだけだ。もはや単なる独言だった。そして、ふと思った。これはおれが、本当に望んでいることか？　――いや、ひと月前はそのことで頭がいっぱいだった。しかしバーネイズの話を聞いて、そこに影が射してしまった。文明社会とは時間の流れが違う世界。そこでおれは、一体何ができるんだろう。ここでしかできないこと……。

そう考えて、まず脳裏に浮かぶのは、幽閉されているあのボロロ族たちのことだ。彼らとの約束を果たしていない。しかし、自分に何ができる？　次に頭に浮かぶのは〈女王〉タエだ。ここを追い出される前に、彼女に働きかければ、彼らを救い出せるかもしれない。交渉の糸口は……。

アランはまた窓の向こうの少女を見やる。密林で産まれたキメラの少女。ユキコと言ったはずだ。手足がすらりと長く、身長はアランと同じぐらいあるだろう。〈女王〉と再び接触できるとは限らないが、あの娘と、まずはちゃんと話さなければ。そもそも、彼女の祖父に対する非礼の詫びもしていない。

もしもタエと話すことができて、あの〈保護〉されたボロロ族を救い出せたところで、この研究所はこれからも、ここの先住民を使って、非人道的な実験を続けるだろう。自分がやろうとしていることは、網にかかった魚を一匹だけ海に戻すようなものかもしれない。それでもアランは、なにかをしたかった。煙草をガラスの灰皿で揉み消し、立ち上がる。

「とりあえず、まずは少しくらい、教師らしいことをしてこよう」と、バーネイズに告げる。

中庭に戻り、顔の皺を伸ばし、学者らしくみえるように試みる。

「あ、教授」タテイシが歩み寄るアランに声をかける。

「よう、食事は終わったようだね。……座ってもいいか？」

「ええ、どうぞ、もちろんですよ。お加減はいいんですか？」

「まあ、あの時と比べれば、だいぶマシな気分だ。で、単刀直入に言うと、あの時のことで、そちらのお嬢さんにまず謝らないといけないと思ってな。ユキコくんでいいのかな。わたしの名前は、お母さんから聞いているかもしれないが、アラン・スナプスタインだよ」

「スナプスタイン教授、もちろん聞いていました。昨日はちゃんとご挨拶できずにごめんなさい」

ユキコはそう言って右手を差し出した。

「いや、謝らなければいけないのは、こっちの方なんだが」そう言いつつも、彼女の手を握った。体温はヒトより高いようだった。「あれから二人の具合は？」

「祖父は睡眠剤で眠っています。それとカネシロおじさんは、右手の自由がこれからは利かなくなるだろうって、母が言っていました」

「そうか……。重ねて言うが、酒に飲まれたわたしが、全部悪いんだ」

「お祖父《じい》さんはいつも、ピストルを忍ばせていたんですか?」タテイシが口を挟む。

「ええ、最後に役立つのはこれだと、寝る前には必ず点検をして、月に一度は、外で試し撃ちをしていたんです。弾は野菜や魚、それから温室の薬草の世話の対価で、研究所の方々から買っていて――」

ということは、あの老人が本当に頼っていたのは、カタナのようなシンボルではなく、実際に武器として役立つものだったというわけか。――と、アランはユキコの手をずっと握りっぱなしだったことを思い出し、慌てて手を放す。

「失礼。デビィと似ていたもので」

「娘さんですか?」

「もちろん、似ているのは年ごろだけだよ」

「どんなお顔をなさっているのかしら。写真があれば、見せてくださいませんか?」

ユキコは瞳を輝かせた。

「この旅に一枚、持ってきていたはずだが、なぜだい?」

「わたし、女というものを、母と、原住民たちでしか見たことがないんです」

「本当に? しかしこんな森の奥でも、本や映画はあるだろう」

娘は首を振る。

「わたしが観るもの、読むものは、母やおじいさんたちが厳しく確認するんです。特に祖父がうるさくって。……わたしだって、他の女の人が、わたしのような姿をしているわけではないことぐらい知っています。知っていますけど、その、具体的にどう違うのか――そろそろ知ってみたいんです。それに、わたし、ユダヤ人の方に会うのも、初めてで……」

「いや、そんなはずはないんじゃないかな？　アメリカ育ちのユダヤ人は、もみあげを伸ばしてないし、キッパー（小さなお椀の形をした、ユダヤ教徒の帽子。神聖な場所では着用が義務付けられている）も被ってない。姓名をアメリカ風に変えることも多いから、ここの研究所にだって、おそらく大勢おとずれてるだろう」

「本当ですか？」

「きみのお祖父さんがどうやってユダヤ人かどうかを見分けようとしていたのかはわからないが、容姿や身体的特徴で見分けるのは、不可能だろうね。割礼《かつれい》なら、おれだって……失礼、今のは忘れて、ええと」アランは咳払いをして、姿勢を正した。「歴史上、これこそまさにユダヤ人だという生物学的人種が登場したためしなんてないんだ。これは本当だよ。あくまでも旧約聖書と、そこの戒律を信じて守る人々の集まりだからね。エチオピアに行けば、黒人のユダヤ人が少数ながら存在する。貧しい者や富める者もいるが、ロスチャイルドやシャイロックより、貧しい人間の方が圧倒的に多い。だから多くのユダヤ人が、ヨーロッパの生活に見切りをつけて、新大陸に移住したんだ」

「スナプスタイン教授のご家族も、ですか？」

「おれの話は……あとでまとめて話そう。今度はおれがきみに訊きたいんだが」

「わたしにわかることなら、なんでもおっしゃってください」

「そうか、じゃあ」アランはせき払いをした。

「きみにとっては、お祖父さんはどんな人だった？　これは万が一、もう一度あの人と会ったときに下手を打つことがないようにしたいんだ。わかるかな」

「…………」ユキコはわずかに首を傾げ、爬虫類のような目で、アランを見つめていた。これは比喩表現ではなく、ユキコの瞳は爬虫類に由来するもののように感じられた。一体どんな技術を施せばこんな虎目石のような瞳を、ヒトの身体に具象させられるのだろうか。

「なあお嬢さん。子供には酷なことを訊くが、お祖父さんは友達からも腫れ物扱いされていたし、きみのお母さんとも、すれ違いがあったんじゃないかな」

「きっと教授のおっしゃる通りなんだと思います。だけどわたしには、優しいおじいさんなんです」

「そうだろうとも。それも、お祖父さんの一面なんだろう。それに、あの時代――三十年前の、ファシズムの時代を生きた人間は、多かれ少なかれ、狂気の当事者か、犠牲者になったものだ。わたしもそうだし、バーネイズもそうだろう。それでもみんな、過去の幽霊と、なんとか折り合いをつけて、こうして生きている。きみのお祖父さん――キリノさんも、ある時点まではそうだったと思うんだ。なにより、孫娘のきみがいるのだし……」

アランは一旦、ユキコの反応を待った。彼女は自分の胸に手を当てながら、彼の言葉を吟味しているらしい。家族が世界のすべてだった娘に、その脆弱さを突きつけるような話は早すぎたか。

「……ごめんなさい、わたしにはどうしてもわかりません。わたしはまだ十四年しか生きていませんので、祖父の昔のことも、母から聞かされているだけなんです」

アランはその年齢を聞いてぎょっとするが、すぐに気を取り直した。

「あーそうだったね。確か、ご母堂からそう聞いた。しかし」それにしても育ちすぎていると言おうとして、言葉に詰まる。日系とはいえ、十八歳くらいには見えてしまっていた。「……しかし、きみの、ええと、肌の色や髪質より、年齢の方に驚いた。見たところきみは……」

そこから先、なんと質問すればいいか迷うが、ユキコは先回りをした。

「わたしは純粋な日本人ではありません。父がドイツ人だったとは聞いていますが、具体的にどこのだれなのかは知りません。母も祖父も、それ以上は訊くなと言うんです」

マウラーか？　いや、タエと年齢が違いすぎるし、奴は東洋人を毛嫌いしていたはずだ。

「きみの見事なドイツ語は、だれから習ったんだね？」

「母が使っているのを聞いたり、こっそり蔵書を読んで覚えたんです。日本語より、わたしはドイツ語の方が好き。母もあまり、日本語は上手くないし、おじいさんたちも、難しい言葉は知らなかったから」

「ええと、先生も、何ヵ国語もしゃべれますよね」とタテイシ。

「わたしかい？　自慢じゃないが、ヨーロッパの言語なら一通り話せるつもりだ。同根のものが多いから、学習が楽なんだ。それより先住民の言葉を学ぶことがずっと難しい。孤立語も多いし、たとえ同根でも、分化が進みすぎている。アマゾンなら、違う支流に入れば、もう言葉が通じなくなってしまう。もっとも、それぞれの言語だって無秩序なものでもないし、過去の異民族との接触とか、婚姻関係の形成とかで、ある程度の共通点が見えてくる。たとえば日本語も、起源不明の孤立語だが、今後の研究で、他民族の言葉との共通性が浮かび上がってくるだろう。しかし、おれの場合は学習のためのテキストがない。辞書がないのはもちろん、先行研究だって不足している。教師役の話者を探すことから難しい。フィールドワークの度に、いつも四苦八苦している」

「そんなに大変なのに、なぜ人類学を？」

「まあ、かいつまんで言えば成り行きなんだがね」

「成り行きだけで、そんな苦労をする方がいらっしゃるんでしょうか？」

「どの学問も、究めようとすれば苦労するはずだが、なぜだい？」

「この研究所には大勢の先住民が集められていますが、彼らの文化や言葉を学んだり、研究することに意味があるとは思えないんです。祖父も『あいつらは猛獣と同じだ。仲間が何人も殺された。心を許すんじゃないぞ』と言います。母は彼らが持っていたものを集めるのが好きですが、わたしは正直、良い趣味とは思いません。あの人たちを遠くから見ていると、わたしにも憂鬱が伝染してしまいそう。それよりも、都会からここにやってくる科学者のみなさんの方が好き。言葉が通じるし、物知りで、わたしに気を遣ってくれるから」

「まあ、わたしも都会ではよく言われたよ。野蛮人の研究なんかして、なんの儲けがあるんだとね。そういうのはニューギニアで殺されたロックフェラーの御曹司《おんぞうし》みたいな、金持ちの道楽だとも言われた。きみのお母さんも、切手収集やジグソーパズルのつもりなのかもしれない。ここでは女友達にも事欠くだろうからね。最近の欧州で、そういった揶揄《やゆ》を言われることは少なくなったらしいが、南米諸国はまだまだだ。それどころか、実際に彼らインディオと接して、土地や資源の取り合いをする当事者である分、敵愾心《てきがいしん》が根深く存在する。このブラジル共和国連邦に限っても、状況は同じだ。人類学に限らず、人文科学という分野すべてがないがしろにされている。十九世紀末に共和制に移行して以来、この共和国が求め続けたのは、国家の近代化に役立つ自然科学や応用科学ばかりだ。文学も、哲学も、あくまで西洋から一等国と思われるために行う貴族ごっこさ。ポロやゴルフ、フェンシングと大差はない」

「その点は、日本も一緒ですね。ヨーロッパから褒められて初めて、浮世絵だの日本文学だのの研究が活発になる……」

「後発国はどこも同じかもしれん。その程度の扱いだから、外国からわざわざ専門家を招聘《しょうへい》して、いっとき国賓として歓迎したかと思うと、翌年には手の平返しで、あっさり契約解消さ。わたしもそんな目に何度か遭って、その度にレヴィ＝ストロースが抗議文をブラジル政府に送ってくれる。それでわたしは首の皮一枚繋がっているが、そのレヴィ＝ストロースも、戦前に同じような目に遭っている」

「そうなんですか？」タテイシは素直に驚きを露わにした。

「構造主義の第一人者で、コレージュ・ド・フランス教授を務める知の巨人も、そんなもんさ」

言葉を切ったタイミングを見計らい、先ほどの給仕が、氷水を三人分持ってきた。

「わたし、身体がすぐに火照《ほて》ってしまうんです。汗腺が少ないせいだとお医者様が以前言っていました」

彼女はテーブルに置きっぱなしのピルケースから、錠剤をひとつ取り出し、氷水で飲んだ。

「――うん、このまま話を続けていいかな。あんまり湿っぽい話は、これ以上しないつもりだが」

二人の若者はうなずく。アランも軽く頷き返した。

「ま、人類学が今後『サルトルを論破した』以上の功績を挙げるかは、正直わからん。この分野の近況について、興味のない人間に説明することといえばこの程度だ。――で、おれの話だ。そういえば『家族については後で話す』って言ったな。ここで全部、自分と一緒に話してしまおうか、文化人類学を学ばなければならない理由について。

雨が近いな。これからの話は、雨が降るまでの、ここだけの話だ。だから一回しかしてやらないぞ」

「おれは純粋なユダヤ人じゃない。そもそも純粋なユダヤ人なんていやしないって話をしたばかりだったが、おれの祖父さん——おふくろの親父だな——が元ジプシーだった。おれの血の四分の一はジプシーだ。おれの両親は貧乏で共働きだったから、祖父さんはおふくろに代わって、ガキのおれの面倒を見てくれていた。よく旅芸人時代に使っていたアコーディオンを聴かせてくれたり、小さいおれを膝の上に載せて、旅先のことを色々と話してくれた。祖父さんも結構な酒飲みだった。芸人はやめたはずなのに、アコーディオンを持って、よく酒場に演奏に行って、そこの友達とさんざん飲んで帰ってくるんだ。

定住するジプシーというのは、別に珍しくない。彼らが仲間内でのみ使う排他的な風習とか、言語とか、価値観を持っているから、外からは、彼らが何千年も同質のまま、世界からずっと孤立しているように見える。本当のところ、彼らの集団は、ゆっくりと、少しずつ代謝している。祖父さんのように、街で定職を得たり、地元の男や娘と懇意になり、そのまま居つく者がいるなら、なにか盗みや暴力沙汰、あるいは借金で首が回らなくなったり、駆け落ちをして、幌馬車に転がり込んで旅の仲間になったりする。出自も事情もばらばらな人間を、なんとか一つにまとめ上げるために、暗号のような風俗と言語を持っているというわけだ。

スペイン風邪でもピンピンしていた祖父さんがつまらない風邪で死んだのをきっかけに、おれの一家はマインツの街から、ニューヨークに移住した。親父は洗剤会社のセールスマンだったんだが、アメリカに支店ができるから、そこへ赴任するよう命令されていた。そうすれば給料は良くなって、おふくろだって家事に専念できたんだが、親父は祖父さんを気遣って、回答をずっと保留していた。おふくろ？　おふくろは昔からジプシーの娘って陰口を言われていたから、家族のだれよりも、ドイツを離れたがっていたよ。そんな出自だから、代々ユダヤ人だった親父よりもユダヤ人らしくなろうと努力していた。

ニューヨークに引っ越してすぐ『暗黒の木曜日』だ。親父の会社は倒産。生活はマインツ時代よりも厳しくなった。親父も慣れない機械の修理工を始めて、おふくろも家政婦の仕事をしていた。かくいうおれは、アメリカ社会に順応しつつ、人並みに成長して、人並みに映画とフラッシュ・ゴードンが好きになり、人並みに将来について考えなくちゃならなくなった。大西洋の向こうではユダヤ人がこの世の地獄を味わい始めた中、おれも自分の出自という壁にぶつかった。当時アメリカの大学、とりわけアイヴィー・リーグでは、民族ごとに入学枠の上限を設ける制度があった。それにより、すべての人種に——もちろん黒人は除いて——平等に学問の門戸を開放するという建前だったが、実のところ、教育にお熱のユダヤ人の門戸を狭めるための、差別的な制度だった。両親はひとりっ子のおれに医者か弁護士になって欲しかったが、医学部と法学部が、特にこの制度の影響を受けた。で、この二つの学部に入れなかったユダヤ人の若者は、大体仕方なしに、文学部や経済学部、あるいは理工学部に行った。おれはとりあえず文学部に行ったが、実のところどの進路にも抵抗があった。語学は得意だし、文学に興味はあったけど、将来性があるとは思えなかったからな。

さて、ナチに乗っ取られた故郷ドイツはフランスを占領した。そしたらフランスのユダヤ系学者たちが、まるごとアメリカに亡命してきた。そのときに詩人のアンドレ・ブルトンと一緒にニューヨークにやってきたのが、クロード・レヴィ＝ストロースだった。当時のおれは、彼よりもブルトンの方に関心があった。『悲しき熱帯』以前だから仕方ない。彼は亡命してすぐに、メトロポリタン美術館でインディアンの民芸品の展覧会を開いた。単なる『さまよえるユダヤ人』になるつもりは毛頭なかったんだ。たまたま、おれはそれを見に行った。会場にいた彼に、おれが下手なフランス語で話しかけて握手を求めると、笑顔を浮かべて右手を握り返してくれた。故郷のマインツは長くフランスに占領されていた歴史があるから、親父はおれにも簡単なフランス語を習わせていたんだ。

レヴィ＝ストロースは、そのまま会場を案内してくれた。彼は展示品の解説をしたくても、とっさに英語が出て来なくて不便をしていた。おれだって専門用語はチンプンカンプンだった。それでも彼とのおしゃべりは面白かった。彼は自分の住んでいる、十一番通りのアパートの住所を教えてくれた。おれは翌週、そのアパートを訪問した。玄関のドアをノックすると、レヴィ＝ストロースその人が『どうぞ』と言った。当時の彼は再婚前で、アパートは単身者用だった。わたしがまず面食らったのは、彼がかけていたレコードだった。ワーグナーさ！　彼はワーグナーの神話的世界観を愛していた。

それからおれは、自分のルーツのこととか、自分の将来についての、漠然とした不安について話した。彼の祖国の敗戦と亡命という苦境に比べれば、たいしたことのない平凡な悩みだが、レヴィ＝ストロースは決して横やりを入れなかった。おれの話が尽きると、ようやく自分の話をしてくれて、最後にかつて行った、マット・グロッソのフィールドワークの話をした。『悲しき熱帯』に書かれた内容の原型だな。彼はそこでの調査が中途半端なものに終わったことと、さらにその西の奥、ロンドニア州やアマゾナス州まで調査の足を伸ばせなかったことを惜しんでいた。おれは半ば冗談で『そのフィールドワーク、ぼくが引き継いでもいいですか？』と言ってしまった。これが運の尽きだった。おれの進路は決まった。

こうしておれは大学に通いつつ、レヴィ＝ストロースの英語の勉強を手伝うようになり、彼からは人類学の手ほどきを受けた。といっても、彼が英語の論文を読んだり、執筆するのを助けるんだ。それには当然、素人には意味不明な専門用語が出てくるから、おれは予め読んでおきなさいと言われた本を図書館で借りてきて読む。レヴィ＝ストロースも、貴重な収集品すら画商に売らざるを得ないくらい貧窮していたから、ついでに彼の研究の本も借りるんだ。

戦争が終わった翌年、おれは博士課程に進んだ。レヴィ＝ストロースは一旦帰国して、それからすぐにフランス大使館の文化参事官として戻ってきた。もはや亡命者ではなく、公人の身分を得た彼は自分の研究を堂々と行えるようになったが、一方で易々とニューヨークを離れることもできなくなっていた。彼の代わりに、ブラジルに飛んでみないかと言われたのが、彼が赴任してきてひと月も経たないころだ。亡命時代には決して行くことができなかった、お高くとまったレストランで、勧誘されたよ。

おれはボロロ族系言語の研究を博士論文にするため、レヴィ＝ストロースから調査を引き継いだ。リオデジャネイロから小汚い飛行機や船を乗り継いで、マット・グロッソを目指した。プレゴの親父さんと知り合ったのもこのときだ。プレゴの一族は、当時にはもうすっかり文明化していたが、二十世紀初頭のゴム・ブームのときには、マット・グロッソどころかアマゾナス州でも悪名轟く大盗賊団で、よく新聞を賑わせていたそうだ。それをやっていたのはプレゴの祖父さんで、彼は義賊めいたことをアピールする重要性に気付く、モダンな人物だったようだ。我々が襲うのは自分たちインディオをいじめる白人のゴム採取業者や牧場主だけだと吹聴していた。

おれはそういう盗賊なら、同じく排他的で、盗賊のような気性のボロロ族のことも知っているだろうと決めつけて、親父さんと接触した。親父さんも、おれが白人の言葉をたくさん知っていることに目をつけて、おれを小間使いとして雇ってくれた。親父さんにやれと言われたのは、ほとんどやばい仕事ばかりだった。脅迫状の代筆とか、役人やお巡りへの賄賂《わいろ》の交渉をやったり、銃器の調達もした。……言っただろう。ここだけの話だって。そんな危ない橋を渡ったおかげで、ボロロ族やその支族を紹介してもらえた。親父さんは釣り針やナイフ、塩や酒を対価にして、彼らとのつながりを維持していた。インディオには飲酒の習慣で身を崩す人が後を絶たない。一方で、彼らなりに飲酒の文化を独自に発展させていた。メディスン・マンの中にはジンを使ってトリップする奴もいたし、彼らが煎じる薬用酒の中には、嗜好品として重宝されるようなものもあった。アブサンのように、中毒性を引き起こすような成分が入っていたんだろう。おれもその酒の力を大いに借りて、夜中、インディオたちが寝入っているときに、それを飲みながら、どうにか覚醒を保って、その日に起きたことを客観の光の中に透かして、レポートにまとめた。その成功体験が、中毒の原因のひとつだというのは、疑いようがないがね。書いた論文はナンビクワラ族の文法の基礎と他言語との比較。それと、当時は空白だった彼らの神話の概論だ。

さて、あの調査のときの自分は、ちゃんと意味の通った文章を書けたのに、それでも一種の狂気の中にいた。ところで、ジョアン、きみは精神病院にいる分裂症患者の書いた手紙を読んだことがあるか？　おれはある。その男は、家の前を通る自動車のエンジン音、電話のベルや、ラジオの音を、自分の命を脅かす脅威——彼はＦＢＩの捜査官がそれらの音を出していると思いこみ、しまいには自分の妻がＦＢＩの捜査官と内通しているという妄想に陥り、彼女の頭をピストルで撃って殺してしまった。自分を囲う無数の音に、無限の恐怖を感じる。その感覚は都会ではきっと、まさに狂人特有の性質だ。

　だけどもそれを密林に置き換えてみれば、どうかな。周囲の音に気を配り、肌を這う虫の動きに驚き、それに自分に危害を及ぼす兆候がないか考察する。都会人はマードレの存在を信じるインディオたちを笑うが、さっきの妻を撃った男と、なにがどう違うか？　マードレを用心することは、無数にある密林での危険を包括的に避けるためには合理的なことだし、同じ妖怪を信じて、お互いに注意を喚起しあうことは集落の秩序と連帯を守る上で重要だ。密林で身を守るには自分たちの力だけでどうにかするしかないんだ。ゆとりがないのに、わざわざ危険をおかす方が、合理的じゃない。妻を撃った男は、確かに狂っていた。しかしそれは、都会という安全な場所で、自然の中で発揮すべき感受性を暴走させるという、アクセルとブレーキの踏み間違いのようなものだ。

　人類学を学ぶ理由とは、別に、都会の人間に愛想をつかした者の桃源郷探しじゃない。かつてのアルカディア人――これは古代ギリシャにいると考えられた人々の方だが――もわたしたちと同じ人間だった。ただ、文明人が色んな幻想を押し着せすぎて、本来の人間の姿が、わからなくなってしまっているから、彼らが得体の知れない存在に見えているだけだ。もし異星の知性体が地球人と接触した時、きっと人類は宇宙服を着込んでしまって、その実体を明かそうとしないだろう。そういうことが同じ大地の上で起きている。みんなそれぞれの宇宙服を着込んで、周りの大気を有毒だと思いこんでいる。だけど一皮むけば、我々は同じ人間だ。迷信やカーゴ・カルトと同じく、我々も噂話や空飛ぶ円盤、ホメオパシーを信じる。ここの違いはとても微妙で複雑だ。海と陸の境界が常に複雑なように。でも、いつか我々が宇宙服を脱ぎ捨てて、本物の大気の組成を学び、どこかにある本物の、海と陸、信念と狂気、野蛮さと高貴さの境目を発見するだろう。そこに現世の精霊は潜んでいる。たとえお嬢さんがそれに興味がなくても、境界に立つ精霊は、お嬢さん、きみをしっかりと監視しているよ。それに振り回されるか、手綱を握るかは、心構え次第だ。もっと言えば、精霊を征服することはできない。隙間を塗りつぶそうとしても、そこに新しい境界が産まれる。一色に塗りつぶすほど、境界の谷底は、さらに深く暗くなり、精霊の力は一層鋭利になるばかりだ。だから人類学によって、その間隙に光を当て、精霊に操られないようにしなければいけない。さらに忘れてはいけないのは、文明側だけに、光を当てる権利があるわけではないということだ。文明側が医者、非文明側が患者というのは傲《おご》りにすぎない。両者とも、過去と未来の精霊の手の平にいる以上、対等だ。

そういえば、かつてレヴィ＝ストロースに言われたよ。自分は前半生があまりに幸運だったから、ひょっとしたら長生きできそうにない。だからできるだけ大勢の学生に自分の志を伝えないといけないってね。で、その志を継いだはずのわたしも、いまだにその彼岸には到達できていない。――お嬢さん、おれの長い話をどう理解してくれたのかは、すぐには訊かないけど、ここに集められている人や、きみのお祖父さん、あるいは――お母さんでもいい。自分の身近にある自然、それから、人々のことを考えてみてくれないかな。宇宙服のヘルメットを脱いでみて、濾過《ろか》されていない、そのままの姿を。見えてきたものがたとえ稚拙に思えても、そのうちにそれを、このわたしに教えてほしい。きっとそれが、きみを導いている精霊だ。少なくとも、その一部であり、きみの実存に輪郭を与えている、有機的な臓器だ。欠けてはいけないものなんだよ」

アランが自分の演説の中身を反芻する間もなく、ぽつりぽつりと雨が空から落ちてきて、それはすぐさま本降りのスコールとなった。中庭はプールになった。

その夜。

アランは帰りに備えて、早々に荷造りをしていた。

バーネイズやタテイシがどうするつもりなのかは不明だが、彼自身はそれ以上抵抗する気はなかった。取り止めなく喋ってしまったが、あの少女――ユキコに話したいことは大体話した。あの子が籠の中のモルモットでいいと思っているのならそれまでだが、もし彼女にその気があるのなら、今後の教育について、サンパウロからでも何か手助けはできるはずだ。だから帰る前に〈女王〉を介して窓口を用意しておきたい。不安材料は多いが、自分の力だけで解決できる問題でない以上、むやみに焦っても仕方のないことだった。それにまだ一日ある。

荷造りを終えたあと、〈女王〉から未だにスキットルを返してもらっていないことを思い出す。それからせめて、学者らしい書き物でもやってみようと思い、もう一度、机に向かってみる。しかし、昼間にしゃべりすぎたせいで、何も思いつかなかった。卓上ランプを消して、ベッドに横になる。自分は帰ろうとしている。こんな経験、今まであっただろうか？　今までのフィールドワークでは、確かに途中で調査を打ち切ることがあった。しかしそれはあくまでもやむを得ない理由によるものだった。

天井の明かりも消して、完全な闇の中にいる。未だに詩情は降りてこない。酒の力を借りないと、自分はこの程度なのだと思った。そうやって、空虚な闇の中で、どれくらいじっとしていたのかはわからないが、アランはノックの音に目を覚ました。

「ジョアンか？」暗がりの中で問うが、相手はノックを繰り返すだけだった。「鍵は開いている。だけど、もう一度訊こう。だれだ?」

「スナプスタイン教授、わたしです」

女の声だ。

「わたしって、タエさんか? それともお嬢さんか?」

「ユキコです、先生」

「ああ……」アランは困ったが、明日またおいでと、無下に追い返す気にもなれなかった。「こんな時間に年頃の娘が出歩くとは、感心しないな」

たとえここがジャングルのまっただ中だとしても。そう言いながらドアを開けてやった。一方の娘は、胸を手で押さえて、震えながら、部屋に入ってきた。着ているワンピースまで、ぐっしょり雨に濡れていた。

「傘もなしに来たのかね?」

アランは部屋にある新品のタオルを差し出すが、彼女の震えは、寒さだけではないようだ。人外の彼女の体臭が、アランの野生の勘に黄信号を出させていた。とにかく娘を椅子に座らせる。ユキコはやすりのような細かい鱗に覆われた拳を握りしめて、長い身体を丸めていた。その表情は怯え切っていて、その目は濃霧の中、見失った帰り道を探して、あらぬ方向を見つめているようだった。

アランは話の糸口を探していたが、ユキコの方から藪から棒に、こう言い出した。

「スナプスタイン先生は昼間、『身近な大切な人のことをもっと考えるよう』とおっしゃいました」

「ああ、確かに言ったな」アランはベッドに腰掛けて、足を組んだ。「それがどうかしたかな。よくあるちょっとした教訓のつもりだったが」

「そうなんですか？」娘はタオルを被りながら言った。「でも、わたし、さっそく考えてみたんです。その、お話しはできませんけど、どうしても考えなければいけなくって……」

「そんなに急いで考えるようなことじゃないよ。きみは若いんだから」

そう言われて、娘ははっとしたように、アランの顔を見つめた。

「確かにそうかもしれません……」それから恥ずかしそうに顔をそむける。「でも、おじいさんも、そのお友達のおじさんたちだってもうお歳を召しているし、ここには、外にはない怖い病気もたくさんあります。いつまでも生きているわけではありません……」

「大丈夫、ちゃんと聞いているとも」となだめてやる。

「ありがとうございます。それと、わたし、先生がおっしゃられる、ずっと前から考えていたことがあるんです。自分の将来のこととか。……言葉にはなりませんけど、わたし、ひょっとしたら、ここでの暮らしが、これから大人になって、死ぬまでずっと続いていくんじゃないかっていう風に、漠然と考えていたんです。でも、それがただの幻というか、子供っぽい希望だったらどうしようって思いが、具体的に頭に芽生えてきて……」

「うむ」

娘は肉親との死別を想像して動揺していた。同世代の友達を欠いているせいかな？　と思った。

「わたしの大切な人……わたしに、ええと、インスピレーションや、もしこの人がいなくなったら、死んでしまったらどうしようと考えて、夜に枕を濡らしてしまうような人たち。わかりますか？」

「わかるとも！　だれだって、そういう人がいるものだ」

「外の世界を知らないわたしにとって、そういう人は指で数えられる程度しかいません。いないはずなんです……」娘の表情が、さらに沈む。「思い出そうとするうちに、なにかが胸に引っかかるようになったんです。部屋に迷い込んで、ランプのまわりを飛んでいる蛾を見ていて、違和感がしだいに、大きな疑問になっていきました。それで、いつのことかわからないけど、思い出すことがあったんです。ずっと小さいとき。今みたいな痩せた母と、今よりほんのちょっとだけ若い祖父です。怖い表情をして、それでもわたしを抱きしめます。母は床に跪《ひざまず》いて泣いていました。あれはいつの思い出だろう？ って考えていて、ようやくわかったんです。──わたしの大事な人の中で、だれかが欠けている。でもそれが、誰のことなのかまでは、わからないんです！」

「落ち着いて。焦らなくても、だれもきみの思い出を取ったりしないさ」

「はい……」ユキコは深呼吸する。「わたしは、母が何かを隠しているような気がするんです。ううん、ここにいる大人はみんな、わたしからなにかを──誰かを隠しているんじゃないかっていう確信があるんです。祖父もそのお友達も、みんながみんな。その、思い出せない誰かが、わたしの生まれの秘密を、どうして他の人と違う身体をしているのかを知っているはずなのに……」

「…………」

この少女から秘匿されている誰か。きっと、ヨシアス・マウラーのことだろう。遅かれ早かれ彼女は奴のことを知るだろうが、しかし、昼間に知ったこの娘の秘密を、いま教えてしまうのは惨《むご》すぎる。

「その人物について、他に思い出せることは？ 記憶の欠落から、そう推測するしかできないのかね？」

「容姿のことはわかりません。でも、その人はわたしに言葉を与えてくれた人だったと思います。その人の精霊が、わたしの言葉になっているような……」ここまで言って彼女はかぶりを振った。「本当に、それ以上は思い出せないんです。まるで、わたしがわたし自身に隠し事をしているみたい」そう言って、娘は額に手を当てた。「匂いや声ならひょっとしたら……ごめんなさい」

「謝ることなんてないんだが、そうだな、続きは明日でもいいかな。明後日にはここを発つから」

「今夜じゃだめなんですか？」

「子供が夜更かしはだめだ。それに、昼間だったら、たとえそれが怖ろしい記憶だったとしても、なんとか耐えられるんじゃないかな」

「でも、一つか二つなら、よろしいでしょう？　時間がないんです！」

そう強く言われると、妥協するしかない。ひょっとしたら、この子にとって生まれて初めての、大人に対するわがままかもしれない。これはアランの勘にすぎないが。

ユキコは夜の湿った空気と、そのほかの何かから心を守るように、両手をそっと、自分の胸に当てた。娘の爪には、指先に流れる血潮の色が浮かんでいる。

「その人は、とても頭のいい人だったと思います。その人のことは忘れてしまったけれど、その人は色んな文学や、ドイツや日本の歌をそらんじていたように思います」それからちょっと、娘は考え込んだ。「日本の歌というのは、ひょっとしたら祖父の思い出とまぜこぜにしているのかも」

「十分あり得る話だ」アランは相槌を打った。「その人は大人だったかな。そうすればひょっとしたら、煙草を吸っていて、その臭いを覚えているかもしれない」

「煙草の臭い……そうですね。いえ、煙草の臭いはしません。……アルコールの匂い？」

「わたしのような酒飲みということかな」

「いいえ、きっと消毒液の臭いです。医務室のような、あの、健康診断でお医者様がわたしの身体を診てくださるときに嗅ぐ匂い……それと……」

ここで、ユキコの視線が、またさまよう。ぐらつくと言った方が正しいだろう。

「……血の臭い」

「うん？」

「血の臭いです。間違いなく、血です。わたしとその人を切り離す、鉄のような……」

ユキコはそこまで言いかけたところで、突然黙りこんだ。

どうしたのかとアランが思う暇もなく、彼女の全身から力が抜けていき、根を切られた草花のように、床に倒れた。

「まずいな」

アランは彼女の呼吸を確かめた。息はあるが、完全に気を失っている。ただの失神か？　とりあえず彼女を医務室に連れて行こうか。いや、外はまだ雨だ。医者の方をここに連れて来るべきだ。

やれやれ、ブラジルのジャングルの奥地で、ビクトリア朝時代の女性のごとく失神した、ナチの狂気で生まれた日本人のトカゲ娘。ひょっとしたら、酒が見せる幻覚よりも悪夢かもしれない。娘の身体を抱き上げると、驚くほど軽い。二次性徴は終わっているかと思ったが、腕に伝わる感触が、どうも骨っぽい。とりあえず、自分のベッドに寝かせ、それからこの事態を穏便に済ませる方法を少し考えた。直接〈女王〉に説明しようか。バーネイズに相談しようか。お目付け役のフレミング……あいつにはこれ以上頼りたくない。

ぶつぶつと考えながら部屋を出ようとしたとき、またもドアが強く叩かれた。今度は遠慮もない。

「だれだ？」小さく舌打ちしてから返事をした。

「教授、開けてください」タテイシの声だ。少しほっとする。

「ああ、ちょうどよかった。困りごとがあったんだ。……ちょっと、例のお嬢さんが来ていてね」

「え」

室内に招き入れられたタテイシは、目を丸くした。

「ユキコさん!? なんでここに?」

「おい、彼女を探しにきたんじゃないのか?」

「いえ、まったくそんなつもりは……」そう言いつつ、タテイシの視線は、ユキコに釘付けだった。

「寝ていますね」

「さっき気を失ったんだ。助けを呼びにいこうと思ったところで、お前が来た」

「はあ……」

お次はアランの顔を凝視する。

「……お前、何しに来たんだ?」

「あ、いえ、フレミングが……」

「いや、あいつは呼ぶな。〈女王〉に直接、お嬢さんのことを言いたいんだ」

「そうじゃないんです、彼が――」

「うん?」

「――死んだんです」

「死んだ?」

「はい、多分、殺されたんだと思います」

タテイシは自分の反応を、おどおどしながら待っている。

バーネイズにはもう伝えたのかと言おうとしたときに、耳では感知できない重たい衝撃が、身体と、建物全体、それから窓ガラスを打ちのめした。

(……?)

アランは地震かと思った。天井から漆喰の破片が落ち、無数の雫が窓ガラスを叩いて、驚いた鳥たちがめいめい鳴きながら、木々の枝葉をかき鳴らしている。それでもユキコは、目覚める気配がない。

「なんですか、今の。爆弾ですか?」

そう言ったタテイシの顔を見ようとしたが、今度は天井の照明が消えた。

照明はすぐに復旧したが、光量は半分になっていた。フレミングの死と合わせて、厄介な問題が起きたのは間違いない。ユキコとタテイシを部屋に残したまま、アランは宿舎棟を飛び出した。入口にはフレミングの部下の男がひとり、雨に打たれて突っ立っていた。さっきの衝撃についても、なにもわからないという。

「フレミングはどこだ?」

「チーフの身体はもう、地下に運ばれた」

「地下というと、おれが入れられていた、あの牢屋か?」

「あんたのことなんて、知らないよ」男は苛立ちながら返事をした。

「オーケイ、で、奴はどこで死んでいた?」

「お巡りさんごっこか? セニョール」うんざりしながらも、男は応えた。「中央棟の中庭さ。犯人がまだ、中にいるかもしれないから、あんたらを探しにきたんだ」

奴が殺されたのは、ユキコがアランを訪ねてくる、後か、前か？　すでに事は起きているが、もっと悪いことが起きるという、嫌な予感ばかりが募っていく。

ひとまずその男には、〈女王〉の娘が、アランの部屋にいることを伝えた。

「なんであんたのところにいるんだ？」

「お嬢さんの方から来たんだ。とにかく、そのことを〈女王〉に伝えてくれ」

男は眉を顰《ひそ》めながらも、アランに背を向けて、腰にぶら下げていたトランシーバーでどこかと交信した。それが終わるのを待たず、アランはさらに状況を把握するため、霧雨の中、外へ走り出した。

低く立ち込める雲は、オレンジ色に照らされている。どこかで火災が起きているらしい。ゲートは厳重に閉ざされていて、左手にある警備室には、レインコートを着た男たちが、ライフルを手に持って屯《たむろ》している。電球の代わりに、石油ランプを焚いていた。雨の中でもアランたちの気配を察知すると、銃を構えてバッと振り向いた。

「撃たないでくれ！」

客人であることを認めると銃口を下げたが、殺気立っているのは変わらない。

「あんたかセニョール。外には出られないぞ」

「なあ、バーネイズを見なかったか？」

「おれたちは、なにも知らない。ここのゲートを守るだけだ」

「じゃあ、さっきの衝撃は？　火事のようだが、爆弾でも落とされたか？」

「だから、あんたらに話すことなんてないんだ。部屋に戻れ、セニョール」

それでも食い下がって、質問をぶつけた。

「なんでランプなんて使っているんだ？　部屋の中、真っ暗じゃないか」

「うるさいな。電気がないんだよ。鉄条網の電気も止まっているから、万が一に備えて、今夜はずっと、寝ずの番なんだ」

　そう言った男は、体を温めるためか、瓶入りのウイスキーをひと口飲んだ。

「――ほれ、あんたにもやるから、さっさとおとなしく寝てくれないか」

「いや、酒でやらかしたばかりでね。飲むわけにはいかないんだ。電気が止まったってことは、発電設備か？　爆発ってことは、湖のそばのガス田がやられたってことか？　それとも、ガソリンを貯蔵していて……」

「おい、代わりにこいつで口を塞がれたいか？」男はライフルを見せつけながら、にじり寄ってきた。さすがにアランもたじろぐが、

「いい加減にしろ！　これ以上問題を増やすな！　セニョール、あんたもな」警備室から出てきた男が両者を一喝する。フレミングより年上であろう、顔の長い、初老の西洋人だった。

「わたしはロドニーだ、セニョール。フレミングとは同格だった。担当が違うだけでな。とにかく、簡単に説明するから、そうしたらおとなしく寝て、朝を待ってくれ」ロドニーはアランが差し出した右手を握ろうともせず、そう言った。「あんたが想像した通り、湖のガス田が吹っ飛んだ。事故か事件かはわからない。ここからじゃ見えないが、いまでも噴き出たガスに引火して、手が付けられない。湖の水を注ぐか、ダイナマイトで吹っ飛ばすしかないが、どっちにしろ、機材も人も、街から持ってくるしかないんだ。研究者たちが休暇中で、本当に良かった」

「だから停電しているのか。非常電源はいつまで持つんだ？」

「いや、発電量が少ないから最小限しか使えないだけで、電気自体は、何か月だろうが持つんだ」

「外から電気を引いているのか？」

「いや、この研究所の電気は、周囲から完全に独立している。主電源も非常電源も、両方ともな」

「うん？」意味が分からないでいると、ロドニーは最後、こう付け足した。

「……原子力だよ。正確にいうと、原子力電池っていう、バッテリーが地中に埋められているんだ。無論扱いやすい普通のディーゼル発電機もあるが、それの燃料が切れても、原子力電池のおかげで研究所のコアの、最小限のインフラが維持される仕組みだ。危険だからだれも手出しできないし、場所も秘匿されているがな」

＊＊＊

スキキライは一刻、わたしを精霊に戻す。男たちも精霊になる。赤子に戻るのと同じことだ。精霊は死を恐れる必要がない。死を恐れないわたしたちは、夜の闇を選んだりしない。白昼堂々と村を襲う。わたしには銃や頑丈な縄と鎖が与えられていたから、どんな村も呆気なく屈した。なによりみな、勇敢に戦った。連れ去った連中には足枷をはめ、森の中を歩かせて、川のほとりで待っている船に載せる。女子供でも、数が合うなら船に載せてしまう。船は巨大で、動いていないときでも、煙突から黒い煙を吐いている。

わたしはドンと、船の主が話しているところを、いつも物陰から見ていた。船主は肌が白く、強い日差しをどんなに浴びても赤く腫れることのない体質だった。帽子と、白いシャツをいつも着ていて、森の奥でも、髭を剃るための剃刀を持ち歩き、朝の河原で、水面に自分の顔を映しながら髭を剃る。

わたしたちが襲った村はそのうち荒れ果てて森に飲まれるはずが、そうではなくて、火が放たれて焼き尽くされ、そのあと白い肌の連中がやってきて、柵を巡らせ、畑にしたり、水牛を飼ったりする。船の主の上にはさらに、この牛飼いたちがいて、そうするように命令しているようだった。

わたしは船の主と呼んでいたが、別にこの男が船の上であくせく働くわけではない。ドンと同じく、大勢の人間の命の手綱を握り、そのうちの誰かが船の手綱を握っている。ドンは船主と親しげに話し、握手までして、彼からたくさんの木箱をもらう。船が出ていくとき、汽笛の音と一緒に、鞭打つ音と、積み込まれた人間の悲鳴が聞こえる。船が見えなくなると、ドンはわたしたちに木箱を担がせ、屋敷に運ばせる。わたしたちは缶詰や煙草がもらえる。わたしたちが豊かになって、女たちが喜ぶことはうれしいが、わたしにはこの船の主が、ドン・ケンドーに宿った新しい悪霊だと見抜いていた。船の主はしばしば、船に乗らず、ドンの屋敷についてきて、木箱を運ぶわたしたちに、つまらないいたずらをした。奴はわたしが自分の言葉をわからないとでも思っているのか、一族の女はおろか、スキライや子供たちを侮辱するような言葉をかけていた。

時々、船の主は土産の酒や煙草を持ってきて、自分やドンの家来と一緒にドンの屋敷で宴を開く。騒々しい音楽が奏でられ、男たちは酒を飲んで、飲み飽きると各々の家に帰り女房と抱き合って眠ってしまう。そんな風に宴はなんとなく終わる。わたしは屋敷の隅で、衣装も解かず、船主が帰るまで見張っているが、ときには仲間に誘われ、少しは酒と肴《さかな》を口にした。船にはいつも、宴には出ず、素面のまま拳銃を腰にぶら下げた船主の家来が何人も残っている。奴は屋敷から立ち去る間際、決まってドン・ケンドーを小馬鹿にして、寝ずの番をしていたわたしに、お前もそう思うだろう? とわざわざ訊ねる。返事は求めていない。

船主はあくどい男だ。陰でドン・ケンドーを「小さな日本の猿」、「頭のおかしい盗人」、「チニーノ」、とにかく色々な呼び方をしていた。どれも悪口であることくらいわかる。それでもドンと並んでいるときには、ともに酒を酌《く》み交わし、釣りの腕前をほめたり、屋敷の素晴らしさ、使役するわたしたちのたくましさを称えるのだった。奴は自分が、わたしから観察されていることに、驚くほど鈍感だった。

わたしは、ドン・ケンドーの屋敷に何度も足を踏み入れた。船の主と付き合う頃にはもう、ドンが森を駆け抜けることも、マチェーテを振り回すことも難しくなっていたからだ。目も悪くなり、重たい銃を構えて茂みの中の的に当てることも一苦労だった。屋敷ではもう子供も産めない年寄りが交代でドンの世話をすることになっていた。ドン・ケンドーは年寄りを愛していた。若い女にはあんなに惨いことができるのに。

ドンは森の奥に逃げるとは言わなくなったが、その代わり、おれはここでダイミョウになると、変なことを言い出した。彼は屋敷の周りを、川から水を引いた堀と、先をとがらせた丸太で囲い、そこから出てこなくなった。木を切った跡はすべて畑になった。三年ほどはここで育てたユカで暮らしていけそうだった。

ドンの食事はわたしか、村の女にもって来させた。そんな暮らしをしていてはすぐに老け込んでしまうと思ったが、それでも彼は広い屋敷で、たった一人で戦いの練習をしていた。木の棒を振り回したり、梁から垂らした綱にしがみついたりしている。ここにいれば、いつか現れる「ルズベルト」とも安全に戦うことができるそうだが、わたしには亀が甲羅にこもっているのと同じにしか見えなかった。亀も甲羅に刃物や棘をはやしていれば敵なしなのに、なぜそうしないのだろう。

　ドン・ケンドーの屋敷はさらに大きくなった。すべては船の主との取引の産物だ。鉄砲を買って、自分の枕元に置くとともに、わたしたちに銃の使い方を覚えさせて、それで「ルズベルト」と戦えと言った。わたしたちはこっそり、銃を狩りや獣除けに使った。ドン・ケンドーは犬も飼った。屋敷の周囲をぐるぐると歩かせようとしたが、世話はわたしたちがした。ドンよりもわたしやスキキライや子供たちに懐いた。これもこっそり狩りに使った。犬がドン・ケンドーに従うのは、主であるわたしの主だからだった。子供もたくさん産まれて、元からいる犬たちとも交わり、産まれた子犬の模様はばらばらだった。

　森の部族をまとめて生け捕りにするとき、かつてのドンはなるべく、人間のようにみえない、あっと驚くような、悪霊のような格好をしてやるようにとわたしに命じた。派手だがなんの精霊も模さない仮面と、意味のない装飾、肌の模様、それをしっかり刻むことを全員に強要した。そのような装束で、よい精霊の不興を買うことを、みな嫌がった。

　わたしはみなの不満も汲《く》まなければいけない。しかしドン・ケンドーの支配から離れる気概もなかったので、スキキライや、あいつの友達の知恵を借りた。みながみな、族長であるわたしと同じ姿になればよいと、ある女が言った。スキキライもその女の考えに賛同した。族長と家来は父と子供のようなもので、子が父に刃向かうことは空と大地を乱すことだが、父に従い倣うことは道理だから、精霊も怒らないだろう。

　わたしは女たちの考えを受け入れた。それ以来わたしたちは、緑色の顔料を求めて交易をする必要も出てきた。男たちの身に着ける装飾をつくる分、女たちの仕事は増えた。そして男たちも、族長のため、さらにはドン・ケンドーのために働く必要が出た。それでも女たちはその新しい仕事を面白がっているようだった。被り物をつくるのが一番うまい女の娘が、最初の伜《せがれ》の妻になった。

あれは乾季のはじめの頃だ。船の主は、帰り際、わたしに「あのいまいましいくそったれをどうにかしろ」とだけ言って、朝日の木漏れ日と、夜露の中、帰っていった。屋敷の中に入ってみると、ドン・ケンドーは確かに、酔いつぶれてくそったれになっていた。世話役のお婆は見当たらなかった。わたしは仕方なく、ドンの、糞にまみれた服を脱がし、行水《ぎょうずい》させた。わたしに赤ん坊のように洗われているドンは、見た目も赤ん坊そっくりだった。ドン・ケンドーは洗われている最中もわたしのお節介についてとめどなく文句を言い続けていたが、拳で殴りつけたりはしなかった。わたしは、ドン・ケンドーが、こうして徐々に赤ん坊に戻っていくことが、恐ろしかった。虱《しらみ》のいない毛布を持ってきて、ドンをくるむ。ドンと船の主が食い散らかしたものにはもう蠅とゴキブリがたかっていた。それを片付ける前に、ドンを寝床に連れて行く。ドン・ケンドーは森で一番強い男。わたしのような精霊を軽々と使役する、敵なしの族長。そんな彼が、汚れた部屋の中で独り、だれにも温められずに糞にまみれて寝ているなんて、本人が許さないだろう。

彼はもう、女や富や名声よりも、昔話を糧に生きていた。彼の口からは思い出と一緒に、力を与えていた悪霊や精霊も染み出ていって、身体が縮みつつあった。

船の主も、次第にうつろな皮となっていくドン・ケンドーよりも、悪霊のように、ドンにいつもぴったりとくっついているわたしの方に興味を持ち始めた。ドンの昔話は儲けにならないが、わたしとは、儲け話が出来そうだからだ。あるとき、船の主は帰り際、悪口の代わりに、小さな袋にいっぱい詰まった、たくさんのガラスのビーズを差し出した。これで女どもの気を引けと、わたしの肩を叩いた。わたしはそれをスキキライに手渡し、スキキライはそれを、一族の女たちに平等に分けた。次に会ったとき、船主は人間狩りの報酬とは別に、缶詰を持ってきた。わたしは男に、ドン・ケンドーの言葉で「缶切りはないのかい」と言ってやった。奴は驚いていた。お前はジャポネーズか？　と訊くので、わたしは精霊だと答えた。船の主はしばらく、わたしをじっと見つめていたが、そのうちゲラゲラと、悪霊のように笑った。男は面白いと言って、わたしに葉巻をすすめた。

わたしは被り物をとって、葉巻の先を歯で嚙み切ると、船主の手渡したマッチを擦った。まず船主の葉巻に火を点けてやり、それから自分の分にも火を点ける。霧の濃い夜で、肌に湿り気がまとわりつく。本当はこんなところで葉巻を吸っているよりも、屋根のあるところで焚火と人肌に当たっていたかった。

船主の口元から煙が立ち昇る。奴は不自然にも、左手をずっと背中に隠している。わたしは撃鉄の音を聞いたような気がした。奴はなぜ、わたしへの好意を、悪意に変えたのか。奴の顔にはいまだに笑顔が貼り付いている。わたしも口から煙を吐き出した。結末はどうあれ、この不気味な男としばらく一緒にいなければならないと思うと、嫌な気持ちだった。

船の主は、わたしの腰に銃口を押し当てて、わたしを自分の船まで連れて行った。

七　章

バーネイズが消えた。それがわかったのは、翌朝になってからだった。帰納的推測から、フレミング殺しと、ガスプラントの破壊工作の第一容疑者はベン・バーネイズということになるが、この推測が正しいかは、いなくなった本人を捕まえて直接問いただすしかない。しかし彼が犯人だとして、いくつもの謎があった。まず、彼はなぜそんなことをしたのか？　彼はマウラーが、戦後もこの地で日本人のタエや先住民を使って人体実験を行っていたという証拠をすでに手にしている。つまり、彼にはそれらの目的とは別の任務があったということになるが、それが何なのか、アランには思い当たる節がなかった。

それと、バーネイズはほとんどの荷物を残していたが、軽装・単身で密林に逃げ込んだとしたら、百パーセント自殺行為だ。必然的に共犯者の存在が浮かび上がる。それは誰だ？

ほかにも、彼はここからさらになにをするつもりなのかも気になる。フレミングはナチ戦犯ではない。戦時中は子供だったはずで、なによりイギリス人だった。任務の障害だから、やむなく殺したのだろう。奴を殺して、研究所の主電源を喪失させる。それから、何がしたいのか。

アランとしては、フレミングの死因も気になるところだ。世話係に探りを入れたところ、奴は毒殺されていたらしい。彼の背中はナイフで切られ、凶器もその場に落ちていたが、傷は致命的な深さではなかった。刃物に塗られた毒物が、直接の死因になったらしいが、それが解せない。アランは道中、断酒薬を探すため、バーネイズの薬をだいたい自分の身体で試していた。その中に毒物はなかったはずだ。この研究所にも致死性の毒はごまんとあるらしいが、それは薬品庫で厳重に保管されていて、部外者のバーネイズはアクセスできない。こちらもやはり協力者か？

翌日から、アランはこんな推理ごっこをして時間を潰していた。研究所の上層部（それが一体どこのだれなのか、未だにわからないが）も同じような推理を行っているらしく、アランは共犯の第一容疑者として宿泊棟の一室に軟禁されているのだった。せっかくの荷造りが無駄になった。タテイシもきっと軟禁されているのだろうが、アランの方が状況が不利だった。事件が起きた当初、事態を把握しようと外を出歩いて、職員から根掘り葉掘り聞きだしてしまっていた。

ここで例のお姫様――ユキコなら、アランのアリバイないし、潔白を証明してくれそうだが、あの夜からまったく音沙汰がない。ユキコどころか、〈女王〉の動向も、ジョゼやプレゴの安否もわからない。キリノ老人の容態もわからない。窓を開けると、ライフルを担いだ男たちが、二人一組で、ノロノロと敷地内を見回っている。火災はいまだに収束しないのだろう。小さな爆発音が、コンクリート製のビルの外壁に反響して、巨獣の唸り声のように聞こえた。

一応食事も出ているし、便所にも連れて行ってもらえる。監禁されていることそのものよりも、暇であることが、何よりも身体に堪える。読みかけだった〈バーネイズ・レポート〉も、もはや手元にない。引き出しの新約聖書も、ひと通り読んでしまった。暇になると、酒を飲んで時間を潰したがるのが酒飲みだった。仕方ないので、天井の染みを数えたりして過ごしていた。こうして一日を無為に過ごすのが、やりきれない。

そうしているのと思い出すのが、〈保護〉されたボロロ族たちが押し込められているキャンプのことだ。あれは強制収容所にしか見えなかったが、あそこにあった、やたらと警備が厳重な給水塔のような建造物。あれはひょっとして、放射線源なのではないか？　アランの中で、あの夜にロドニーとかいう男が口にした〈原子力〉という言葉が、そんな風に飛躍した。あの塔から照射される放射線によって、収容された人々に、奇怪な病気が広がっているのではないだろうか。マウラーは確か、ロシア時代に、X線による突然変異の誘発を発見した、ハーマン・マラーの助手をしていたはずだ。バーネイズの書いた要約を思い出す。

奇病に苦しむボロロ族と、爬虫類と合成させられて生まれた少女ユキコ。二つがアランの中で融合する。ひょっとするとバーネイズは、核保有国の諜報機関の命令で、放射性物質の闇市場の調査をしていたのかもしれない。そんなことを想像したが、それ以上考えるのはやめた。推測の域を出ないし、バーネイズは彼なりに、彼自身の目的を、勝手に達成すればいい。おれは自分のしたいことをやるし、約束を果たすべきだ。天井を眺めていたり、酒をあおっているより、ずっといい。

机の引き出しの、聖書と一緒に入っていたレターセット（本当にホテルみたいだ！）に文章をしたため、見張りの男に差し出す。

「これは〈女王〉宛ての手紙だ。ドイツ語だが、彼女だったら読めるはずだ。渡してくれないか？」

その手紙を渡して、二日後。火事は未だに続いていて、夜になると今でも夜空が赤く染まる。暇つぶしの本が何冊か差し入れられたときに（レイモンド・チャンドラーだった）それとなく聞いてみたが、警備員が追加で派遣される見込みもなさそうなのだった。

「でも、消火作業はもうすぐ始まるそうだよ、セニョール。研究員の休暇が終わるまでには、全部元通りさ」アランの世話をしているメスティーソの若者が、そんなことを言った。

「電気が戻るまで、ここに閉じ込められっぱなしってのは困るね」

「船旅みたいなものだと思ったらどうです、セニョール」

なかなか含蓄のあることを言う若者だが、アランの疑似航海はその晩に終わった。手紙が効いたのかどうかは不明だが、〈女王〉がようやく、アランと会ってくれることになった。

陽が沈んでから、アランはたったひとり、〈女王〉の屋敷に通された。ここに来るのは、タテイシやバーネイズと一緒に、彼女の晩餐に出席したとき以来だ。しかし今夜、ディナーは出ない。

一人きりで安楽椅子に腰かけていると、この部屋はこんなに殺風景だったろうかという気持ちになる。〈女王〉の父、キリノ老人の家とはまた違った緊張感が、部屋に充満している。まるでここの主が自分を罰するために、あえて禁欲を選んだかのような。

「ごきげんうるわしゅう、スナプスタイン博士」

やってきたタエは無地のキャラコのドレスを着ていた。

「タエさん、わたしの送った手紙、お読みになりましたか？——なったはずです。バーネイズがいなくなって、すでに——三日も時間を浪費したんです。あなただって、事態を硬直させたくないでしょう。だからあなたに直接、談判する機会が欲しかったのです」アランは一呼吸でまくしたてた。

「今宵は先生、ずいぶん急《せ》かしますのね。ちょうどわたしも、急いでいるところでしたの。今日があなたとお話しできる、最後の機会になりそうでしたから」

「そうですか。バーネイズがなぜあんなことをしたのか、わたしにはわかりません。そのおかげで、ここに留まる理由ができた。もしもこのまま帰ってしまったら、わたしは彼らの裏切り者になる」

「彼らって、手紙に書いてある〈保護〉されているボロロ族に対してですか？」

「あれを保護と呼ぶのは、欺瞞にもほどがあります！」

アランは目の前にあったテーブルを拳で強く叩いたが、テーブルと〈女王〉、どちらもびくともしなかった。タエはちらりと彼を見下ろしただけだった。

アランは大きく息を吐きだした。

「……すみません。しかし、時には大声を上げる必要があるのです」

「男性が女性を、力で屈服させるとき？」

「権力者の耳に、弱者が声を届けるときです。なるほど、あなたは女性です。しかしこの研究所で〈女王〉と呼ばれているのは、単なる皮肉ではないでしょう」

「…………」

「とにかく、〈保護〉というなら、彼らにしている人体実験を止めさせてください。彼らの奇病の原因はきっと放射能だ。あの給水塔のような建物が放射線源で、放射能を浴びせて、彼らをガンにさせているんだ。当て推量ですが、どうですか？」

イエスかノーかの代わりに、タエはこんな話をした。

「……二十年前に、放射線育種という技術が実用化されました。放射線を農作物に当てて、生じた突然変異体から、有用な品種を選抜するのです。放射能は核爆弾や原子力発電のほかにも、そういう有効な利用法があるんです」

「それで、人間の品種改良ですか？　人間と野菜は違います。それに、育種ということは彼らの子孫を成さなければいけないはずです。彼らの子供はどこです？」

「スナプスタイン博士、生物学の分野に関しては、あなたはずっと遅れているんですね」タエはかぶりを振った。「もっとも、人間に放射線を照射しても、次世代に引き継がれる突然変異は生殖細胞内で生じたものだけです。そこが植物と違う、ヒトの難しいところですが、わたしはもっぱら、放射線によって、彼らの身体にできた腫瘍――ガン細胞を収集し、研究しているのです」

「ぞっとしない話ですね」

「それは単なる、馴れの問題だと思います。そうだわ、博士にお見せしてしまってもかまわないでしょう。お帰りになった後の土産話になればいいのだけど」

タエはそういうなり、身にまとっていたドレスをするする脱ぎだした。アランは言葉もなかった。彼女は下着を身に着けておらず、青白い自分の裸体をさらした。シルエットから想像はできたが、彼女の身体にはほとんど、二次性徴後の女性ならではのふくよかさが欠けていて、本当に病人のような肉体をしていた。乳房も痩せ、それが張り付く胸には、肋骨がわずかに浮き上がっている。

「しっかりご覧になって、教授」彼女はランプを持ち、自分の身体を照らす。

「いや、しかし……」

「でも、あなたは裸のインディオの女を、何度も見ているでしょう?」

「それとこれとは違います」

そう言いつつ、やむなくアランは、タエの身体を見た。彼女は自分の鼠蹊部《そけいぶ》に、両手を添えていた。そこには左右合わせて二本の古い傷跡があった。

「盲腸ですか?」アランは目を伏せてから言った。

「いいえ、卵巣です」

「なにか、ご病気が？」

「いいえ、わたしの卵巣は、健康そのものでした。だからこそ摘出したんです。あの子を産むために」

男性の精細胞と違い、のちに卵子となる女性の原始卵胞は、胎児の際に全ての細胞分裂を終え、出生時の卵巣には約七〇〇万個のストックが存在するが、その数は排卵が始まる思春期ごろには約三〇万個まで減少する。さらに、その中から実際に排卵されるのは、生涯を通じておよそ四〇〇個だけだという。タエはそんな説明をした。

「だから、わたしの生理周期を待って排卵されるのを待つよりも、卵巣を摘出して、そこから原始卵胞を取り出した方が、実験材料が多数手に入るんです。わたしの提供した卵子は、改変を施した上、月の石やロシアの宇宙犬のように、世界中に配布されたそうです」

「体外受精ですか？　しかも卵子を、ほかの生き物の細胞と融合させての？」

「ええ、特殊なウイルスに感染させて、融合させるのです。きっと、人類初めての快挙でしょうね」

「そんな、倫理的に許されるものではないです。卵子はやがて人格を持つ人間の根源なんですよ？」

「カーペンター――いえ、マウラー博士は、いつもこんなことをおっしゃっていました。『人間の前にある障壁は常識と倫理観だけだ。わたしはそれを突破できる』。博士はそうやって、他の人が躊躇するようなことを進んで行うことで、ソ連でもドイツでも、自分の地歩を固めてきました」

「あなたはそれを承知したんですか？　卵巣を摘出したら、もう普通の方法で妊娠できないはずだ」

「ええ、わたしは自発的に志願したんです。実験台に、エキドナ（ギリシャ神話の怪女。キマイラ、ヒドラなどの怪物の母）になることに」

マウラーは、この研究所が国際社会の裏の駆け引きに利用され、お飾りの代表者の地位に甘んじて、大胆な人体実験ができないことにフラストレーションを募らせていた。同じく、タエたち日本人たちも、研究所の新しい住人たちからは煙たがられていた。

「だから、マウラー先生とわたしたちは、ここでの生存のために、挑戦をすることにしました。普通の科学者が尻込みするような実験を。実験そのものは闇に葬られるにしても、科学者たちはこっそりと、その成果を、それぞれの母国に持ち帰り、血の臭いを漂白したうえで、世界に公表するだろう。そして自分たちは表舞台には出なくても、この樹海の中の孤島での生存には、有利になるだろう……わたしは、ここの生活を守るために、マウラー博士の共犯になることを選んだんです」

「タエさん、それは本心ですか？」

「ええ、半分は」

「半分？」

「マウラーには息子が一人いたのをご存じでしたか？」

「いえ、初耳ですね」

「フランツと言います。フランツ・マウラー。彼はこの研究所の経営責任者として働き、日ごろの事務作業の合間を縫って、わたしや父と一緒に、研究所のまわりの動植物を集めていました。美しい声の持ち主で、展示棟の音声解説も、彼の声です」

「そうですか。しかし、マウラーの息子なんて聞いたことがない。戦犯として追われていたわけではなさそうですが……」

「死にました」彼女はまるで、なんでもないかのように言った。「この研究所を離れる際に乗った水上機が、ジャングルのど真ん中で墜落したそうです。こんな場所なので、まともな調査はできていません。墜落地点には、まだ機体の残骸が、樹々の合間に残っていることでしょう」

「…………」

「……わたし、彼と恋仲だったんです。彼の方が、ずっと年上でしたけど」

「しかし彼の父は許さなかったでしょう。マウラーは生粋《きっすい》のレイシストでしたから」

「だけど、彼の死後、マウラー博士は『実は彼の精子が冷凍保存されている。もしわたしの研究を手伝ってくれたら、それを使って、フランツの子供を産ませてあげよう』って……。

わたしはユキコを、フランツとの子だと信じています。もちろん、あの子が普通の子供ではないのは事実ですが、わたしはフランツの遺伝子を後世に伝えられたということの方が、何よりもうれしい……」

「感動的なお話しですな」ついつい口調に角が立ってしまう。「しかし、それはあなたの物語であり、あなたの都合だ。あなたが勝手に自分の身体を犠牲にするのなら構わないが、それが、インディオの人々を痛めつける理由にはなりません」

「この密林は地獄です。生より死が価値を持つ土地。だけどこの研究所で保護されているなら、安全は保証され、飢えの恐れもありませんし、病気になっても、医者の診察を受けられます。死から守られる以上、彼らには対価を支払う義務があるんです。それが文明です。農家は命を保証してもらうために貴族に年貢を納めますが、わたしは対価として卵子を取り出し、タエを産みました」

「それはあなたが、自分に言い聞かせていることです！　彼らは決してあなたたちのモルモットになりたくて、生きてきたんじゃない。あなたはマウラーの同族だ。そんなアンフェアなことを……」

「インディオたちはここに来て、洪水や他の部族との衝突を避けなければならなかった。わたしは彼らを〈保護〉して、あなたのおっしゃる通り、彼らを実験台にしなければならなかった。そうやって実験材料を供給しなければ、この研究所に存続する意味がなくなるからです。これは砂漠の水飲み場で、渇きに苦しむ鹿と、飢えに苦しむジャガーが遭遇するような、自然の営みの一部ですよ」

先ほどはこの研究所を「文明」と呼び、今は自然の摂理の話をしている。タエの言っていることは矛盾しているが、それはヒットラーやマウラーのような人間に毒されたせいだ。だから矛盾を指摘しても無駄だ。

「彼らをモルモットにしているなら、なぜあなたは、彼らの工芸品を収集しているんですか？　彼らの文化に一定の敬意を払える人間が、なぜあんな非道を？」

「わたしは還元主義者ですから」

「はあ？」

「あなたに差し上げた土器の欠片。わたしが収集している工芸品も、あれと同じものです。大いなる全体の一片。わたしは一個人や、一つの小集団としてのインディオを愛し、保護しているのではありません。彼らはあくまでも原石であり、選別し、磨く前の、玉石混淆の存在です。有限の命です。総体としての人間を愛することに、救いや安らぎはないのです。それらはあまりにも脆い存在です。だけど、こう考えればどうでしょう。シェイクスピア個人は死にましたが、彼の書いた戯曲は？　ひょっとしたら、その戯曲も、火事や焚書によって、いつか地上から消えるかもしれません。だけど、それらを構成する、活字と、それを復元するプログラム、それらに還元された状態なら、より安定度が高くなり、長期間、保存することができる。未来に遺すものは小さければ小さいほど良いのです。

わたしの卵子や、フランツの精子のように。……この研究所は、彼らのノアの箱舟なんです」

「ノアの箱舟に収められるのはつがいです。肉片ではない」

「スナプスタイン博士、現代は断片の方が、細胞の総体としての一個体よりも価値が高いのです。それこそ屑石の中に紛れこんだダイヤモンドのように。特にガン細胞は、宿主の命を脅かす一方で、それ自身は不老不死であり、宿主の死後も、その命を引き継ぎます。その逞しさは、生殖細胞とはくらべものになりません。その生きたガン細胞のゲノムは、宿主のオリジナルとは大きく改変されていると推定されますが、電子計算機の進歩により、バラバラの組織の破片や核酸塩基から、ヒトの身体を正確に復元することも、将来的には可能になります。フランケンシュタインの怪物ではない、純粋で完璧なボロロ族や、グアラニー族が再生できるんです。わたしが彼らの文化を収集するのは、その完璧なインディオが――すなわち、完璧なアルカディア人が誕生したときに、彼らの精神的アイデンティティを維持するためです。

スナプスタイン博士、あなたは混血や、文明の持ち込んだ酒や金によって、あらゆる意味で純潔を損なったインディオたちを散々見てきましたでしょう？　そして今でも、彼らの純潔は損なわれ続け、あなたの研究もやがて頓挫します。でも、この研究所なら、時計の針を巻き戻せるのです。それどころか、時を止めることも不可能ではありません。わたしが集める、彼らのガン細胞――いいえ、新しい時代の配偶子によって。それこそ、インディオたちがかつて、アルカディアの住人だったころに……」

そんなもの、所詮はマウラーの妄想の焼き増しだ。アランは言ってやりたかったが、庭先から銃声が響いてきたのでそちらに耳を澄ませた。もっとも、何事も起きなかったとしても、言ってやれたかは心もとない。銃声は散発的に続いたが、こちらから撃っているのか、それとも外から鉛玉が飛んできているのか、屋敷の中ではわからない。やがて沈黙が降りると、虫の羽音と、見回りの男たちの足音が耳に届いた。

タエはようやく、床に落としていたドレスを着た。アランは束の間、彼女が裸だったことを忘れていた。それからすぐ、召し使いのインディオの老婆がドアを叩いて入ってきた。

「奥様、賊でございます」

「わかりました。すぐに隠れましょう。スナプスタイン博士もご一緒に」

「表に護衛の者がおります」と老婆。

「いいえ、今は人手も足りないでしょう？　わたしは勝手に避難します、王の間へ……」

「一体何事ですか？」アランは訊いた。

「おそらく、ボリビアの左翼ゲリラの残党です。ここ最近は国境付近をうろついていて、その過程で先住民を吸収して山賊化していました。今までは決して国境を越えようとはしてきませんでしたが、今夜は突撃を企んでいるようです。博士、あなたにはせっかくですから、わたしのもう一つの秘密を手土産に差し上げますわ」

「奥様、とにかくお逃げください」

「ええ、婆やは鍵を――」そう言ってタエがランプに手を掛けた途端、ランプのガラスは粉々に吹き飛んだ。三発の、乾いた銃声を聞いたのとほぼ同時だった。

暗がりの中でも、タエがテーブルに手をついて、うずくまる影が見えた。

「奥様！」

「タエさん!」

アランと婆やは、タエに駆け寄る。鉄の臭いと、白いドレスを赤く染めるもの。

庭先の人影が揺れる。小さい影だった。

「バーネイズ……」名前を呼ばれた影は、庭から広間に上がり込んだ。「なぜだ?」

バーネイズは答えず、持っていた懐中電灯で手元を照らしながら、タエの脈を診た。

「……ああ、間違いなく死んだ。腕が落ちていなくてよかった」

バーネイズは四つん這いになって逃げようとする老婆を追いかけ、襟首を引っ張って無理やり立たせると、ピストルの銃口を喉元に突きつけながら、

「逃げるのは勝手だが、鍵を置いていってもらおうか」と脅した。老婆は震えながら、鍵が三本だけついた鍵束を渡した。

「これだけか。これもお嬢さんの言っていた通りだな」

入口のドアのところから覗いた人影を、さらに二発撃って仕留める。

「バーネイズ、お前今まで、どこにいた。誰に匿《かくま》われていた?」

「暗がりだが、このリボルバーに覚えはあるか?」バーネイズは金属光沢を帯びる、そのリボルバーに弾を再装塡しながら言った。

それは間違いなく、キリノ老人の持っていた銃だ。あの事件のとき、アランの傍らで担ぎ出されていく老人の右手に、それがしっかり握られていた。研究所の医務室に着いた後もその手から引きはがすのに苦労したと聞いた。

「お前を匿っていたのは、あの娘——ユキコか? なぜ?」

「説明したいのは山々だが、ちょっと時間がなくてな」バーネイズは懐から懐中時計を取り出した。針は蛍光塗料が塗られていて、青白く輝いている。「もし理由を聞きたいならスナプスタイン教授、きみもついてくるか？」

「ついてくるって、どこに？」

「わたしの本当の目的――つまり、この研究所に眠るもの。それは〈女王〉の見せたかった土産と、きっと同じものだ」

「聞いていたのか？」

銃声よりもさらに巨大な爆発音が、二発、三発と続く。アランは慌てて耳を塞ぐが、バーネイズはのんびりしたものだ。

「ゲリラの迫撃砲だ。あれがあるから、しばらくはだれもわたしを追いかけてこないだろう。さあ！」

バーネイズはさきほどつくったばかりの見張りの死骸をまたいで、屋敷の玄関から出ていった。外ではいよいよ、銃声の間隔が短くなっていく。どこかで戦闘が行われているのは間違いない。

アランも部屋から出ようとするが、後ろ髪をひかれる思いで、もう一度、タエの遺体を見た。

彼女はアランに対して、本心を語っていたのだろうか？　それは永遠にわからなくなった。

〈女王〉の屋敷から出たバーネイズは、左右を確かめると、そのまま全速力で庭を突っ切り、道路の反対側にある建物の陰に飛び込んだ。意を決して、アランも同じように庭を走り抜けるが、特に危険はなかった。迫撃砲による攻撃は小康状態だったが、夜霧とともに、樹々が焦げる臭いがする。

「こっちの二階建てのビルが電算棟だ。研究棟と廊下がつながっているだろう」

バーネイズは機械搬入用と思われる大きな扉を、老婆から奪った鍵の一本で開けた。アランが鍵を握る彼の手を凝視していたのに気付き、バーネイズが言った。

「これはこの研究所の心臓部に入るためのマスターキーだ。〈女王〉がマウラーから研究協力の対価として引き継いだもので、それぞれ〈王冠〉、〈王笏《おうしゃく》〉、〈宝珠〉と名付けられている。ここの鍵は〈王笏〉だ」

「悪趣味な名前だ」

バーネイズは、キリノ老人のピストルを構えつつ中に入った。アランもそれに続く。扉は重い鉄製だが、ところどころペンキが剝がれ、熱帯の湿気で錆が浮いていた。

扉を閉めたあと、未だ周囲を警戒するバーネイズの背中にもう一度訊ねる。

「……なんでだ、バーネイズ？」

「スナプスタイン、きみはまず、何を訊きたい？」

「ああ、そうだな……」アランは吹き出した汗をぬぐいながら言った。

電算棟の通路は赤い非常灯に包まれている。バーネイズの背中は、シャツが破けて、生傷が無数にあった。有刺鉄線や森の茨で切ったのだろう。

「今さらなんだが、なんでおれを連れてきた？　この旅のことじゃないぞ。あんたの任務が何かは未だに知らないが、多分ろくでもないことだ。おれが邪魔をすると思わないのか？」

「きみは邪魔なんかしないさ」

「そうか？　おれはタエさんの仇を取りたくてしょうがない、と言ったら？」

「仇を取ることより先に、知りたいことが沢山あるだろう？　きみは根っからの学者だからな。だからきみを旅の供にした」

バーネイズはダイヤル式の鍵のついた部屋の前で立ち止まった。

「この建物の解除ナンバーは全部同じなんだ。管理者がころころ変わっても簡単に引き継ぎができるように」そう言って難なくダイヤル錠を開けた。

部屋の中は、磁気テープが巻き取られ、パンチカードがカタカタと読みこまれていく音に満ちていた。空調が稼働しているが、それでも排熱でとても暑い。しかしこの部屋に、バーネイズが求めるものはなかったようだ。ざっと確認して、扉を開けっ放しのまま次の部屋に行く。そこにあるのも一世代前の、型落ちしたＩＢＭばかりだった。それもバーネイズの探し物ではないらしい。

「一階には重たい機械を置いているんだろう。紙やテープ、消耗品は二階にでも保管しているんじゃないか？」廊下でアランは言ってやった。

「……確かにきみの言う通りだ。貨物用のエレベータも見当たらないな」

果たして二階はアランの読み通り、計算機関係の資料の保管庫だった。ガラスのドアには、〈可燃物・火気厳禁〉〈換気扇を止めるな〉の警告文が記されている。バーネイズは磁気テープやマイクロフィルムには目もくれず、奥へと進んでいく。近くに迫撃砲が着弾し、建物がスネアドラムのように、小刻みに震えた。

「……おそらく、これだ」

バーネイズは図書のカード目録が入っているような棚を見つけ、引き出しのひとつを抜き取った。中身は全部、手のひら大のパンチカードだった。

「やはり、ここにあったか」バーネイズは一枚を懐中電灯の光に照らし、感慨深げに百個あまりの穴を覗いた。そしてアランが訊くまでもなく、彼は説明した。「ヨーゼフ・メンゲレはアウシュビッツで行った数々の解剖で得た標本を、カイザー・ウィルヘルム研究所の優生学者フェアシューアーに送っていた。標本となった犠牲者の情報が記録された、このＩＢＭ製のパンチカードを添えて、な」

「つまり、そのカード一枚一枚が、アウシュビッツの犠牲者というわけか」

「もちろん、そんな風に記録された人はほんの一部だろう。で、これが目録なら、もちろん、標本そのものもある。メンゲレからフェアシューアーに送られた標本はトラック数台分にもなったという」

「マウラーがそれを南米に持ち出したんだな。運びやすいものだけを選んで」

「わたしは長いこと、これの持ち主を、当のメンゲレだと推理していた。しかし実際は、こんなところで利用され、死者は死後も鞭打たれていたわけだ」

「それで、このパンチカードはどこで使うんだ？」アランが訊ねた。「読み取る機械があって、それと紐づけされたモノがなきゃ、これは単なる厚紙だ。図書目録なら本物の蔵書があるし、役所の住民票なら同じ数の住民がいるはずだ。一階のコンピュータか？」

「そう急かさなくて大丈夫だ」バーネイズはあの鍵束を見せた。「そのための鍵が〈王冠〉だ」

バーネイズはパンチカードを数枚だけ取り出し、それをアランに渡した。残りの目録の引き出しを乱暴に引き出していき、全部床にぶちまけた。彼はパンチカードの山をまたぐと、別の棚にあった大量のマイクロフィルムを両手に抱えて、パンチカードの上に投げ捨てていく。

「古いフィルムならよく燃えるはずだが、見ただけではわからんな」

彼はフィルムの山からゆっくり後ずさり、本棚の適当な本に、ライターで火を点けた。

「いちの、三で本を投げる。そしたら一目散で逃げるぞ！」

そう言った矢先、バーネイズは炎を上げる本をフィルムの山に投げこんだ。

二人は部屋から飛び出し、階段を駆け下りた。その直後、電算棟の二階は燃え上がった。それどころではなく、一階部分を残して吹き飛んだ。脱出し、アランは黒煙を上げる電算棟を見上げた。あの資料室にあった窓は鉄格子ごと吹き飛んで、アーク灯のような激しい炎が噴き出ていた。

「フィルムが燃えたんじゃない。ロケット砲がぶち当たったんじゃないのか？」

「同じことだ。どっちにしろ、わたしの任務は、ひとつ終わった。……なに、心配無用だ。これからもきみの手を煩わすことはない。命の危険にさらすかもしれんが、それは今のうちに謝罪しておこう」

そう言ったとたん、足元に火花が散る。それと同時に銃声が響いた。

「走れ！」バーネイズは威嚇射撃しながら、研究所の東側にある小さな断崖に向かう。

ライフルを小出しに撃つ音や、白兵戦の、被害者とも加害者とも判別できない絶叫がこだまする。それに、アランたちを追う人間の足音。相手の吐息まで聞こえそうだ。真っ暗闇の中、獣道のような細い道があるのが、辛うじてわかった。そこを降りた先に、蔦が絡みついた小屋がある。樹冠の隙間から、ガスプラントの火災がわずかに見えた。湖のほとりだろう。

「アラン、きみがカギを開けてくれ、〈宝珠〉の鍵だ！」

バーネイズは片膝をついて、追跡者に向かって威嚇射撃を続けた。渡された鍵束から〈宝珠〉を探すのは容易だった。ちゃんと球形の飾りがついている。鍵穴を手探りで見つけるのは難儀だったが、なんとか開錠できた。扉はやたら厚くて重い。アランがまず扉の中に滑り込み、続いてバーネイズが入る。戸を閉めた途端、オートロックが作動した。ドアの裏側には剝げかけたペンキの文字で〈退出前に今一度、鍵の携帯を確かめること〉〈緊急時には密閉を確認の上、内線を使用すること〉と書いてある。他に出入口がない限り、ここにはもう、だれも入ってこないはずだ。

「なんだこのドア、やたら分厚かったな」

「ただの鉄じゃない。おそらく中に鉛板が挟んであるんだ」

バーネイズは懐中電灯で、壁面を照らした。トンネルが奥へと通じている。室内は熱気がこもっていて、さらに濃厚な塩素やオゾンの臭気に、アランの警戒心は研ぎ澄まされる。奥には観音開きの扉があり、〈放射能〉、〈生物災害〉、〈高圧電流〉と、それから毒物を意味するドクロマークのハザードシンボルが掲示されている。さらにはアランには見慣れない赤や黄色の警告マークが沢山並んでおり、真上には赤色の警告ランプがある。ここも〈宝珠〉で開いた。その中には公衆トイレ程度の小さな空間があり、さらにその奥に、入口とそっくりな、観音開きのドアがもう一つあった。ただしこちらには警告の標識もなければ、鍵もない。奥でなにかあった場合、この部屋まではすぐに避難できるようだ。

「まるでケーソン（水中や地下に沈める巨大な箱型の構造物。中空内部を掘削し、目的の深度に沈めたのち、基礎とする）工事の減圧室みたいだ」アランはつぶやいた。

「元はそういう用途だったらしい。……なにを触ることになるかわからないから、これをはめておけ」

バーネイズはアランに手袋を一組渡し、自分は鋳物職人が仕事で使うような革手袋を付けた。続いてバーネイズは棚に入っていたいくつかの工具を取りだし、奥のドアを開放した。こもった空気が顔に当たる。アランは部屋に入る前に、バーネイズが放置した鉛のエプロンを見つけ、着た。

室内はピラミッドの王の間のような、陰気な空間だった。ナチがユダヤ人から取り上げた財宝の隠し場所としてはピッタリな空間だが、めぼしいものはなく、あるのは工場のようなシステム床や、天井を伝う換気用のダクト、変電設備ばかりだった。人気《ひとけ》はまったくない。

「ここはたぶん、研究所の庭の真下だな。この研究所の建設が始まったとき、真っ先につくられたのがこの地下空間らしい。当初は核シェルターだったそうだが、計画が見直されて、今の形になったという」

アランはタエから贈られた土器の破片を思い出した。添えられた手紙で彼女はこの丘陵を『南米のトロイア』と呼んでいたが、あの遺物はみな、この地下の掘削工事中に出土したものだろう。

「それで、バーネイズ、あんたの探し物は？」

「そこらに、たくさんあるさ」

バーネイズは一見すると柱のように見える、円筒状の物体を手の甲でコンコンと叩いた。高さは二メートルほどだが、システム床を貫通しているので、全体はもっと長いだろう。物体の裏からは太い電線が三本伸びていて、床下で変電設備に接続されているのだとわかる。円筒形の物体にはアルミのヒートシンクが放射状に取り付けられていて、そばに立っているだけで暖炉のように熱を感じる。

「ソビエト製のRTGだ。RTGというのは、超ウラン元素の崩壊熱を利用した電池でな。中身は酸化プルトニウムで、一つの電池に、およそ六キロ入っている。ここにある六台のRTGで、八キロワット、あるいは十キロワットの電力をつくりだせる」

バーネイズはロッカーにあった専用の工具で、通路側の放熱板カバーを開けた。中にはさらに真っ黒いカバーがあり、膝の高さの穴にクランクを挿して回すと、そのカバーも内部で回転し、中心の赤熱した固形物が露出した。アランに中身を確かめさせると、バーネイズは素早くカバーを閉じた。

「七〇年の核拡散防止条約締結後、かの国は今まで保有していた核兵器用のプルトニウムの処置に困り、その多くを極地開発用のRTGに転用した。RTGにはもっぱら、使用済み核燃料を加工したプルトニウム二三八が使われるが、将来、再び核兵器を増産するときのために、相当量の混ぜ物がされている。つまりプルトニウム二三九や二四〇といった、核兵器への転用が可能な同位体だ。かの国はキューバ危機以降、北極圏にこれらの『野良核燃料』を隠匿し始めていたそうだが、杜撰《ずさん》な管理のせいで荒野にむき出しのまま放置されたり、さらには第三国へ密輸されたりもした。IAEAすら、この事態に手出しができていない。『野良核燃料』があまりにも広く点在しているせいで、とても把握しきれないからだ」

「で、巡り巡って、こんなところにまで密輸されてきたわけか」アランは手の平をかざして、核燃料の熱を感じた。「爆発はしないのか？　人体への影響は？」

「こうして安置しているなら、爆発どころか臨界もしない。ただ熱を出し続けるだけだが、配置を変えて、周囲を適切な減速材で満たせば、臨界状態にはなるだろう。このペレット四個で臨界に達するが、工夫すれば二個でもいける。この研究所を恒久的に汚染するだけの中性子線をばら撒くことはできるはずだ。アルファ線は手袋で遮蔽できるが、混ぜ物のプルトニウム二四〇は盛んに中性子線を出すから、近寄らないにこしたことはない」

「そんな物騒なものを、よく国外に出せたな」

「想像だが、おそらくマウラーがロシアに築いた人脈も一役買っているんだろう。それに、だれも本物の核燃料が混淆されているなんて思わなかったからな。かの国の上層部で一連の不祥事が明るみになったのだって、ブレジネフ政権になってからだ。核保有国であり、原子力技術の先進国を自負する国での不祥事だ。国際的に明るみになる前に、フランスを介して、モサドにこれらの核燃料を破壊することが依頼された。もはや回収そのものはあきらめている」

「あんたの目的は、やはり核燃料か？」

「無論、それだけが理由ではないが、その前に最後の〈王冠〉の鍵を使おう」

「またドアか？」

「いや、違う。たぶんあの、一番奥にある、小さなラボだ」

二人はRTGをそのままにして、ラボの手前の金網の柵まで行った。金網には〈手足の消毒を行うこと〉〈着衣は所定の籠にしまうこと〉の警告文が掲示されているが、内部はホコリが溜まり、お世辞にも正しく運用されているようには思えない。戸も施錠されてない。もう長いこと使われていない机と本棚とクリーンベンチに、十年前に製造されたミニコン（メインフレームと比べて小型のコンピュータ。大きさは冷蔵庫ほど）、そしてなにより、死体安置所の死体冷蔵用のものと酷似した棚が並んでいる。数えると十五人分はあった。

「なんでこんなものが、ここに？」

「スナプスタイン博士、おそらくきみは見た目に騙されているようだな。ここはモルグではない」

バーネイズは最後の〈王冠〉の鍵を、制御盤の鍵穴に挿した。それと同時に、天井の蛍光灯が一度すべて消え、やがて再点灯した。

「主電源が死んでいる。だからそれに合わせて、システムが再起動したんだろう。……RTGはこの研究所の非常電源ではあるが、そのように転用されたのは、ここがある程度大規模な施設になってからで、開設当初はあくまでも、〈王冠〉のシステムを恒久的に維持するためのものだったらしい。そのことを知っているのは、古参の人間だけだ」バーネイズは指を折って数える。「つまりマウラーと、日本人たち、とくにタエ、それと後継者のあの娘だけだ」

「フレミングは、〈女王〉はただのお飾りだと言っていたが……」ここでまた、アランは訊かなければいけないことを思い出す。「そういえば、奴を殺したのも、あんたなんだよな？」

「その通りだが、先にこっちだ。さっきのパンチカードを持ってきただろう？」

パンチカードは三〇年代の遺物だが、このミニコンには専用の挿入口を外付けしてあった。一枚をスロットルに差し込み、〈F集団走査〉というボタンを押すと、おそらく制御盤の中にあるコンピュータが動き始め、十五秒ほどすると、紙テープを吐き出した。それと同時に、隣の棺の扉の豆電球がいくつか点灯し、ミシミシっと軋《きし》む音を立て、二つの棚がゆっくりと飛び出してきた。

中に入っているのは、フラスコの陳列棚だった。

「これが、この研究所の、本当の蔵書だ……」

フラスコには二本のゴム管が差し込まれており、そこからガスが封入されているようだ。もう一方の管から、不要になった液体を排出しているらしい。フラスコはケースごと、絶え間なくゆっくりと攪拌《かくはん》されている。

「豆電球が光っているフラスコがあるだろう？　それがこのパンチカードの持ち主――」バーネイズは吐き出された紙テープにタイプされた文字を読んだ。「ええと、クリス・ペレルマンのこどもたちだ」

「一体何を言っているんだ？」

アランはバーネイズからテープをもぎ取る。〈ペレルマン／クリス／四四六五五／該当容器、五本

〈六四年より〉と書かれている。

バーネイズが説明した。

「つまり、アウシュビッツで死んだペレルマン女史の体組織がここアマゾニアで蘇生されて、一部ないし全部が、今、豆電球が光っている五本のフラスコで、細胞株として培養されているということだ」

「この五ケタの数字は、腕の入れ墨の番号か……」アランは額に手を当てた。

「もちろん、ここに持ち込まれたとき、ペレルマンの体組織はもう死んでいる。しかし、細胞に含まれる核酸は死後も分解されずに長期間残り続ける。それを抽出して、細かい断片にしてから、培養しやすい細胞に導入する。形質転換というやつだ。記録によると、大腸菌かヒーラ細胞に、特殊なウィルスを媒介して導入する。ヒトの組織そのものには寿命があるが、これらの細胞の命は永遠だ。つまり、その中に組み込まれた犠牲者の核酸も、ネガフィルムに混入した影のように、永遠に複製され続ける。ほかのカードも見てみよう。一度全部の棚を元に戻してくれ」

次のカードに入れ替えると、またコンピュータは棚を開け、フラスコを指示した。今度のフラスコは三本だ。

「今度はマクシム・ブレディ、六六年より培養開始、三つのフラスコに、彼の組織由来の核酸が継代培養されている」

「でも、さっきと同じフラスコがあるぞ」

「複数の人間に由来する核酸を、一つの培養細胞内で相乗りさせているんだ。磁気テープに多重録音させるようなものだ。交配と導入の記録を追跡したデータも出力できるぞ。見るか？」

「いや、いい」アランは引き出しを戻していった。聞いているだけで胸糞が悪い。

バーネイズは本棚にあったマニュアルをじっくり読んだ。

「最上段は普通の培養細胞の株だな。いまどきの医学部のラボでは一般的なやつだ。この棚は普段から実験に使われていたようだ。……なるほど、電子線（真空管内の陰極から放出される電子の流れ。陰極線）を使って、雑菌の混入を防いでいたのか。それと、こんな操作方法もあるらしい」バーネイズは、制御盤の椅子の下にしまってあった、電話帳のようなボロボロの冊子のページをめくった。「博士、きみのお嬢さん――デビィの髪の色、目の色、歯の矯正の有無、親族の遺伝病の有無は？　……言いたくないなら適当でもいい」

「いや、言うよ。髪は黒、目はこげ茶色、歯はなにもしていないはずだ。遺伝病……心臓を悪くしているのは、女房の弟だったな。結婚式でもグリセリンの錠剤を服用していた」

バーネイズは冊子の記録を指でなぞりながら、文字盤に数字を入力していく。入力を終えると、再び機械がうなり、棚が開いた。今度は九つのフラスコが光っている。

「この九つのフラスコには、スナプスタイン博士、きみのお嬢さんの核酸が入っている」

「馬鹿いうな。娘は戦後生まれだぞ。この瞬間だって、テルアビブにいるさ」

「わたしがそう思っているんじゃなくて、ナチの世界観では、そういうことになっているのさ。この生きたライブラリは、例えるなら世界中のあらゆる小説から山場のシーンだけを抽出して、まったく新しい一冊を――つまり一個人を再構成するためのものだ。この九つのフラスコには、きみのお嬢さんと同じ特徴を一部だけ持つ犠牲者の遺伝子が入っている」

「おれが言ったのは見た目だけだ。あの子の性格とか、好物とか、得意な教科とかは言っていない」

「つまり、マウラーの定義する〈寄生虫種族〉の持つ遺伝的形質は、〈先駆者種族〉と比べるとだいぶ少ないはずだし、将来的に〈改良〉――くどいようだが、奴らがそう言っているだけだぞ――するときには、意図的にその形質を減らして、野菜や穀物のように、均一なものにする必要があると考えたわけだ。そんな単純化した遺伝形質に、さっききみが言った、お好みの外観を、注文主のオーダーに合わせて選択する。しかしながら、メンゲレのパンチカードに記載された個人の特徴はたったの十個だ。彼らにとって、ユダヤ人社会の多様さ、奥深さなんて、その程度だったのかもしれない」

「人間にとって、得体の知れない他者は全部、そんな風に見えるだろう。その偏見を乗り越え、単純化という楽な方へ流れようとするのに逆らうことが、ヒトの美徳なんじゃないか？」

「かねがね同意だが、世の中には己の偏見を他者にお仕着せるために、多大なエネルギーを投入する連中が、一定数いる。カレル・チャペックの『R.U.R.』は読んだかね？　チャペックの兄はナチの収容所で死んだが、マウラーが〈寄生虫種族〉に求めたのは、まさにあの小説のロボットそのものだ。最小限の人間性しかない、奴隷人間。奴隷人間にとっての個性なんて、T型フォードの塗装の変更と同じ、ちょっとしたオプションにすぎん。あの物語の最後はロボットの革命が起き、ただ一人の人間がミカドのように扱われているというものだが、マウラーもこの密林の奥に、そんな王国をつくりたかったんじゃないのかな？」

アランはますます胸がむかむかしてきた。

「なあ、あんたの言ったことは、本当に可能なのか？　つまり、このライブラリから任意の形質を抽出して、つぎはぎして、たとえばゼロから人間もどきのハエ男をつくるということが」

「マウラーはできると考えていた、間違いなくな」

まあ、そうだろう。旧大陸にいたあの男は、多くの科学者がキャリアの途上で経験するはずの試行錯誤や挫折をほとんど経験していなかった。あの男は幼稚な万能感の捕囚となり、ついには「偉大な発見を妨げるものはたったひとつ、つまらない道徳だ」というニーチェ主義の二番煎じに辿り着いた。

「そうじゃなくて、おれが訊いているのは、現在、つまりたった今、地球上にそういう技術があるのかということだ」

「現状、自由に人間の核酸をつぎはぎして、人造人間を生み出す技術は存在しない。そもそも、任意の遺伝子を、自由に切り貼りする技術もないんだ。現状は、あの娘のような、一か八かの合成を行うのがやっとだろう」

「それを妨げているのは、道徳感情だけじゃないんだな？」

「もちろんだとも。保証する。技術的制約だ」

アランは棺桶をのぞき込むように、もう一度フラスコの列を眺めた。どれも水で薄めた嘔吐物のようだった。タエは同じようなことを、ここに集めたインディオでしていると言っていた。彼女のコレクションはこの中にあるだろうか？　いや、彼女がマウラーの思想を継承しているなら、〈先駆者種族〉と〈寄生虫種族〉の製造工程は、明確に分離することだろうが、彼女の〈アルカディア人〉のライブラリも、きっとこんな、ねばねばしたアメーバの塊のようなものの陳列棚にすぎないのだろう。

「このライブラリが役立つとしたら、きっと半世紀も先になるが……」そう言いかけてバーネイズは、ミニコンの操作盤からそっと離れた。「そんな時代が来る前に、わたしはこれを破壊しなければならない」

「パンチカードだけでなく？」

「核燃料を処分すれば、生命維持装置も止まり、培養細胞も死ぬ。しかし、それだけではだめだ。放射線で中の核酸ごと破壊しなければ、生命活動を再開させることはできなくても、いずれ核酸の抽出はできてしまう。わたしはこのライブラリを、活字一つ洩らさず、破壊しなければならないのだ」

「それこそあんたの一番の目的らしいが、なぜだ？　この培養細胞が本物の、アウシュビッツの犠牲者の成れの果てだと識別するのに、科学技術は追いついていないんだろう？　聞いてもいいか？」

「わたしも話したいが、作業をしながらでいいかね？」

バーネイズは変電盤のナイフスイッチ（刃と呼ばれる電極を刃受に差し込むことで導通させる開閉器）を切り、ラボの機械を停止させた。これで遅かれ早かれ、培養細胞は栄養と酸素ガスの供給が途絶えて全滅する。しかし現代科学では、核酸が残る限り、死者の魂は決して救われないらしい。そのうち欧米でも火葬が一般的になることだろう。

六台のRTGのうち、電力の供給が止まった四台のカバーを、バーネイズは一つ一つ開けていく。

「そっちにバケツはなかったか？　ないか。しかしエアロックのロッカーに清掃用のものがあったはずだ。取ってきてくれないか？　ああ、水は要らん。核燃料は高熱だから、そのまま水に入れると熱湯が跳ねる。エアロックに緊急シャワーもあるから、水が必要になったらそれを使う」

核燃料は小さなペレットに分割され、RTG内に積み重ねられている。ひとつは手の平に収まる大きさだが、プルトニウムは鉛より重たい元素だ。一個で一キロほどだろう。バーネイズはトングのような工具を使い、RTG内にあるプルトニウムを取り出していった。それと同時に、壁際に設置されていた黄色い警告ランプが、音を出さずに光り始めた。漏れ出た微弱な放射線を感知したらしい。

「アルファ線は数センチほど空気中を飛ぶから、肌の露出しているところを近づけてはダメだ。

……で、わたしの目的だったな。きみがテルアビブでしたこと、言ったことと、遠からず関係がある。我々ユダヤ人の起源のことだ。きみは東欧のユダヤ人の多くが、ハザール出身のユダヤ教改宗者の末裔だと考えているな。いや、ここで議論をするつもりはないんだ。きみの考えの正否は、考古学の進歩に伴って、やがて明らかになるだろう。たとえその歴史が事実だとしても、現在パレスチナに入植したユダヤ人も、世代を重ねるごとに、自分たちの土地での安全な暮らしから、それを受け入れるだけの強固なアイデンティティを身につけていくはずだ。根拠薄弱な神話と、それに基づくナショナリズムの時代もいつか終わるだろう。だが、現在それを明らかにするのは時期尚早なんだ。……もっとも、ホロコーストによって東欧のユダヤ人社会は崩壊し、今でもヨーロッパで暮らすユダヤ人たちの多くは、血脈については、かねがね口が固い。しかし、ここにいるのは声なき証言者だ。彼らは分類され、記号化され、自分の秘密を守る術を失ってしまった。彼らはシオニズム運動の急所だ。無論、彼らに意志があって、『確かにわたしたちはハザール人の子孫です』と語ってくれるのなら、わたしはその意志を最大限尊重したい。

これは別に、冗談で言っているわけじゃない。確かに、現在の技術で、核酸の塩基配列を特定して、それから様々な知見――つまり、体組織の本来の持ち主のルーツを探ることは不可能だ。でも、十年後は？　二十年後は？　その時代にイスラエルが未だに弱く、エジプトやシリアの脅威が去っていなかったとしたら？　ユダヤ民族の真実はやがて明らかになるだろうが、しかし、メンゲレやマウラーのような、邪悪な連中の試みの中から導き出された真実など、民族どころか、人類史の汚点だ。

……この話に、わたし自身の言葉はないな。ではわたしのことも話そう。あのパンチカードの山の中には、わたしの家族の名前もあったはずだ。わたしの一族はフランスがナチに占領されると、真っ先に絶滅収容所に送られた。いや、収容者全員がメンゲレのお眼鏡に適ったわけではないだろうから、両親や兄弟の消息もわからない。いたとしても、組織の核酸はバラバラにされて、もはや誰のものだったのかもわからない。核酸には人格も思い出も入っていないからな。パンチカードと同じだ。しかしバーネイズ家に由来する細胞組織が、未来の奴隷人種製造のために、ずっと生かされ続けているというのは、悪夢でしかない。いつか奴隷人間として蘇生させられた犠牲者は、自分の家柄も、思い出も、誇りも実存もないままに、ナチのような連中のために働くことになる。身内を全て失ったわたしがもっとも恐怖することは、それなんだ。本来比べるようなことじゃないが、女子供を奴隷商人にさらわれた昔のアフリカ人たちや、文明化のために子供たちを取り上げられたオーストラリア先住民と、苦痛の度合いは同じだと思うよ。

黒人といえば、覚えているかね？　ヒーラ細胞の話を。この細胞は元々ヘレン・レインという黒人女性のガン細胞とされているが、本当のところはわからない。ドナーの手がかりがシャーレに貼られた、イニシャルのラベルしかないせいだ。彼女が本当はなんという名前なのか、そもそも一体、なぜガン組織を提供したのか、現在でも存命なのかもわからない。しかし細胞だけは生きていて、様々な医学実験の材料にされている。わたしも家族や同胞たちが、第二、第三のヒーラ細胞にされるのを傍観したくはない。わたしは殺されながらもなお、さらなる汚辱のために生かされている人々を救済したい。これは傲慢だろうかと自問自答することもあるが、ナチやマウラーの犯した傲慢の罪は、また別の業火でなければ浄化されない。そう思わないか？」

バーネイズは四台の原子力電池から、核燃料を取り出し終えた。三台分のものはバケツの中に入れられ、最後の一台のペレットは一個だけ、バーネイズのはめる革手袋の上に載せられている。革の焦げる匂いがする。

「……核燃料の抜き取りは終わった。だからきみともここでお別れだ、アラン・スナプスタイン教授」

アランは思わず、バーネイズの顔をまじまじと見た。

「でも、あんたはまだ、おれの『なぜ』にすべて答えていない」

「答えたいのは山々だが、この核燃料を臨界させる必要がある。バケツの中にあるプルトニウムはおよそ五キロだ。固形のプルトニウム、ギリギリの臨界量が入っているから、いつ核分裂の連鎖反応が始まってもおかしくない。臨界したプルトニウムから出てきた中性子線を浴びれば、遅かれ早かれ、間違いなく死ぬ。培養細胞も、わたしの身体も、染色体がずたずたになる。わたしはここにシャワーの水を注ぐか、この最後のペレットをバケツに投げ込むか、またはその両方を行うことで臨界させようと思う」

「なんとか遠隔で起爆させることはできないのか？　例えば、布にくるんでどこかから吊って、布が焼き切れて、バケツの中に落ちるようにすれば——」

「面白いアイディアだが、火薬のように炎が上がるものではないんだ。何度も試行錯誤している時間もない。もしこの一個を放りこんで、何も起きなければ、もう一つをＲＴＧから抜き取って放り込む。それでもだめなら、もう一個。あるいはきみの着ている鉛エプロンでくるんで反射材にする。そんな風に、眠っているドラゴンの尻尾をくすぐるような作業をしなければならない。バジリスクににらまれるのは、わたし一人だけで充分だ」

「いや、それでも、なにか方法があるはずだ。そもそも、臨界をおこさなくとも、そのプルトニウムを、ライブラリの棚の中に放り込めば、それで……」

「スナプスタインくん！」バーネイズは語気を強めた。「わたしはライブラリと核燃料の破壊を、同時に行わなければならない。ライブラリの組織を放射能汚染させるだけでは不十分なのだよ。ペレットが破壊できないなら、二度と、誰の手も触れられないようにしなければならない。このミッションは、初めから誰かが死ぬことになっている。それと、きみにひとつ、重要なことを言い忘れていた」

「なんだ？」

「この任務は本来、わたし以外のもう一人のスパイと共同で行うはずだった。その工作員は死んだ。わたしが殺したからだ。わたしは元の計画を、私情のために捻じ曲げた。だからわたしは生きて、イスラエルには帰れない。……もうわかっただろう。わたしはもう、きみと一緒にいられない。きみとも話せない。これ以上は、きみも知りすぎることになる。だから去ってくれ。約束は守れなかったが、きみの家族はまだ生きている。わたしとは違って、きみにはまだ機会がある」

もはやアランもあきらめるしかなかった。鉛エプロンを外し、床に置く。

「そうだ。最後に、これを渡しておこう」

バーネイズは革手袋を外して、キリノ老人のリボルバーをアランに渡した。

アランは一度、それを受け取り、黄色い警告灯に照らして、しげしげと眺めた。あの老人が、刀よりも大事に、肌身離さず持っていたもの。

「……いや、あんたが持っていた方がいい。どんな邪魔が入るかわからないし、被曝の苦しみはすさまじいと聞く。苦しみに耐えられなくなったら使え。おれが闇夜で撃っても、当たりっこないさ」

それよりも懐中電灯をくれというと、バーネイズは快く、拳銃と交換してくれた。

「そうだ、わたしの話の続きなら、〈女王〉の娘から聞きたまえ」

「あの子がフレミング殺しの共犯者か」

「ああ、あの娘には、わたしの秘密を話してある。時間はたっぷりあったから」

最後にアランはバーネイズと握手しようとしたが「散々放射能を触った手だ。きみの手も汚染するよ」と言って触らせてくれなかった。

「では、今から三十分後、臨界を試みる」

「三十分？　早すぎる。一時間後でどうだ」

「それじゃあ間を取って、四十五分後だ。時刻は――十一時をちょっとすぎたあたりか。腕時計はちゃんと合っているな？」

「ああ」

「では、さらばだ。アラン・スナプスタイン博士。急ぎたまえ！」

アランは出口に小走りで向かった。扉は避難を想定しているため、内側からハンドルを回すと、オートロックの鍵も解除される仕組みだった。

「ああ、そうだ、ひとつ言い忘れていた！」

ラボに片足だけ残したところで、バーネイズが唐突に言った。

「なんだ？」アランは振り向く。

「きみは〈女王〉の裸体を見ただろう、彼女の手術痕は、いくつあった？」

「そんなところからずっと見張っていたのか？」アランは驚き、あきれるが、それでも後生《ごしよう》でもあるので答えてやる。「……二か所だ。卵巣の数と同じ、左右に一つずつ」

「それはどちらも、同じ古さの傷だったかね？」

「なんだって？」

それだけ言って、バーネイズはもう話すことはないとばかりに背を向けてしまった。

＊＊＊

船には先に、わたしとドン・ケンドーが売り飛ばした男と女が首に鎖を巻かれて、船底で座り込んでいた。彼らは眠っていたが、わたしが来ると目を覚まし、悲鳴を上げた。わたしは船主の召し使いに、首輪をつけられ、手足の全てを革の枷《かせ》で縛られ、そのまま船底の部屋に突き落とされた。鎖も枷も、ひとつだけなら引きちぎるだけの力があったが、三つも四つも繋がれていてはどうしようもなかった。船には煙草とは違う、煙の臭いがしみ込んでいた。

連れられた先の「医者のヨセル」という小男とは言葉が通じた。彼はドンと同じくらい年寄りに見えた。彼の使う言葉はスキキライたちとも、ドン・ケンドーとも違うが、なんとなくわかるし、どう答えればいいのかもわかった。ヨセルもわたしという異物をどう扱えばいいのかわからず、船の主と言い争っていた。船の主はわたしを指さして、こいつこそ高値で売るべきだと言った。こういう珍奇な生き物を好む、金払いのいい顧客を知っている。そういうわたしについての、わたしに関係ない話を、ずっと続けていた。

こいつは喋れるのか？　と、ヨセルは船の主に訊いた。おい、何か言ってみろと、船の主は地べたに座り込むわたしを棒切れで叩いた。わたしは、痛くても堂々としていようと思った。もしもドン・ケンドーが、自分以外の男にわたしが跪いたとわかれば、どれほど怒り狂うかわからない。そんなわけで、まずはお前たちが、なぜわたしをさらったのか喋ってみせろと、奴らの言葉で言い返した。船の主はわたしをまた叩こうとしたが、ヨセルが止めた。ヒトかどうかはともかく、話の通じる相手を殴ってどうすると言った。

わたしはヨセルというが、お前の名前は？　と彼は訊いた。名前はない。ドン・ケンドーには「おい、お前」と呼ばれるだけだし、女房と子供からは父ちゃんとしか呼ばれないと答える。

ドン・ケンドーというのは？　と医者が尋ねると、船の主が代わりに答えた。おれが奴隷を買い付けている日本人だよ。日本人がこんなところに住んでいるのか？　いや、今はこの生き物をどうするかだ。さっき、女房と子供がいると言ったな。それはお前のような、トカゲの怪物なのか？　いや、スキキライは人間だ。わたしはスキキライに人間にしてもらった森の精霊らしい。

その後、わたしは頑丈な小屋の中に、たった独り閉じ込められた。昔もこんな狭いところにいたような気がした。わたしに興味を持ったヨセルが話し相手をしてくれたのが救いだった。ヨセルはわたしの出自を知ろうと、様々な言語を聞かせ、それを知っているかどうかと訊ねた。もっとも、わたしの「知っている」と、彼の考える「知っている」は違うかもしれない。自分が最初から知っていたこともあるし、スキキライたちから与えられた知恵もある。今はヨセルから学んでいた。

きっとお前の主人や家族が、お前がいないことに気付いて、探しているだろう。船の主もそれを見越して、もうじきここを去るつもりらしい。そうなってしまうと、広い森の中、お前はもう二度と女房子供と会えないだろう。拠点は他にもあって、お前の主人以外にも、商売相手はたくさんいる。ヨセルはそう言うが、わたしは心配ないと答えた。里には犬がいて、臭いでわたしがどこにいるのか、簡単にわかる。ドンはわたしを手放すまいと、どこまでも追いかけてくるだろう。スキキライもわたしを探してくれるだろう。

しかしヨセルはそれに納得しない。お前は船で連れてこられたんだろう？　臭いは川で切れてしまっている。だれもお前の居場所がわからない。

ヨセルが言うことも道理だとは思うが、彼には死ぬまで理解のできない話なのかもしれない。


かつてドン・ケンドーに、わたしたちが売り飛ばした人々はその後どうなるのだろうと訊ねたが、返事はこうだった。おれたちが気にしてもしょうがない。負け犬が気にかけてもらえないのは当たり前じゃないか。だから、おれたちはこれからも勝ち続けるんだ。そうだろう？　話はそれっきりだった。彼らはただ、普通に暮らしていて、突然わたしたちに襲われたのだから、そもそも勝負の椅子に座ってないはずだが、ドンにとっては、畑を耕すことや、女を抱くことより、勝ち続けることが命の意味であって、それをやめれば、あっという間に悪霊に取り込まれてしまう。彼の戦いとはよその土地でするものであって、屋敷に籠って敵を待つようになった以上、ドン・ケンドーは戦わずしてもう負けていた。

ヨセルも拐《かどわ》かされたインディオたちの行方を追っていた。女の子ならわかるという。女の子は宣教師の元に孤児として送られて、そこで部族の言葉や習慣や精霊を捨てさせられ、大きくなったら、白人の街に捨てられて、家政婦か娼婦になる。どれも地獄のような生活だ。生きた人間なのに、獣や名のない死者として扱われる。しかし、大人や男の子たちを買っているのが誰なのかはわからない。心当たりはある。ヨセルはその、心当たりの誰かを見つけるためにやってきたという。そして、手がかりを摑むため、船の主の歓心を買うべく、お前には言えないような非道も犯した。獣のような非道ならわたしもやっている。スキキライに言えないようなことも山ほどした。それで、獣か人間かを決めることはできない。

はたして、船主が拠点を捨てて船を出そうとしたとき、ドン・ケンドーたちは未踏の森を突っ切って、船主に襲い掛かってきた。ドンはだれかのものを奪うことは大好きだったが、自分のものを取られることは大嫌いで、わたしには、とてつもない値打ちがあるらしかった。

犬や鳥が騒ぎ、川を挟んで、銃の撃ち合いが起きた。船の主がドン・ケンドーに売った銃だ。ヨセルはその隙に、わたしの鎖を解き、わたしは同じく捕らわれた人々の鎖をちぎった。しかし外に逃げだす隙がなかった。今度は逆に、わたしはヨセルをドン・ケンドーたちから守らなければならなくなった。

ドン・ケンドーの家来は深い川を渡る途中で多くが殺された。わたしの友達も死んで、悲しかった。船の主は生きていて、他の部下の面倒を見たり、岸に泳ぎ着いたドンの家来に止めを刺していた。そしてわたしたちがこそこそと逃げ出そうとしているのを見つけた。生き残った家来に、わたしのことも殺せと命じた。

船の主の視線がわたしに向けられたのを見計らい、ドン・ケンドーはわずかな部下に守られながら、川の中から飛び出した。対岸の仲間は陽動だった。しかし黙って襲えばいいのに、ドンは叫びながら、あのカタナというサーベルを振りかざした。ドンが船主を切りつけたのと、太ももに弾を食らったのは同時だったと思う。船の主の腹から血と腸があふれ出た。血の臭いを嗅いで、鎖につながれた犬たちが吠えたてた。ドン・ケンドーは地面を這いながら、仰向けに倒れた船主の襟首をつかみ、カタナの先を杖にして、近くにあった木箱に奴の身体を載せた。こぼれた腸がカタナと足に巻き付いていた。ドン・ケンドーは船の主のズボンでサーベルの血を拭うと、刃を船主の首に振り落とした。三回叩きつけてようやく皮一枚だけになり、切っ先でその皮を切り離すと、船主の首は地面に落ちた。

こうして船や奴隷、中の武器から犬や牛まで、すべてが、ドン・ケンドーのものになった。しかし彼にはそれを自由に分配する体力は残っていなかった。太ももの穴が塞がらず、そこから肉が腐り始めていた。行く当てのないヨセルが彼の看病を申し出たが、ドンは白人には頼りたくないとわがままを言う。しょうがないので、ドンとヨセルの言葉がわかるわたしが、再びドンの世話をすることになった。

人さらいの船はドン・ケンドーのねぐら近くの岸辺につながれ、雨風に吹かれていた。船主の船を持っていることで、厄介なこともあった。奴に女子供をさらわれた者たちや、奴と商売していた者たちが、ツケを取り戻そうとしたり、家族の仕返しのために襲い掛かってきた。わたしたちはそれを追い払ったり、分け前を与えて帰ってもらったりした。ヨセルは、ドン・ケンドーを見捨ててお前たちは森の奥に逃げろと言った。ドンなら自分が街に連れていく。それでお前の厄介事はまとめて片付く。悪くない話で、一緒にその話を聞いていたスキキライら女たちもまんざらではなさそうだったが、もしそんなことをしたら、わたしは二人の父親をだますことになる。そうしたら今度こそ、わたしはヒトでなくなるわけで、スキキライを含めて三人を裏切ることになる。二人の父とはドンと、スキキライの父のことだ。

なぜそこまでしてドン・ケンドーをかばおうとするのかとヨセルは訊いた。それはお前が、ドン・ケンドーに未だ手当てをしている理由と同じじゃないかと聞き返すと、ヨセルはうなずくが、「もし街に行かなければ、よくて一週間の命だ」とも付け加えた。もっとも、街に行っても、助かるかどうかは運任せだとも言った。徒《いたずら》に命を伸ばし、苦痛を長引かせてしまうが、それでも森の中よりましだともいう。

わたしは、ヨセルの親切を断った。ヨセルの診立て通り、ドン・ケンドーは打ち上げられた魚のように弱っていき、翌日には声かけに返事もできなくなった。

八　章

地下から脱出し、タテイシたちや日本人たちを探しに行っている間も、どこかで戦闘が続いていた。しかし銃声は遠く、アランは道端に車がひっくり返って燃やされ、傍らにカボクロたちの死体が転がっているのを何度も見た。彼らはみな、一方的に殺されていったようだ。この研究所は陥落したとみて間違いないらしい。バーネイズの工作があったとはいえ、ずいぶん呆気ない。ひょっとしてこの研究所は、実のところかなり昔に見捨てられていたのではないか。

インディオたちは倒木を利用した急ごしらえの破城槌《はじょうつい》で、〈保護〉されていたインディオたちのゲットーの柵を破壊していく。ビルは燃えて、木々も焚きつけられ、ガスプラントの炎が止まる気配はなく、きっと空からこの研究所を眺めたら、何本もロウソクが刺さったバースデーケーキのように見えるはずだ。

途中にゲリラも研究所の人間もいなかったが、アランは建物や木の陰に隠れながら、日本人の居住地に急いだ。途中で腕時計を見る。まだ充分な猶予があるが、一体どれぐらいの距離、離れればいいのか、一キロか？　十キロか？　はたまた百キロか？　ちゃんと訊いておけばよかったと、いまさら後悔する。バーネイズも、最後にそのことを思い出してくれればよかったものを。

残り時間三十分を切ったころ、アランはようやく、〈カチグミ〉の居住地に辿り着いた。

入口の柵で、白人が寄りかかるように死んでいた。中腰でそっと近づいて懐中電灯で照らす。背中に矢が何本も刺さっていた。

その直後、アランは気配を察知して顔を上げた。そのときにはすでに、何人もの男に囲まれていた。闇夜でも矢先が、アランを狙っている。

ホールドアップしながら、アランはゆっくりと立ち上がった。銃をバーネイズに返しておいてよかった。一丁ではこの状況を打破することが不可能どころか、少し怪しい素振りを見せただけで簡単に殺されているところだった。男たちはみな上半身裸で、ライフルと一緒に弓と、木の皮を編んでつくった矢筒も携行している。五人くらいか？

「あー、ブエナス・タルデス」おそるおそるスペイン語で会話を試みる。「あんたたち、おれのスペイン語、わかるかな。見ての通り丸腰だ。おれはここの人間じゃない。あんたたちには伝えなきゃいけないことがあって……」

「静かにしろ！」

一人の男がにじり寄って、銃口を突きつけた。訛りがきついが、間違いなくボロロ族の使うトゥピ語だった。いざとなったら会話もできるが、今はだまって、言われた通りにするのが賢明そうだった。そのまま背中で両腕を捻られ、ポケットに武器がないかどうかを確かめられた。懐中電灯と、ついでに煙草も取り上げられた。そのまま居住地の奥へ連れられて行く。

（こいつらが左翼ゲリラ？）とアランは思った。〈女王〉タエの話とはやや違い、ボリビアの軍事政権によって弱体化した彼の地のゲリラが、行き場を失った先住民を吸収して、急ごしらえの民兵に仕立て上げたというのが実態らしい。だから提供された銃や迫撃砲を使っていたとしても、彼らの実態はボロロ族で、それらの火器を、あくまでも自然（あるいは精霊）と人間との間の約束によって、自分たちには一時的に提供されたものだと理解し、それをつくった近代産業とか、西洋文明とかは、未だに認知の外にある。

日本人のコテージのどれかに火がつけられたのだろう、彼らの居住地の空では、火の粉が宙へと吸い込まれるように渦巻いているのを、アランは歩きながら見上げた。その居住地の中庭まで続く緩い曲がり道の途中で、彼の足元に短い矢が刺さった。威嚇射撃だ。赤々と照らされた空を背景に、弓を構える男のシルエットが浮かんでいた。アランをここまで連行してきた男が合言葉を大声で叫び、奥からは、こんな応答があった。

「その白んぼは、ユダヤ族か？　おれたちの言葉がわかるのか？」

背中をとがったもので突かれたので、アランはトゥピ語で、

「おれはユダヤ族のアランだ。確かにあんたたちの言葉がわかる。おれは日本人の友達を探しにやってきた！」と言い返してやった。背中のとがったものが離れていく。

「ユダヤ族のアラン！　おれたちは精霊と話している！　精霊はあんたを探していた！」

男の影が叫ぶ。

（精霊？）

アランを連行していたボロロ族たちは、それを聞くと目を輝かせて（奪った懐中電灯で自分自身の顔を照らしていた）アランの顔を覗き込む。ボロロ族はトゥピ語で、この先へは自力で歩いてよいと言った。言葉もやや穏やかになったが、アランはさらに厄介の種が増えたことを察した。

「ついでにその明かりも返してくれないかな。足元が悪いんだ」

駆け足で進むと、かつて日本人たちが麻雀をしていた中庭でジョゼとプレゴ、そしてタテイシと日本人たちが、東洋人とそれ以外とで分かれて、それぞれ拘束されていた。日本人の老人たちだけは椅子に腰かけているが、アランの旅の連れ合いは、後ろ手に縛られて、地べたに座らされている。燃えているのはナカヤマの家一棟だけのようだ。ほかの家は、中で誰かが荒らしているらしく、物が叩き壊される音がする。

ユキコはボロロ族の戦士たちに遠巻きに囲まれて、たたずんでいた。コテージの炎が、彼女の肌を――細かい鱗の肌を、くっきりと浮かび上がらせている。密林の夜は、すべてがセピア色だった。娘の着るドレスだけが漆喰のように白い。

「一体何があった？」アランはつとめて平静な声で訊ねた。

「スナプスタイン教授……」ユキコとタテイシが同時に声を発した。「彼らはわたしを連れて行こうとするんです。ここから西の、白い山脈の向こうの土地に……」とユキコ。

「おいユダヤ人！　野蛮人どもに変な話を吹き込んだのは、お前たちだな！」キリノ老人が手に持つ杖を振り回すが、ほかの日本人に制止される。カネシロは右手に包帯を巻き、三角巾で腕を吊っていた。

「なんの話かは知らないが、今はそれどころじゃないんだ」アランは再びホールドアップして言った。「聞いてくれ。あと数十分もしないうちに、ここの研究所の核燃料が臨界状態になる。音のしない大爆発みたいなものだ。もうすぐこの辺りに放射能をばら撒くから、今すぐここから逃げるんだ！」

「なんの話だ？　聞いたことのない言葉が多すぎる」とナカヤマが困惑しながら言った。

「ここの地下に、ヒロシマに落ちた爆弾と同じ火薬が埋まっている。専門外だからうまく説明できない。爆弾そのものじゃないらしいが、バーネイズはそいつに点火して、自爆するつもりだ。あんたらが今、何でもめているのかは知らないが、さっさと逃げないと、全員放射能で焼け死ぬぞ！」

「ヒロシマ……」三人の日本人は動揺を隠さないが、キリノだけが折れない。

「お前たち、ユダヤ人の話を聞いちゃだめだ。奴らはいつも嘘つきで、この世で一番汚い人種なんだ」

「爺さん、以前あんたを侮辱したことは謝るから、今はおれの話を信じてくれないか？　おれはともかく、バーネイズはつまらない冗談で他人を惑わすような男じゃない」

「ふざけるな。おれは絶対逃げないぞ。広島の新型爆弾なんて、ユダヤのプロパガンダだ。あれはドイツさんと一緒につくったものが、間違って爆発したんだ。貴様らはまた、おれたちから身ぐるみ全部奪うつもりだな。おれは詳しいんだ」立ち上がろうとする老人を、ナカヤマとアマノが懸命に押さえ続ける。

「おれは薄々気付いていた。あの医者がユキコまでそそのかしたんだ！」

「これじゃ話が平行線だ」アランが困り果てている間にも、彼を連れてきたボロロ族もユキコににじり寄り、手足を恐る恐る触っていく。

「教授！」ユキコが叫ぶ。

「やめろ野蛮人ども！　ユキに気安く触るな！」

「待て、待て、あんたたち、この娘に何の用だ？」アランは何とかその場を収めようとする。

「こいつら、仲間が集まったら、ユキちゃんを神様に担いで、西の土地に行くんだって。そのために食べ物とか武器とか、そういうのをここから根こそぎ略奪していくつもりだよ」ボロロ族の代わりに、アマノが返事した。「わたしがこいつらの言葉を翻訳したんだ」

アランはボロロ族の顔を見渡した。一人がアランに説明する。

「この娘は、トカゲの精霊に取りつかれている。精霊は西の白い山を越えた先の大河に行きたがっている。だからこの娘ごと、おれたちは精霊と一緒に白い山に行かなければならないんだ。そうすればおれたちは強い力が与えられる。住んでいた森を追い出されなくなるし、酒で腑抜けになって、何の役に立たないこともなくなるし、銃で撃たれても死なない身体になるんだ。そうすれば、女子供に嫌われて逃げられることもなくなるんだ。ユダヤ族よ、お前はこの話を知らないのか？」

「…………」

ボロロ族たちの手つきは、女や獲物に対するものとは、明らかに違っている。生き神に触れるような、神聖と穢《けが》れの中間にあるものに触れるような、腫れ物と陰茎を同時に握るような……。

アランは〈保護〉されたばかりのインディオが、語っていた話を思い出した。どういう偶然か（いや、本当に偶然か？）ユキコはまさに、トカゲの精霊に憑かれた娘だ。

「お嬢さん、この話、聞いたか？　きみのことを、ええと、神様だと思っているらしいが」

「教授、わたしはこの人たちと一緒なんて、嫌です。たとえ神様扱いでも……」身体を触れられながら、ユキコは懇願する。「わたしはここから逃げたいと思ってます。それは確かです。でも、わたしは自由になりたいだけなんです。母のようなお飾りでもないし、この人たちみたいに、誰かに踏みつけにされて、空から神様が助けに来てくれるのを待っているのも、嫌なんです。自分の行きたいところに行くつもりなんです。だから連れていかれるなんて、嫌」

「ユキ……」キリノ老人は杖にすがりながら、わなわなと震えていた。「ここにいればお前を守ってやれるんだぞ？　そう約束したじゃないか。〈仙花〉だって、そのためなのに」

「ごめんなさい、おじいちゃん。おじいちゃんが嫌いだから、ここから逃げたいわけじゃないの」

またどこかからの銃声が聞こえた。それに木々の間から、少しずつ、ボロロ族の数が増えていく。この中には、あの〈保護〉された人々も混じっているようだ。

彼らに目を配りつつ、アランはユキコと対話を続けた。

「フレミングを殺した後のバーネイズを匿ったのは、きみらしいな」

「いや、それはわたしたちも多少は嚙んだ、こっそりとね」ナカヤマがそっと手を挙げた。「ユキちゃんの隠し事ぐらい、気付いていたよ。だけどもう子供じゃないんだ。一昔前なら嫁に行っているような年だ。将来のことを考え始めたなら、おれたち年寄りは、それを助けてあげることしかできない。もうタエちゃんみたいな可哀そうな思いをさせたくないから、狩猟小屋を勝手に使っているのも、水や食料を持って行くのも、見て見ぬふりをしていたんだ……」

ナカヤマの話から、バーネイズがその狩猟小屋に匿われていたことを知った。

「お前たち、おれを裏切ったな！」キリノ老人は、地面を杖でドンと突いた。

「いや、キリノさん。この子はタエちゃんとは違う人間だよ？　それに、外の世界はどんどん変わっていく。おれたちはそれに気付くのが遅かったようだけど、今の日本は復興して、お金持ちの国になっているそうじゃないか。それに、この人みたいなユダヤ人は金持ちだ。ユキちゃんの教育にだって金を惜しまないだろう。アランさんに預けてしまった方がいい」

「やはり買収されたな。見損なったぞ……」

「とにかく、ここは危険なんだ。もう時間がない。……なあ、お前たち！」アランはボロロ族の輪の中に飛び込み、彼らを無理やりユキコから引き離して言った。「ここの地下にはでかい爆弾が眠っている。それも、ただ爆発するだけじゃなく、悪霊の、とんでもない毒の呪いをばら撒くやつだ。おれはユダヤ族だが、そこの医者はとんでもない魔法を使うんだ。銃や弓矢じゃ防ぎようのない、ものすごい奴だ。呪いに殺されたくないなら、略奪なんてやめて、今すぐにここから逃げるんだ」

男たちはユキコがアランのそばに居るせいで手が出せない。もどかしそうに足踏みをしているが無言だ。アランは続ける。

「おれは精霊の呪いが広がる前に、大勢の人間を逃さなきゃいけないんだ。友達だって助けなきゃいけない。あんたたちと同じ言葉を使う人間がこの集落には閉じ込められているが、彼らを苦しめているのも、同じ呪いの毒だ。おれの話がわかるか？」

そこまで言ったところで、輪の中から、不意にこんな声がした。

「ルズベルト？」

「なんだって？　ルズベルト？」アランは思わず訊き返した。どうして、かつてのアメリカ大統領の、しかも原爆開発を承認したやつの名前が出てきた？

アランの困惑をよそに、ボロロ族はお互いに顔を見合わせて、口々に叫ぶ。

「ルズベルト！」「そうだ、ルズベルトの魔法だ」「ユダヤ族の精霊、ルズベルト！」「村を焼きつくす、ルズベルトの呪いの光だ！」

アランはユキコをさらに自分に引き寄せ、守りながら推察した。どうやらバヌアツのフィリップ殿下信仰のように、フランクリン・ルーズベルト大統領と核兵器のことが、彼らの間に歪んで伝わっているようだ。これもとんでもない偶然だが、これに乗らない手はない。彼らは明らかに、恐慌の一歩手前にまで陥っている。もう一押しだ。

「そうだ、ルズベルトの呪いだ。この土地には、すでに呪いに苦しめられている人々がいる。それを見れば、お前らはおれの言うことを、もう疑うなんてできないだろう。捕らわれて、呪いを吹き込まれている奴らを連れて、ここを出ていけ。おれの言うことがわかるか？　わからなければ、お前たちもルズベルトの毒の光を浴びることになるぞ！」

アランは懐中電灯の光を男たちの顔に浴びせた。彼らは明らかに恐れおののき、キャッと悲鳴を上げた。すっかり弱腰になっている。罪悪感が胸に刺さるが、やむを得ない。

「仲間に伝えろ。ルズベルトの毒が恐ろしいなら、さっさとここを去るように、仲間たちに伝えろ。この呪われた土地から立ち去り、病に取りつかれた者を連れて、森に帰れ。わかったな――」

と、ボロロ族の監視が緩んだ隙に、キリノ老人が、包帯の巻かれたカネシロの手に噛みついた。カネシロが悲鳴を上げる。一同が呆気に取られる中、キリノ老人は年寄りとは思えない身のこなしで、〈カチグミ〉の老人たちに拳骨を食らわせ、さらに持っていた杖でボロロ族を打ち倒していく。打撃音がいちいち重い。ただの杖ではなく、メイス（西洋で使用された、金属製の棍棒。先端に重りがついている）のような隠し武器なのだ。そしてそのままアランに向かって突進してきた。殺気立つ牡鹿のようだ。

ユキコがとっさに突き飛ばしたので、アランは間一髪、老人のメイスを回避した。老人は勢い余り、転倒したアランの脚につまずき地面に転がる。ボロロ族たちは悲鳴を上げて思い思いの方角に散っていくが、一人が孤立したユキコを抱きかかえ、肩に担いだ。

「おじいちゃん、教授！」ユキコは抵抗するが、力の差は歴然だった。男はまるで狩りの獲物を運ぶような身のこなしで、あっという間に灌木の中へ去っていった。娘の声も聞こえなくなった。

プレゴとジョゼを拘束していた男たちも、彼らの縄を解かないまま、ユキコを拉致した男を追うように逃げ出していく。

ボロロ族がいなくなると、キリノ老人はユキコを拐かした連中が置いていったライフルを手探りで拾い、それを杖代わりに身体をおこし、すかさず銃口をアランに向けた。

「待て、待ってくれ！」アランは老人を制したが、今回は双方とも素面なのに、前回以上に一切話が通じそうにない。照準が定まらないが、この至近距離では絶対命中させられる。

「クタバレ、ユダ公――」老人は日本語でそう叫びながら（意味は察せられる）引き金を引いた。しかし弾は発射されなかった。トリガーが跳ねる音だけが聞こえた。弾切れだった。アランは全身から滝のような冷や汗が出た。ボロロ族たちがその辺に惜しみなく投げ捨てていたのだから、その可能性はあったが。

腰が抜けそうだったが、そうしてもいられなかった。一方の老人は何度も引き金を引くが、ついにあきらめて、銃をアランに投げつけた。

「くそう、やっぱりあの時、お前を撃ち殺しておけばよかった……」老人はアランにつばまで吐きかけて、なおも言った。「信じられるのはあのピストルだけなのに。あのピストルなら、間違いなくお前を撃ち殺せた。ユキだって守ってやれた。おれがちゃんと毎日磨いていた。あのピストル……」

老人の心はまだ潰《つい》えてない。可哀そうだが、彼も安全なところに避難させるには、全部話してしまうしかなかった。

「なあ、キリノさん。あんたのピストルなら、あんたの孫娘が、バーネイズにあげてしまったよ」

「なに？」

「それからタエさんも死んだよ。バーネイズがあんたのピストルで撃ち殺したんだ」

「ユダ公は嘘しか言わない。信じられない」

「そうか、クレタ人のパラドックスってやつか。いや、違うな。ともかく、嘘だと思うなら、多分まだ、彼女の屋敷に遺体が転がっているはずだ。しかし確かめるのはあきらめてもらうしかない。今は避難するしかなくて……」

アランはそれ以上、老人にかける言葉がなかった。キリノはがっくりうなだれて、その場に座り込んでしまった。

アランは投げつけられたライフルと重たい杖を拾って茂みに投げ捨て、タテイシたちの縄をほどいた。縄は結び目をいじると、簡単に緩んだ。それからキリノ老人に殴られた日本人たちを抱き起こす。カネシロの包帯は、嚙み跡に沿って血が滲んでいた。

「大丈夫ですか?」

「うん、痛み止めを打ってあるから……」とカネシロ。

「おれはさっきから耳鳴りがする」とアマノ。ナカヤマは殴られた頰を押さえながらキリノに歩み寄る。キリノは差し出された手を振り払い、

「おれはいつもこうだ。信じた先から裏切られる」と恨み節を吐いた。

「今は泣いている場合じゃなさそうだよ、兄貴」ナカヤマは根気強く老人に語りかける。

アランは腕時計を見る。バーネイズが予告した時刻まで、あと十分を切っている。

「さあ、お嬢さんのことは心配だが、今はとにかく逃げよう。ここで死んだら、元も子もない」

「防空壕や、塹壕みたいなのじゃ、だめなのかな?」アマノが訊く。

「専門家じゃないからむやみなことは言えないが、確か、放射線は壁でも通過して襲ってくるはずだ。とにかく、何キロ先でも逃げられるものはないか？　車とか……いや、そもそも道路がないか」

「大発（第二次世界大戦時の、日本軍の揚陸艇。大発動艇）みたいな、貨物用の舟艇ならあるよ。略奪されてなければね」とアマノ。

「この丘を降りた川に、雨季の間だけの桟橋があって、そこに数隻はある。歩いて、そうだな、十分くらいかな。砂利道もあるから、迷うことはないはずだよ。それに放射能っていっても、浴びてすぐに死ぬわけじゃないだろ？　船底に隠れることだってできる」

船なら怪我人の手当てもできるし、ユキコ嬢を捜索するにも便利だし、煙草だってあるかもしれない。アランはアマノの提案を受けることにした。

「それじゃあ、アマノさん。案内できるか？」

「……タエちゃんの話、本当なの？」返事の代わりに、アマノは訊いた。

それについては、あとで必ず説明します——と言いかけたとき、横槍が入った。タテイシだった。

「ねえ、教授……」

「ん？」

注意を向ける間すらなく、青年はアランの脇を、猛スピードですり抜けていった。向かった先は、ボロロ族が娘をさらった先にある獣道だ。

「おい、駄目だ、行くな、ジョアン！」

「すみません、教授！」その声はもう、森の闇の中から聞こえてくるだけだった。「それでも、ぼくは必ず、お嬢さんを取り戻しますから！」

落ち葉や枯れ木を踏みしめる音だけが、密林に消えていく。タテイシはランプも松明《たいまつ》も持っていない。なんの明かりも持っていなかったのはボロロ族も同じだが、タティシは日本人だ。一度は一緒に夜の森に迷い込んだくせに、あいつは同じ過ちを犯した。

＊＊＊

ヨセルはなんでも知っていた。ドン・ケンドーの部族では、死者は焼いて灰にする。そして灰を故郷の土に埋めるそうだ。「彼の故郷について、なにか聞いているか?」と訊くので、それは西の白い山の向こうだと言った。そこはきっと、ジャポンという国だという。そんな遠くの国の男が、なぜここにいて、森の中で死にかけているのか?「きっといろいろあったのだろう」とヨセルは言った。「ルズベルト」はとうの昔に死んでいると彼は言うが、それをドン・ケンドーの耳元で告げると、そんなことはわかっている。死んだからおれを追いかけているんだといきり立つのだ。おれが「ルズベルト」を殺したせいだ、とも。もしおれが殺されれば、次はほかの日本人が「ルズベルト」に殺される。だからおれは勝って、生き続けないといけない。おれの戦いの意味が、わかるか? と、ドンはわたしの腕にすがりつく。どうか、お前もおれと戦うと約束してくれと、訴える。そうでないと、おれは悪霊になる。

ヨセルは、「なんとかなだめて、安静にさせろ、無理なら眠り薬を使うしかない」と言った。

傷を見てもらい、包帯を取り換え、薬を塗ってもらうたび、わたしはヨセルに訊いた。わたしは何者だろう? 初めて会ったとき、自分で精霊だと名乗ったじゃないかと言い返されたが、そうではなくて、お前たち白人を守る神には母親がいる。だから、精霊として生まれたわたしにも両親がいるはずだ。そう答えると、ヨセルはしばらく考え込んだ挙句、「わたしの信じる神に母はいない。わたしたちはイエスを神として扱わない」と言った。「わたしの先祖の神は父親のように、試練ばかり与える」試練とは、他の精霊を信じる者たちから、怪しい魔術を使い、富に固執し、耕す土地を持たないとして疎《うと》んじられ、殺されることらしい。

それは気の毒だが、耕す土地を持たないのは、きっとそういう悪霊だからじゃないのか？　と訊くと、「悪霊ではなく、逆に、あらゆる悪霊を地下に封じ込めた、もっとも強い精霊」なのだそうだ。「あまりに大きすぎるから、多分、一人の呪術師では抱えきれないんだろう、その声を聞いた呪術師は今まで六人いるが、わたしが頼っているのはモーセという、四番目の呪術師だ」では、森の外に、精霊は一人しかいないのか？　その神はドン・ケンドーの精霊とも一緒なのか？　と、重ねて訊くと、「わたしは精霊の力をあまり信じていないからわからない。だから、精霊に頼らないようにして、森の外ではなんとかして生きている。わたしの友達も、精霊に頼らないで、自分たちの土地をようやく手に入れて、そこで畑を耕し始めている」と語った。

お前の家族も、そこにいるのかと訊いた。「いや、わたしの家族は全員死んだ。どうして死んだかについては話すのが辛い。だから精霊の試練で死んだと、自分に言い聞かせている。もちろん彼らを忘れたわけじゃないが、今は仲間が二度とあんな死に方をしないように生きている」

その後も、ヨセルは一方的に話を続けた。すべてわたしには霧の中のような世界の話だ。なぜ、わたしを話し相手にする？　「わたしがここにいるのは秘密だからだ。だから、白人相手に話はできない。でも、お前なら白人に話を漏らすことはないだろう。わたしは話をしたいし、伝えたいし、お前のことを知りたいんだ。わかるか？」気持ちは伝わったとだけ言った。

それからも、ドン・ケンドーの熱は下がらない。昏睡しているときと目覚めているときを繰り返すが、ドンにとっては、もはやどちらも同じなのかもしれない。ドンは目をかっと大きく開くが、もうわたしの姿を見ていない。精霊の世界に羽ばたこうとしている。鉄の翼をもつ鳥——飛行機のいる空のかなたか、それともムカデか木の根のように地面を這う運命なのか。

わたしがそんなことをなんとなくヨセルに話すと、それは天国と地獄のことかと聞き返す。良い行いを重ねた魂は前者に、悪い行いをした魂は後者に行くらしいが、もしそうならドンは間違いなく地獄に行くだろう。それでも「ルズベルト」さえいなければ、ドンはどちらでも満足してくれるのではないか。ヨセルは苦笑した。「ルズベルト」の行き先は、ヨセルでも知らない。それでは彼を、どこに送ればいいのかわからないと訊くと、ヨセルは「大丈夫、わたしがなんとかしよう」と言った。わたしとヨセルは特に示し合わせたわけでもなく、もうドン・ケンドーは助からないという予感で一致していた。あとは本人がどうしたいかだ。ドンはいつも、自分のやりたいことをやっていた。

ヨセルはドン・ケンドーがわたしを見つけ、船主を殺したことを「奇跡」と呼んだ。起きないはずのことが、精霊の力によって引き起こされることだという。「お前はわたしにとって、天の道標だ」と言った。彼の住んでいた世界には、天から決して動かないポラリスという星があって、それを頼りに、自分がどの方角へ歩いているのか、天を仰ぐだけで知ることができるそうだ。「ここにはそんな星はないが、お前こそ、地上に降りた、わたしのポラリスだ」

ヨセルは船主の溜め込んだ財宝には興味がなかった。彼の住む世界で、それらは草木や水のようにありふれたもので、彼の故郷はむしろ、草木や水が足りないのだそうだ。ただ、ドンがやぐらのてっぺんに据えた機械には興味を持ち、ドンのように操れないか試していた。さらにヨセルが欲しがったのは、船主の持っていた紙の束だった。彼は訊かれたわけでもないのに、それに何が書かれているのかを、わたしに説明した。わたしはヨセルの説明の本当の意味は知らない。

ドン・ケンドーの足はもう腐って黒くなっていた。彼の身体は、もう精霊を留めておく器の用をなしていない。ヨセルも、「足は切るしかないが、麻酔がない。それに、彼が負担に耐えられるかわからない」と言った。息が腐った果実のように甘い。死にかけの者の匂いだ。蠅がたかり、ヨセルや世話係の婆はそれを追い払おうとするが、わたしはその必要はないと言って止めた。

しかし、ドン・ケンドー自身が、おのれの生をあきらめていなかった。というより、自分が世界から消え、夜の世界のものになることを恐れていた。

嵐が来た。わたしは仲間や女子供と一緒に、小舟を陸に揚げたり、食べ物を筵《むしろ》で巻いて濡れないようにしたりと忙しくしていたが、雨音の中から、ドンの叫び声が聞こえた。それに耳をそばだてる間もなく、ヨセルがわたしの小屋に駆け込んでくる。ケンドーが錯乱して、暴れている。どこにあんな体力が残っていたのか、という。同時に、銃声が聞こえた。スキキライが小さな悲鳴を上げ、子供をかばった。わたしはヨセルと外に出る。

ドン・ケンドーは空に向かってピストルを構えていた。腐った足では立つことができず、腹這いのまま屋敷から出てきたらしい。右手には、船主の首を落としたサーベルが握られている。追ってきた婆に向かって発砲するが、あらぬ方へ向いていたので、当たることはなかった。「ルズベルト」に追いかけられていたのか？　と、ヨセルがわたしの陰に隠れながら訊ねた。

ドンがへたり込んで、もう頭を支えているのも辛いとでもいうようにふらついている。わたしはスキキライが引き留めるのを無視して、ドンに近寄る。ドンはまたも銃を振り上げ、わたしも及び腰になるが、ドンは空に向かって二発撃つと、もう握る力もなく、地面に落とした。わたしは銃を、遠くへ蹴飛ばした。ドンは雨に打たれて、腐った身体や垢《あか》と尿で汚れた服を濡らしながら、泣き始めた。

「とうちゃん、かあちゃん、おいてかないでよう。おれをおいてかないでよう。勝手にいなくなってごめんよ。全部おれが悪かったよう。だからおれを置いてかないでくれよう」

ヨセルは「彼は何を言ってるんだ」と言うが、通訳するわけにはいかなかった。ドンはそこにいるはずのない、自分の父と母にすがろうとしていた。もう、森の王者ドン・ケンドーは死んだ。肉体だけがまだ死ねず、魂が外の世界を求めてもがいていた。

仲間たちの間でも、ドンの変わり果てた姿を間近に見て、動揺が広がっていく。

空を見上げると、曇り空の中、インコのような、虹色の羽の鳥が群れ飛んでいくのを見た。さっきの銃声に驚いたのだろうか。初めて見る鳥で、あのどれかが、ひょっとしたらドンの両親の魂だったのかもしれない。わたしはドンの背後に屈んで、彼を抱き起こしながら、そっと肩にかみついた。汗とおしっこの、病んだ臭いがした。

森の主、ドン・ケンドーの身体はウッと一瞬力むが、それからすぐに力が抜け、手からはずっと握っていたサーベルが落ちた。わたしの毒が、ドンの鼓動を止めたのだ。直後に突風が吹き、ドンの屋敷をぺちゃんこになぎ倒していった。わたしは瓦礫《がれき》から、ドンの亡骸《なきがら》を守った。大勢がそれに目を奪われたので、その場でわたしがドンを殺したことに気付いたのは、部外者のヨセルだけだった。

ようやくわたしは思い至った。わたしこそ、あんなに潑剌《はつらつ》とした森の王者、ドン・ケンドーの精気を奪い、干からびさせ、ついには命を刈り取る悪霊だった。ドンはわたしに名を与えなかった。だから最後に、彼を殺すしかなかった。月が満ち欠けするのと同じくらい当然の話だったのだ。

わたしは何もかもを思い出していた。

しかし、わたしは精霊としてまた森に消えるわけにはいかなかった。ドン・ケンドーの代わりにスキキライたちを養わなければいけない。ヨセルならヒトのままでいる方法を知っているかもしれない。


ドンの身体は、浅く掘った穴に横たわらせて、上に薪をたっぷり積んで、船の油を注いで焼いた。「わたしの家族も、こんな風に焼かれたらしい」とヨセルは言った。ユダヤ族もそういう風習なのかと聞くと、「そもそもみんな、本当は死にたくなかったんだ」と言った。「だから、たとえ灰にされなくても、その魂は自由にならず、悪霊にすらなれていないだろう」と涙を流した。

「敵を見つけ出し、その血を流すことを、良いことだと思うか？」と、ヨセルは尋ねた。わたしは良いも悪いもないと答えた。害を受けたなら、相手にも同じ害を与えなければ、世界は安定を失う。天と地がお互いに押し合っているからわたしたちは潰されずにいる。昼と夜がお互いに時間を奪い合うから、世界はちょうどよい暖かさになっている。なので精霊は、善も悪もなく、お前にそれを強いているのだろう。

わたしのいた世界はそうできていないと、ヨセルは続けて言う。「もしも復讐の連鎖が続けば、やがて世界に、生きている人間は一人もいなくなる。だからだれかが我慢するしかない」しかし子供は次々と生まれるだろうと反論したが、ヨセルは否定した。「今では一度にまとめて大勢の人を殺せる武器がある。わたしの住むところでは、銃よりもっと恐ろしい、遠くにいる、大勢の人間をまとめて殺せる道具がある。仇討ちを繰り返していれば、子供の生まれる数より、死体ができる数の方が多くなる。お前の話から考えるに、もし二つの部族が同じ力を持っているなら、仇を討ったり、あるいは、お互いに嫁を取って、仲良くしたりもするだろう。だけど、森の中だとわからない力の差が白日に曝されたとき、強い方は弱い方を大事にしようとはしない。わたしたちの部族は大事にされなかった。弱すぎたうえ、誰もが弱いことを知っていたからだ。そのせいでわたしの家族も殺された。

だからこれからは大事にされるよう、土地を手に入れたし、罪人を決して逃さないと決めた。わたしが追うのは単なる仇ではなく、罪人《つみびと》だ。わたしたちを人間と扱わず、虫のように扱った奴らには代償を支払ってもらう。道理を取り戻す。そうすれば、強い部族からも一目置かれて、わたしたちをもてなしてくれるだろう。お前だって、あのドン・ケンドーの、単なる下僕のままではないはずだ。それはお前があいつの言葉がわかって、力もあったからだ。だからさらわれたお前をわざわざ助けに行って、ドンはこうして命を落とした。お前を大事に思っていたからだ」

ヨセルは煙草を分けてくれた。船主の煙草とは違う味がした。それから彼は、一枚の紙きれを見せた。一人の男の顔が書かれていた。「わたしの仇はこいつだ。こいつらはわたしの家族を侮辱しただけでなく、今ではこの森に住む人間に惨い仕打ちをしているらしい。お前に心当たりはないか？　ドン・ケンドーはこいつらにも、さらったインディオたちを売っていなかったか？　あの船主からは、繋がりを追えなかった」

この男が死ねば、お前の部族は敬《うやま》われるのかと尋ねると、「少なくとも救いの始まりだ」と答えた。わたしは、ヨセルを友達として大事に思い始めていたので、正直に答えなければいけなかった。

この男はもう死んだ、わたしが殺した。これは間違いのないことだった。

断章

先の大戦で、日本軍は二等兵にまで四則計算を覚えさせ、アメリカ軍は、銃の引き金を引く程度の能しかない末端の兵士たちを、頭脳明晰な指揮官の下に置いた。わたしが思うに、これはあべこべではないかと思う。黄色い猿こそ優れた支配者の従順な手足であるべきだ。一方で、〈先駆者種族〉寄りのヤンキーには、ミニットマンの伝統に基づき、一人一人がすべからく、自立して高度な判断ができるように、高等教育を施せばよい。そうすれば戦場での生存率も高くなり、将来的に人口面で〈寄生虫種族〉を圧倒できる。戦争による社会の改良だ。

さて、それなら、わがキャリバン一号（仮にSと呼ぼう。母体とその家族が名付けた）が、生後三年で高度な知能を得たことは、誤算と取るべきか。しかしながら摘出した卵子をほとんどゴミにしてしまった以上、あまり文句も言えまい。この成果を大手科学雑誌に掲載できないのは残念だが、やがて世界は、わたしを讃え、跪くだろう。人倫より結果だ。もう片方の卵巣も摘出し、百の卵子で試験管内受精を行い、Sと同じく混淆培養を行った。うち一つはまたも子宮に定着し、残りは標本として世界中に発送した。わが協力者たちはきっと、あれが猿ではなくホモ・サピエンスのものということを理解する。彼らは不自由な、つまらぬ建前の世界に生きている。わたしは彼らに、自由への切符を与えている。わたしが彼らの不浄を背負うことで、世界は大いなる飛躍を果たす。一号と二号、どちらの経過も、実に楽しみだ。

サトル坊やは、おれの希望だった。親にとって最初の子供は重圧かもしれないが、孫は違う。父無し子だが、ここではみんなが父親だ。それに、坊やは日ノ本ではなくこのブラジルで産まれた子だ。おれたちは坊やに継がせる土地も財産もないが、負債もない。坊やはおれらを縛る、あらゆるものから自由になってほしい。おれたちはあまりにもたくさんの、取り返しのつかない過去を背負っている。ひとりぼっちで死んだおふくろや、虫けらみたいに死んだ女房や下の娘。色んな身内が、死んだ後もおれの背中に乗っかり続けている。おれ一人が地獄行きなら仕方がないが、死んだ人間が——おふくろが、女房が浮かばれないじゃないか。だからおれはもう、過去にも未来にも踏み出せない。ここでひたすら、死んだ過去と、生まれなかった将来を弔《とむら》い続けるしかない。でも坊やは違う。そのはずだった。

坊やは産まれたばかりのときは普通の赤ん坊だったが、すぐに言葉を覚えた。犬並みの速さで大きくなった。鬼の子か、あるいは先住民がいう、イルカと交わって産まれた子かと思った。おれの業が、坊やを蝕《むしば》んでいるのか？　坊やは、おれの言葉がわかり、乾季の森を一緒に歩けば、無邪気に蝶を追う。最近は、おれには難しい本でも熱心に読んでいる。あんな姿でなければ都会で学問を授けて、末は博士か大臣だろう。腕っぷしが強いから、将軍にもなれたかもしれない。坊やなら一騎当千だろう。しかしあの見た目ではどうしようもない。

この森の、ドイツさんたちの庇護の中なら、何も恐れることはない。でも、サトル坊やが、これから外の世界に出ていきたいと言ったとき、おれは何ができる？　おれは坊やを守れるだろうか？

タエのやつ、なぜだ！　なぜもう一人の子を身ごもった！　しかも、また父無し子だ。ここは娯楽のない辺境だ。過ちはあるだろう。そもそもおれたちのせいで、あいつは嫁入りすらできずにいる。だから一人くらいなら許しもしよう。しかし、二人目となると話が違う。研究所を出入りしているのは男ばかりだ。奴らのうちの誰だ？　坊やのことも、知っているのか？　タエは「フランツ」の子だと言うばかりだ。ドイツ人の名前だから、カーペンター所長なら、何か知っているかもしれない。

母体の父親が、わたしに相談に来た。彼は猛獣使いの棟梁であり、わたしの猛獣狩りの善きパートナーでもある。無下にはしない。それに、わたしが権勢を回復できたのは、この親子の献身あってのことだ。まったく涙ぐましいものだ！　これはわたしの本心だ。

さて、その相談というのが、キャリバン一号と、今は腹の中にいる二号の、本当の父親のことだ。「フランツ」はわたしの息子だと説明したが、本当は顔と声がいいだけの、ただの役者にすぎない。今は俳優ですらなく、単なるヒモらしいが、千客をだますことはできなくても、小娘を夢中にさせることはできた。芝居ではわたしの方が上手だ。父親には彼と娘さんとの、甘酸っぱいロマンスを語ってやった。日本人の中でも、ここの連中は特にだましやすい。選択肢のない人間は自分を守るため、都合のいい物語に、易々と飛びつく。嘘というのは重ね塗りを繰り返した末に破綻するが、相手が嘘を求めているのなら、嘘は、重ねるほど強度を増す。あの父親も、嘘に加担せざるを得なくさせれば、真実が暴かれてもこちらの損失を最小限にできる。そのためには、二人目のキャリバンが、無事に生まれてきてくれることを祈るばかりだ。

わたしは生の充足を感じている！　二人目も無事に生まれた。見た目は普通の赤子だが、採取した唾液からは、またもや〈バジリスク〉の毒素が検出された。この赤子も、直接乳房を含ませることは避けるべきだろう。あとはこれからの生存率だが、一号は今でも生きている。一号の成長速度なら、寿命が犬程度しかなくても実用に耐えうるだろう。あとは繁殖だ。Sに生殖能力はあるのか？　もしも無ければ、大量生産は難しくなるが、雑種とはそういうものだ。最初から期待はするまい。それに人間との交雑が進み、純系を穢《けが》すようになるのも困る。

タエよ、なぜ坊やに会おうとしないんだ？

自分が母親として成長する前に、サトルが育ち切ってしまったことをおびえているのか？　それとも、フランツとかいう男にあまり似ていないことを気にしているのか？　でも、どんなに体が大きくて、難しい言葉をすらすら述べるようになっても、坊やは坊やなんだ。まだ母親が必要だ。おれたちでは父親代わりにしかなれない。

ユキコをサトル坊やに会わせるべきか悩んでいる。タエと坊やについては、所長にも相談した。そうしたら彼は、乳母をつければいいと答えた。所長はなにか勘違いをしている。世話係が必要な子ではないし、あいつに必要なのは、もっと違う、なにかだと思う。うまく説明できない。おれに学があればなあと思う。

キリノ氏の申し出は好機だ。Sに女をあてがえば血が騒いで、遅かれ早かれ手籠めにするだろう。

そのときに繁殖能力の有無を確認できる。東洋人の増殖速度はネズミ並みだが、わたしはそれを制御しなければならない。精通が始まっているのなら、精子の凍結保存も検討するが、とにもかくにも、まずはF1世代がほしい。健康で、病気のない若い女が必要だ。業者に連絡を取る。娼婦でも構わない。卵子だけでなくSの体毛まで提供してやったのに、G社が資金提供の打ち切りを通達してきた。とんだ忘恩だ。そんなにわたしが二人目のアイヒマンになるのが怖いか。アイヒマンは単なる小役人だが、わたしは違う。わたしは総統以上に、時代の一歩先を征く。今のわたしは、栄光に満ちた二十年前に戻ったようだ。わたしが偉大になればなるほど、ユダヤもわたしに手を出せなくなる。わたしは生命科学のゴッドファーザーになる。カトリック的な喩えだが、法王と言うよりはよいだろう。

サトル坊やが、女を殺した。事故だったのか、それとも殺意があったのか、だれも教えてくれない。坊やは物置を改装した地下牢に入れられたという。女は所長が乳母として連れて来た黒んぼで、よく肥えた、その実、単なる娼婦にすぎない女だと、おれたちは見抜いていた。サトル坊やは、母親以外の女を見るのが初めてで、乳母の女も、坊やの姿に怯えていたが、それでも坊やの身体を洗おうと、湖に連れて行った。坊やは独りで自分の身体を清潔にできるので、介助は不要なはずだ。おれは嫌な予感がしたが、流血沙汰とは、まったく想像していなかった。女の骸は首の骨を折られて、湖のほとりに落ちていた。坊やは泣きながらおれたちに、女が死んだことを、自分の足で伝えに来た。女が動かない。だれか助けてほしい。病気かもしれないと、坊やは泣きながら訴えていた。

あの時、坊やはヒトの死を理解していたのか？　あの子は饒舌にしゃべる。登場人物が大勢死ぬ、大昔の作り話の本をよく読んでいる。しかし、あの子の目の前で起きたことと、本の中の話の出来事が合致していたのか。あの子の受け答えがまだ、オウムの物真似に毛が生えた程度のものだとしたら？

半月後、おれはようやく、鉄格子越しに、坊やと会うことができた。坊やは下着も付けずに、青い毛布にくるまっていた。おまるからのひどい臭いが充満していた。おれは改めて、サトル坊やになにがあったのかを訊ねた。いつもは読んだ本の内容を軽々諳《そら》んじることができるはずなのに、話す言葉は要領を得ない。「水の中で、あの人がぼくのおちんちんを触ったんだ」というのはわかった。サトルはまだ子供だ！　それなのに、あの子は母親代わりの女に襲われたということか？　やはりあの女は娼婦だった。すぐに所長に抗議した。

今回の事故を重く見て、Sを担当する研究員たちと話し合いを行った。

状況はといえば、Sがその怪力を用いて、娼婦の首を一撃でへし折ったとみて間違いない。わざわざそんな面倒なことをしなくても、女の乳房でもどこでも嚙みつけば、傷の深さに関係なく、女は〈バジリスク〉の毒できれいに死ねる。そんなわけで議論の的はもっぱら、Sがなぜ、あんな残忍な方法で娼婦を殺害したのかという点だった。普段の知性から考えるに、あの殺し方は不自然すぎた。

研究員の中には、Sの精神状態についてフロイト的解釈を試みるものもいた。曰く、Sの精神はまだエディプス期に達しておらず、身体的には成熟してはいるが、その精神は口唇期と肛門期の中間をさまよっており、本の知識で得た人間社会のルールと、条件づけによって身に着けるべき自己規律との間に、決定的な溝がある。Sはその溝によって生じる不安を解消する術を身に着けておらず、それを脅かす存在である娼婦に性器を触られたことから錯乱し、不安の源を排除するべく殺害した、というのだ。

フロイトとは、〈寄生虫種族〉の心理学だ！　しかしアルカディア人には無用でも、奴隷の精神を理解するには役立つかもしれない。その研究員には、わたしの現代骨相学に基づき、被験者が具体的に、どの発達段階にいるのか、引き続き研究するように指示した。生殖能力のテストも続けたいが、わたしは少し、急ぎすぎてしまったようだ。

二人目の女児の成長は一般的なヒトと変わらない。今のうちから、女児の卵巣も摘出しようとも考えるが、あの年齢で、全身麻酔を伴う手術はリスクが大きい。

またキリノ氏が騒ぎ出した。まったくうるさい男だ。彼には「飴と鞭」の両方を与えるしかない。Sの養育は彼に一任する。Sに必要なのは母性ではなく、厳格な父性であり、それを叩き込むことで、Sを真人間にしなければならないと命じる。日本人は序列を理解させるために平手打ちを多用するが、ゲルマン流では鞭だ。キリノ氏にはSの固い鱗すら引き裂くような、上等な鞭を与える。手も足も出ない相手を一方的に痛めつける快感に、彼を酔わせるのだ。階級制こそ、もっとも洗練された政治体制だ。わたしは自分の王国にも、その原則を徹底させる。


自分の孫を鞭打てという祖父が、この世にいるものか！

カーペンター所長の言うことは間違っている。それを訴えたが、耳を傾けるどころか「ならばわたしが実践してみせよう」と、大人しくクロスワードを解いていただけのサトル坊やに鞭を打った！　坊やは鉄格子の際までしか来られないように、首輪で鎖につながっている。坊やは訳も分からず、両腕で鞭の攻撃から身を守ろうとする。やめてくれと坊やは言う。後生だからそんな惨いことをするなとおれも懇願する。しかし、所長は、こうしなければ野獣は文明人になれんのだと聞かない。坊やの腕には、いくつもの赤い筋がつくられていく。

やがて、坊やは虎のように吠えた。牙を剝きだしにして、檻に体当たりをしようとする。それには一度、所長もたじろいだが、「見たまえ。獣がようやく本性を現した。鞭を打たなくても、遅かれ早かれこの獣は、あの女のように、あんたを殺そうとしたんだぞ」と言った。その後も所長は坊やを鞭打つ。やがて坊やは失禁しながら、部屋の隅で震え始めた。

「次からはきみがやるんだ。躊躇するなら、きみたち親子の居場所はないぞ」と、所長はおれを脅した。

夜、おれは食事と着替えを坊やに持っていった。入口の扉には、鞭を掛ける鉤が付けられていた。おれは坊やに話しかけた。カーペンターが何を言おうが、お爺ちゃんはお前を叩いたりしないよと。坊やは大きな身体を丸めて、めそめそと泣くだけだった。だからおれは重ねて、坊やを苦しめるものは、予め、お爺ちゃんが取り除く。もうあの黒い女も、白衣の男も、お前を苦しめたり、怖がらせたりしないと誓った。だから今は、温かいものを食べて、身体を綺麗にしよう。それから、途中までのパズルをもう一度解こうと言った。

だけど坊やは、それきりクロスワード・パズルなんてやらなくなった。坊やの心は、昼と夜に分かれていくようになった。

未だに精神分析的解釈で、Sの人格分裂を説明することに固執する研究員がいるが、わたしは哲学のためにSを創造したのではない。正直なところ、わたしはSに、これ以上の関心を抱くことができなくなっていた。できることならさっさと解剖して、その全身を標本にして、剝製を大英博物館にでも送りつけてやりたい。それが駄目でも、展示棟の一階に展示すれば、人類の進歩の一里塚として、この研究所の重要性を遺憾なく発揚してくれることだろう。あのダイダロス像に跪くポーズが良い。しかしその前に、Sの生殖能力をなんとしても確かめたい。精液の供給源であるSを拙速に屠《ほふ》るのはリスクがあった。

わたしとしては、亜人間の製造に対する、心理的障壁を取り除くことをなによりも優先させたいところだ。そうすればドイツで、アメリカで、ロシアで、核兵器以上の速度で、ヒトの人工的育種技術の研究開発が進むだろう。それと同時に、自国民の遺伝子プールが原子爆弾の放射線で破壊されたり、敵国の送り込んだ獣人のゲノムによって汚染されないように防御する技術も開発されていくだろう。二十一世紀は〈遺伝的安全保障〉の時代に突入し、優勝劣敗の摂理により、世界は〈先駆者種族〉の国家群と〈寄生虫種族〉の国家群とに、不可逆に分離することだろう。Sの生殖能力の有無は、核分裂と同じく重要な問題なのだ。

わたしは二人目の女児（以後Yと呼ぶ）が性的に成熟するのを待とうと思う。フロイトにかぶれたわけではないが、SもYも、爬虫類的な思考に縛られていることに疑いの余地はなく、しかるに近親相姦についてなんの抵抗も抱かず、むしろSは同種のYに対して敵意ではなく劣情を抱くだろう。そもそもフロイトの精神分析は、〈寄生虫種族〉が自分たちの近親相姦に対する底なしの欲求を告解してみせたものである。YこそSの花嫁に相応しい。

所長がこんな提案をしてきた。ユキコの教育をサトルに任せるというのだ。不安しかない。確かにサトル坊やは頭がいい。勉強を教えることも朝飯前だろう。しかし、あんな事故が（事故だったのか？）あった中、坊やにはもっと、時間をかけて、人間に――いや、大人になってもらわなくてはならない。小さな子供に勉強を教えるなんて、大人になってからでいいだろう。

それを伝えようとしても、おれの言葉が下手なせいか、所長の考えを変えることはできなかった。それならば、ユキコとサトルが決して同じ檻の中に入らないことと、おれが必ず立ち会うという条件で折れようとしたが、監督なら研究員か職員の誰かに立ち会わせる、教育に体罰は必須だが、きみはどうしても、孫に甘くなってしまうからと言って譲らない。

代わりにあの人は、おれに重要な役目を任せたいと言った。この熱帯雨林にはたくさんのスパイが紛れ込んでいる。奴らは恐らく、この研究所の秘密を狙っているだろう。奴らの出す無線を傍受してほしいということだった。おれには学がないから、外から専門家を連れてきた方がいいんじゃないかと言ったが、所長は「きみの祖国愛については娘さんから聞いている。きみなら奴らの不穏な動きすら聞き逃さないし、奴らに万が一でも買収されたりする心配がない」と言ってくれた。どういう風の吹き回しかよくわからないが、おれのことを買ってくれるのはありがたいし、何より、タエのやつが、おれのことをそんな風に思ってくれていることが嬉しい。

おれの家の裏に、立派な電波塔が建ち、おれは一台の無線機を任せられた。しばらくは操作を覚えたりするのに付きっ切りになることだろう。坊やとユキコに会える時間が少なくなるのは寂しいが、これも報国、そしてカーペンター所長ら、ドイツさんへの恩返しのためだ。

自分を疑り深いと思い込んでいる男は乗せやすい。彼こそ奴隷の看守に相応しい形質をすべて備えている。少しおだてただけで、あの男は自分がキャリバンたちから引き離されたことに気付かず、わたしの与えた玩具に夢中になっている。やがて彼は、自分の妄想の世界を、より強固にさせていくことだろう。

彼に無線機を与えること自体は、何もかも冗談というわけではない。CIAの男から警告をされた。アイヒマン逮捕以来、次の獲物を追って、イスラエルの諜報員が多数、南米に入った。狙いはメンゲレと、それからわたしだ。それらユダ公どもへの対策を講じない限り、これ以上実験を委託することは難しいとまでいう。奴らは今までお飾りだったわたしが息を吹き返し、奴らのいう〈ナチの悪夢〉が再び世に出現することを恐れているのだ。フォン・ブラウンを重用しておいて、なにを今更！　とにかく、またなにかを言って来たら、屋上から電波塔を指さして、あそこで二十四時間、通信を傍受していると言ってやる。お飾りの塔だが、奴らもそれ以上を求めてはいまい。

並行して、キャリバンたちの母体についても考えなければなるまい。卵子のストックはまだある。あの女に、引き続きキャリバンを生産させるのはリスクであり、これからは現地人の女たちに胚を移植させる。このことに彼女が抵抗し、吹き込んだ嘘から目を覚ます恐れがある。なので、真実を知るリスクの方を吊り上げる。わたしの研究はすべて「フランツ」の遺志であり、きみはそれに協力しなければならない。この研究所は「フランツ」の遺産であり、きみは頭のおかしい父親以上に、この研究所に真心を捧げなければならない。この研究所が維持されることこそ、「フランツ」がきみに託した願いであり、それに従うことこそ、女の幸せなのだ。

久しぶりにサトル坊やにあった。坊やはまた大きくなったようだ。そしてよりたくましくなった。山野からこの独房に閉じこめられているというのに。

また、坊やは恐ろしいことにも気付いている。この森に満ちる悪意のことだ。彼はその悪意が、明かりの窓から忍び込んで、ぼくをおかしくすると言っていた。そうだ、悪意だ！　その悪意が自分のおちんちんをまた狙っている。ぼくはおちんちんに魂を乗っ取られそうだと泣くのだ。悪意はユキも狙っているが、あの子は普通だから、自分に悪意が向けられていることもわからないそうだ。ぼくのこの姿も、きっと悪意のせいだ。だけどこのままじゃ、ユキもやがて悪意によって、おちんちんを握られてしまう。ユキにチンポはないだろうというが、そういう意味じゃないらしい。

坊やもだいぶ難しい話をするようになった。あの子にとって、悪意は地を這う何かなのだろう。しかし、おれは知っている。伊達に坊やより長生きはしていない。坊やのいう悪意には、ここに落ち延びるまで、さんざん出会った。悪意の主はおれたち善のものを監視している。それに対抗するためには、自分の縄張りを広げて、奴らが入ってこられないようにしなければならない。樹海が天然の迷路になっているから大丈夫と思っていたが、甘かった。アンテナを向けたときに流れる、あの意味不明な雑音たち。多くがポルトガル語だが、なかにはわけのわからない言語が混じっている。その音をテープに保存して、所長に伝えたが、それは素晴らしい発見だと言ったきりだ。所長が多忙なのは知っている。しかし所長は都会育ちだから、その声に形容しがたい悪意が込められていることがわからない。思えば、坊やが殺したあの女も、悪意の側のスパイだったのだろう。おれはまた、戦いの日々に戻った。

アマノたちが昔の紙を焼こうとしていたので、全部おれが引き取った。虫食いだらけだが、虫食いの分をしっかり分析することで、世界の真実が明らかになる。人類は自然とへその緒のようにつながっているので、大地の声を、虫食いからも読み取ることができる。世界はいくらでも警告を送っていたのだ。坊やにもその力があるはずだが、あのコンクリート敷きの独房では勘が鈍るのだろう。

おれは無線機を、悪意と再び対決するための兵器に改良することにした。武器は真実と、共感の力だ。どうして西洋人のキリスト教が世界を支配している？　それが真実であり、真実は五感を通じて共感し、頭に電流のような、無数の閃きを与えてくれるからだ。

わたしの思った通り、キリノ氏は自分の世界に閉じこもってしまった。僥倖《ぎようこう》だが、狂気は伝染する。Sも汚染されている。奴はなんの影響か、またユダヤ的な書物を読むようになっていた。人類学？　民族学？　与えたのはだれだ！　奴は森の奥にある、原始人どもの精神世界に共感を覚えている。それを読んでいるときだけ、あるいは妹や、祖父のキリノ氏と話しているときだけ、動物的なその狂気から目覚め、自分も人間の一部なんだと思うそうだ。くだらない！　下等種族に人間性があるように感じられるのは過去の誤った混血のせいであり、それ以前の奴らには文化も信仰もなかった。イルカとサメはよく似ているが、サメに芸を覚えさせることができないのと同じだ。

テープにSの話が吹き込まれている。自分の魂はこの檻から離れて、大地を流れる力のハイウェイを、どこまでも流れていくのだという。奴がこの境遇に不満を抱き、このような形で逃避をしているのは明らかだ。そして奴が夢想に浸っているとき、あの狂暴な動物が表れて、檻の中をめちゃめちゃにする。研究員や飼育員には怪我人が発生していて、今や、近づける時は限られていた。

一度Yと一緒に、Sに会いに行った。Yを片時も離さないようにしたから、奴の理性はそこに留まり続けた。むしろ野獣になっていた方が、心穏やかだったろう。奴は、わたしと自分が似ていると言った。わたしがヨーロッパでやっていたことを、Sはなぜか知っていた。告げ口をしている奴がいるらしい。

「所長がここから離れられないのは過去があるせいです。ぼくは過去がないから、ここから出られません。だから、もしもお互いの過去を足して二で割れば、二人とも自由になれますね」だと。皮肉のつもりか？　わたしは鉄格子越しに鞭を叩きつけてやった。

半地下になっている坊やの牢屋には、明かり取りの窓から落ちてきたトカゲや蛇、コウモリがいる。ガラガラヘビがいたときには叩き殺してやろうとしたが（こういうときに鞭を振るうのは躊躇しないつもりだ）、坊やは止める。「朝になれば、あの窓から出ていくよ」と言う。そういうわけにもいかないというが、坊やはなんと、自分の手で首根っこを掴んで、窓からポイと投げ捨ててしまった。蛇はシューシューとも鳴かず、大人しくしていた。ぼくに夜の身体を貸してくれたんだという。どういうことかなと訊ねると、夢の中の話だそうだ。所長や研究員に鞭打たれて、どうしてもそこにいたくないとき、坊やは動物の身体を借りて、研究所の外へ旅立つのだという。夢の話だよ？　と、おれの表情を読み取って、坊やは言い訳をした。ぼくは自動車の代わりに、動物の身体を運転して、どこまでもいくんだ。そのときのぼくの身体は空っぽだから、手足や口が、勝手に動く。そのときのぼくは、悪霊なんだ。

おれは、坊やの魂が、そのまま悪霊と入れ替わってしまうことが怖かった。坊やの魂が外に抜け出る時間は、どんどん増えていく。世話係の男が、坊やを人間扱いしないせいだ！　何度も抗議しても無駄だった。最近は研究所の中に入ることすらできない。仕方ないので、修繕のときにこっそり作った、電気柵の抜け穴をつかって、坊ややユキに会いに行く。タエの奴まで、おれを白眼視しているらしい。タエこそ、空を覆う悪意に毒されている！　おれを警戒するなら、もっと坊やに愛情を注いでやれ！　男は家の外で戦う必要がある。母親なら、家の中の平穏を守れ。

坊やの辛い立場はわかっているので、無下に夢のことを否定するわけにはいかない。だから、蛇やカエルではなく、鳥や蝶、哺乳類の身体を借りるようにしなさいとしか言うことができない。ジャガーなら強いし、犬や猫なら、堂々と人前に出られるだろう。石を投げられたりはするかもしれないが。

ある日、坊やは大きなモルフォ蝶を手に載せていた。さっきまで、この蝶の身体を借り、研究所の外を飛んでいた。大地に流れる川と、おれが言う、空を流れる悪意の流れを、蝶の目で見てきたそうだ。本当に坊やは賢い子だ。おれの孫ではもったいない。蝶は間違って換気扇から外に出ようとして巻き込まれてしまうから、おじいさんが外に逃がしてあげて欲しいと頼む。おれは喜んで、坊やの望みを叶えてやった。

キャリバンの母親に鍵を託した。これで母親はわたしの名代《みょうだい》であり、この陸の孤島の〈女王〉だ。女版サンチョ・パンサだが、この鍵は本物だ。

あの柳のような身体を抱いたとき、あの女はなんと、ショックを受けていた。拙い、かわいいドイツ語で、息子の未亡人を手籠めにして恥ずかしくないのかと言ったものだ。なんでこんなことをしたとも言ったが、簡単な話だ。間違いなく性病を持っておらず、妊娠の恐れもない女は、この地であの女ただ一人だったからだ。鍵はそのお代のようなものだ。もうこれ以上の侮辱を受けたくないのなら、この鍵で「フランツ」に相応しい女になれと叱咤した。

あの女以外での、受精卵の移植はうまくいかない。馬や豚なら得意だったのだが。着床まではうまくいくが、ある程度発生が進行すると、必ず流産する。その際に胎児の毒で母体も死ぬ。やはりキャリバンたちが交尾するのを待つしかない。

わたしはしばらく、西海岸に赴く。一、二年はこの研究所を離れるつもりだ。サンパウロの同志たちから連絡が来た。中東情勢が再び不安定になり、ユダヤ人どもめ、メンゲレ狩りに投入したスパイたちを、大慌てで引き上げさせているので、しばらくは安全なのだそうだ。彼らはみな一端《いっぱし》の名士として南米経済を牛耳り、わたしの研究も支援してくれているが、最近は出資を渋りがちだ。だから彼らに十六ミリテープで先住民の改良や、二人のキャリバンの様子を見せつけてやる。生物学的成果の重要性がわかるはずもないが、キングコングやビッグフットが大好きなのは間違いない。ついでに肉感的で、生の充足を得られるリオ女でも探して、口直しでもしようではないか。下に口がついているのは女の方だが、あの骨のような日本女では味気ない。


リオ女を漁る暇すらなく、わたしは研究所に帰ることにした。中東の戦争が、わずか五日で、ユダヤ人どもの勝利で終わったからだ。アラブ人は〈先駆者種族〉の面汚しだ！

もう一つは、吉報だ。Yが脱皮をした！　ちょうど乳歯が抜けて永久歯になる歳だが、同時に日焼けした皮膚が剝がれるように、ヒトのような皮膚が剝がれて、下からきめ細かい、鱗の真皮が表れたというのだ。脱皮はまだ途中だそうだが、わたしが研究所に到着した時には、すべてが完了していることだろう。〈バジリスク〉の表現型が、ようやく発現した。ここから二次性徴まであっという間だろう。

　父無し子とはいえユキは普通の娘だと思っていた。いつかあの子は日本に連れて帰ることができる。いや、あの子がどこで暮らし、だれと結婚して子供を産むのか、それは自由なはずだった。頭だって、坊やほどじゃないが、とても呑み込みがいいじゃないか。

　おれの行いのせいか？　おれの戦いは、まだ終わらないのか？　おれは愛国者で、一家の長であり、善良さだけが取り柄の農夫でもある。そんなおれを、奴らはなぜ、さらに苦しめる？

　あいつらに対抗して、ここを清浄な魂で守るべく、毎日、こちらから対抗電波を発射している。これに守られている場所では、坊やも野獣になることを恐れずに済むはずだった。しかし力が足りない。そしておれがうかうかしているうちに、ユキまであいつらの悪意に曝され、怪物になってしまった。おれは孤独だ。おれの戦いに、だれも協力してくれない。かつての仲間も、おれを避ける。どこかにおれの協力者がいるはずだが、どうやって探す？〈仙花〉に問いかけるが、奴らの妨害電波のせいか、返答が来る兆しはない。


　カーペンター所長が帰ってきた。さっそくユキの呪いを診てくれるが、なにか怪しかった。カーペンター博士は、人が変わったようだ。変わったというより、まるで別人だ。だれもそのことを気にする様子はないが、おれにはわかる。

　サトル坊やの話を思い出す。車の運転席に乗るようにほかの生き物の身体を支配して、自由自在に操る悪意の主のことだ。縄張りが破られて、カーペンター博士も、悪魔的な力の手に落ちたに違いない。おれはこのことをアマノたちに伝えたが、奴らは苦笑いをしてダンマリだ。おれの憂《うれ》いが、奴らはわからない。

一か月足らずで、この研究所はイギリス人どもに半ば牛耳られていた。奴らはアメリカ人よりもナチ・アレルギーだから、わたしが束の間いなくなる機会を見計らって、乗っ取りを企てていたようだ。早く戻っていて、本当に良かった。しかし監査と出納《すいとう》係がことごとく押さえられているのには、驚くとともに怒りを覚える。奴らはもうこの研究所の力関係を逆転させて、いつでもわたしを、モサドに突きつけられると、堂々と脅すのだ！　それに比べるとヤンキーはずっとルーズで、気のいい連中だった。

幸いにも、〈女王〉の秘密の鍵のことは奴らに洩れていない。この研究所のセキュリティについてはほとんど気にしていないようだし、あの女を、わたしの単なる〈蝶々夫人〉と思っているようだ。それはそれで屈辱だが、ちょうどいい隠れ蓑だ。研究所の経理には口出しせず、わたしはYとSの交配に集中する。科学の世界は実績こそ全てだ。イワノフ親子の名声は地に落ちたが、それは行くべきところまでたどり着かなかったからだ。SとYは必ず、一緒の檻の中に入れる。あの二人に理性と獣性の両方があるというのなら、いつかは必ず過ちを犯す。熱帯とはそういうところだ。Sの方だけでも性成熟が確認できればよい。そうすれば奴の獣性と理性は統合され、一人格として、Sは女に対する飢餓感に取りつかれ、相手がインディオでも黒人でも、子宮に子種を吐きだすことだろう。

飼育員によると、与えられたポルノグラフィティに対して、Sは何らかの興味を示しているようだが、それと同時に、Yからそれを隠そうとしているようだ。なまじ小賢《こざか》しいだけに、たちが悪い。鞭を使って、野獣に戻せというが、Yがいる前では野獣にならない。そのうち鞭を打たれていないYの方が泣き出してしまう。

わたしが戻ってから、キリノ氏を見ていない。ほかの日本人によると体調が優れないとのことだが、彼の沈黙は気味が悪い。念のため、キャリバンの母親もこの計画に巻き込み、共犯にする。リスクをさらにつりあげるのだ。あの女に計画を話す。もしSとYの子供ができれば、確率的には、七割は〈フランツ〉の遺伝子を継承していることになるのだから。

カネシロがこんな話を持ってきた。所長はずっと、坊やとユキコにいかがわしい映画を見せているという。ナカヤマは、その映画をタエの奴と一緒に観ている所長を見たという。タエの屋敷の中だ。そんなバカな。お前はおれをたぶらかしているのか？　と、ナカヤマを問いただすが、誓って事実だ、そもそも所長の動向を探れと言ったのはキリノの旦那じゃないか。だから所長がタエちゃんの屋敷に入ったのを見計らって、庭に忍び込んだんだ。それから、どうなったと訊くが、映写機の明かりが消えたから、そこから先は真っ暗だったという。

役立たずどもめ、たとえこの地が戦場になったとしても、お前らは満足に戦えないだろう。そうやってさんざんなじった挙句、アマノの奴、キリノさんだって、畑や家畜の世話もおれたちにまかせっきりで、所長からもらった無線機でずっと遊んでいて、その間にこの場所は色々おかしくなったんだよ。キリノさんが棟梁としてちゃんと見張ってないからだよ！　と口答えする。おれはちゃんと、奴らを監視していた！　なんでわからないんだ！　でも、もうなにを言っても無駄なようだ。

とにかく所長が坊やとユキに近づくときには、おれに教えてほしい。それだけ約束させて、おれは三人を解放した。〈仙花〉はスペイン語らしい言葉をつぶやいている。悪意の正体はスペイン人か？と思ったら、国境の向こうのラジオが聞こえているだけだった。おれの話を聞いてくれる真人間はどこだ？

キャリバンの兄妹の前で、二人の母親を犯そうと思う。わたしはこういう思考の飛躍が可能な、自分の脳細胞を誇りに思う。思えばロシア時代、ルイセンコの心証をよくしたい連中が、わたしに執り成しを依頼してきた。そういうとき、わたしは色々な手を用いて、奴らの妻子を抱かせてもらったものだ！　レーベンスボルンでもそうだ。そうして奴らの家族という、最小の社会を破壊することができた。今回も、この密林にある家族細胞を破壊する。そうすれば、理性で抑え込んでいるSの動物性本能も、針を刺した風船のように解放される。

そうとも、理性とはわたしたち〈先駆者種族〉のものだ。奴らは鞭打たれる痛みと、飢餓の恐怖から逃げることだけを考えていればいい。わたしは世界の秩序の回復者だ。天と地を分かち、エネルギーを与える者だ。

イギリス人の理解を改めた方がいいかもしれない。奴らの棟梁も、最近の所長の言動を不審に思っていたらしく、おれの内偵に、影ながら協力してくれることになった。このまま歓心を買い続ければ、彼らイギリス人も、歴史の真実に目覚めてくれることだってありえる。「所長はただ単に耄碌《もうろく》しただけじゃないか」とも言う奴がいたが、そんなはずはない。背後に潜む何かが、必ずあるはずだ。

〈仙花〉がイギリス人たちの無線を拾う。独り言に偽装して、彼らの言葉が聞こえる。『女王陛下が所長と屋敷を出た。現地人の仮面をかぶっているが、あの体型、間違いなく所長だ』

おれは逃げ回っていたときに調達したリボルバーを持ち出した。こっそり携帯できるのはこれ一丁だけだった。自決用として枕に置いていたが、今日こそおれの命日かもしれない。

外は季節外れの雨が降っていた。研究所に忍び込む。二人の足跡は研究所本棟の中にくっきりと残っていた。雨といい、天はおれを見放してはいないようだ。間違いなく、坊やのいる地下に向かっていた。今はユキコもいるはずだ。身体が鱗に覆われてしまった、かわいそうなユキコ。所長は結局、あの子の肌を治してくれなかった。それどころか、ユキコの肌が人間離れしていくにつれ、その土気色の顔が、期待で赤くなっていった。奴に取りつくのは、ユキコやサトル坊やを苦しめている連中そのものに違いない。

タエの奴も、とりこまれたのか？

地下牢の前室まで来たが、鍵が掛かっている。おれは格子のそばに来て、中の様子を窺ったが、ユキコの小さな背中が見えた。声をかけると、あの子は近づいて、鍵を開けてくれた。本当にいい子だ！

「お母さんと、お医者の先生は？」おれは腰を降ろして、ユキコに訊いた。濡れた服を着替えることもなく、お兄ちゃんをいじめているそうだ。しかし鞭の音は聞こえない。しかし、奥から坊やの世話係の男が出てきて、おれと鉢合わせした。とっさにおれは、ピストルを構えた。

「奥で何をしている、言え！」奴の額に銃口をこすりつけると、上ずった声で、

「口で言うのも嫌なことだ。見たけりゃ見りゃいいだろ」と吐き捨てるように言う。男を追い出し、

ユキコの手を握って、おれは坊やがいるはずの牢屋に入った。

ユキコを前室に置いていって正解だった。サトル坊やは檻の中、鉄格子に身体を押し付けている。「やめて、お母さんやめて」と言いながら。タエは？　真っ裸で、檻の外にひざまずき、坊やのイチモツを咥えていた。おれは事態が全く飲み込めず、その場で絶句し、立ち尽くすしかなかった。

所長は木彫りの面をかぶり、椅子にふんぞり返っていた。面長で切れ目の、ドラゴンのような意匠だった。彼は手をすり合わせながら、坊やとタエの邪悪でふしだらな（というのすら言葉が足りん）行いを眺めていた。さっき出て行った男と勘違いしているのか、おれのことは眼中になかった。

おれはピストルを再び取り出して言った。

「タエ、なにをしている！　坊やからさっさと離れろ！」

それでようやく、二人はおれの存在に気付いた。タエの奴は口を拭いながら、片手で自分の身体を隠そうとする。娘の裸を見たのは、何年ぶりだろう？　あばらの浮く身体で、よく二人も子供が産めたもんだ。

坊やは檻の隅で丸くなり、自分の髪の毛をぶちぶちと引き抜いていた。

「……なにからなにまで、説明してもらおうか」おれがそういうと、タエがそっと寄ってきて、おれの持っていたピストルに触れ、銃口を下ろさせようとした。

「お前はさっさと服を着ろ！」

頬を叩いてそう命令すると、タエはいじめられた子犬のようにおびえ、落ちていたドレスで、体の前を隠した。そんな悠長なことをしている隙に、所長は背もたれに隠していたショットガンを取り出して、おれに向けていた。

「カーペンターさん、あんた……」そこから先の言葉が出てこない。日本語でも無理だ。「なぜだ？」

「なぜだ、かね？」所長は仮面を持ち上げて言った。「きみが知っておくべきことなんて、この研究所にはなに一つないんだよ。それだけわかったなら、さっさと出ていきたまえ」

「なんもわかんねえよ。タエはおれの娘で、サトルは孫だ」

「どうやら教え直すことがたくさんあるようだな。まず、この研究所で正しいのは常にわたしだ。だから、何度も命令させないでくれ」所長はじりじりと歩み寄り、おれを出入口に誘導していく。

「タエ、お前が説明しろ。でないと、お前だって殺してしまいかねない」

「サトルがユキコとの子供をつくれるか、試していたの……」

「なんだって？」

「サトルはこれから子供を作らないといけないし、ユキコはサトルの子種を受け入れて、母親になるって。でも、サトルは前のことがあるでしょう？　本当の母親だったら、また暴れたりしないはずで、子供の作り方をきちんと教えられるはずだって」

「もちろん、安全には配慮してのことだ。タエくんを檻の中に入れたりはしない。万が一のことがないよう、わたしが見張っているし、一緒に手本を見せられる。ああ、この仮面は単なる小道具だ。気にしないでくれ」

「サトルとユキは兄妹だぞ？」

「もちろんだとも！　そんなことすら、いちいち再教育が必要か？」

「それに、タエとサトルだって、親子だ。子供ができたら……」

「その点については問題ない。彼女の卵巣は——卵巣って、わかるかね？　子供の素を蓄える器官だが、実験材料として摘出済みだ。普通の性交で、彼女に子供はできんよ。去勢されてるんだ」

「……その話は本当か？」タエに訊くと、あいつは震えてうなずいた。

「きみの娘には何年も前から、科学の発展に協力してもらっていた。頭のおかしいきみを疎《うと》んで、自分の力で、この研究所で生きようとしてのことだ。恨むのなら、妄想に捕らわれた自分を恨みたまえ。これは全部、現実から逃げてきた、きみの責任だ」

「そうか、やっぱり、お前はドイツ人じゃなくて、本当はユダ公だな。おれたちをだまして、自分たちに協力させて……」

「ははは、そうやってまた、目の前の現実から逃避する。いい加減にしたまえ。わたしが寄生虫種族のわけないだろう。きみにも鞭打ちが必要かな」所長は仮面をまくり、唾がかかるほど、顔をおれに近づけた。「……いいかね、キリノくん。この世のあらゆる悪徳は、愚鈍と怠惰からくるのだ。わたしたち北方人種はいつも最善を尽くし、決して怠けず、強者であり続けるべく、不断の努力と学習を重ねてきた。きみら日本人もなかなかだ。今の日本は先の大戦で負けて焦土になったが、今じゃオリンピックを開いて、数年後には万国博覧会も催すそうだ！　今のリオを見物してきたが、日本企業の支店が進出してテレビやスクーターを売っていたし、彼らは懸命に働いて、子供を大学に入れていたぞ。きみがつまらぬ意地を張らなければ、全部得られていたはずの繁栄を、わたしは見てきた」

「だまれ、ユダ公！　嘘をつくんじゃねえ！」

「怒りをわたしにぶつけてどうする？　全部きみのせいだ。きみの娘が哀れにも、怪物を二人産んだのも、その怪物と、近親相姦するのも、全部きみのせいなんだ。そうだとも」

そういって所長が猟銃でおれの喉を突くのは、一瞬だった。

「銃器の扱いは不慣れだが、フェンシングの心得はあるんだ。さあ、銃を捨てたまえ」

「お父さん、お願い！」タエが懇願する。

やむなく、おれはピストルを床に落とした。

所長はそれを足で踏みながら、

「そうだ。きみが娘と情交してみて、手本にならないか？　子供は親の背中を見て育つものだし、あいにく、この子らには父親がいない。ジャングルの野蛮人どもはひとつ屋根の下で、子供に情交を隠したりしない。そしてそれがなんらかのトラウマになるということもない。先祖返りしたほうが、きみの魂も救われるかもしれん」と言いやがった。

おれの頭が怒りで真っ赤になったが、所長はすかさずもう一度、銃口でおれの喉を一突きする。タエの奴は、裸のまま、半泣きでオロオロするばかりだった。

背後で、扉のヒンジが動く音がした。「ユキ……」タエのつぶやきが聞こえる。

「お嬢ちゃん、今はちょっと、お祖父ちゃんに罰を与えているところなんだ。お祖父ちゃんは悪い人で、そのうえ頭がおサルさん並みだから、こうして怖い思いをさせてやらないといけないんだよ」

屈辱で全身が茹で上がるようだった。しかし口が開けないので、何も言えない。背中は、壁のコンクリートとぴったりくっついていた。

「……でもお祖父ちゃんはなにをやっても無駄なようでね。きみたち兄妹に悪い影響を与えてしまう。だから今日限りでお別れなんだ。わかるだろう？　だからわたしはお祖父さんと最後のお別れをしてくるから、きみは教えた通り、裸んぼになって、お兄さんやお母さんと一緒に、檻の中で待っているんだ。そうしたらわたしとお母さんで、とても楽しいことを教えてあげるからね」

所長には間違いなく、悪魔が宿っていた。その笑顔をみれば、明らかだ。

いいか、絶対しゃべるな、孫娘に自分の血しぶきを浴びせたくはないだろう？　と言いながら、所長はやっと、猟銃を降ろした。深く息を吐いたが、おれの心臓は、未だにバクバクと鳴っていた。所長はおれから目を離さないまま、ユキコの手を取り、檻の扉に近づいていく。

所長が生きていたのは、それから数秒先までだったと思う。とにかく、つむじ風のようにあっという間だった。所長の白衣を、坊やの黄土色した長い手が掴む。気付いた所長が身体を捻ったときには、奴の身体はもう、鉄格子まで引き寄せられていた。サトル坊やは檻の歪んだ格子越しに所長を羽交い絞めにした。所長は足をばたつかせるが、なんの意味もない。そのまま坊やは重機のように、自分の腕力だけで所長の胴体を押し潰した。おれはとっさに、ユキコを抱きしめ、それ以上この光景を見ないようにした。だがおれは見届けた。粘土みたいに、坊やの指が、所長の身体を突き破っていく。人間の身体から竹が折れるような音がするとは知らなかった。所長は悲鳴の代わりに、鮮やかな血を吐き出した。内臓がずたずたにされて、身体は血の袋になっているのだろう。潰れた心臓の脈に合わせてか、射精のように血が口から勢いよく吹き出し、壁と、へたり込んでいたタエの顔にかかった。所長はもう瀕死だったが、サトルはその身体を離さない。坊やはただ殺そうとしてるんじゃない。なんとしても、所長に地獄のような苦しみを味わわせながら、奴の何もかもを壊そうとしていた。

おれは扉にかかっていた鞭を取り、パンと床を叩いた。広がった血が飛沫になって、部屋に舞った。サトル坊やは所長を離して背後に飛び退いた。歯をむき出しにして、おれをにらんでいた。坊やは野獣に戻っていた。おれは息を殺して坊やをにらんだが、坊やの視線はタエに向いた。そして長い腕を伸ばして、タエの前を隠していたドレスを剝ぎ取った。今度はタエを殺す気だ。わたしは歯を食いしばって、その腕を強く鞭打った。坊やが飛び退いたあとも、目を瞑って、何度も何度も、鞭を振った。坊やに当たっていたのかどうか、床を叩いていただけならばいいのだが。

おれが鞭打ちを止めると、坊やはおれに背中を向け、窓に飛びつき、壁に両足を突いて踏ん張り、格子を引きちぎるように外した。そのはずみで一度は背中から床に落ちるが、すぐに起き上がると、そのまま窓から逃げて行った。

所長はまだ生きていたが、ただの、血を吹き出す噴水になっていた。死ぬのは時間の問題だったが、それでもおれは、家長の義務を果たさなければならなかった。もがいたときに所長が壁際まで蹴り飛ばしたピストルを取り上げ、ユキの目を塞いだまま、頭に撃ってとどめを刺した。奴は静かになった。楽にしてやりたかったわけじゃない。

坊やが破った窓から雨が吹き込んで、血だまりに小さな波紋をつくっていた。奴の吐き出した血の中に、めちゃくちゃになった臓物の欠片がまぎれこんでいて、すでにすさまじい臭いを出していた。おれの抱きしめるユキコは、死んだように静かだった。おれはあまりに強くユキコを抱きしめていたものだから、この子も潰してしまいそうになった。

だけど、もう大丈夫だ。奴は、ユダヤの手先は死んだんだ。おれは家族を守ったんだ。それにこれからも、家族を守り続けるんだ。サトル坊やだって、陽が暮れる前にはきっと帰ってくるはずだ。小さい頃はよく一緒にここらの山野を歩き回った。熱帯の日暮れは早いが、それでも日没前には必ず帰って、一緒に食卓についた。楽な時代じゃなかったけど、それまでの苦しみに比べれば、あの時は幸福だった。またあの日々が、帰ってくるんだ。今度はユキコも一緒だよ。また、やり直せるんだよ。

九章

無人の森で一本の木が倒れたとして、聞く者がいないのに、果たして倒れる音が鳴ったと言えるのか？　そんな問いかけをしたのはアイルランドの哲学者だそうだが、熱帯雨林で最も人を殺している生き物はジャガーではなく、真夜中に音もなく倒れて、ヒトを家ごと押し潰す老木だともいう。ならば、それに押しつぶされた人間の断末魔はどうだろう？　なにより、無人の森の地下で起きた核分裂からは、本当に放射能が出たと言えるだろうか？　だれも観測していないのだ。

アランはそんなことを、ずうっと考えていた。音なら耳があるが、放射線をどうやって感知しろというのか？　あの夜から丸一日経ったが、プルトニウムの核分裂は終息したのか？　そもそも核燃料の臨界なんて実は起きていなくて、バーネイズはさんざんアランを脅した後、いそいそとプルトニウムを回収して、逃げてしまった可能性だってある。もしそうなら話は楽だ。相手は死者ではなく生者だから、あいつの鼻っ柱を一発殴ってしまえば、それで帳消しだ。生きる者の問題は簡単だ。

そもそも、アマノの案内で陸揚げされている舟艇にたどり着き、迷彩柄の雨除けの幌を取り、係留しているロープを外し、アランたちで押して、サル川の流れに浮かべ、エンジンを起動させて老人たちをどうにか船に乗せたときには、バーネイズの約束の時間を、とっくに超過していた。奴と妥協せずに、やはり一時間の猶予をもらっていればよかったが、いまさらどうしようもないし、青い光も、爆発音も、聞くことはなかった。

それからさらに二日経った。アランたちは川下りと、気まぐれな遡上、適当な岸辺での休息を繰り返した。船には多少の缶詰と、飲料水の入ったジェリ缶、釣り道具と網が置いてあり、しばらく食料に困る心配はなかったが、医薬品は不足していた。積んであった無線機は動作したが、稀に川を行きかう木材運搬船の無線を捉えるだけで、有益な話は傍受できなかった。もちろん放射能がどうのといった話は聞こえない。日本人たちは、船底に設けた寝床でおとなしく、体をいたわっている。アランとジョゼ、そしてプレゴはそれぞれ、老人の世話と無線の確認、それから釣り兼見張りを代わる代わる受け持ちつつ、タテイシやユキコの手がかりを探した。

密林ではあの研究所で起きたことなどお構いなしに、太陽が昇り、雲が湧き、スコールが大量の雨を降らせて、泥水が流れていき、虫が湧いて、どこかで魚が跳ねているばかりだった。河岸ぎりぎりまで樹々の枝がせり出ていくので、陸の視界はまったくない。どんなに背を伸ばしても、広島の人々が見たという青白いピカの光どころか、研究所やガスプラントの火災や、先住民たちの狼煙《のろし》や焚火も見えない。目印になるような山や丘も、極相林がすべて平坦に隠している。

三日目、ユキコとタテイシどころか、キリノ老人すらいなくなった。朝、目覚めると彼だけ消えていた。岸の泥に、森の奥へと行く足跡だけが残されていた。三人の老人も、どこに行ったか見当もつかないという。あの夜以来、彼がしゃべっているところをだれも見たことがなかった。食事にすら手をつけず、ずっと船底の壁の木目を見つめていたそうだ。この辺は水没しなかった土地も無数の木々が生い茂り、どの方向でも天然の迷路だった。昼前にまたスコールが降り、彼の足跡は消えた。キリノ老人は最初から存在しなかったかのようだった。老人たちはなにも言わなかった。彼らの胸の内は、来るべき時が来たのだという諦念だけのようだった。カネシロの包帯から嫌な臭いがし始めたので取り換える。傷口が化膿していたので、抗生物質を飲ませた。ほかの二人の日本人の体調は、それほど悪くないようだったが、慣れない船での暮らしに、彼らがどこまで耐えられるか不明だった。

夕方ごろ、文明化した先住民の交易船が真横を通過していき、その際に、お前たちは一体何をしているのかと訊ねてきた。放射能だのナチの残党だのについて話しても通じなさそうなので、はぐれた仲間をここでずっと待っているとだけ説明した。船頭の男はトゥピ語で流暢に話す白人のアランを訝しんでいたが、売れ残りの、熟れすぎたバナナを恵んでくれた。

そして四日目。朝食のとき、とうとうプレゴが、医者のいる集落まで川を下ろうと言った。そこで老人たちを降ろして、身体を診てもらった方がいい。それに、アラン、お前のいう放射能とは、目に見えずに命を蝕むが、伝染病とは違う、精霊のようなものなんだろう？　まさか白人のお前がそんなことを言い出すなんて信じられなかったが、西洋の魔法なら、西洋の医者や神父でその精霊を追い払うことができるかもしれない。それで心配事がなくなってから、あらためて三人を探せばいいじゃないか。バーネイズの安否だってわかるかもしれない。これにはジョゼも賛同した。

放射能はそんな生易しい魔法じゃないんだと二人に説明したくても、アランはそのための語彙を持っていなかったし、プレゴとジョゼだって、受け止めるための語彙を持っていなかった。しかし、最寄りの集落まで行くのに、片道でどれくらいかかる？　三日か？　四日か？　そのうちに死ぬべきものは死んでしまうし、朽ちるものは朽ちているし、消えるものは消えているだろう。

アランは缶詰の中のアンチョビをフォークで突きながら考えた。しかし、考えて、結論が出るようなものではない。すべては天任せだった。

――と、無線機が雑音を出し、どこかの無線を傍受した。プレゴがアンテナの波長を合わせる。聞こえてきたのは間違いなくポルトガル語だった。

「ブラジル空軍か？」

日本人たちもその音声を聞くべく、船底から這い出てきた。どうやら軍用機からのものらしい。

アランは森のざわめきに耳を澄ませた。森の木々は朝日に赤く輝いている。どこか遠くから、鳥の群れのざわめきに、慌てふためく猿たちが叫び、木の枝や落ち葉をやたらめったらと揺する音が聞こえる。その中に重たいエンジンの唸りがあるのを、アランは確かに聞いた。

来た――と思ったときには、双発エンジンの軍用機が、密林の樹冠すれすれのところを飛んでいく。鳥たちが左右に分かれて逃げていき、逃げ場を失った猿たちは川面に飛び込み、なんとか対岸に向かって泳いでいく。鳥の群れが目の前を横切ると同時に、軍用機の巨大な羽根の影が、アランたちの舟艇をすっぽりと覆い隠していく。三機の爆撃機。アランはこの機体を知っていた。特徴的な双垂直尾翼、たしかミッチェルだ。先の大戦のとき、ドイツの諸都市を焼き尽くすべく、ニューヨークの空港から経由地のロンドンを目指して、この機体がいくつも東の空に飛んでいくのを、若いころの彼は毎日見ていた。戦後ブラジル空軍に払い下げられた機体が東海岸から、マナウスの空軍基地を経由して、ボリビア国境付近まで飛んできたらしかった。

飛行機が森の影に見えなくなっても、空はエンジン音に満たされ、鳥たちは相変わらず怯えて鳴き、猿は暴れ、老犬は空を見上げて、「わふっ、わふっ」と、頼りない声で吠えていた。

……そうだ。それはあの老犬の声だった。あの犬は置いてきたはずだった。アランはその方向を振り向く。あの老犬は、全身を泥だらけにして、浅瀬で跳ねて、盛んに吠えたてていた。空を横切っていったミッチェルに吠えているのではなく、アランに自分の存在を知らせているようだった。

それに遅れて、森からほとんど全裸の、汚い男が飛び出してきたことにも気付く。お互いに目が合う。アランの存在を認めた男は、片手に持っていた錆びたマチェーテを泥の中に放り投げ、背中に負っていた女の重さに、ついに耐えかねたかのように、前かがみのまま、泥の中に倒れこんだ。

こうしてタテイシとユキコは生還した。


「犬は飛行機の軌跡なんてわかりませんし、ぼくもエンジンの轟音が、木の葉を揺らして落とすところしか見ていません。アメリカの飛行機だったんですか？

これはぼくの汗と夜露です。ユキコさんは汗をかかないので、身体がとても熱いんです。なので、身体を密着させて、彼女の代わりに汗をかくんです。昼間はぼくが、彼女の代わりに汗をかき、夜はお互いの体温で、寒さをしのぐしかなかったのです。それにしても汗が止まない。もちろん、生水を飲みました。全身がピリピリしているんです。

夜の森に、新しい精霊が産まれるところを、ぼくは見ました。植物や虫、畜生の精霊とは違うようでしたが、間違いなく精霊でした。ユキコさんと繋がっている夜に、それは知覚できるのです。ユキコさんはそれを、おじいちゃんだと呼びました。少なくとも、インディオとは違う、元々はヒトだった精霊なんだそうです。根拠はわかりません。精霊とはそういうものでしょう？　そういえば、ようやくユキコさんと口づけをしました。そうしないと、彼女も精霊になってしまいそうだったからです。それまでは、秘所どうしをつなぐことは許してくれたのに、なぜか口づけは頑なに拒んだんです、最初の夜に。初めての口づけからぼくの身体は、なんだか、崩れていくような、さっきの、全身がびりびりするような疼痛に襲われているんです。

それより精霊です。ぼくはその精霊が歩いてきた経路を、逆にたどってきたんです。その精霊は東から西へと、歩いて……いえ、這ってきました。精霊というのは、二足歩行をするのではないんです。四足でもありません。アメーバというか、とにかく、クモザルのような長い足がたくさんあって、それが地面を這っていくんです。わかりますか？　おじいちゃんは精霊になれたけど、あまりに手足がたくさんあって、そのどれもが長いから、川の流れに阻まれて、もうどこにも行けないんだわと、ユキコさんは言うのです。精霊は長い足を引きずりながら、木や岩につかまって移動します。動物の足に絡まって、引っ張ってもらうこともあるとユキコさんは言います。そのうち沢山の木を摑みすぎて身体が絡まると、精霊はそこで形を失くし、大地にゆっくりと根付きます。その精霊は明らかに、移動の仕方がわかっておらず、ぼくたちの臭いだけを頼りに、なんとかここまでやってきたという感じでした。ぼくたちは頬を寄せ合い、抱き合いながら、その精霊の行く末を見守りました。精霊はぼくらに取りついたりすることもなく、力を失って、土に溶けていきました。その精霊の跡は道になりました。道は昼間には消えていますが、日没とともに、精霊たちがまた這いまわり、その道を鍛え、作り直すのだそうです。ユキコさんはその精霊だったものに、そっと手を当て、今まで歩いてきた道と、これから行く道のつながりを読みました。ジャガーといった四つ足の動物や、泳ぎを知らないインディオは、そうやって精霊のつながりを見定めて、そこに秘密の道を見つけて、獣道になったり、女だけがひっそりと逃げる、秘密の通路になっているそうです。

ぼくたちは疲れていたんでしょう。椰子の葉をちぎり、マチェーテで簡単に草木を刈った土の上に敷いて、その上で身体を重ねていました。上から毛虫が落ちてきても、蟻と犬が、ぼくとユキコさんのおしっこを舐めても、気にしてはいられません。こういう、臭いが立ち込めて、やがて鼻がおかしくなったときに、精霊は見えるんです。あの犬は、本当に素晴らしい犬です。単なる猟犬のはずはないです。犬というのも、きっと精霊を追えるのでしょう。鼻が利きますからね。あの犬は、猿が食いかけのまま、地面に落とした旨い果実を見つけることができました。虫もその果実を吸います。ぼくより先に、ユキコさんが、その実に手を伸ばすのです。彼女が食べるというのですから、ぼくも食べます。ひどい下痢になったのは一度だけです。水は湧き水を飲みました。小さな谷の底ではよく湧いています。

ぼくたちは、昼間はあまり歩かない方がいいのではないかと気付きました。昼間の犬は、あまり頼りになりません。ぼくらは太陽が一番高くなった時間に眠り、コウモリたちが飛ぶようになってから、森を歩きました。昼間はただ、何も話すこともなく、木の根の隙間で、手を繋いでいました。あの森の中、お互いにボロボロの、ほとんど裸で、汚い犬を抱きながら、一体なにを話せばいいんでしょう。インディオがみな、ひどく無口な理由がわかりました。

夜になると、精霊の道を頼りに歩きます。ぼくはぼんやりとしかわかりませんが、犬とユキコさんは、わかるようでした。ユキコさんもひどく無口でしたが、一度だけ、初めてを捧げた後は、こういうのが分からなくなると思ったけれど、そうでもないですねと言いました。アマゾンの精霊に、処女信仰がないというのは、新発見でしょうか？

三日目の夜、ユキコさんに身体を許してもらったとき、獣の荒い息を聞いたような気がしました。ぼくとユキコさんの息が森にこだまして、牛の叫びのように響いたのではないか。しかし、もし悪い精霊やジャガーの鼻息だとしても、ぼくは食われても構わないという気分でした。ユキコさんは口づけを、頑なに拒みました。あなたを殺してしまうかもしれないからと。アレキサンダー大王になった気分でした。あの時にキスで殺されていれば、ぼくは一番幸せだったかもしれません。代わりにぼくが、彼女の全身を吸いました。彼女の秘所に、毛は生えていませんでした。乳首は埋もれて、肌はスポーツカーのように滑らかで、流線形でした。蝶のさなぎを抱いているような、それでも、彼女には確かに柔らかくて優しい部位があり、そこに触れると、彼女は身をよじって、熱い息を吐くんです。ぼくの吐息とも混ざり合って、空気を湿らせます。そして秘所の血と尿の臭いは、まさに森の一部を成しているものと一緒でした。すべての生き物の故郷は海だと科学者は言いますが、あれは嘘でしょう。全ての生き物は森に生まれたはずです。だからユキコさんからは、森の臭いからは逃れられないんです。カワイルカや淡水エイも、海の生き物が陸に閉じ込められたのではなく、森で生まれて、そのまま何億年も昔からずっと、このアマゾンで暮らしていたにちがいありません。

明るい場所で異性がおしっこをしているところを見るのほど気まずいことはありませんが、この場合は仕方ないことでした。燐光の話を聞かされた翌日です。ずっと我慢していたんでしょう。ユキコさんはぼくの背中の上で、とうとう漏らしてしまいました。ぼくの破れたシャツとズボンも、ユキコさんのワンピースも、みんなビショビショです。ユキコさんはわたしの背中の上で泣いていました。ぼくは沢か泉がないかを探しました。方向は、なぜかユキコさんが知っていました。布が吸った、ユキコさんのおしっこを舐めるため、犬は足元にまとわりつきます。それどころか蠅まで汗やおしっこを求めてまとわりつく有様で、夜の蚊よりも厄介でした。ようやく、浅い流れの沢を見つけます。ぼくたちはお互いに、自分の身体を沢の水で洗います。水の深さは腰ほどまであって、水はとても澄んでいて、中ではガラス細工みたいな、川魚の稚魚が泳いでいました。きっとここで卵を産んで、大きくなるまで過ごすのでしょう。初めにユキコさんが身体を洗います。首まで水に浸かりながら、これでは動物や赤ちゃんになってしまったかのようだと泣きます。でもぼくは、二人の服を洗いながら言いました。ぼくたちは生きている。死んだ人間より、生きた動物の方が、まだいいと思う、と。ユキコさんは「本当にそう思っているの？」と訊き返します。そんなに動物になることが嫌なのかと、ぼくは軽率にも訊ねてしまいました。ユキコさんは答えませんでした。頭まで水に潜って、ぶくぶくと泡の弾《はじ》ける音だけがします。泉から揚がったユキコさんに、ぼくは謝罪しました。わたしに、あなたがおしっこをするところを見せたら許すと、彼女は言いました。もちろん見せましたよ。動物のような真似をすることの抵抗が、ユキコさんとぼくとでは、天地ほどの差がありました。

最初の夜はお互いに身体を寄せていましたが、手をつなぐこともしませんでした。何しろ、犬がユキコさんの膝の上からどきません。くっついていたのは、ただ単に寒さをしのぐためです。少なくとも、ユキコさんはそうでしょう。なんの下心も、彼女にはなかったのではないでしょうか？　ぼくは昼間歩き続けた全身の痛みと疲れで、すぐに眠くなりました。それでも深くは眠れませんでした。なにしろ、森には無数の気配が満ちています。ユキコさんは一睡もできていないようでした。だから彼女は、昼間、ぼくがおんぶしている間だけ眠るのです。彼女が軽くて、本当によかったです。ぼくが目を覚ますたびに、彼女は必ず起きています。なぜ夜に寝ないの？　と訊ねると、森の中は眩しすぎるからといいます。あなたは見えないのか？　とも言うのです。何を？　と訊くと、マードレたち、夜の様々な精霊たちの光だそうです。「これは幻覚とかではなくて、わたしは普通の人間と、違う波長の光を見ているのかもしれない。だからそれは精霊の類ではなくて、土の中に棲む菌類や虫たち、あるいはその死骸の放つ燐光なのかもしれない」ひょっとしたら精霊というのは、そういう小さな生き物たちの生死によって形を保っているなにかかもしれません。そして、そのつながりを、他の動物や、インディオも、なんらかの方法で、利用しているのではないでしょうか？　とにかく、野宿をするのに、夜の森は明るすぎるのだそうです。目をつぶっていても、彼女の手のひらに、そんな燐光の拍動が、電流のように、伝わるのだそうです。ヤモリは壁の振動を手足で敏感に感じ取り、虫を捕らえます。ユキコさんの指先にもそういう感受性があるのかもしれません。

一夜明けたあと、ぼくは追手を気にしていました。追手を完全に撒けていないと、どこかで休むことも、水や食料を探すことも叶わないと考えたからです。木に登ろうとも思いましたが、森の木はどれも細く、ぼく一人分の体重を支えてくれそうにありません。それにぼくは木登りが苦手なんです。そもそも、木に登ったくらいで視界は広がりません。ユキコさんも、追手なんてくるはずないと断言します。ぼくはその言葉を信じて、以後は道に迷わないよう、マチェーテで木の幹に傷を付け、蔦や藪を切って進むことにしました。

ユキコさんは森に詳しく、ヒトが食べても大丈夫な果実について、よく知っていました。それに一度、放棄された集落の跡があって、細いバナナの木が生えていました。このバナナの青い実は、味はありませんでしたが、その後の体力を、ぼくに与えてくれました。ぼくたちはその廃墟の藪を刈って、切ったバナナの葉を敷き詰めて、仮眠を取りました。目が覚めたときには、陽も傾いてしまっていて、ぼくらは慌てて移動しました。犬は青いバナナをかじっていました。

たった一人でユキコさんを追う途中で、ユキコのお祖父さんの家の前を通りました。犬が鎖につながれて、あの〈地雷原〉の立て看板のそばで吠えています。ボロロ族はこいつを無視して、そのまま逃げて行ったようです。ぼくは犬の鎖を外して、連れて行くことにしました。あいつは以前、ユキコさんの小舟にも吠えた奴ですからね、今度こそは役に立ってもらいたかったんです。しかし、ぼくがあいつを自由にした途端、猛烈なスピードで走っていってしまいました。ぼくは呆気に取られますが、あいつは少し離れたところでぐるぐると回りながら、光る両目でぼくを見つめます。ついてこいと言っているのかと思いました。あいつはユキコさんに懐いていました。だから、ユキコさんをさらっていった連中の跡を、もう見つけたのだと気付きました。

研究所のそばの森は、日本人のお爺さんたちの手入れが行き届いているのでしょう。藪に足をとられることなく駆けていくことができましたが、それでもぼくは、何度も木の幹や、横に伸びた太い枝にぶつかりました。そんなぼくを、あの犬はその場でくるくる回りながら、こまめに待ってくれます。あの犬にそんな気遣いができるとは不思議ですが、かつて、どこかでそういう躾《しつ》けをされたのでしょうか？ ともかく、それからどれくらい歩いたのかはわかりませんが、ぼくはボロロ族の兵士の野営地を見つけました。樹々の隙間から焚火の炎が辛うじて見えたのです。その光を遮るように、いくつもの人影が左右に動いています。眩しさに驚いて、無数の蛾や羽虫が、火の粉のように宙を舞っています。

そうです、思い出しました。ユキコさんの周囲は、もがき苦しむボロロ族の戦士たちが何人も倒れていました。みな、口から泡を吹いて――鉄の臭いもしたので、血の泡だったかもしれません。それから、四肢の先を、機械的に痙攣させて、殺虫剤を浴びた虫のようになっていました。この密林で、命が崩れていく様というのをぼくは伝聞ではなく自分の目で、ようやく、ちゃんと見たわけです。ああ、これが、この森に満ちている〈死〉なんだなあと、ぼくの心のとても冷静な部分が、まるでレンズ越しに眺めているかのように観察していました。いいえ、これもきっと、死と腐敗と分解と再生の、ほんの入り口の光景にすぎないのでしょう。ひょっとしたら、ぼくよりもボロロ族の男たちの方が、目の前の出来事を理解できないようでした。彼らの間で、何らかの諍《いさか》いが起きたのだと思います。原因はわかりません。木でできた盃がいくつも地面に落ちていました。酒に毒が入っていたのでしょうか。それはわかりませんが、呆然とするボロロ族を前に、ユキコさんは何かを叫んでいました。先住民の言葉だったので、ぼくには、彼女が言っていたことがわかりませんが、ボロロ族が狼狽《ろうばい》しているということはよくわかりました。あるものは胸に手を置いて、ひざまずき、まるでユキコさんに許しを乞うているようにも見えました。全容は摑めませんが、彼らがユキコさんに手だしできないことはわかります。ユキコさんの姿は、本当に超然としていたように思います。ギリシャ神話の女神が、下界の人間に侮辱されたときに抱くような怒りをたたえていました。このまま彼女の怒りに任せていれば、そこにいた全員が、死よりも恐ろしい目に遭ったでしょう。例えば、虫や獣に変えられてしまうとか。ここは魔境です。そんなこともきっと起きるでしょう。そこでぼくは、奴らの前に飛び出したのです。

こうしてぼくとユキコさんは再会しました。そのときのユキコさんは、あの月夜と同じくらいの美しさでした。初めて謁《まみ》えたときの彼女は月光の下で、ぼくと平等な存在でした。しかしそのときは〈女王〉だったのでした。そうです。彼女のお母さんは死に、今では彼女が女王なんです。ああ、ぼくは彼女にならいくらでもかしずいて構わないと思いました。目の前に飛び出した理由だって、彼女に魔法をかけられて、牛でもブタでも、なんにでも化けてやろうという気持ちだったんです。

ぼくはユキコさんの手を取り、落ちていたマチェーテで、生き残った男たちを威嚇しながら、じりじりと後退しました。男たちは、先ほどまでユキコさんをめぐって殺し合いやだまし合いをしていたはずなのに、なぜか逃げ腰でした。ぼくが持っているのはマチェーテだけ。向こうには弓も鉄砲もあったというのに。ぼくを案内してきた犬は、しっかり足を踏ん張って、ボロロ族の男たちに吠え立てます。彼らはぼくよりも、犬の方を恐れているようでした。ぼくに信仰心はありません。両親のような故郷も、氏神も、祖先神もいません。それでもぼくは、今はまさになにか神性に守られているという気分になりました。ぼくはユキコさんの手をつかみ、藪に飛び込みました。犬も何度かボロロ族の戦士に吠えたててひるませた隙に、ぼくらについて来ました。

ぼくは大丈夫です。体中が火照っているのはよくわかります。それでも、意識ははっきりして、何もかもが鮮明です。今は水の上にいるのでしょう。ここに精霊はいないんですね。だから、身体もただ熱いだけで、しびれるような感じがしないんです。なにもかもわかっています。今のぼくは、ただ疲れているだけです。決して、魔法にかかって、動物になりつつあるわけではありません。水をもらえますか？　果物でもかまいません」

＊＊＊

お前を案内できないのは悲しいが、お前がいなくなってしまうことはもっと悲しい。ずっとここに居てくれればいい。医者がいてくれるのはうれしいことだ。そうしてくれれば、お前を頼る人が集まって、ここは街になるだろう。わたしはそういって引き留めるが、ヨセルは首を振った。

「ここが街になれば、きっと、お前の居場所でなくなってしまう。お前が自分をヒトと思っていようが、犬と思っていようが、精霊と思っていようが、それを決めるのは他人なんだ。自分のことを一番知っているのは自分だと訴えたくても、他人の存在がそれを許さない。集うヒトの数が増えるほど、お前を友ともヒトとも思わない者も増えていく。わかるか？」

　ヨセルは重ねて、灰になったドン・ケンドーを考えてみろ、と言う。「奴の魂が今、どうなっているのかを決めるのは、ドン・ケンドー本人じゃない。奴を弔った、わたしたちだ。奴はきちんと弔われて、決して悪霊にはならない。そんな風に、わたしたちは今ここで決めた。そう考えられるんじゃないか？」

　それを言えば、お前が死んだ家族の仇を討つのも、本当は自分が勝手に、死人がそれを望んでいると決めつけているのか？　と問うと、彼は一瞬、顔をしかめたが、それでも落ち着いて、その通りだと言った。

「死者は今を生きる人々のために存在する。しかし、死者を操ろうとする人間は、死者に操られる。死者が悪霊になるんじゃなくて、自分や他者の心が、そうさせるんだ。死者を軽んじれば、まとめて呪いになる。ヒトの心を奴隷にさせる呪いだ。わたしはもう半分死者になっている。ドン・ケンドーと同じくらい老いているし、わたしは死者の放った、呪いの矢となるべく、長い旅をしている。はたして矢がさまようか？　と訊かないでくれ。わたしも死者の奴隷だ。自分でそう決めたのだ」

　ドン・ケンドーの灰はすでに熱を失っていた。ヨセルは、わたしが彼の灰を持ち帰ろうと言った。

「彼の故郷に送ることはできないかもしれないが、なるべく近くに連れて行くことはできるだろう。そうすれば少なくとも、ドン・ケンドーの魂が悪霊に――我々の呪いになることはないだろう」と約束した。彼は二日後、ドン・ケンドーだった灰をあつめて素焼きの壺に収め、ほったらかされていた人さらいの船に乗って旅立っていった。町に行きたがった仲間の何人かも、その船に乗った。

　去り際に、わたしは大声で、船の上のヨセルに呼びかけた。これから先、お前に万が一のことがあったら、わたしはお前の魂が安らいでいるのかどうか、確かめる術がない。だからわたしが、枕元に立った精霊がお前なのか確かめられるように、本当の名前を教えてくれないかと言った。名前が分かれば、精霊の網に、お前の息吹を絡めとることができる。

ヨセルは身を乗り出して返した。族長、お前にも名前がないだろう。そう言われたから、わたしは「ある」と答えた。かつての親しい人々からそう呼ばれ、愛されていた。その名はドン・ケンドーにも隠していたから、わたしは根っからの奴隷にならなかった。

その名を大声で教えたら、やはりお前はジャポネーゼだったと、ヨセルは言った。

「そうとも、お前はかつて、日本人だった。ドン・ケンドーもそうだった。それじゃあ約束だ。わたしの本当の名前を、お前に教えてあげよう」

バーネイズ。彼の名前こそユダヤ族の、ベン・バーネイズ。これで彼を、どこにいても見つけられるようになった。お前も彼の魂に誘《いざな》われたのだろう。

十　章

タテイシの症状はマラリアとよく似ているが、断言はできない。下流にある最初の集落に辿り着いたが、そこに医者がおらず、いるのはここからさらに下流の、ボートで二日行った集落だと村民に教えてもらう。プレゴに土地勘があったのは幸いだった。そこで最小限の水と飲み物を分けてもらい、ひとまずその集落を目指した。

ジョゼにはタテイシと日本人たちをよく見ているように言いつけて、アランは甲板の上に出た。

ユキコは船尾で、エンジンの唸りの中、スコールが去った後の夕暮れの風に身を任せていた。彼女はワンピースを脱ぎ、男物のシャツを羽織り、まったく合っていないズボンを穿《は》いていた。ぶかぶかすぎて、裾で足の先が隠れている。ときたま強い風を受けて、服が張り付いて、身体のラインが浮かぶ。まるで街角に置かれた裸婦像に、羞恥心に駆られた誰かがこっそり服を着せたかのようだ。

彼女は船から伸びる航跡をずっと眺めていた。アランは咳払いをして、娘の注意を引く。

「やあ、やはりお嬢さんに男物を着せるのは悪趣味だな、本当にすまない」

「いえ……」

振り向いたユキコの笑みは〈女王〉の生き写しだった。

アランは後ろを向き、船首にプレゴ以外誰もいないことを確かめた。

「ジョアンはきみについてとんでもないことを言っていたが、許してやってくれ。熱のせいで夢と現実が混濁しているんだ」

「なにをおっしゃっていたかは想像ですけど――」少女の細い麦わらのような髪が揺れる。「あの人の言っていたことは、全部本当です、多分」

「そうか……」

自分の娘と同じくらいの少女から、こういう話を聞き出すのは気まずいものだ。そしてもっと嫌なことを、彼はこれから聞き出さなければいけない。今の彼女には保護してくれる大人がいない。今後その役目を担うのがどこの誰なのかはわからないが、今のところバトンを握っているのはアランであって、そのためには後の誤解の芽を、先回りして摘んでおかなければいけなかった。

舷に腰掛け、彼女の顔を覗き込むような姿勢のまま、ユキコに語りかけた。

「……きみのお母さんに取られたスキットルだが、結局返してもらえなかった。今でもあの研究所のどこかにあるんだろうか？」

「…………」

ユキコが沈黙するので、アランはついに訊ねた。

「一体、なぜお母さんを殺さなきゃいけなかったんだ。バーネイズは任務に協力する代わりに、きみに彼女を殺すことを求められたとほのめかしていた。なぜだ？」

「……わたしはバジリスクの娘ですから」

「それはバーネイズに聞いたよ。でもバジリスクというのは――」

ユキコはアランの話を遮った。

「先生、『バジリスク』というのは実在するものとは別の、研究所の近くに生息するドクトカゲの一種の、所内での通称です。小指程度の大きさで、脊椎動物には珍しく真社会性――蜂のように女王を中心とした群れをつくる生き物で、倒木の洞に巣をつくり、朽木に集まる虫を糧にしています。わたしと同じ色の皮膚をした、目立たないトカゲですが、歯茎に致死性の毒を分泌させる特殊な腺があって、何かを強く嚙んだときの刺激で、毒がにじみ出るようになっています。毒の成分に、いろんな国の諜報機関が興味を持っていたそうです。製薬だけでなく、リシンのような、暗殺用の毒として利用するために」

「その毒が、きみにもあるというのか？」アランは立ち上がる。「つまりジョアンの身体は……」

「いえ、その毒は胃液で分解しますので、口から口では無害のはずです。バジリスクの毒が作用するのは、傷口から唾液が入ったときだけです。ただ男性と口づけしたのが初めてなので、断言はできません」

「そうか、フレミングを殺したのは、その、きみの毒なんだな」

ユキコはそれを肯定した。

「バーネイズ先生は、わたしの唾液を脱脂綿で採取し『どうしてわたしがこの唾液の意味を知っているのか、考えてみたまえ。スナプスタイン教授の話の続きだよ』とおっしゃいました」

「それでわたしの部屋に来たんだね。まったく、人の話にことよせて……」しかし、アランはもう怒りようがなかった。バーネイズはもう本懐を遂げたのだ。

タテイシが彼女を助けに来たときにボロロ族が死んでいたのも、彼女の毒が原因だった。

「拉致されたとき、爪の先をそっと舐めて、その手で引っかいてやったんです」

「しかも、毒性はフレミングで実証済みだった」アランはもう一度、舷に腰を降ろして、今度は自分に聞かせるように言った。「もう一度尋ねよう。なぜだ？」

その様子にユキコは首を傾げ、彼の隣に座った。背もたれがないので、とっさにアランは右腕で、彼女の背中を支えた。

「バジリスクが、わたしの、いえ、わたしたちのトーテムなんです。だからです」

「言わせてもらうが、トーテミズムはそういう意味ではないよ」

「わかっています。だけど、ここで、そういう、学術的な言葉の定義に意味がありますでしょうか？」

「……わかったよ、続けて」

「バジリスクの棲息地がどれほど広いのか、わたしはわかりません。でも、あの生き物は間違いなく、この森の長なんです。バジリスクは分類的にはもっとも古い種類の爬虫類で、近縁のものはニュージーランドにしか住んでいません。古代は恐竜のように巨大な種もいたそうですが、その多くはほかの大型動物と同じように絶滅して、唯一、地味で小さく、そして猛毒を持つ、たった一種だけが生き残ったそうです」

「ナチの連中も自分たちを狼人間に喩えていた。そうすることで自分たちの残酷さや、卑劣さが許されるとでも思ったかのように。きみに吹きこんだのはやはり、マウラーか？」

「マウラー博士と、もう一人。母ではありません。吹きこんだと言われるのは心外です。……思い出したんです。わたしには兄がいました。母が受けた、最初の融合細胞実験で産まれた――」

ようやくアランは、バーネイズが最後に伝えたかった言葉の意味を知った。最初に摘出した卵巣ひとつから造られたユキコの兄と、残った卵巣から造られた彼女。

「兄はわたしよりもバジリスクの細胞の影響が大きく、あっという間に二次性徴を経て、大人になってしまいました。大人になった兄はしばしば、バジリスク由来の本能に身体を乗っ取られ、理性を失って荒れ狂うようになりました。聞いた話ですが、兄に噛まれて中毒死したり、頸動脈を噛み切られて失血死した職員や研究者もいたそうです。

マウラー博士は安全と、解剖用に生かしておくため、地下牢に兄を閉じ込めました。監禁されてからしばらくは、兄は兄のままであり続けました。身体と一緒に知能の発達も早かった兄は読書を愛していて、辞書を片手に、わたしが資料棟から持ってきた本を、いつも読んでいたんです」

「そこは酒に酔ったおれが入れられた地下牢かな」

「そうです。先生たちがいらっしゃるずっと前に漆喰が塗りなおされましたが、理性を失くした兄のつけた傷が、無数に残っていたんです。兄は次第に理性を失う時間の方が、長くなっていきました。そして理性を持つときも、彼はずっと物思いにふけるようになりました。読みかけの本も、我に返った時にはバラバラに破いてしまいます。その度に深い悲しみに沈むんです。よく『ぼくは生まれなければよかった』と、繰り返しつぶやいていました。

……ああ、思い出しました。こんなことも言っていました。『ぼくはホムンクルスじゃない。本当はインディオたちのトーテムなんだ』とも。彼は外の世界を知るため、民族学の本に凝っていました。

今までわたしは、兄の記憶に鍵を掛けていました。自発的なのか、だれかに——母に強要されたのかはわかりません。だけどこの鍵を開けたのは、スナプスタイン教授、あなたと、それからバーネイズ先生です。お二人がわたしに、欠けた記憶を補ってくれました」

「取り乱して、おれの寝室に来た夜だね。あの時、まさに記憶が甦りつつあった。バーネイズは薬でも使ったのか？」

「いえ、それは、彼自身の記憶です。バーネイズ先生は以前にも、このマット・グロッソにいらっしゃったことがあったんです。あの人は四年前の思い出を、わたしに語ってくれました。あの方の、初めてのアマゾンでの思い出を……」

「四年前？　そのとき彼はヴィーゼンタール（ジーモン・ヴィーゼンタール。オーストリアのホロコースト生還者で、著名なナチ・ハンターの一人）の調査を引き継いで、中東にいたはずだ。南米に来たのも今回が初めてだと言っていたが」

「わたしもすぐには、あの人の話が信じられませんでした。でも、彼はその証拠として、わたしとトゥピ語で会話してみせたんです。ひょっとしたら、先生よりも上手でしたよ」

「ずっと知らない振りをして、おれの会話に聞き耳を立てていたのか……」アランは額に手を当てた。

「それだったら、こっそりとここの先住民とコンタクトだって取れる。ボロロ族と内通して、あの研究所を襲わせることもできたわけだな。しかし彼の過去と、きみとの接点がわからない。バーネイズはその、きみのお兄さんについてのことを、四年前の潜入時に摑んだのか？　一体どこから、どうやって？」

「まだわかりませんか？　それとも、わざと気付かないふりをなさってるのでしょうか？」

こういうところも、死ぬ間際の〈女王〉を想起させた。アランは動揺した。

そして、必然的に、その結論に落ち着いた。

「……つまり、きみのお兄さんは四年前の時点で生きていて、バーネイズは彼と、直接接触を果たしていた。そういうことか？」背中の毛穴から、一斉に汗が噴き出した。「まったく、信じられん」

「わたしもすべて信じられたわけではありません。わたしの記憶には、まだ鍵がかかっています。兄がなぜこの研究所からいなくなったのか、わからないのです。逃げ出したのか、捨てられたのか……。でも、先生もお聞きになったでしょう？　ボロロ族が伝えていた、故郷を目指す、悪霊の話を」

「………」

確かにあの話の起源が、このトカゲ娘を取り巻く、現代の生きた神話だというのは検討に値するかもしれない。しかし、このマット・グロッソだけでも、フランスとドイツを足したくらいは広い。過去のバーネイズに、キメラの男の足取り、どちらも追うのは不可能だ。

「とにかく、きみがバーネイズに協力した理由は、まあわかった。彼はきみのお兄さんの安否を知っているうえ、彼を通して、きみの身体の毒についても知っていた。それをきみとの交渉の手札にした。でもきみのお母さんを殺させたのは、間違いなく、きみの個人的な意思だろう？」

「バーネイズ先生は、祖父の〈仙花〉を使わせてほしいと言いました。その交換条件として、母を殺してくれるならなんとかしましょう、と約束したんです。先生が直接〈仙花〉に触れることはできませんが、わたしなら自由に使えます。わたしがあの機械でバーネイズ先生の暗号を流しても、おじいちゃんは孫のわたしをまったく疑わず、自分に都合よい意味に解釈していました」

「すまないが、知りたいのはそういうことではないんだ。直接の動機だよ。これも一種の交渉だ。すまないがそこを教えてくれない限り、これからきみを信用して、手を差し伸べることができない。実母を殺すというのは、相当なことだからだ。大きくなったバジリスクはやがて、自分の親を殺す習性でもあるのか？　蜂は一つの巣に二匹も女王がいることはないらしいが」

「わかっています。わたしが母を殺したのは、母に殺されないためです」

アランは喉仏のまわりの無精ひげをなでた。

「それは正当防衛という意味かな。きみたち親子に、何があった？」

「なんといえばいいか……」ユキコもつられて、ごわつく長い髪を右手で梳《す》いた。「なにも起きることのないよう、わたしはずっと、おじいさんたちに守られていました。だから具体的な出来事があったわけではありません。あくまでも、そういう予感を、わたしたち日本人で共有していたんです。

先生は母の死に際、なんの話をしましたか？　……いえ、説明されなくても、だいたい想像はできます。家族と食事をするときには必ず、母はあんな話をして、いつも最後は祖父と喧嘩をしていました。祖父と同じくらい、母もおかしくなっていたんです。母は〈女王〉として存在し続けるために——研究所の三本の鍵を握り続けるために、カーペンター博士の思想に、過剰なまでに順応していました。もう研究所には博士も、フランツもいないのに」

「フランツは、たしかお母さんの恋人だったそうだね」

「本当はどうだったのか、わかりません。母はしょせん、日本人です。わたしにとって日本人とインディオとの違いは明白ですが、ドイツ人にとっては、どうでしょうか？」

「日本人から見た、アーリア人とユダヤ人との違いみたいにね」

「そうです。とにかく、母は美化した思い出に生きていただけじゃなく、それを現実に甦らせることに執着していました。つまり、母の理想の恋人を、現代によみがえらせようとしたんです。先生、わたしの言うことの意味がわかりますか？」

「あの人の話から推測すると、細胞組織をつぎはぎして、複製人間——フランツの生き写しをつくるってことじゃないかね。しかし、そんなことは不可能というか、不毛な試みだろう。死者の複製をつくっても、それはオリジナルとは異なる実存の持ち主だ、きっと」

「おっしゃる通りですが、母にはそれしかなかったんだと思います。母は身体にメスを入れて、その貢献で研究所の〈女王〉になりましたが、それ以上の未来はありません。研究所から一歩出てしまえば、ただの日本の女です。祖父もこっそり言っていました。『あいつは都会に行けば、娼婦以下だろう。ここにいるのが、あいつのためだ』」

「…………」

「あの研究所はわたしの生まれ故郷ですが、カーペンター博士の箱庭であり、後には遺産を相続した母の箱庭でした。わたしと兄は〈保護〉されている先住民と同じ、おままごとのお人形にすぎません。違うのは、祖父という保護者がいて、そのおかげでバラバラに壊されるまでの猶予があったということだけ。

　わたしは剝製か標本、良くて母の後釜としての役割しかなかったはずでした。でも、バーネイズ博士の話は、迷路の先に見えた光でした。兄が外の世界で今でも生きているということは、わたしのような半獣半人にも、どこかに居場所があるということでしょう？　素晴らしい新世界。わたしを受け入れてくれるすてきな人たち。スナプスタイン教授に、ジョアン、それからもっと、たくさんの……」娘の表情が、ほんの少しだけ華やいだ。

「しかしお母さんがきみを外に出すわけがなかった。もしきみが文明社会に触れてしまえば、研究所の存続すら危うい。タエさんはきみの将来より研究所を取るだろうから、いずれ親子の緊張関係は崩れる。だから、手札の多いきみが先に動いた、そういうわけか？」

「想像ですが、兄もそんな風に、自分の自由のため、どこかで沢山の血を流したと思うんです。この森は自由か死かの世界です。研究所もその一部――人食い狼の巣穴であって、決して文明の先端ではなかったと思うんです。わかってくださいますか？」

そう問われて、アランは力なく肩を落とした。

「……理解するもなにも、きみはまだまだ子供だ。ジャングルだろうが都会だろうが、大人はきみを裁くことはできない。よく話してくれたね」

「先生、わたしはまだ子供でしょうか？」

「子供だとも！　きみはこれから、文明社会で暮らすんだ。それなら、一から――子供から始めて、常識を学ばなければだめだ」

そう言ってアランは、そっとユキコの髪をなでた。やはり娘の髪とは違う手触りだ。少女は微動だにせず、やや緊張した面持ちで、それを受け入れている。

（そう。きみの言い分には、確かに一理あるかもしれない）と、アランは脳裏によぎった言葉を胸の奥にしまった。それはいずれ、大人となった彼女自身が自問自答すべき問いだったからだ。

（しかしそれなら、なぜきみ自身が直接、お母さんを殺さなかったんだ？）

サル川と、セラフィータ川というその支流が合流し、静脈瘤のような巨大な湖沼となっているところの集落に、医者はいた。彼からキニーネを処方されて三日もすると、タテイシは回復した。それでも念のため、アランたちはしばらくその集落に逗留することにした。幸運なことに、タテイシを診た医師はアラン・スナプスタイン教授の名前を知っており、無一文なのを気の毒がって治療費をツケにしてくれたばかりか、服や食料、燃料を買う金まで貸してくれた。その医者がしばらく、さらに上流の大きな街に出かけるというので、アランは彼に電報を頼んだ。送り先はアランが勤務するサンパウロ大学と、イスラエル大使館だ。前者にはアラン自身の無事の報告と迎えの依頼を、後者にはバーネイズの死を伝えなければいけない。

メモをその医師に託して、寝床を兼ねる船に戻る途中、陸軍の外輪船が波止場に停泊しているのを発見した。アランたちと入れ替わりに、サル川を遡上していくつもりらしい。乗っているのは歩兵百人ばかりだろうか。彼らの大体はハンモックに寝そべっているが、若い兵士は岸に集まるメスティーソの娘たちの黄色い声に応えていた。アランも彼らに声を掛け、一体何の用事かと訊ねたが、彼らも自分たちの任務については何も知らず、きっと訓練じゃないかと返事をした。

船に戻ると、タテイシとユキコの二人が川辺で肩を並べながら、溜まった衣類を洗濯していた。シャボンの泡は弾けながら茶色い川の水に溶けていく。二人はそろって、何かの歌を口ずさんでいた。日本語の歌だ。タテイシは歌詞をきちんと知らないらしく、ユキコからすこし遅れて歌っていた。

「おれ、あの歌聞いたことがあるよ」戻ってきたばかりのアランに向かって、プレゴが唐突に言った。彼は陽が傾いて、川魚がまた活発に動き始めるのを見計らい、釣り糸を垂らしていた。

「なんの話だ？　プレゴ」アランはポリタンクからコップに飲料水を注いだ。

「あの二人が歌っているやつだ。村に一台だけの親父のラジオで、何度も聞こえてきた。ずっと昔の話だ」

「しかし、あれは日本の歌だぞ」

「そうか。でも、ラジオは確か日本製だった。きっと故郷の歌を覚えていたんじゃないか？」

「…………」

アランは日本人に聞いてみることにした。彼らは廃材であばら屋をつくって、路上の石ころでバックギャモンをしていた。ゲームには加わらず見ているだけのアマノに訊ねると、彼はメロディを聞いてないのに、

「きっと『クダン・ノ・ハハ』だね」と即答した。「キリノさんが好きで、ユキちゃんにも聞かせていた。ドイツさんに頼んで、あの戦争のときの歌の入ったレコードを取り寄せてもらっていてね」

「ということは三十年以上前の歌ですか」

「まあね。戦争で息子が死んで、その息子が他の兵隊と一緒にまつられている神殿に、年老いた母親が礼拝にくるって歌だよ。『子供が戦死しても、神様として崇拝してあげるから泣かずに喜べ』って内容さ」

「それは日本の神様ですから、精霊みたいなものですか」

「そうかもしれない。キリノさんは酒に酔うと『おふくろがおれより先に死ぬべきじゃなかった。おれが生きている以上、何か天命を果たさなければ』って言っていた。あの人はおふくろさんを故郷に残して、満足な仕送りもできなくて、楽な暮らしをさせる前に、ひとりぼっちで死なせてしまって、そのことを、ずーっと後悔していた。せめて帰国して墓前に手を合わせるときには、立派な袴《はかま》を着ていきたいと言っていた」

「……彼はおふくろさんのところ、つまり、地球の反対側の、日本に行けたんでしょうか」

「わからない。精霊といっても、日本とここらへんとでは、事情が全然違うんじゃないか。きっと今でも、キリノさんの御霊《みたま》は、アンデスを越えられずに、森の中を彷徨《さまよ》っているんじゃなかろうかね。あの山は、日本の山より、険しいんだろう?」

「それはヒデキくんのうわごととの話ですか？」

「あれは単なる、うわごとじゃなかったと思うんだよ、今にして思えばね」

「…………」

みなが押し黙る中、カネシロがサイコロを弄びながら、「せめて線香でもあげられればなあ」と呟いた。

結局、バックギャモンはジョゼが先に上がった。アランはもう一度、若い二人の様子を見に行った。あばら家の裏で寝ていた犬が、足音を立てずに、彼についてくる。アランはしゃがみこんで、奴の頭をなでながら言った。

「お前は一体、何者だ？」

そう問われて、「くぅーん？」と、頼りない声を出す。

「精霊か？」

犬はひとしきりアランの手のひらを嗅いでいたが、それから地面を掘るようなしぐさをして、そのままアランを先導するように歩いていく。

タテイシとユキコは、甲板に張ったロープに洗濯物を干していた。途中でタテイシは少女の尻を触り、ユキコもあどけない様子で、彼の頭を叩いていた。二人はすっかり打ち解けて、追いかけっこの果て、互いに抱き合いながら、川の中へ飛び込んでいった。若い二人はそのまま魚に化けて――ということはなく、水面から顔を出し、手をつないだまま、アランに微笑みを返し、手を振った。二人の若者は、生まれて初めての自由を、全力で味わっているように見えた。もはや自分たちに、なんの足枷もない、どんな火遊びや逃避行も許されていると、全身で主張している。

もちろん、そんなはずはない。

栈橋まで泳いできた二人をアランが引き上げた直後、上流からは、バナナやマンゴーの皮、煙草の空き箱、マッチの吸殻、その他諸々のゴミが流れてきた。兵隊たちの船から捨てられたものだろう。大きな魚がそれをまとめてひと口で飲み込むが、すぐに吐き出して、水底に潜っていった。そこにめがけて、アランも煙草の吸殻を投げ込んだ。

冷たい風が吹き、森から飛び立ったインコの群れがひとしきり騒いだあと、蚊柱のようにひと塊になって東の空に飛んでいく。犬も風上に向かって吠え立てる。木々の葉が渦を巻き、水面に音もなく落ちていく。またスコールが何もかもを飲み込んで、濁流となって押し流していく予兆だった。洗濯物も、乾く暇がない。ごみだけでなく、無垢のふりをして隠した悪意や、勇気に隠した浅慮を流し、泥の中に沈めてしまう。そしてそのあとは、鬱蒼とした木々が、なにもかもを覆い隠していく。記憶されるのは口伝だけ。その口伝すら時間とともに変質して、元の骨格すら残さない。

それを考えていて、アランは足元が融解するような気持ちがした。徒労感や無力感とも異なる感覚だ。たぶん、天文学者が感じる、夜空に向かって落ちていきそうになるような、つかみどころのない虚無と対峙する恐怖と同じだろう。スキットルをあの研究所に置きっぱなしにしたのは幸いだった。こういうときは酒に逃げて、大いなるものから逃げたくなるからだ。夜の闇が恋しかった。

西の空に黒雲が垂れ込め、それをバックに何本もの稲光が見える。彼は自分や、目の前の若いカップルたちの将来のことさえも忘れて、厚い積乱雲が夜のとばりに代わって天を覆い、全身が雨粒に打たれるままにすることしかできなかった。二本の指に挟んだままの煙草が、火を点けられることもないまま濡れて崩れていった。

プロローグ　二〇二〇年

今年、わたしはFUNAIを退職した。

ジャイール・ボルソナロが共和国大統領に就任し、FUNAIは法務省から人権省に管轄が移された。事実上の格下げであり、以後、財団は政権の意向により、活動を縮小していった。政権はアマゾン開発を重視する農業・畜産業界や鉱業界と癒着しており、かの地に暮らすインディオたちと、その人権擁護のために活動するFUNAIは目の上の瘤だった。新財団の新たな長官はアグリビジネスの代弁者にすぎず、先住民を「ささいな問題」、FUNAIを「開発の障害」と言ってはばからない人物であり、さらに政権は未接触部族とのファースト・コンタクトの責任者に、先住民への強引な布教で悪名高い、福音派団体出身の宣教師を任命した。これらの決定に対して職員は抗議の声を上げたが、届くことはなく、政権には願ったり叶ったりだろうが、多くの職員や研究者がFUNAIを去った。わたしもその一人だ。

わたしは次の仕事を探した。幸いにも、とある公立大学の講師の席が空きそうだったのだが、その矢先、新型コロナウイルスのパンデミックにより、わたしの再就職は棚上げになった。とくに共和国の感染爆発はアメリカに次いで激しく、大都市や州境は封鎖され、インフラはマヒし、どこの教育機関でも、スタッフどころか、学生の募集すら停止せざるを得ない始末だった。たとえ封鎖が解かれても、アマゾン奥地へ現地調査に行くことも不可能だろう。免疫の脆弱な少数民族を、新種の伝染病に感染させるわけにはいかない。わたしは自宅のアパートの一室に閉じ込められた。

そんな境遇になり、母の早すぎる晩年を思った。

情報源はテレビとネットだけだった。アメリカでトランプ大統領が誕生し、それと前後して、ネットには世界を裏で操るDS（ディープステート）と、光の戦士トランプとの対決という、単純な善悪二元論に基づいた荒唐無稽な陰謀論が出現し、世界中で拡散を続けていた。Qアノン信者やトランピスト、昔ながらの陰謀論者たちは、誇大妄想を補強するインスタント神話を濫造し、自家中毒に陥っていた。彼らが大風呂敷を広げるたびに、世界の解像度は落ちていき、複雑さはむやみに均《なら》され、深遠さの谷は埋められていく。生前のレヴィ＝ストロース翁の予想は的中した。今回の新型コロナウィルスも、DSが製造した生物兵器という話もあれば、逆に、その治療薬や開発中のワクチンこそDSの生物兵器だという話も同時に流布した。世界の人々が、善意とも悪意ともつかない理由で、流言飛語の拡散に加担した。中にはわたしのよく知る人が、ツイッターやフェイスブックで、わざわざそんな陰謀論を、悪意なくわたしに伝えてきた。

陰謀論のミームたちは、変異を繰り返し、大衆の欲望に応えるべく適応したものが拡散していく。検索エンジンは、わたしのパラノイアを強化する陰謀論ばかりを取捨選択し、端末に、モニタに、URLを送り付けた。収集するスクリプトすら、ウェブには落ちていた。

スクリプトは文章を吐き出す。――ディープステートの正体はレプティリアンで、ハリウッドセレブはそのトカゲ顔をゴムマスクで隠しており、ユダヤ人はレプティリアンの子孫だ。ヒトラーとナチスは、DSのレプティリアンと戦っていた。ヨーゼフ・メンゲレはレプティリアンが実在する証拠を掴んでいて、彼がイスラエルに捕まらなかったのは、トランプが彼を保護していたからだ。レプティリアンの人類改造計画を予知した生物学者ヨシアス・マウラーは対ＤＳの超兵器をつくっていたが、イスラエルの工作員によって殺害された。オバマはゴムマスクをかぶったレプティリアンだ。バイデンもレプティリアンだ。ＤＳはＮＡＳＡ・ユニセフ・国境なき医師団・ＣＩＡ・ＷＨＯ・アムネスティを隠れ蓑にしている。トランプの盟友ボルソナロ大統領は国内のＤＳと戦っている。アマゾンで頻発する森林火災は、ＤＳの掃討作戦で、ＤＳが放火したためだ。アムネスティは少数民族の保護と称してレプティリアンを匿っている。ロシアがシリアに派兵したのは同地のユダヤ＝ＤＳ＝レプティリアンを掃討するためだ。今でも沢山の子供が拉致され、血を吸われ、レプティリアンの遺伝子を移植されている。ヒロシマ・ナガサキの原爆投下は、日本の自作自演で、その技術を提供したのもＤＳだ。アマゾンの秘密研究所で、ＤＳは白人の子供を材料に、若返りの薬を製造している。

荒唐無稽な陰謀論のリゾーム（元の意は「地下茎」。伝統的な西洋の知識体系とは違い、中心を持たない縦横無尽に交錯した体系のこと）に、わたしは生存を脅かされている。それならこんなフェイクニュースの山なんて、読まなければいいのだろう。

しかし、わたしは現実的な身の安全のため、それを集め、読まなければならなかった。――**わたしはナチの生き残りが製造し・ユダヤ人に育てられた・レプティリアン――トカゲ人間なのだから！**

ナチの残党ならヴィーゼンタール・センターの発表に戦々恐々とする。それは因果応報なのだが、一方でユダヤ人なら、かの悪名高い偽書〈シオン賢者の議定書〉が口の端に上るたび、肝が冷えることだろう。それと同じだった。

わたしはずっと恐れていた。玉石混淆の陰謀論から、あの研究所の封印が解かれることを。わたしにつながる、ヨシアス・マウラーの記録が明るみになることを。ヒーラ細胞のように、わたしにつながる融合細胞が、どこかの大学の実験室の片隅で、何十年も培養されている可能性を。そしてすべてが集約して、今、ここに生きるわたしの命を脅かすことを。陰謀論のすべての文字列が、わたしに対する警告のように思える。わたしは生まれながらの、陰謀論の台風の目だった。神話がわたしの実存を分解していった。

わたしの人生に、神話は不要だった。生涯を語る相手も、家族や親しい友人だけで充分だった。わたしの生涯も、ただ一本の木が倒れて、無人の森にこだまするだけのようなものであってほしかった。

わたしも森に去るべきだろうか？　あの森にはまだ、静寂と退屈が残っているのだろうか？

エピローグ　二〇〇五年

三月。フランスによるブラジル独立承認一八〇周年を祝し、御年九十六歳となったレヴィ＝ストロースの自宅を、ブラジルの人類学者数名と、ボロロ族の踊り手たちが表敬訪問した。その人類学者たちの末席が、わたしだった。

わたしが彼の教え子、アラン・スナプスタインの養女だと知ったレヴィ＝ストロース博士は、後日わたしを、あらためてパリ郊外にある彼の別荘に招待してくれた。義理の姉の一家がフランスに住んでいて、わたしを泊まらせてくれたおかげで、滞在費を節約することができた。わたしは一世紀近くを生きる偉大な人類学者と亡き養父にまつわる思い出話をした後、彼にある映像を見てもらった。アランの死後、マット・グロッソ州、サル川上流部に住む、ある未接触部族の調査に向かった際の記録映像だ。

観終わった後、安楽椅子に腰を乗せた痩せた老人、レヴィ＝ストロースは、何を言うべきか、眼鏡を拭きながら考えていた。

「……これは公開するべき映像ではないかもしれないな」

「学術的な面として、でしょうか、通俗的な面でしょうか。あるいは、両方？」

耳元でゆっくりとそう尋ねられて、この老人は無言のまま、うなずいた。わたしも彼の考えとまったく同じだったが、せっかくだから、この大学者の口から直接、その理由を聞きたかった。

彼は大儀そうに乾いた唇を動かした。きみが先に話してくれたこと、そして今見せてくれた映像、そして音声、ここに一切の捏造《ねつぞう》や虚飾がないと信じた上で、そう考えたのだが——と、入念に断った上での感想だった。

「今の世界は、六十五億人の人間がひしめく、静寂の欠けた世界だ。アランがきみに語り、そして映像の中の長老が語った物語は、わたしが若かったころ、つまりたった十六億人の人口で、世界にたくさんの空隙があった二十世紀初頭の時代なら、多くの奇想天外な話のひとつとして——たとえばプレスター・ジョン（中世において東の涯てにあると考えられたキリスト教国の王）とか、ギアナ高地のメガロサウルスとか、月のヒトコウモリとか——人口に膾炙《かいしゃ》される過程でゆっくりと真贋が判断されていったはずなんだ」

「今は違いますか？」

「まあね。第二次世界大戦前後のことかな。人口爆発に加え、航空機が登場して、地球が一挙に狭くなった。ニューギニアでカーゴ・カルトが出現したのも戦時中だね。おかげで情報を安全に処理する猶予期間が失われた。この傾向は東西冷戦が終結したあとでは、終息するどころか、盛んになる一方だ。多分、世界人口が増え続ける限り、この潮流は不可逆的なものだろう。だからそれ自体は、良いとか、悪いとか、そんな風に評価するものではないのだろう。生に対する死のようなものだ。寂しいことだが」

「…………」

なにも言わないわたしの目を、この老学者はしっかりと見つめ返して、続けた。

「——だから、タティシさん、あなたの収集した物語が、この騒々しい二十一世紀において、どう消費されるかを、しっかりと予測しなければいけないよ。彼らはまず、ネッシーや雪男、あるいはリトルグリーンメンのような扱いをされるだろう。ヨーゼフ・メンゲレやビン・ラディンだって、今じゃ似たような存在だ。邪悪な伝説だけが独り歩きすることだろう。その次は……きみやアラン、そしてこの長老の物語を、無数のイデオロギーと信仰が、自分たちの神話の中に組み込もうと、バラバラに解体してしまう。そんなことをするのはネオナチや歴史修正主義者だけじゃない。オカルティストやレイシスト、さらには極端なシオニスト、それに対抗するイスラム過激派……。イデオロギーだけでなく、経済的な動機から、そうしようとする者たちだって現れるだろう。それに対抗するエコロジストや社会活動家だって利用したがる。物語の中にある、重要なディティールを無視してね。結果、きみの物語の登場人物は、ミッキーマウスや煙草の箱に描かれたチェ・ゲバラのように、散々利用され、徹底的に絞り尽くされてしまう。筆舌に尽くしがたい被害の体験者が己の犠牲の対価に求めるのは金銭ではなく、尊厳の回復だ。しかしこの過程において、反対に彼らの尊厳は消費されて、当事者は汚辱の底に沈んだまま、それきりになってしまう。それはきみ自身や、話をしてくれた『彼』にとっても、本意ではないだろう」

「そうかもしれません。では、わたしはなにをするべきですか？」

「彼らがきみの声を求めるまでは、何もする必要はない。今日びカスタネダ（カルロス・カスタネダ。ペルー出身の人類学者。彼の著作に登場するヤキ族の呪術師ドン・ファンは、今日ではカスタネダによる創作と判明している）のような、軽率な代弁者は不要だろう。この軽率な代弁者の中にはもちろん、わたしだって含まれているが。

　とにかく、今のきみにできるのは沈黙だ。彼らがきみの口からしゃべってほしいと思うまでその口を閉じていなさい。今の世界で欠乏しているのは、瞑想のための静寂と退屈、その二つだけだとは思わないかね？」

クロード・レヴィ＝ストロースがその百年の生涯を終え、永遠に沈黙を守ることにしたのは、それから四年後の、二〇〇九年だった。

その未接触部族の存在を知ったのは、表敬訪問から十年以上前、わたしが大学で、養父と同じ人類学を専攻したころだった。パンタナール上空を遊覧飛行した軽飛行機が規定のルートから逸脱して、マット・グロッソ高原を飛んだ時に、飛行機に向かって弓を構えるでもなく、それどころか笑いながら手を振る人々が発見された。この土地の部族について父に話を振ると、彼はいつも、そこは立ち入ってはいけない土地だと、首を横に振るのだった。

そこが調査に不適な理由は二つ。なにしろ遠すぎる。同じマット・グロッソ州内でも、エコ・ツーリズムが盛んで交通手段が整備されているパンタナールよりもさらに遠い、ボリビア国境すれすれという、未だに交通の便が最悪の土地だ。もう一つの理由は、この集落が、政府の指定する立ち入り禁止区域とピタリと重なっているからだ。先住民を保護するためではない。サル川流域の広範囲が放射性物質で汚染されているせいだった。つい最近まで（といっても地質学的な年数の話だが）天然原子炉となって中性子線をばら撒いていたと思しきウラン鉱床の露頭があり、今でもそこから強い放射能が漏れだしているという。放射能汚染が広がるのを防ぐため、川には鉱滓《こうさい》ダムが設けられているそうだが、このダム、造成されたのが深刻な不況だった七〇年代後半というのだから奇妙な話ではある。

アランがあまりにも強く、その集落について否定的な感情を抱いているので、かえってわたしの興味は増した。そんな折判明したのが、彼の大病だった。肺がんだった。幼くして両親を失ったわたしを、父方の親戚の代わりに引き取って以来、彼はずっと酒を断ち続けていたが、その代わりに煙草はやめられなかった。それも運命だと観念したのか、アランは酸素チューブにつながれ、抗がん剤治療を受けながら、わたしが生まれる前のあの出来事――あのマット・グロッソ州の空白地帯で、わたしの両親と知り合ったときの話を聞かせてくれた。

わたしは一体、何者なのか？

アイデンティティなら、わたしは日系ブラジル人だ。苗字もタテイシ姓を使っているし、父方の実家とも縁が切れているわけではない。ただ、物心ついたときにはなぜか両親はこの世になく、残されたのは両親の友達だったというユダヤ人学者の育ての親と、後頭部から両肩、脊椎から尾てい骨、それから頬骨のようなところを覆う、人間離れした、サメ肌のようにきめ細かい鱗だった。遺伝性の皮膚疾患の一種らしいと医者は言ったが、治療法もなく、魚鱗癬《ぎょりんせん》（先天性の皮膚病。皮膚が正常に形成されず、うろこ状やさめ肌状になる）のような痛みを伴わなかったので、八歳のときに表れて以来、放置されていた。

しかし、若いころのわたしの心には、この鱗と、実の両親の欠如によって、深い影が落ちていた。「初めて人種差別を克服した国」という建前を掲げ、その実、世界一厳しい容姿差別がある共和国で、わたしのティーンエイジャー時代は、何もかもが限りなく黒に近い灰色であり、自ずと、勉強に打ち込むことぐらいしかすることがなかった。

病床の養父から聞かされた両親の物語は、レーベンスボルン計画で産まれた、ドイツ兵とノルウェー人女性との間の子供が直面したアイデンティティの危機より、さらに破壊的だった。比較するべきじゃないことくらいわかっているが、レーベンスボルンの子供たちは、間違いなく人間だ。だけど、ナチの残党の造ったヒトと毒トカゲのキメラの子供だなんて、今時マーベル・コミックのヴィランにさえ登場しない。実はお前は取り替え子なんだと言われたほうが、まだ心穏やかでいられた。

わたしの両親について、知っている限りのことを書き留めておく。

母のユキコは、わたしが六つのときに、精神病院で死んだ。自傷に使える道具が極力排除された院内で、自分の手首を傷つけて死んだ。太い血管は一切傷ついていない浅い傷だったが、アランの話を聞いた後なら、死因がわかる。おそらく、自分の腕に噛みついて、自分の毒で死んだのだ。短い生涯で一度も、本物の雪を見ることはなかった。

母が父とともにサンパウロで暮らし始めたころには、すでにわたしを妊娠していたが、その直後から、母は身体に違和感を覚えていた。妊娠とはそういうものだからと、母を含め誰もそのことを気にしていなかったが、わたしを出産してから、その違和感は、皮膚を刺激するはっきりとした不快感、そして苦痛へと変化していったようである。その不快感については、父や母、そしてアランが日記のように記録していた。それを要約すると、まるで自分が外とのネットワークから切り離されて、身体がスタンドアロンのコンピュータのようというか、独りぼっちで真空の宇宙に浮かぶ宇宙船に閉じ込められているような、そんな閉塞感と孤独によって、それを感知する第六感（?）が鋭利になったようである。その第六感が単なる妄想なのか、毒トカゲのゲノムによるものなのかはわからない。

父のジョアンは彼女に、もう一度西部の熱帯雨林に戻れば、状況はきっとよくなると勧めたようだが、母はその苦痛を、あの高原に建つナチの残滓と、そこの〈女王〉からの逃走との対価だと思っていたようだ。母はずっとその感覚の麻痺と幻肢痛に耐え続けた。いよいよその苦痛が精神の変調として表面化したのはわたしが三歳のときで、小さなアパートの中を、それこそ獣のように、四つん這いになって暴れるようになった。執拗に床を引っかき、土を掘り起こそうとして、自分の爪を剝がした。しかも彼女に嚙まれたら毒で死ぬのである。父は彼女を抑えることもできず、そんな妻の姿をハウスキーパーや近隣住民に見せるわけにもいかなかったので、小さいわたしを抱いて、事情を知るアランの家にしばしば避難していたそうだ。もはや家族だけではどうしようもできなくなった。だから仕方なしに、母を精神病院に入れた。そこで母は投薬され、なんとか半日間だけは、理性を維持していられるようになった。しかしその、ヒトでいられる半日が、母の苦悩の根源となった。彼女は自分が実の兄と同じ症状を示していることを嘆いた。養父がわたしを連れて見舞いに行くたび、「やっぱりわたしは、森に帰るべきでした」と言って泣き、その度アランは「もうじきジョアンが、移り住むのにいい場所を見つけてくれる」と、彼女を慰めていたそうだ。

結局、母は精神病院で死んだ。ヒトの女友達すら一人もつくれなかった。死後は後見人だった養父によって火葬され、海に散骨された。アイヒマンの遺灰と同じ扱いだったが、苦渋の決断だった。もし体組織が残っていれば、それは人類の未来にとって、大きな禍根になるかもしれなかった。

母の心が千々に乱れて、自ら命を絶つまでの短い晩年に、わたしの実父、ジョアン・ヒデキ・タテイシがなにをしていたのかというと、彼はフリージャーナリストとして世界を飛び回っていた、ということになっている。実際はなにをしていたのかは、娘のわたしもよく知らない。実家やアランの元には世界中から、消息を伝える絵葉書が一方的に届いた。宛名に問い合わせても、彼がそこを発ったのはいつも、ひと月以上も前なのだった。たとえば、西サハラやレバノンで戦場記者の真似事をしていたかと思えば、いつのまにか帰国していてリオのファベーラに住むギャングたちの密着取材をしていて、その後はまた東京から、日本へのデカセギを奨励する、政府の提灯記事を書いていた。

母の死後も一方的に近況を綴った絵葉書を送り付けてきていたが、それは八六年に突然途絶えた。その年明けに、日本のブラジル大使館から連絡が来た。ヒロシマの自動車部品工場の社員寮で死亡しているのが見つかったそうだ。一族のだれも、彼がデカセギに行っていたことを知らなかった。彼はわたしたち家族に一度も送金しなかったが、遺された預金はわたしの学資の足しになった。父はこの金を隠していたのか、それとも、ただ単に、わたしの将来のために貯めていたのだろうか。それすら不明だった。

実父がなぜ、わたしたち親子を捨てたかのようなふるまいをしたのかも、今となっては、まるでわからない。絵葉書の末尾は毎回、『愛をこめて』というクリシェで終わっていた。宛先には必ず母の名前が書かれていたから、仮に母に対する言葉だとしても、父は母に、愛を添えて何を送りたかったのだろうか？　父は愛の中に、どんな失意を隠していたんだろうか。


養父が死んで、わたしの出生の秘密を知る人間は絶えた。少なくとも、文明社会には。

だからわたしは、かつてナチ残党と〈カチグミ〉たちが築いた、あの研究所の跡地に向かった。そこに住む未接触部族が、わたしの出自を知る最後の人々だという根拠のない確信があった。学術調査ではないので、同行者は友達のフランス人カメラマンと、ガイド兼用心棒のインディオだった。ガイドは父の旅に何度も同行した、プレゴの甥だった。

パンタナールのコテージを拠点にして、船と物資を揃えて出発する。立ち入り禁止区域といっても監視はザルで、だれに咎められることもなく、ＧＰＳを頼りに川を遡上していく。三日目には鉱滓ダムに着いた。ダムというから巨大な建造物を想像していたが、船から確認できたのは塀のようなコンクリート壁だけだった。高さは周囲の灌木のてっぺんからかろうじて見える程度で、中央の切れ込みから、濁った水がちょろちょろと流れて、川の本流と合流していた。鉱滓ダムは流れを堰《せ》き止めるのではなく、土砂を満杯にして有害な鉱物を内部に閉じ込めるためのものだ。堤の上部は木々に覆われていた。川はダムを迂回するように流れを変えられていたので、遡上になんら支障はなかった。

水の合流地点で、カメラマンはおっかなびっくり、ウラン鉱床探査用のガイガーカウンターを水面に向けた。カウンターはわずかに、ガリッという音を上げた。わたしたち三人は念のため、原発作業員が身に着ける、累計被ばく量のわかる線量計を一人ずつ身に着けた。

わたしは水面に手を当てた。

「……なにもわからないわ」

「いや、わからないからこそ、放射能は怖いんでしょう」

わたしは別に、放射能を感じたかったわけではなかった。母が感じていた、世界と繋がっている感覚、それをキャッチできるかもしれないと思ったのだった。しかしわたしは血が薄まっているせいか、あるいは都会育ちのせいか、なにも感じられなかった。

結論から言うと、その〈未接触部族〉は別に未接触部族ではなかった。彼らを言い表すなら、先住民内で起きたネオ・ペイガニズム運動（復興異教主義。前キリスト教の土着宗教の影響を受けた現代宗教の総称）のようなもの。あるいは近年、航空機からの調査によって明らかになりつつある、先コロンブス時代のモホス文明（ブラジル＝ボリビア国境付近に栄えた農耕文明。上空からその人造湖や農地の跡を見ることができる）の復興運動とでもいうべきか。彼らは文明と交易を続けながら、古代の土木遺跡を修繕し、この捨てられた土地で定住する術を手探りで再現していた。

集落のそばの岸には蔦のロープで補強された桟橋があり、そこで体に植物の汁で文様を入れた、半裸の若い男たちが見張りをしていた。弓を携行していたが、こちらに矢を構えてはいない。彼らは犬を連れていて、わたしたちの船に向かって吠えるが、尻尾を一生懸命に振っていた。敵意はないようだ。

「ここに船を止めろ」とジェスチャーで伝えてくる。それに従って船を桟橋に横付けし、係留した。わたしが船から桟橋に立つと、男たちはにわかに落ち着きをなくし、半そでのシャツから出た、わたしの腕を指さした。ささやきはトゥピ語で間違いなさそうだが、ところどころ、聞きなれない単語が混じっている。彼らは母から継いだ鱗模様のことを言っているのだと気付き、自分は帽子を取って、顔と鎖骨に沿って生える鱗を見せた。彼らのささやきがどよめきに変わる。わたしはようやく、彼らの身体の絵が、自分の肌の模様とぴったり一致しているのを発見した。

見張りの男に案内され、わたしたち三人は丘を登っていく。道には自動車の轍《わだち》がない。また、かつてアランが目撃した、先住民たちを収容していた金網や〈チェコのハリネズミ〉は四半世紀の間にすっかり錆びて、新しく生えた木々に埋もれていた。そしてモンテ・カッシーノの修道院のように建っていたコンクリート造りの施設は、アランが目撃した爆撃機と、そのあとにやってきた兵士たちにより、跡形もなく破壊しつくされていた。何もかもが忌々しい穢れとして、徹底的に押し固められ、あるいは徹底的に掘り返されたのか、丘の上はほとんど、火山の噴火で吹き飛んだかのように真っ平らになっている。

集落はその、かつて研究所だった瓦礫の分厚い層を基礎にして建てられており、足元の土の中にはコンクリートやアスファルト片の他に、炭化した木片や、ガラスの欠片が落ちていた。そのせいか集落のだれもがサンダルを履いている。円形に並んだ住居はどれも粗末な木製のものだったが、中にはコンクリートを石垣のように積み上げて壁にしているものもある。中央には煮炊き用の巨大な竈《かまど》が据えられており、それもコンクリート片を泥でつなげたものだった。長年使い込まれていて、どこも煤《すす》で汚れている。中では小さな青い炎がちろちろと燃えていた。

「これ、ガスじゃないか？」カメラマンが言った。たしかこの研究所にはガス田があって、火力発電で電気を賄っていたそうだ。そのガスがこの竈まで引かれて、今でもこうして、炎を上げているらしい。火には錫の薬缶がかけられていて、わたしたちは熱いマテ茶をご馳走になった。村の中は静かだった。村民は昼間のうちは狩りや農作業、それに行商にいっていて、子供たちも川遊びをしているらしい。そう説明した見張りの男の言葉は、トゥピ語と日本語、それにドイツ語のクレオールだった。〈ガンバル〉〈イップク〉〈バンザイ〉という単語が聞き取れた。〈ガンバル〉は畑仕事、〈イップク〉は喫煙のことだが、〈バンザイ〉がどういう意味かは、今回はわからなかった。

夕刻になって村人たちが帰ってきた。子供たちもいる。彼らは粗末な腰蓑をしているか、宣教師がばら撒いている、聖書の警句のプリントされたシャツを着ている者もいた。子供たちは子犬を連れていた。ここから目と鼻の先の上流で繁殖させていて、猟犬や牧羊犬として、下流の集落に売っているそうだ。ちなみにこの集落内では、どうもうまく育たないらしい。女たちはいっぱいに農作物の積まれた籠を頭に載せていたが、ヤムやバナナといったおなじみの作物だけでなく、蕪《かぶ》やキャベツとよく似た、虫食いだらけの葉菜も入っていた。子供の魚籠には小さな魚がぎっしり詰まっている。

彼らは余所者の到来そのものには特に驚きを見せず、それよりも、わたし個人の肌に興味を抱いたようだった。彼らの多くも、わたしと同じ肌を持っていて、その濃淡を、わたしと比べ合った。

鱗のない人間は余所からこの村の仲間入りをした者で、代わりに入れ墨や木の汁のボディペイントをしている。若者よりも年長者の方が鱗模様は濃く、族長の男の鱗はわたしと瓜二つの模様を持っていた。族長は二代目で、歳は四十代ぐらい。土産として砂糖と塩の袋を差し出すと、彼らは早速、砂糖たっぷりのお茶と、ナマズの蒸し焼きをご馳走してくれた。

「あんたがここに来ることは、わかっていた」族長は言った。わたしの母を苦しめた、森に満ちる不思議な力の話かと思い、つい前のめりになったが、「……昨日、懇意にしている下流の住民から、お客が来ることを知らされたからだ。だから迎えを待たせていた」のだそうである。

それから夜通し、わたしは自分の両親について話した。同行者二人は放射能を心配して、停泊させている船で寝た。

族長は「あんたの話を聞けば聞くほど、あんたの母親と、おれの父親は兄妹だったという気がしてならない」と言った。お父様はどこに？　と訊くと、「年齢のせいで床に臥せっているときが多い。ただ、父もあんたをきっと歓迎するだろう。具合がいいときに、会ってやってくれないか？」と言った。

翌日、わたしは朝から様々な書類仕事に忙殺された。補助金の申請書、諸々の請求書と領収書、地元政府への嘆願書の代筆。人類学者の仕事に、役人との交渉や、もろもろの事務処理の代行が含まれるようになって久しいが、わたしも、それが当然の仕事になっていた。前に学者が来たのは？　と訊ねると「半年前」との返事。立ち入り禁止区域では？　と重ねて訊ねると、

「学者以外はみんな追い返しているよ。だからわたしたちがここに住み着くのを、黙認してもらって

いる」

長老――つまり、初代の長で、今の族長の父と会うことができたのは、その翌日のことだ。それまでわたしは集落の中を案内されていた。湖のほとりに建つ、ガスプラント跡の骸。廃墟の水道管を改造して作ったガス管を通して利用しているそうだ。壊れたジープや無線機は、住居や武具、家財に再利用されていたが、大体は屑鉄として売り払ったという。そのほとりには畑の畝や、バナナ園もあった。また、決して中に入ったり、魚を獲って食べてはいけない小さな溜め池も案内してもらった。それを厳命したのも長老だったという。池の水はあの鉱滓ダムに続いているらしい。きっとその池こそ、ホロコースト犠牲者の体組織が培養されていた地下図書館だったのだろう。ブラジル軍の爆撃で天井が崩落したに違いない。その溜め池にガイガーカウンターを向けてみるため、船に取りに行く途中で、長老が「気分がいいから会いたい」と言ってきたのだった。

長老は錆びついた鉄塔の立っている、木造の屋敷に住んでいた。元は立派な西洋風の住居だったようだが、小手先の修繕を繰り返したためか、もはや他の先住民の住宅と変わりはなかった。

今の族長も、このあたりではありえない大男だったが、長老はそれ以上だった。腰巻きだけの半裸の長老は膝が痛くて立てないからと、地面に敷いた茣蓙《ござ》の上で、キセルをふかしながらじっとしていた。それでも身体に止まった蠅は驚くような敏捷さで捕まえてしまう。彼は、録音はいいが、写真は勘弁してくれと言った。彼の姿は、スター・ウォーズのようなSF映画に登場するレプティリアンにそっくりだった。しかしその顔はまさしく人間で、東洋系と西洋系、両方の特徴を有していた。顔だけなら、サンパウロやロサンゼルスの街角で見かけるつくりだった。つまりわたしとそっくりだったということだ。

長老の孫が、お茶と果物を持ってきて、わたしのインタビューは始まった。その孫も、わたしのような、鱗の継承者だった。長老は茣蓙の上で胡坐を組んで、あらためてわたしの顔をまじまじと見た。

「……そうだ。あの犬は、好きになってくれたか？」

長老がわたしに語り掛けた、最初の言葉だ。「犬？」と訊き返すと、そうだ、きみの母親が、連れ帰ったはずだろうと言う。わたしが幼いころに飼っていた、あの雑種犬のことを言っているのだと気付くのには、少し時間がかかった。彼はあの犬の毛並みまで、すらすらと言い当てたが、あの犬がどうかしましたか？　と訊き返すと、彼は苦笑してかぶりを振り、それっきり話題にしないのだった。

それから彼は、覚えている限りの自分の冒険の記憶を、滔々と語った。老人にありがちな、時系列の関係のない、アマゾンの大河のような、縦横無尽の時間軸。しかし川はいつか必ず海に流れ着く。彼が語り終わったときには一皿目の果物は食べ終えて、途中で運ばれた大きなバナナのひと房も食べ切ってしまっていた。

その後、彼はわたしの質問にもいくつか応えてくれた。

わたしの母もこの森に留まっていれば、狂ったりしなかったでしょうか？

――わからない。わたしを拾ったドン・ケンドーは、この森に暮らしていたが、彼は間違いなく悪霊に取りつかれ、目の前の事実を正しく判断することができなかった。わたしが悪霊にこれ以上呪われずに老いることができたのは、ちょっとした偶然の積み重ねだと思う。

自分の血筋を遺すことに、恐れはなかったのですか？

――生よりも、死の方が怖い。精霊の世界に行ってしまった子や孫のことを思うと、今でも涙を流す。わたしはトカゲにそっくりだが、トカゲは子供を育てたり、その死に涙を流したりしない。だからわたしは、死ぬまで、死ぬことを恐れ続けていたい。あまりにも死が多すぎるからこそ、死んだ人への涙を絶やさずにいたい。

あなたが死んだあと、この集落はどうなりますか？

――わからない。わたしがここに村を築いたのは道楽だ。わたしが死んだあと、不便を感じれば、息子たちはここを手放すだろう。生きる者は死者を思うが、死者にできることは、あまりないから。

彼はもう疲れたと、孫娘に介助されて用を足しに行ったあと、もう眠ると言った。長老の寝床はなんの用途があるのかわからないガラクタに囲まれていた。彼はそのうちのひとつを枕にして眠った。これは全部、わたしの主人で、わたしの父だったドン・ケンドーの遺産だ。これでもほとんどを気前よくばら撒いてしまったから、今はわたしにしか値打ちのないものだけが残っていると説明した。床に伏した長老を後に、わたしは帰ろうとした。しかし最後、彼はわたしに、ある願いをした。墓がある。そこに眠る死者がマードレにならぬよう、慰めてやってくれないか。どなたの墓ですかと訊ねると、三人分の墓だという。一人はここに来てから死んだわたしの妻。もう一人はわたしの母。最後のひとつは、もう一人の友で、この丘の下で横たわるユダヤ族のヨセル――ベンの真名を持つものだ。

集落を去る前に、その墓を訪ねた。それは放射能に汚染された池の傍らにあった。水面はホテイアオイが埋め尽くし、薄紫色の花をたわわに付けていた。石像の台座の部分が、日本の道祖神のように安置されているが、これが三人分の墓石の代わりのようだ。台座にはギリシャ語で〈Δαίδαλος（ダイダロス)〉と書かれているが、上に載っていた像を偲ばせるのは、今にもそこから離れようとしている、つま先立ちした右足首だけだった。

わたしは草の陰に花が生けてあるのを見つけた。たくさんあるホテイアオイではなく、濃い紅色をしたブーゲンビリアの花だった。

花以上に、わたしの目をくぎ付けにしたのが、花を活けている容器だった。

歪《いびつ》になってはいるが、表面がよく磨かれた、銀のスキットルだった。

おわり

本書の表現には、今日では一般的に不適切な表記が含まれておりますが、過去の民族意識を反映するものとして記述しております。ご賢察の上、ご理解賜りますようお願い申し上げます。

本書は、第十回ハヤカワＳＦコンテスト特別賞受賞作『ダイダロス』を、単行本化にあたり加筆修正したものです。

参考文献

■文化人類学

『ジプシー　歴史・社会・文化』水谷驍／平凡社新書

『悲しき熱帯（1・2）』クロード・レヴィ＝ストロース／川田順造訳／中公クラシックス

『人種と歴史【新装版】』クロード・レヴィ＝ストロース／荒川幾男訳／みすず書房

『やきもち焼きの土器つくり』クロード・レヴィ＝ストロース／渡辺公三訳／みすず書房

『神話学入門』松村一男／講談社学術文庫

『神話学入門』大林太良／ちくま学芸文庫

『ヤノマミ』国分拓／新潮文庫

『ノモレ』国分拓／新潮社

『野生の思考』クロード・レヴィ＝ストロース／大橋保夫訳／みすず書房

『レヴィ＝ストロース伝』ドニ・ベルトレ／藤野邦夫訳／講談社

■日系移民・勝ち負け闘争

『ブラジル日本移民―百年の軌跡―』丸山浩明編／明石書店

『「出稼ぎ」から「デカセギ」へ　ブラジル移民100年にみる人と文化のダイナミズム』三田千代子／不二出版

『目でみるブラジル日本移民の百年』（ブラジル日本移民百年史別巻）ブラジル日本移民史料館，ブラジル日本移民百周年記念協会百年史編纂委員会編／風響社

『女たちのブラジル移住史』小野政子ほか／毎日新聞社

『ブラジル日系社会考』中隅哲郎／無明舎出版

『一粒の米もし死なずば　ブラジル日本移民レジストロ地方入植百周年』深沢正雪／ニッケイ新聞社編／無明舎出版

『笠戸丸から見た日本　したたかに生きた船の物語』宇佐美昇三／海文堂出版

『イッペーの花　小説・ブラジル日本移民の「勝ち組」事件』紺谷充彦／無明舎出版

『「勝ち組」異聞　ブラジル日系移民の戦後70年』深沢正雪／ニッケイ新聞社編／無明舎出版

『日系文化を編み直す　歴史・文芸・接触』細川周平編／ミネルヴァ書房

『遠きにありてつくるもの　日系ブラジル人の思い・ことば・芸能』細川周平／みすず書房

■南米地史

『黄金郷《エルドラド》伝説　スペインとイギリスの探険帝国主義』山田篤美／中公新書

『熱帯の多人種主義社会　ブラジル文化讃歌』（シリーズ・地球文化紀行）岸和田仁／柘植書房新社

『ブラジルを知るための56章【第2版】』（エリア・スタディーズ14）アンジェロ・イシ／明石書店

『世界の食文化〈13〉中南米』山本紀夫責任編集／農山漁村文化協会

『ブラジル学入門』中隅哲郎／無明舎出版

『ブラジルの人種的不平等　多人種国家における偏見と差別の構造』（世界人権問題叢書74）エドワード・E・テルズ／伊藤秋仁，富野幹雄訳／明石書店

『ブラジル国家の形成　その歴史・民族・政治』伊藤秋仁，富野幹雄，住田育法／晃洋書房

『ガリンペイロ』国分拓／新潮社

『ラテン・アメリカ史II　南アメリカ』（新版世界各国史）増田義郎編／山川出版社

■ナチス・ナチズム・ホロコースト

『ヒトラーの科学者たち』ジョン・コーンウェル／松宮克昌訳／作品社

『ナチス・ドイツの有機農業　「自然との共生」が生んだ「民族の絶滅」』藤原辰史／柏書房

『ナチスと動物　ペット・スケープゴート・ホロコースト』ボリア・サックス／関口篤訳／青土社

『人間性なき医学　ナチスと人体実験』アレキサンダー・ミッチャーリッヒ，フレート・ミールケ／金森誠也，安藤勉訳／ビイングネットプレス

『理想郷としての第三帝国　ドイツ・ユートピア思想と大衆文化』（パルマケイア叢書）ヨースト・ヘルマント／識名章喜訳／柏書房

『ナチ科学者を獲得せよ！　アメリカ極秘国

家プロジェクト：ペーパークリップ作戦』（ヒストリカルスタディーズ）アニー・ジェイコブセン／加藤万里子訳／太田出版
『イェルサレムのアイヒマン　悪の陳腐さについての報告』ハンナ・アーレント／大久保和郎訳／みすず書房
『復讐者たち〔新版〕』マイケル・バー＝ゾウハー／広瀬順弘訳／ハヤカワ・ノンフィクション文庫
『ナチ戦争犯罪人を追え』ガイ・ウォルターズ／高儀進訳／白水社
『ヒトラーの側近たち』大澤武男／ちくま新書
『エリーザベト・ニーチェ　ニーチェをナチに売り渡した女』ベン・マッキンタイアー／藤川芳朗訳／白水社
『ヒトラーの共犯者　12人の側近たち（上・下）』グイド・クノップ／高木玲訳／原書房
『ヒトラーとナチ・ドイツ』石田勇治／講談社現代新書
『ヨーゼフ・メンゲレの逃亡』（海外文学セレクション）オリヴィエ・ゲーズ／高橋啓訳／東京創元社
『エルサレム〈以前〉のアイヒマン　大量殺戮者の平穏な生活』ベッティーナ・シュタングネト／香月恵里訳／みすず書房
『優生学と人間社会　生命科学の世紀はどこへ向かうのか』米本昌平，橳島次郎，松原洋子，市野川容孝／講談社現代新書
『増補聖別された肉体　オカルト人種論とナチズム』（叢書パルマコン 02）横山茂雄／創元社

■科学史

『ルィセンコ主義はなぜ出現したか　生物学の弁証法化の成果と挫折』（学術叢書）藤岡毅／学術出版会
『不死細胞ヒーラ　ヘンリエッタ・ラックスの永遠なる人生』レベッカ・スクルート／中里京子訳／講談社
『［図説］偽科学・珍学説読本』グレイム・ドナルド／花田知恵訳／原書房
『エイズの起源』ジャック・ペパン／山本太郎訳／みすず書房
『人間の測りまちがい　差別の科学史（上・下）』スティーヴン・J・グールド／鈴木善次，森脇靖子訳／河出文庫
『世界からバナナがなくなるまえに　食糧危機に立ち向かう科学者たち』ロブ・ダン／高橋洋訳／青土社
Daedalus or Science and the Future ／ J.B.S.Haldane ／ Independently published

■イスラエル

『モサド・ファイル』マイケル・バー＝ゾウハー，ニシム・ミシャル／上野元美訳／早川書房
『ユダヤ人の起源　歴史はどのように創作されたのか』シュロモー・サンド／高橋武智監訳／ちくま学芸文庫
『モサド　暗躍と抗争の 70 年史』小谷賢／ハヤカワ・ノンフィクション文庫

■アマゾン地理

『カラー版　アマゾンの森と川を行く』高野潤／中公新書
『アマゾン河の博物学者』ヘンリー・ウォルター・ベイツ／長沢純夫，大曾根静香訳／新思索社
『驚きのアマゾン　連鎖する生命の神秘』高野潤／平凡社新書
『アマゾン河探検記』アルフレッド・ラッセル・ウォレス／長沢純夫，大曽根静香訳／青土社
『ベイツ　アマゾン河の博物学者』ジョージ・ウッドコック／長沢純夫，大曾根静香訳／新思索社
『アマゾン　民族・征服・環境の歴史』ジョン・ヘミング／国本伊代，国本和孝訳／東洋書林
『アマゾン森の貌』高野潤／新潮社
『アマゾン源流「食」の冒険』高野潤／平凡社新書
『カランバ！　アマゾン奥地へ向かう』高野潤／理論社
『オーパ！』開高健／集英社文庫
『マドレの森』高野潤／情報センター出版局
『パンタナール』中隅哲郎／無明舎出版
『アマゾン文明の研究　古代人はいかにして自然との共生をなし遂げたのか』実松克義／現代書館
『楽しき熱帯』奥本大三郎／講談社学術文庫

第十回ハヤカワＳＦコンテスト選評

ハヤカワＳＦコンテストは、今後のＳＦ界を担う新たな才能を発掘するための新人賞です。中篇から長篇までを対象とし、長さにかかわらずもっとも優れた作品に大賞を与えます。

二〇二二年九月五日、最終選考会が、東浩紀氏、小川一水氏、神林長平氏、菅浩江氏、および小社編集部・塩澤快浩の五名により行なわれ、討議の結果、小川楽喜《おがわらくよし》氏の『標本作家』が大賞に、塩崎《しおざき》ツトム氏の『ダイダロス』が特別賞にそれぞれ決定いたしました。

大賞受賞作には賞牌、副賞百万円が贈られ、受賞作は日本国内では小社より単行本及び電子書籍で刊行いたします。

大賞受賞作

『標本作家』小川楽喜

特別賞受賞作

『ダイダロス』塩崎ツトム

最終候補作

『アクアリウム・ララバイ』麻上柊

『白のマチエール』小田明宜

『スランバー・デイズ』江島周

選評

東 浩紀

今回の選考は意見が割れた。選考会では最初に各委員が事前に定めた点数を発表する。じつは評者は最高点を塩崎ツトム『ダイダロス』に、最低点を小川楽喜『標本作家』に投じた。結果は後者が大賞となり前者は特別賞となった。

選考は全員一致を原則としている。それゆえ評者も受賞に同意している。人類滅亡後の遠未来、超知性が超技術で歴史上の文学者を蘇らせ「人類最後の小説」に挑ませるという設定が、他の候補作にない壮大なものだったことは確かだ。

その前提で記せば、にもかかわらず評者が厳しい評価を下したのは、そこで文学と名指されているものがあまりにも保守的だったからである。小説に登場する作家名は偽名だ。けれどもモデルは容易に想像がつき、多くは英語圏の有名作家である。受賞作はそんな彼らの大作家としてのイメージを読み替えるのではなく、むしろステレオタイプをなぞるように展開していく。最後で登場するのもワイルドの『サロメ』だ。評者はその文学観に同意できないので評価は厳しくなった。

しかしこれは裏返せば、評者が同作を小説ではなく「批評」として読んだということかもしれない。その点は選考会でも指摘され、受賞反対は取り下げた。とはいえ選考に批評家が加えられている以上、このような意見の存在も本賞の一部ではあるだろう。だからここに記すが、デビューにケチをつけるかたちになったとしたら申し訳ない。あらかじめ謝罪したい。

続いて『ダイダロス』。舞台は一九七〇年代のブラジル・アマゾン奥地。ナチの残党が潜んで、遺伝子改変でトカゲと人間のキメラをつくっている。そこに敗戦を認めずジャングルを彷徨い続けている日本人集団や、レヴィ＝ストロースの弟子でアル中になった人類学者、ユダヤ人のナチハンターなどが絡む。Qアノンなど現在流行の陰謀論を風刺した設定になっており、文章は読みやすく史実もよく調べられている。キメラ人間と愛国日本人とナチハンター、三人の墓が放射能で汚染された森の奥地にひっそり寄り添って建てられているという最後の場面は、いまだ人類を悩ませている前世紀の負の遺産を象徴する光景としても読め、さまざまな読解へ誘う作品になっている。人間とキメラのあいだの異種恋愛譚でもある。

上述のように、評者は本作に最高点をつけて大賞に推した。選考会ではＳＦとしての驚きに欠けるとの指摘が相次ぎ、特別賞に甘んじたが、裏返せばＳＦの枠に収まらない魅力があるともいえよう。本作は書籍化されるとのことなので、マジックリアリズムの秀作として幅広い読者に届くと期待したい。なお刊行にあたっては、作中に登場する犬の描写を少し強化するとよいかもしれない。物語を動かす鍵になっているはずなのだが、選考会では重要性が理解されていなかった。

残り三作は簡潔に。まずは小田明宜『白のマチエール』。ＡＩが犯罪勃発を事前に予測する近未来。主人公はある日突然テロリストに仕立て上げられ、長期冷凍睡眠に追い込まれる。彼女が見る夢と現実が交差し、徐々に陰謀の全貌が明らかになるという物語。ディックの『マイノリティ・リポート』に似た設定でおもしろく読めたのだが、残念ながら尻すぼみの感が拭えなかった。環境問題、パンデミック、日本政治の闇、移民、さらには同性婚や年齢差恋愛など、いささか設定を詰め込みすぎており途中で処理できなくなったのではないか。筆力はあるので、書きたい話題を絞り込んで再挑戦してもらいたい。

麻上柊『アクアリウム・ララバイ』。植物プランクトンを利用した新世代ネット技術が普及した未来。心と心の融合を目指す技術者と安全性に懐疑的な研究者の葛藤を軸とする物語。人々が手足を水に浸してネットに接続し、通信の副作用で水路が光るという光景はとても美しかったのだが、技術的な設定があまりに弱い。作者が描きたいのはおそらく、全世界の海が植物でつながり、そこに個人の意識が飲み込まれるというクライマックスの場面なのだろうから、変にネット技術など絡めないでファンタジーふうにまとめたほうがよかったと思う。

江島周『スランバー・ディズ』。ゾンビウィルスで壊滅した世界。南極に少数が閉じ込められるが、またもや醜い旧世代の国家間争いが起き、嫌気がさした新世代は火星に行くことを決意するという王道の物語。今回の候補作の中ではもっともエンタメとして完成度が高く破綻もないのだが、最後の展開が納得できず高い点は入れることができなかった。いくら大国の覇権が嫌だといっても、特効薬を破壊するのは行き過ぎではなかろうか。

選評

小川一水

毎年この賞の選考では、異なる長所と短所を持つ応募作をどう選ぶかで迷わされる。文章が巧みで味わいのある作品もあれば、構成が緊密な作品もあり、SF的奇想が優れた作品もある。車と飛行機と船をひとつの物差しで比べるようなものだ。今年は「SF」と「物語」の激突だった。

応募番号順の一作目、小川楽喜「標本作家」。遠未来の地球で人類は滅亡しかけており、玲伎種という支配種族が過去の有名作家たちに小説を書かせている。梗概時点ではテーマを読み取れず、玲伎種と人類の対立を扱いかねている作品のように感じて精読を後回しにしてしまったが、いざ読むと見立てが外れていた。玲伎種云々は舞台装置のひとつでしかなく、最初から最後まで、人間がなぜ小説を書くのか、何を書くのか、どう書くのかというのがこの話の主題だった。単に過去作家をキャラクターに起用しただけではSF的だとは言いかねるが、彼らの執筆観を縦横に語らせ、書かせ、交流させる展開はSF以外の何物でもない。また同時にそれぞれの執筆における立問は物語上の仕掛けに留まることなく、読者の我々にまで問わせてくれる。創作の価値とは何か、なぜそれをしなければならないのか。結末の美しさは他を圧していた。

応募番号順の二作目、塩崎ツトム「ダイダロス」。まだ未知と野蛮が濃厚に残る七〇年代のアマゾンへ、ひと癖ありそうな二人組の男たちが人を探して踏みこんでいく。豪雨と泥土の密林に異形の獣と狂信者たちが見え隠れし、老犬の走る道の先に奇怪な部族が現れる。作者は本コンテスト第九回でも「このしらす」で最終選考にやってきたが、そのときも、出来事や光景を読み手の肌身に感じさせた。今回はその筆力で不気味なジャングルの冒険を描く。史実と空想を取り交ぜた因縁を各大陸から引き出して、南米の地へ自在に手繰り寄せ、ひとときの悪夢を織り上げたうえ、それをネットと紛争の現代に結び付けてみせる。見事な物語であり、広く読者に知らせないわけにはいかなかった。しかしながら、「SF」を賞する本コンテストが、この作品を適切に賞せられるかどうかの問題があり、特別賞とした。

応募番号順の三作目、江島周「スランバー・デイズ」。この作者も第九回「ドーン・プロトコル」に続いて再び最終選考にたどり着いた。ゾンビ化する感染症が蔓延した近未来の地球。崩壊しつつある日本で、治安部隊員が困難な護送任務を続けるパートは手に汗握る。前回は全員が盲目になった都市でのサバイバルを描いたが、描写に不満な点もあった。今回また極限状況に挑んだことで、迫力や構成力の上達が確かに感じられる。しかしカットバックで南極を飛行船で踏破していくパートになると、なぜか主人公が敵に注射を打ってもらうとか、ゾンビに飛行機を操縦させるなどのギャグめいた展開が出てきて苦しくなる。多分そうしないと場面が進まなかったのだろう。だが物語はそのまま盛り上がらずに敵味方の妥結で終わる。エピローグで明かされる冒頭の仕込みも空回ってしまう。混沌と崩壊のあとに希望を芽吹かせようとする作者の意図は買う。しかし自分の書く小説の山場がどの辺りになるのかを意識して、そこで盛り上がるよう意識していったほうが絶対にいい。前半だけ面白くても世に出せない。

応募番号順の四作目、麻上柊「アクアリウム・ララバイ」。五作品の中で一番文章が整っており、詩情もあった。海中の微生物を利用した全世界通信システムを通じて、女と少女が失われた絆を求めようとする。システムを実用化した社長はより大きな人間と惑星の交感を試みる。精神結合の試みがわかってきた時点で、そんなことをしたら軋轢が大変だろうとこちらは予想したのだが（小川は結合されたくない）、軋轢はまったく起こらず、美しい調和と理解の可能性が示されただけで終わった。こちらの認識をひっくり返して唸らせるだけの力がほしかった。

応募番号順の五作目、小田明宜「白のマチエール」。オランダの田舎で農場を管理していたＡＩ・ザイが世界的に採用された結果、自然管理局という大きな組織を司るようになっている。日本でもザイによって適切だとされる管理が進むが、反抗する人々もいる。組織の指示通りに動いていた女が不幸にも組織の都合で抹殺されかけ、真実に気付いて黒幕を追い詰めていくという定番のひな型だが、自然管理ＡＩが未来予測を行うという要素と、強制睡眠刑による胡蝶の夢的な要素を組み合わせたのが巧みだ。夢と現実が侵食し合い、誰が黒幕で何を目指すべきなのか、わからなくなる中盤が面白い。ＳＦ度では「標本作家」と肩を並べる。ただ「世界の主権に名乗り出る」「協力を見せる」など、やや不自然な言い回しが多いのと、主人公の同性愛パートナー関係が余りにも雑に解消されている点が気になり、上位二作品ほど高く評価することはできなかった。

選評

神林長平

いうまでもなくSFはSFならではの面白さがあればこそSFなのであって、それが実現されていなければ〈単なる〉エンタメにすぎない。今年はエンターテインメントの力作がそろったが、SF特有の破格な想像力が駆使されているかといえば、いまひとつだった。SFの想像力は世界の始まりから終わりまでの全存在を俯瞰する。その本質は科学と同根で、なぜ〈わたし〉が存在するのかという哲学に通じる。しかも、エンタメだ。最強の文芸だろう。常人の現状認識をひっくりかえす、SFの凄みを感じさせる作品を求む。

『標本作家』は、評者の私に「自分に能力があればこういうものを書きたい」と思わせる内容だった。それもあって満点をつけたのだが、私が本作を推したのは、書くことの切実さとその限界というものをこの作者自身が身をもって知っていて、その思いをなんとしてでも書き表したいという強い意志を感じたからだ。その作者の思いは語り手である主人公の、「わたしが愛した作家の未完の作品を完成させたい」という願いに乗り移っている。作者はまた、この語り手と同様、編集能力を使って自分自身の思いを実現させる能力に優れている。しかも書くことによって、だ（本作の語り手は自分では書かない）。概念を具体像にする力も並ではなくて、物語終盤に展開される「万華鏡」のイメージは圧巻だ。エンタメとして読むなら、永遠に叶わないはずだった主人公の愛がラストで成就する（読者がこれを読むことによって本作の目的が叶えられる）ハッピーエンドであり、本作は、主人公が（作者が）自力でそれを叶える物語（作品）だ。あと、モデルにした実在作家の実名を出すべきかどうかについて選考会で議論されたが、私は、実名を出さないのは作者の「逃げ」ではなく、単に、この物語と実在の作家は似て非なるものだから違う名にしただけだと解釈する。作者の判断しだいだが、モデルにした作家と作品一覧を参考文献として巻末に出せば、本篇と合わせて一風変わった歴史的名作の読書案内になろう。

『ダイダロス』は、いまという時代になぜこのような時代錯誤な物語を読まなくてはならないのかと思いつつ饒舌な筆致に誘われてラストにたどり着くと、なんとそこに現在視点で書かれたプロローグがあり、すぐにエピローグに引き継がれる。それにより、「現在の世の中は〈陰謀論〉と〈真実〉がキメラ状態になっていて、とても生きにくい」というのが本作のテーマだとわかる仕掛けだ。しかし私にはとってつけたようにしか見えなかった。作者の創作動機は「面白いエンタメが書きたい」だろう。それは、実現されている。だが、新しさはない。よく書けたマジックリアリズム風作品だといわれれば認めるが、既存作品を超えているわけではない。想像力の強度は前年作の『このしらす』のほうが上だし、未来を見据えた主題性は希薄だ。ということで、私の評価は最低だった。しかしエンタメの書き手としての力量を否定してのことではないので、この作品を世に出すことには反対しない。作者には自らが信じる道を進んでいってほしい。

『アクアリウム・ララバイ』は、生体通信という魅力的なSFアイデアに惹かれた。だが物語自体が主人公の悩みを解決することに終始するため、壮大なSFのイメージが矮小化されてしまう。地球の海全体が光り輝き人類の意識がそのとき一瞬でも繋がる、というクライマックスを直接表現できる主人公にすれば傑作になるだろうに、惜しい。でもSFならではの感性は伝わってきて好感を持った。

『白のマチエール』は、生態系を管理するAIが未来予測をもとにした「小説」を創りだし、その予測を覆すことになりそうな人間を排除し始めるという物語だと解釈すると、これは凄いSFだと思うのだが、なんだか主人公が見ている夢物語を見せられているばかりの印象で、緊迫感がない。主題が曖昧だからだろう。タイトルからすると、絵画の創作力が世界を救うという話のように思えるし、少年と年上女性の恋物語でもある。正直なところ、どう読んでいいのかわからなかった。

『スランバー・デイズ』の主題は、「自己犠牲によって家族や仲間たちを救う」と、もうひとつ「人間はどういう環境におかれようとも生き延びることを諦めない」だ。複数の主題を一つの器に盛るのはただでさえ難しいのに、本作のそれらは互いになじまないもののように思える。読み終えても腑に落ちないもやもやが残るのはそのせいだろう。書きたいものが沢山あるのはわかるが、一つの物語にはいま自分が書きたいことを一つだけ、それが傑作を書く秘訣だ。

選評

菅 浩江

今回から選考委員になりました。よろしくお願いします。

賞選考の講評はブーメランのように戻ってきて自分の身を切り裂きます。常に自分はできるのかと反省しながらも、新しい才能に巡り会えるのを楽しみにしています。

「白のマチエール」小田明宜

ＡＩによる未来予測、積極的すぎる自然管理、陰謀、恋愛、絵画。それぞれは心惹かれるモチーフでした。ガソリンエンジンのバイクに乗り、コンマ数秒先を読んで戦う冒頭部分は、魅力があると思います。

ただ、「これをこう書こう」という気持ちが強すぎた。社会情勢が一枚の絵でひっくり返るさまは言葉面でなく具体的に悪夢を見せてほしかったし、百合の相手が簡単に身を引きすぎるのも、ブームだから百合を書いたのか、と思えてしまいました。

頭の中の設計図をこなすために、細部に無理をさせたような印象です。

「アクアリウム・ララバイ」麻上柊

綺麗なイメージが詰まった作品でした。

そのビジュアルに呑まれすぎた感は拭えません。海が光るシーンを見せ場にするのであれば、既存の映画やアニメを凌駕する描写でないと太刀打ちできません。残虐行動の理由解明というオチは、個人的にはその事件が起きた段階で判ってしまっていたので拍子抜けしました。

老婆心から言うと、キモとなる発光生物はもう少しあれこれ調べたほうがよいです。夜光虫がモデルかと思いますが、光合成をしつつ夜にはバイオルミネセンスで発光もする、というエネルギーを無駄にするかのような生物は現存せず（近江谷克裕氏など、あるとする学者もいる）、させるのであれば理屈がほしかったです。

「スランバー・デイズ」江島周

アクションシーンが抜群にうまかった。事件の転がしかたも慣れています。

推しきれなかった理由はいくつかあって、一つは感染モノであること。時代に鑑みてもＳＦジャンルとしても食傷気味です。新世代との対立も、既存作品にありすぎます。エリカが二人出てくるのは純粋に疑問でした。実在の国を悪役に名指しするのもよくないと思います。

もっとも大きな瑕疵が解決法、というのが一番のつらさでした。簡単に片方を選んで終わっています。突然、舞台が広がりますが、これなら前半に火星のことももっと印象づけておいてほしかったです。

「ダイダロス」塩崎ツトム

力強い作品。ぐいぐい読ませる。衒学的でもある。トカゲ肌の少女の湖上シーンなど、美しさもある。特別賞には納得です。

少し離れて見直すと、やはり、長すぎる、無駄が多すぎる、と言わざるを得ません。読書の楽しみと完成度の戦いでした。

モチーフもナチの残党の研究であり、新しくはなかったです。ただし、それを使うために、また、「ジャングル探検」という憧れを描くために、この時代を設定したのはセンスがあると思います。

考えたことをすべて突っ込むと冗長で複雑になりすぎます。シーンや来歴を詳しくするのではなく、ストレートに判らせるためにシーンを活用する、という視点で臨んでみてください。

「標本作家」小川楽喜

タイトルはよろしくなかったです。標本になっている作家ではなく、標本を作るクリエイター、とも解釈できてしまうので。

この作品だけが遠未来でした。人類はすでに滅亡し、玲伎種という知性体が、亡くなった小説家たちを甦らせて施設に収容している。共同生活によってどんな文芸作品が出てくるのかの実験、という枠組みです。

よく対策されたという印象でした。魔術的な仕掛けは超科学ということで乗り切り、読むのが面倒になりがちなひとりひとりの人物掘り下げは、標本の説明であり、その後の展開にも不可避。冒頭から監視者がなぜ存在するのかの謎を提示し、小説家たちの新たな取り組みを匂わす。引っ張り方に隙がなかった。

作中作家には実在のモデルがいて、それが読者の知識レベルにとって吉と出るか凶と出るかは心配ですし、『サロメ』はあまりにも有名すぎるとは感じましたが、とにかくリーダビリティが高く、ずっと緊張の続くよい作品だったと思います。

本作が店頭に並んだ時のことを考えても、図書館や書籍などのタームに反応する人たちが一定数いるので、営業的に正しい。

器用さと大胆さを両方兼ね備えた方だと感じ、推しました。

ＳＦ界三人目の「小川」さんになられましたね。おめでとうございます。

選評

塩澤快浩（小社編集部）

第十回の今年も、全体的なレベルは高かった。評価点3をつけたのは二作。

オランダを舞台に生体通信技術を描いた『アクアリウム・ララバイ』のイメージは素晴らしかったが、章が変わっても同じような情景描写のみで、人間関係を中心に据えた物語としての展開が弱すぎた。長い詩のような印象。

AIによる未来予測テーマの『白のマチエール』も、ディックや『PSYCHO-PASS　サイコパス』の既視感がつきまとい、それを払拭するような芯の通ったキャラクターの物語がなかった。すべての人物が展開に振り回されている印象。

次点の4評価は、前回も最終選考に残った著者による二作。

『スランバー・デイズ』は、前回の『ドーン・プロトコル』に比べて全体の物語にまとまりがあるのは良かったが、パンデミックによる隔離前と後を交互に描く構成の必然性が感じられなかった（隔離後から始まりながら隔離前がメインになるので、物語全体が停滞している印象）。この構成で何を描きたいのか、牽引力となるテーマなり謎なりが欲しかった。

特別賞を受賞した『ダイダロス』も、前回の『このしらす』に比べて物語とテーマに統一感があったが、とはいえクライマックス手前までは、基本的に主人公たちがアマゾンを移動し誰かに会って会話するだけの物語なので、冗長さは否めない。分量的にかなり引き締めることが必要だろう。

最高点の5をつけたのは、大賞を受賞した『標本作家』。考え抜かれた世界観と十一人の作家の設定を通して描かれる、「創作とは何か？」というテーマが胸に迫る。あらゆる設定と標本作家たちの個性が有機的に絡み、かつ語りに工夫を凝らしながら、壮大かつ私的なヴィジョンを紡ぎだすのには本当に感心した。しかし、構成があまりにも精緻に組み上げられているからこそ、個々の設定が人工的というか、恣意的に感じられる点だけが惜しかった。作家たちの自然な姿がもう少し描かれてもよかった。

ダイダロス

二〇二三年二月 二十日 印刷
二〇二三年二月二十五日 発行

著者 塩《しお》崎《ざき》ツトム
発行者 早川 浩
発行所 株式会社 早川書房
郵便番号 一〇一 - 〇〇四六
東京都千代田区神田多町二ノ二
電話 〇三 - 三二五二 - 三一一一
振替 〇〇一六〇 - 三 - 四七七九九
https://www.hayakawa-online.co.jp
定価はカバーに表示してあります

Printed and bound in Japan

印刷・製本／中央精版印刷株式会社

ISBN978-4-15-210207-2 C0093